U0165596

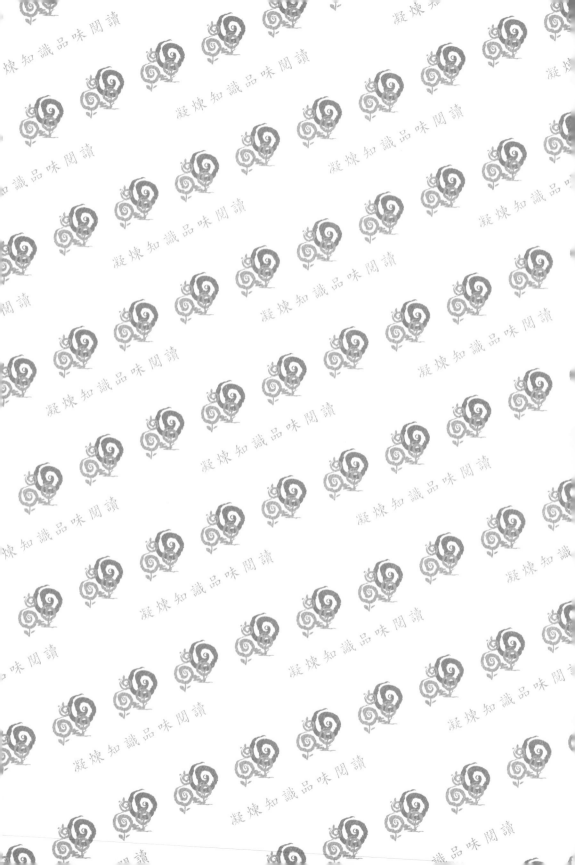

Transfer and Convergence of Chinese Language
Teaching Development Across Time and Space

華語教學發展時空的移轉與匯集

主 編 信世昌

編輯委員：
李振清、陳雅芬、
陳雅湞、曾金金
Cornelius C. Kubler(顧百里)
Curtis Dean Smith(史國興)

五南圖書出版公司 印行

編輯人事

總編輯：信世昌教授（國立清華大學／臺灣）

編輯委員：

　　李振清教授（世新大學／臺灣）

　　陳雅芬教授（Indiana University-Bloomington, USA）

　　陳雅湞教授（中原大學／臺灣）

　　曾金金教授（國立臺灣師範大學／臺灣）

　　Prof. Cornelius C. Kubler（顧百里）（Williams College, USA）

　　Prof. Curtis Dean Smith（史國興）（California State University, Sacramento, USA）

執行編輯：陳旻祺、陳芷安（國立清華大學／臺灣）

感謝本書之審查委員：（以筆畫排序）

　　方麗娜教授、江惜美教授、宋如瑜教授、李育娟教授

　　李明懿教授、李振清教授、孟柱億教授、林季苗教授

　　信世昌教授、砂岡和子教授、張雪媃教授、曹逢甫教授

　　陳雅芬教授、陳雅芳教授、陳雅湞教授、曾金金教授

　　葉德明教授、鄧守信教授、黎萬棠教授、羅秋昭教授

　　Cornelius C. Kubler（顧百里教授）

　　Curtis Dean Smith（史國興教授）

　　Joël BELLASSEN（白樂桑教授）

　　Sboev Aleksandr（思博耶夫・亞歷山大教授）

編者序

　　本書緣起於國立清華大學華語中心於2020年承辦的「第一屆華語教學發展史國際研討會」，此研討會是由蔣經國國際學術交流基金會所支助的一項華語教學研究計畫之團隊成員所發起，該團隊的學者群亦是本書的編輯委員。編委會從五六十篇會議論文中選出一部分具有獨特性及史料性的稿件，再採嚴謹的學術審查流程，所有稿件均經由兩位專家學者匿名審查，給予作者回饋，請作者修改增補，復通過再審，才得收入此書。

　　本書共收錄19篇文章，涵蓋臺灣、中國大陸、日本、越南、美國、法國、西班牙、俄羅斯各地區在1990年代以前的華語教學相關史料。研究主題分成四類：其一，華語教學發展過程之區域研究，如：臺灣、日本、越南與俄羅斯遠東地區；其二，華語教學相關機構設置之經過與發展狀況，如：美國明德中文暑校、西班牙巴塞隆納自治大學、越南大學中文系、臺灣師範大學國語中心；其三，早期華語文教材之研究，如：甲柏連孜《漢語語法初階》、老舍《言語聲片》、越南中文系《漢語教程》以及《NHKラジオ中国語講座》；其四、華語教學之史料文獻之發現及探索，如：漢俄辭典中漢字筆劃系統、《中國叢報》漢語學習書目、法國國家圖書館的漢語學習收藏、越南大學師資培訓與漢語教學方法、近代日本之華語教材研究中「華語」的意象、在電腦時代來臨之前華語教學中的科技運用史，以及西方傳教士來華的語言學習。收錄文章範圍橫跨多國，討論議題多元，由每一塊碎片拼湊出上個世紀華語教育發展史的豐富樣貌。

　　最後，此書能編纂而成，要感謝文稿的所有審查委員，並感謝執行編輯陳芷安與陳旻祺的辛勞，亦感謝五南圖書出版公司在出版過程中的專業協助。

編輯委員會 謹識

2023年3月24日

CONTENTS
目　次

Foreword (4)

III、Research on Early Mandarin Language Teaching Material

IV、Discovery and Exploration through Historical Literature Reviews in Mandarin Chinese Language Teaching.

一

華語教學區域發展
研究

臺灣華語教學的發軔期──1950年代的狀態與發展面貌

信世昌

國立清華大學／臺灣

摘要

　　臺灣的華語教學自20世紀中期起開始展開。在1949年兩岸分治後，於1950年代逐漸有更多外國的傳教士、外交人員、商人及大批美軍駐防臺灣，這些外籍人士及其眷屬產生了學習華語的需求，也因此促使多個華語教學中心開始建立。

　　在1950年代共有七個華語教學機構成立，分別為天主教瑪利諾會（Maryknoll）於1952年在臺中設立的語言中心、由天主教耶穌會於1955年在新竹市設立的華語學院（Chabanel Language Institute）、由美國政府於1955年在臺中設立的外交學院華語學校（FSI, Foreign Service Institute Chinese field school）、在1956年由美國康乃爾大學主導的中文實地培訓校際獎學金計畫（Cornell Program）、臺灣省立師範大學於1956年設立的國語教學中心，以及臺北美國學校（Taipei American School）的華語課程。

　　當年的華語教學現象及特色是從專門華語起步，主要是針對以美國為主的西方人士為對象，並且引進二語教學的專業，採用美國耶魯大學的教材教法，重視口語教學，教師泰半來自北平或北方各省，故口音標準，並且許多機構隱約延續了1949年以前曾在中國大陸的教學傳承。當年許多做法都影響了臺灣後續的華語教學發展。

關鍵字：華語教學、華語中心、臺灣、1950年代

The Beginning Period of Chinese Language Teaching in Taiwan - The State and Development in the 1950s

Shih-Chang HSIN

National Tsing Hua University/ Taiwan

Abstract

Chinese language teaching in Taiwan began in the mid-20th century. After the partition of the two sides of the strait in 1949, more foreign missionaries, diplomats, businessmen and a large number of American troops were stationed in Taiwan in the 1950s. These foreigners and their dependents created a demand for learning Mandarin which led to the establishment of several Chinese language teaching centers.

In the 1950s, seven Chinese language teaching institutions were established, namely, the Maryknoll Language Center in Taichung in 1952; the Chinese Language Institute established by the Catholic Society of Jesus in Hsinchu City in 1955; The Diplomatic Institute's Chinese Language School (FSI, Foreign Service Institute Chinese field school) was established by the U.S. government in Taichung in 1955; the Cornell Program, a Chinese field training fellowship program led by America's Cornell University in 1956. The Chinese Teaching Center by the Taiwan Normal University in 1956, as well as the Chinese language program at the Taipei American School, were also established.

At that time, the phenomenon and characteristics of Chinese language teaching represented the start to professionalize the teaching of Mandarin Chinese to second language speakers. Its main aim was mainly Westerners in the United States. The profession of second language teaching was introduced and Yale University's teaching material and teaching method were applied thus more emphasis was placed on spoken Chinese. Most of the teachers were from Beijing or northern provinces, so the accent is standard, and many institutions vaguely continue the teaching inheritance in mainland China before 1949. Many measures have affected the subsequent development of Chinese language teaching.

Keywords: Chinese language teaching, Chinese language center, Taiwan, the 1950s

一、前言

　　針對外國人士以中文做爲第二語言的教學在臺灣通稱爲「華語教學」或「華語文教學」，在中國大陸則被稱爲漢語教學、對外漢語教學，在日本和韓國則稱爲中國語教育，本文則以華語教學一詞作爲上述的通稱。另外對於海外華裔學生的中文教育則稱爲「華文教育」，以示區別。

　　臺灣的華語教學自20世紀中期起開始展開，在1949年國民政府遷到臺灣之初，當時仍是戰爭的年代，局勢非常不穩定，在臺的外國人士極少，僅有少數的傳教士來臺，因此開始產生零星的家教式華語教學，例如新竹市的眷村就有教授外國傳教士的華語家教（劉美君，2020），而在1950年代逐漸有更多的外國傳教士、商人、外國駐臺外交人員和眷屬前來臺灣，又隨著韓戰爆發，西方國家加強了和臺灣的軍事與外交的連繫，例如於1951年開始設立的美軍顧問團（正式名稱爲「美國軍事援助技術團」Military Assistance Advisory Group，略稱MAAG），至1955年軍士官達2347人[1]。

　　到了1955年，美國太平洋司令部在臺北成立美軍協防臺灣司令部[2]，此時在臺美軍五千餘人，隨行眷屬即約有四千人[3]。此外許多國家開始在臺灣設立大使館，有外交人員及眷屬居臺，同時許多天主教的修會和基督教的教派也紛紛派遣更多神職人員來臺傳教，這些愈來愈多的外國人士造就了更多的華語教學需求，幾個最早期的華語中心即在這個大環境下應運而生，紛紛設立。

　　首先在1952年來自美國的天主教「瑪利諾外方傳教會」（Maryknoll Fathers）即在臺中設立了語言學校（信世昌，2020）。在1955年又有兩個

---

[1] 參見「美軍顧問團」https://zh.wikipedia.org/wiki/美軍顧問團

[2] 參見「美軍協防臺灣司令部」https://zh.wikipedia.org/zh-tw/美軍協防臺灣司令部

[3] 參見周明峰（1996）駐臺美軍與臺灣風月。臺灣e新聞https://www.taiwanews.com/doc/emerson1099.php

中心成立，分別是天主教耶穌會於新竹市所設立的華語學院（英文名為Chabanel Language Institute），以及位於臺中市的美國國務院外交部的外交學院華語學校（FSI, Foreign Service Institute Chinese field school）（Kubler, 2018）。到了次年1956年又有三個華語教學單位成立，分別是俗稱的Cornell Program，於暑期開始在臺中市的東海大學展開實地語言班（Ling, 2018）；在秋季由臺灣省立師範大學（後改名為國立臺灣師範大學）成立的國語教學中心開始與Cornell Program合作兼營華語教學工作；還有於年底成立的「基督教華語學院」〔後改名為中華語文研習所（TLI, Taipei Language Institute）〕（何景賢，2015）。此外，於1949年即成立的「臺北美國學校」（中小學）也在1950年代中期設置了華語課程。

　　上述的七個單位可分為三個類型：一是由教會所創立的華語中心，二是由美國所設立的單位，三是臺灣本地大學所設的單位，各有不同的目的及緣由，以下茲分述之。

二、由教會設立的華語中心

　　由天主教與基督教所設立的華語中心就有三個，分別是天主教瑪利諾會語言中心、天主教耶穌會華語學院以及基督教語文學院。

(一)天主教瑪利諾會語言中心

　　最早在臺灣設立華語中心的是「瑪利諾外方傳教會」，又名美國天主教傳教會（拉丁語：Societas de Maryknoll pro missionibus exteris，簡稱M. M.；英語：Maryknoll或Catholic Foreign Mission Society of America）[4]。

　　緣起於1950年教廷成立為臺中監牧區，並於1951年1月26日委任瑪利諾會的蔡文興神父（William F. Kupfer）為首任主教。原先在中國大陸兩廣及東北等地傳教的瑪利諾會士神父因為被中國大陸驅逐出境而陸續來臺傳教。原先在廣東客家區的傳教士本來就會客語，而在廣東話區的傳教士

---

[4] https://maryknollsociety.org/和https://www.jendow.com.tw/wiki/瑪利諾外方傳教會

則開始學習臺語，而在東北傳教的則會國語，因此也成立語言中心訓練新的傳教士學習這些語言中的一種（Madsen, 2012）。

　　基於傳教工作用當地語言是與人溝通及建立友好的關係的媒介，1952年蔡文興主教要求每位瑪利諾神父學習閩南話一年，再派到教堂擔任助理神父[5]。於是由戴道輝神父（Rev. Albert V. Fedders, M.M.）於1952年負責執行創辦馬利諾語言學校（MaryKnoll Language School）[6]，設於臺中市，目的是「協助男女傳教士學習本地語言」[7]，所謂本地語言是指國語、閩南語及客語。1959年由來自美國麻州的紀道明神父（Rev. John B. Keaney M. M.）接任語言中心的校長。

　　該語言學校也稱爲「馬利諾會語言服務中心」，地址在臺中市西區公館路403號，院區有教室及藏書頗豐的圖書館。此外在1978年由歐義明神父（Rev. Alan T. Doyle, MM）設立了瑪利諾語言中心臺北分部並直到2017年仍擔任主任[8]。這兩個地點雖然來臺的神職人員逐漸減少，但仍一直經營至今[9]。

　　以典型馬利諾神父爲例，「開始傳教之前，他們先在語言中心接受語言訓練，訓練課程所教的多半以宗教詞彙爲主，例如有關主持禮儀、開慕道班傳授教理，以及聽告解時會聽到的罪行等字詞。最初 9 個月的學習結束後，他們大多可採用國語、福佬話或客家話其中的一種來進行些簡單

---

[5]　我們的會祖——蔡文興主教 http://www.ssh.org.tw/pagelist.php?sid=15

[6]　引自Maria-Pia Negro Chin (March 1, 2019). Learning the language of the heart in Taiwan. Maryknoll Magazine. 原文"Stressing the importance of ministering in the local language, the late Maryknoll Father Albert Fedders established a language and cultural school in 1952". https://www.maryknollmagazine. org/2019/03/father-anderson-language-taichung-taiwan/

[7]　引述自馬利諾會臺中會址的「馬利諾會建築紀念牌」

[8]　歐義明神父來臺灣53年後於2017年取得中華民國的國籍時仍是語言中心臺北分部的主任，參見新聞Taipei Times. (Jul 10, 2017) Citizenship for two more missionaries. https://www.taipeitimes.com/News/ front/archives/2017/07/10/2003674250

[9]　參見http://friendship.catholic.org.tw/#/about#languageZh

基本的對話。在他們工作三到四年後，會再回去接受幾個月的進階語言訓練」（Madsen，2012，頁61）。

　　有些神父來臺灣之後則是先到教區服務，因此必須先學閩南語或是客語，之後才進入語言中心正式學習國語，例如設立語言中心臺北分部的歐義明神父，在1967年來到臺灣展開傳教工作[10]，但到了1972年才在新竹的耶穌會華語學院學習國語[11]。

　　經筆者實地參訪該語言中心的資料室，見到所陳列的早期教材除了有美國耶魯大學出版的華語教材外，也使用布道所需的教義問答等等，後來則大多使用耶穌會新竹華語學院所出版的教材以及自編的輔助教材。

㈡天主教耶穌會華語學院（Chabanel Language Institute）

　　天主教耶穌會來華傳教的時間甚早，並且也產生最多的華語學習資料。1955年由天主教耶穌會在新竹市成立了「華語學院」（Chabanel Language Institute），其前身為1937年由耶穌會於北京的德勝門大街石虎胡同所成立的「德勝話語學院」，英文全名為Chabanel Hall（梅謙立，2000）。該機構於1949年被迫關閉而遷往菲律賓馬尼拉市郊，後於1955年遷移到臺灣新竹市。

　　其原因是在1952年羅馬教廷把新竹地區單獨劃給耶穌會從事福傳工作，因此1953年至1955年之間耶穌會士相繼自大陸各個教區離境來臺，從大陸華北及華東的九個傳教區集中到了臺灣新竹（房志榮，2007；林文玲，2012）。為了讓神父們能夠融入當地，耶穌會於1954年在新竹先設立了臺語學校並在關西設立了客語學校（Heylen & Sommers, 2010），之後於1955年正式於新竹市設立了華語學院。「新竹華語研習所係在1950年代

---

[10] 參見Chu Tse-wei (July, 10, 2017) Citizenship for two more missionaries. Taipei Times. https://www.taipeitimes.com/News/front/archives/2017/07/10/2003674250

[11] 參見歐義明神父逝世週年追思文集https://drive.google.com/file/d/1ZsgRTJMZ8rsoB9x8U7S0XC7RIVfyNWZz/view

專為耶穌會傳教士而設立之高效率華語文教學中心」（李振清，2005，頁53）。

從1955到1958年該學院遷臺之初是耶穌會自身的語言培訓單位，招收的對象僅限耶穌會士（Jesuit），1957到1958年共有十七名耶穌會士在此學習華語。自1958年開始，開始有道明會、本篤會、聖言會等非耶穌會的傳教士（non-Jesuit priest）進入學院修習，甚至有美軍顧問團的成員。到了1960年，非耶穌會傳教士的人數已超過耶穌會士，1961年統計共有41名學生，當時號稱是「最好的神職人員語言學校（the best language school for missionaries）」（Mateos, 1995）。到了1970～1971年收錄了「新生72人，來自17個國家」（房志榮，2007）。後來由於打出知名度，「外國學生紛紛慕名而來，日本一些大學中文系學生甚至在暑假「整團」來新竹學國語。美國耶魯、史丹福、華盛頓等八所知名大學，還公告中文系學生如果在華語學院研讀，拿到的學分可獲得承認」[12]。

華語學院的教學歷程共三年，進入學院的第一年，每位學生必須上滿每週五天且每天五堂的課程，包含早上的團體課、語音室的自我操練與下午分組與教師進行的對練。所使用的教材基本上是以耶魯大學出版的華語教材為主，並自行編寫出輔助學習耶魯拼音及漢字的學習本。當時所使用的標音系統是耶魯式的拼音（信世昌等，2018）。

華語學院的教師幾乎多是教友或神職人員，因此本身對於天主教耶穌會的辦學精神認同度高。學院傳授國語與廣東話的老師，多是1949年遷臺的外省人，主要的來源是當時在新竹任教的幾所高中老師、國民政府軍隊中的軍官以及在新竹一帶任職的公務人員。這些老師多半來自北京、天津或東北一帶，其中不乏具有大學學歷甚至是北平天主教輔仁大學的校友。

到了1970年代末，新竹華語學院就漸漸地結束教學工作，主要是由於來臺的神職人員日減，在1981年正式關閉此機構，原有的神職人員華語培

---

[12] 引自網頁https://www.facebook.com/JesuitsChinese/photos/a.../1303495199772291/?type=3

訓任務由天主教輔仁大學華語中心接手（信世昌等，2018），也因此幾乎被臺灣華語界所遺忘。

(三)基督教語文學院（Missionary Language Institute）

「基督教語文學院」（Missionary Language Institute）是由改革宗長老會（Reformed Presbyterian Church）的安篤思牧師（Rev. Mr. Egbert W. Andrews）於1957年發起創立[13]。該中心設立之時，由於當時臺灣尚未有外國機構註冊的制度，因此在美國紐澤西州註冊[14]。1962年更名為「臺北語文學院」（TLI, Taipei Language Institute），其英文名稱沿用至今，但中文名稱於1975年又改為「中華語文研習所」（何景賢，2015）。

該中心創立之初設於臺北萬華基督教青年會（YMCA），第一批學生就有五十多位，幾乎都是美國的傳教士。在1960年之後才開始招收非傳教士的外國學生，包括來自美國大使館、美軍駐臺顧問團、美軍協防司令部等機構的人員[15]。

該機構使用美國芝加哥大學與耶魯大學的多套華語教材，在創立之初即很重視教師培訓，邀請美國的語言學專家到校介紹美國現代語言教學法[16]，於1960年即引入耶魯拼音，也發行自編教材，聯合多所在臺的華語機構辦理華語教學研討會。

該機構規模不斷擴大至今，發展出獨立的華語教學體系及教材教法，堪稱臺灣自1960年代至今最為活躍的民間華語教學機構。

---

[13] "Learning Chinese in Taiwan", Taiwan Today, September 01, 1969。原文"It was founded at the Wanhua YMCA, Taipei, in September of 1957 by the Taiwan Missionary Fellowship with the Rev. Egbert W. Andrews, former professor of Chinese at the University of Pennsylvania, as the director" 參見https://taiwantoday.tw/news.php?unit=12,12,20,20,29,33,33,35,35,45&post=23175

[14] 參見何景賢（2015）TLI六十史話：漢教之父：何景賢口述歷史。第80頁。

[15] 參見何景賢（2015），第80頁。

[16] 於1958年初邀請語言學背景的George Shelly和Miss Gratter到校講述語言教學法並示範。〔參見何景賢（2015），第81頁。〕

三、與美國相關的華語教學機構

在1949年國民政府遷臺之初，仍持續與美國保持外交關係，因此已有外交人員及美國傳教士來到臺灣。到了1954年，中華民國與美國簽訂《中美共同防禦條約》，形成軍事同盟。美國據此為中華民國提供軍事協防，美軍開始直接駐防臺灣，由美軍協防臺灣司令部負責指揮。因此大批美軍及眷屬來臺，促進了華語教學的發展，當時有三個與美國相關的教學機構建立，一是美國國務院外交學院的華語中心，二是美國康乃爾大學的Cornell Program，三是臺北美國學校的華語課程。

㈠美國國務院外交學院華語中心

美國在臺協會華語學校（原名美國大使館華語學校，其前身可算是於清朝末年即設於北京的美國外交學院華語學校（1902年至1949年），當年美國政府在北京東邊之通州的三官廟附近建立了一個針對外交官和一些軍官的中文培訓中心，在1949年撤出北京（Kubler, 2018）。

在1950年代初期，美國國務院經綜合考慮，決定臺灣為漢語實地培訓的最佳選擇，因此由負責人Sollenberger於1954年聘請了中國語言學家包擬古教授（Nicholas C. Bodman），請他開始著手計劃在臺灣開設外交學院中文學校（Kubler, 2018）。之所以設於臺中而非臺北，是因為「遠離臺北的國際社群以避開過度的社交活動」[17]。

該學校於1955年四月在臺中成立，最初的中文名稱為「美國國務院外交學院」，英文名稱為FSI Chinese Language-and-Area Training Center, Taiwan。不久之後又改名為 「美國大使館華語學校」（US Embassy Chinese Language School）。每年的學生人數平均大致為15～20人。例如1957年臺中學校招收了十六名全職外交官學生和十二名外交官的妻子。直

---

[17] 參見頁34，Ling, Vivian (ed.) (2018). The Field of Chinese Language Education in the U.S. New York: Routledge.

到1979年遷至臺北前，幾乎有一整個世代的美國外交官在臺中居住和求學[18]。

在教師方面，學校聘請了十幾位教職員，都是中國北方人，例如被譽為創校之父的李宗宓博士，他「早於國民政府在大陸時期，李博士即已在北平與南京教授美國外交人員中文，後值國勢動盪，李博士復於港台使館擔任中文教師。西元一九五五年，美國大使館中文學校於台中復校，李博士協助打理一切創校事宜，舉凡教學規劃、教材製作，乃至人事聘用，李博士無不親力親為」[19]。

早期使用的教材都是美國出版的教材，後來學校的教材絕大部分都是自己編的，課程包括一般性和專業性對話、報紙閱讀、公文閱讀和行書閱讀。有一些學生接受了高級口譯方面的特殊培訓（Kubler, 2018）。

即使美國在1979年與中華民國斷交後，這所學校仍然持續存在，由於美國駐臺的代表機構改名為「美國在臺協會」（AIT, American Institute in Taipei），因此校名也改為美國在臺協會華語學校，搬遷至臺北陽明山山仔后。又於近年遷移至臺北內湖區的美國在臺協會的位址[20]，至今仍然發揮一樣的功能。

㈡Cornell Program（1956～1963）

在1956至1963的七年之間，曾經有一個現今少為人知的華語學程存在於臺灣，即是俗稱 Cornell Program的單位，該單位的全名為 Inter-University Fellowships Program for Field Training in Chinese，是由美國康

---

[18] 參見美國在台協會新聞稿（2008年5月15日）https://archive.ph/20190427054953/https://web-archive-2017.ait.org.tw/zh/pressrelease-pr0830.html

[19] 引用自李宗宓紀念圖書館紀念牌https://www.facebook.com/AIT.Social.Media/posts/10157675182668490/?locale=zh_CN

[20] 中央通訊社（2019年5月24日）AIT內湖新館華語學校（圖）。https://tw.news.yahoo.com/ait內湖新館華語學校-圖-140054103.html

乃爾大學的謝迪克教授（Prof. Harold Shadick, 1902~1993）所創[21]，由福特基金會資助，名義上是由十二所美國大學加上一所加拿大的大學共同設立。最初是與東海大學及臺灣師範大學國語教學中心合作，在1959年乃獨立設置了實體的中心。

該學程的對象是已修完博士課程並通過資格考的資深博士生，目的是從事學術所需的華語口語能力並能實際與華人交流[22]，七年間共培養了50位左右的學生，都是博士生或博士後的人士，大多由美國福特基金會（Ford Foundation）資助。該學程將學生的學習分為三個階段，首先在設於臺中的東海大學參加為期六週的暑期課程，繼而去臺北的臺灣省立師範大學（之後改名為國立臺灣師範大學）為期一個學期，同時可以去鄰近的臺灣大學旁聽修課。而第三階段仍在師大國語中心學習語言，但逐步可旁聽一般系所課程，換言之，這是一種從一般華語到以學術研究為目標的華語轉換訓練，可稱之為「學術華語」（Teaching Chinese as a second language for academic purposes），也可說是臺灣當地的學術華語起源。

該學程之所以到臺中的東海大學，一方面是離臺中的美國大使館設立的語言學校接近，另方面是東海本身和美國的關係。東海大學當時剛於前一年的1955年建校，是由美國紐約的中國基督教大學聯合董事會（The United Board for Christian Colleges in China, UBCCC，今亞洲基督教高等教育聯合董事會）所資助創建[23]。

該學程前幾年並未派遣主任或教師來臺，而採用委託方式，由東海及師大依合約而辦理課程，但自第三年起，原先到東海的暑期研習停止，學生改赴美國耶魯大學進行暑期密集研習，秋季才到師大，但到了1959年又

---

[21] 參見Cornell University圖書館的電子資料eCommons有關Harold Shadick的介紹https://ecommons.cornell.edu/bitstream/handle/1813/18032/Shadick_Harold_1993.pdf?sequence=2

[22] 參見p. 129, Ling, Vivian (2018). The Cornell Program of 1956-63.

[23] 參見東海大學網頁——東海沿革https://www.thu.edu.tw/web/about/detail.php?scid=2&sid=6

停止與師大國語中心的合作，而自行於臺北仁愛路成立實體的中心，開始每年均聘請在地主任（Field Director）並自行培訓老師[24]。由於該中心採一對一的個別教學，曾在1959～1962年在該中心擔任華語教師的馬盛敬恆教授認為該中心的安排是最理想的學習外語的方式[25]。

由於福特基金會的資助到1962年停止，該中心運作到1963年結束，之後其功能由1963年成立的「美國各大學華語研習所」（IUP, Inter-university Program，俗稱史丹福中心）承續運作。

Cornell Program雖然只存在七年，但最大的價值是開創了學術華語的教學需求，首創了暑期密集班，並且啟迪了臺灣的大學從事華語教學的業務，也促使臺師大國語中心從本地的國語推廣轉型為第二語言教學的任務。

(三)臺北美國學校（Taipei American School）

國民政府於1949年從大陸遷臺時，臺北美國學校也於同年九月成立，是由醫療傳教士所創[26]。早期的學生多是美國傳教士的子女，也有歐洲學生及華人學生，到了1953年後開始有大批美軍的子女加入。雖然整個學校是英語教育的環境，但在1950年代中期，中文課在整體課程中已有穩固的地位[27]。

根據當時的學生回憶，1950年代所有學生都被要求修中文課，由於也有華人學生，因此課程分為母語者和非母語者兩軌，母語不是中文的學生

---

[24] 參見 Ling (2018), p. 128.

[25] 參見馬盛敬恆（2018），頁258。

[26] 參見Taipei American School, https://en.wikipedia.org/wiki/Taipei_American_School

[27] 原文：“Beginning in the mid-fifties, Chinese language classes and Far Eastern Studies had a secure place in the curriculum. By the sixties, an Asian Studies department was providing a mixed bag of classes and activities focusing on China and Taiwan”. P. 124, In Vuylsteke, Richard R. (2007). Ties that Bind -- Taipei American School 1949-1999, An Oral History (2nd Edition). Taipei American School.

主要是學習中文口語，而中文母語學生則要寫書法[28]。除了正規課以外，每天都可以參加課後輔導的中文課，時間爲一個小時[29]。

但是根據1950年代各年的學生畢業紀念冊（Yearbook），教師名單中首次出現有Chinese teacher是在1959年，唯一的老師是Mrs. Ma[30]。在1960年又有一位中文老師爲Mr. Chin-Lien Li（李清廉先生），李老師是北平人，畢業於燕京大學，並接受過神學的訓練，擁有在美國Connecticut 州的Hartford Seminary Foundation（哈福特神學基金會）之修業經歷[31]。可見雖在1950年代中期即有穩定的華語課，但直到1959年才有固定專職的華語教師。

臺北美國學校的華語課程自此一直未曾中斷，之後因學生人數不斷增多而擴增，從小學、初中到高中有系統性的華語課程，並且自編各年級的華語教材，一直持續至今。

四、臺灣本地大學華語教學之起步

由臺灣本地大學所設立的華語中心以臺灣省立師範大學（後改名爲國立臺灣師範大學）最早，於1956年秋季在該校成立了「國語教學中心」，是一個獨立於校內的單位，經費自主，不屬於任何學院。然而該中心當初之設立目的卻不是爲了教外國學生華語，而是負責臺灣本土的國語推廣。

1956年距國民政府來臺不過七年，臺灣仍在大力推行國語的時代，尤其是培養中學教師的師範院校更必須訓練學生講好國語，根據師大校刊第十六期第一版（民國四十五年十月二十日出版）之頭版新聞「加強國語教育，本校設立國語教學中心」，內文提及「於今年又設立國語教學中心，

---

[28] 參見Lily Shia Liou－Student, 1950~1963自述，P. 44 in Vuylsteke (2007).

[29] 參見Gary Melyan－Student, 1957~1961自述，P. 34 in Vuylsteke (2007).

[30] 根據後續年代的Yearbook記載，Ms. Ma後來卻轉為體育老師。

[31] 根據美國學校退休教師Nicolas Lin與Fenny Chou的訪談，提及李先生於1995返回故鄉北京居住，於1997年過世。

推廣國語文教育，由王壽康教授負責主持」，其中明列中心工作計劃：「本校一年級生每週二小時之國音教學課，由國語教學中心負責籌劃，並研討其教材教法，隨時予以改進，凡學生對於國語感有特殊困難者，分別予以個別的加強訓練，以期其能在最短期間能通曉國語。除課堂講授外，並將指導學生成立師大廣播社，另外更將成立國語訓練班」[32]。

中心的創辦人暨首任主任是國文系的王壽康教授，王教授本身即是國語教育專家，在民國十四年畢業於北京師範大學國文系，於民國三十六年擔任北平師範學院國語專修科副教授，並擔任國語小報之社長。民國三十七年（1948年）他親自攜帶北平國語小報（後改名爲國語日報）的注音符號鉛字模來臺，擔任國語日報的副社長，也在國語推行委員會工作，並受聘於臺灣省立師範大學擔任國語專修科主任（方祖燊，2000；徐曉、張穎靈，2015）。

國語中心不僅負責在師大校內開設「國音課」，並成立校內的國語研究社及廣播社，辦理暑期「小學教師國語正音班」，王教授本人也至各縣市巡迴演講以推廣國語，由此可見特別成立國語教學中心的原先目的並非爲了教授外籍人士的華語而設，並且當時臺灣的外國人士不多，還遠遠不到需要在大學特別爲極少數的外國學生而特設華語中心的地步。

然而國語中心卻在初創時卻剛好引入了前述的美國Cornell Program之合作關係，如前所述，此Cornell Program是由美國福特基金會支助，根據國語教學中心創設時期之助教周慧強回憶：「臺灣方面由亞洲協會（The Association of Asian Studies）負責承辦。經費管理、生活安排是由亞洲協會負責，而教育項目則委請臺灣師範大學協辦」（莊雅琳，2010）。在秋季送了第一批五位美國的博士生及博士後學者，前來學習華語並兼習其研究專業，時間自1956年「10月1日至次年2月底，爲期五月，在本校接受國

---

32 原文引自 臺灣省立師範大學校刊，第十六期第一版（民國四十五年十月二十日出版）

語訓練，以耳聽口說爲主……」[33]。因此王主任就請修習他國音課的五位國語標準的大學生擔任教師（馬盛敬恆，2005；周俐君，2010）。

　　根據校刊所載：「四十五學年度第一學期有美國各大學聯合獎學金學生李豪偉等五人前來我國留學，研習我國歷史、文化及文學。因語言上之困難，不能立即納入正班上課」[34]。這個所謂「正班」，應該就是指國語中心爲師大本地學生所開的「國音課」，換言之，這些爲外國學生所特別安排的華語課當時還不能算是正班。校刊又載：「本校應該聯合獎學金委員之請，在本校國語教學中心創設外籍學生國語訓練班，採集中教學方式，訓練期間一年」[35]。可見而這個外籍學生的國語訓練班算是國語中心下屬的班別種類之一，不是唯一的種類，也可見國語中心創辦時的正規工作並不是爲了處理外國學生的教學，是因爲與Cornell Program合作而產生的附加業務。

　　但是次年王主任在各縣市作推廣國語的巡迴演講之間因腦中風病倒[36]，國語中心主任乃換成英語系的張見賢教授，原有的國音課改由國文系負責開設，原先爲臺灣各縣市及師大內部推廣國語的工作也萎縮，才逐漸轉型爲專門招收外國學生的華語教學單位。

　　國語中心前幾批外國學生其實多半是Cornell Program的學生，但三年之後的1959年，康乃爾中心審視教學成效後，決定中斷與國語中心的合作而自行於臺北市仁愛路設置中心場所（Ling, 2018），而國語中心即轉型成爲獨立自營型的華語中心，不再依賴康乃爾大學提供生源而完全自行招收外國學生，學生背景也逐漸多元，例如有「在臺的美國軍職人員，還有一名女性的英籍傳教士。還有菲律賓的外交官、泰國的武宮、日本的商

---

[33] 參見師大校刊第十六期第一版（民國四十五年十月二十日出版）
[34] 原文引自 臺灣省立師範大學校刊（1956），16（1），頁73-74。
[35] 同上
[36] 參見方祖燊（2000）我所知道的王莘青（壽康）老師。燃燈錄（頁102-106）。臺師大國語教學中心出版。

人、已在臺灣居住的外國人和華裔美籍的留學生」[37]。

　　國語中心最早期所使用的主要教材，根據多位最早期的華語教師的自述及訪談，多半是由學生從外國帶來的，包括有耶魯大學的初級教材。例如M. Gardner Tewksbury編著的《Speaking Chinese》（1948）和王方宇的《Chinese Dialogues》（1953），後來也慢慢增加一些讀本，例如《三百字故事》、《七百字故事》、國語日報等等（佟秉正，2005；莊雅琳，2010；周俐君，2010）。但這些讀物其實都是本國兒童的讀物，不算是針對外國人士的二語教材。

　　在課程方面：「每生每週上課二十小時，另自修暨作業約十五小時。訓練重點以說話爲主。在最初十週中使用羅馬拼音教材，第十週至第二十週，羅馬拼音與漢字併用。第二十週以後即完全使用漢字」[38]。

　　至於教學方法，根據時的助教兼華語老師周慧強教授的訪談：「我們都沒有特別的教法，因爲是一對一上課，容易按照學生的背景、程度及困難進行個別教學……幫助老師們從中摸索出教法，也就彌補沒經過訓練的遺憾」[39]。而在1957年當時還是研究生兼任華語教師的馬森教授回憶：「我們就直接上場教學，沒有特別的教學法，……因爲學生的要求，我們幾乎不用英文，就算是初級零起點，還是儘量全中文教學」[40]。

　　自臺師大設立了華語教學的中心後，臺灣本地大學的華語教學卻成長緩慢，雖然七年之後的1963年，美國的IUP（Inter-University Program美國各大學中國語文聯合研習所）創設在國立臺灣大學校內，但由於該中心的運作是由美國的董事會管理，主任亦由董事會從美國派遣學者前來擔任，其編制也不屬於臺大，因此並不能算是大學直屬的華語單位[41]。接下來眞

---

[37] 引自98頁，莊雅琳（2010）。

[38] 原文引自臺灣省立師範大學校刊，第十六期第一版（民國四十五年十月二十日出版）

[39] 原文引自99頁，莊雅琳（2010）。

[40] 原文引自94頁，周俐君（2010）。

[41] 參見鄧守信教授專訪頁60-61。國際華語研習所55週年所慶紀念特輯。

正屬於大學編制內的華語機構是輔仁大學於1964年所成立的華語中心，該中心「原創辦單位是天主教聖言會，於1964年在于斌樞機主教指示下成立。其後爲了促進中西文化交流，以容納來華外籍學生學習國語文，於1969年獲教育部核准設立語言中心」[42]。

而到了1970年代也只有另兩所大學成立華語教學中心，分別是於1970年成立的東海大學「華語教學研究中心」（陳燕秋，2010），以及1975年逢甲大學成立的語言教學中心[43]。而在1980年代也只多了兩所大學成立華語中心，爲1982年成立的成功大學文學院語言中心中文組，又過了七年於1989年政治大學成立了語言視聽教育中心華語組，都只是屬於校內的四級單位。直到本世紀之後，各大學的華語中心方才如雨後春筍般的成立起來，至今有六十多所大學成立了華語中心。

除了這些機構以外，由於當時逐漸有更多外國人士前來臺灣，例如駐臺美軍及眷屬、各國大使館人員及眷屬、傳教士及商務人士，因此也有個別的人士擔任外國人的華語家教[44]。這些華語家教應有不少，散布各地，也發揮了華語教學的功能。

五、發軔期的現象

綜觀1950年代臺灣華語教學的發軔期並比較後續的發展方向，可以歸納幾個發展的趨向及特色：

㈠先從專門華語起步

通常華語教學的發展是先以一般性的華語聽說讀寫的溝通技能及生活

---

[42] 引自輔仁大學華語文中心網頁目錄之中心介紹下的創設宗旨http://www.lc.fju.edu.tw/

[43] 參見逢甲大學華語文教學中心網頁https://www.facebook.com/FCUCLC/?locale=zh_TW

[44] 茲舉一例：「……美軍顧問團宿舍在新竹的期間（1956~1970），其東美路大門對面有中國煤礦開發公司的宿舍，……當時公司總經理余物恆先生一家四口與新竹礦區主任張炳武總工程師一家皆居住於此宿舍。……總經理余物恆一家曾在美國居住，因此認識了美軍顧問團宿舍的幾戶人家，余總經理太太還曾教他們中文」。參見https://blog.xuite.net/glocalprofessor/wretch/111245343

實用爲主，再慢慢及於特殊目的之專門華語（Teaching Chinese for Specific purposes）。但臺灣的華語教學發軔期卻是反其道而行，是先發展宗教華語、外交華語及學術華語等的專門華語，之後才轉爲普通華語教學。

　　臺灣的華語教學最初其實是由教會的神職人員而開始的，主要是因爲在1950年前後臺灣仍處於戰爭的陰影下，經濟尚未發展，少有外國人士前來臺灣，只有西方的傳教士不畏艱險前來傳教，因此耶穌會華語學院、瑪利諾會語文中心及基督教語文學院都與天主教或基督教會有關。

　　而由康乃爾大學設立的Cornell Program之學習者都是博士學生，是培養從事研究所需的華語內容，是屬於學術華語的範疇。至於美國外交學院的華語課程更是專門培養外交官的外交專職華語。這些專門華語的教學目標、課程設置、教學內容乃至於教材教法都有其專門特色，學生受教的目的很明確，與其生涯發展完全結合，與一般的普通華語教學頗爲不同。

　　直到這幾個以宗教華語爲主的中心後續開放給非傳教士的一般外籍人士進入修課，以及一些大學逐漸招收各類外國人士前來學習華語，臺灣的華語教學才朝向普通華語的方向發展。換言之，臺灣的華語教學是由專門華語帶動了一般華語的開展。

(二)來自中國大陸的傳承關係

　　1949年國民政府遷臺，不僅是政治的遷移，也是文化的南渡，同時也帶來了許多原在大陸時期即與西方交流的連結關係，華語教學即爲一斑。

　　早期的幾所華語機構都來自原先在中國大陸的連結，如前所述，美國國務院的華語中心是原先設於北京通州三官廟的外交華語學校（1902～1949年），天主教耶穌會的新竹華語學院的前身也是耶穌會設於北京德勝門大街附近的德勝話語學院（1937～1949）。

　　幾個中心的外籍創辦人也都有中國大陸的工作經驗，例如天主教馬利諾會語言中心創辦人蔡文興神父於1933年即被派遣到中國廣西省梧州教區

傳教，他傳教前先學了一年粵語，總共在廣西待了14年之久[45]。許多該會來臺的神父原先就是在大陸的廣西桂林（西南官話區）、廣西梧州及廣東江門教區（粵語區）、廣東的嘉應教區（客語區）與東北撫順（東北官話區）等地傳教，因此不少來臺傳教士已經熟悉粵語、客語或是國語，也因此特別注重新進的傳教士要先學好當地的語言。

耶穌會新竹華語學院的首任教務長為加拿大籍的施善蘊神父（Fr. Maurice Lamarche），他於1940年到達中國大陸學習華語、神學並晉鐸，而後在上海徐家匯擔任華語教學的工作，1953年被中共驅離，1955年來到新竹協助建立華語學院，並結合昔時北京與上海的行政教學經驗，制定了新竹華語學院的教學營運的方針（Mateos, 1995）。

基督教語言中心的創辦人美國籍安篤思牧師[46]（Rev. Mr. Egbert W. Andrews）也是來自大陸，他甚至出生於中國大陸四川省。1927年回美國接受大學和神學教育，後來返回中國大陸傳福音。他先在北平學習國語，然後到東北宣教。1942年6月被遣送返美。1944年底抗戰末期，他受中華民國政府聘請返回中國大陸擔任聯絡官，1946年他恢復宣教士的工作，在上海向大學生傳福音，後於1950年到臺灣宣教。基於在北平及東北的語言環境與宣教經驗，他不僅主動創立語言學院來訓練傳教士，並極力找尋國語標準的師資來源（何景賢，2015）。

Cornell Program的創辦人Prof. Shadick在1925年即到中國北平的燕京大學教書，直到1946年返回美國到康乃爾大學任教（Mei, Tsu-Lin, 2015），這二十一年的中文地區居住及在地的高等教育任教經驗，必然讓他認定實地語言培訓的必要性。

---

[45] Maryknoll Mission Archives: Bishop William F. Kupfer https://maryknollmissionarchives.org/deceased-fathers-bro/bishop-william-f-kupfer-mm/

[46] 洪明灶（2017）宣教士安篤思牧師（Rev. Mr. Egbert W. Andrews）略歷。1910-1982 https://www.facebook.com/293081201159245/posts/333200303814001/

這些都是來自中國大陸早先的對外華語教學傳承，也是1949年之前中國大陸與西方文化交流的一種延續。

㈢引入第二語言教學的學理

早期臺灣本身並無二語教學的體系，例如師大國語中心雖然有多位天生的優秀老師，但教師們都是靠自行揣摩而累積經驗，中心並沒有熟諳英語並接受過應用語言學訓練的師資[47]，這也是Cornell Program於1959年中斷與師大的關係而自行設置實體中心的原因之一。

華語界的二語教學觀念及教學法多是由國外來臺設立的機構所引進的，原先就在大陸時期所設立的中心本來就已運用二語教學法，例如美國國務院的華語學校及耶穌會華語學院，來臺後承襲原先制度自不待言。基督教語文學院在1958年便邀請了美國軍方具有語言學背景的謝喬治（George Shelly）和美國的語言教學專家Miss Gratter介紹美國現代語言教學法[48]。Cornell Program更是直接派遣了幾位懂得中文的美國的語言專家例如Betsy Mirsky和James Dew等人前來主持[49]。據師大國語中心首批教師之一的馬盛敬恆回憶，她在國語中心教華語時是「摸著石頭過河」，邊教邊學，直到畢業後到Cornell Program教書時才和主任Elizabeth (Betsy) L. Mirsky學習教第二語言的方法（馬盛敬恆，2018）。

由於當時臺灣還沒有華語師資的培育單位，這些第二語言教學法似未對臺灣本地各大學華語中心產生直接影響，真正有系統性的二語教師訓練要等四十年後的1995年臺師大華語教學研究所創立後才開始，但至今各大學的華語教學相關單位是否能完整採行二語教學的體系，仍待深入考查。

---

[47] 參見頁128，Vivian Ling（2018）The Cornell Program of 1956-63 and the founding of IUP.

[48] 參見頁81，何景賢（2015）

[49] 參見頁128，Vivian Ling（2018）

㈣受到美國耶魯大學的華語教材教法之影響

在當時除了新竹華語學院大多招收歐洲的神職人員以外，各中心的學員幾乎都是美國人士爲主，包括美國傳教士、外交人員及眷屬、軍職人員及眷屬，以及美國的研究生。因此，在課程設置及教材教法上很自然迎合美國式的風格。

當時所引進的教材與教法都是美國耶魯大學的華語教學體系。該體系源承於二次大戰時期的美國「陸軍特別訓練班」（Army Specialized Training Program，簡稱ASTP）[50]之中的華語教學體制，以口語聽說爲主，是純正的第二語言教學，迥異於歐洲植基於漢學的華語閱讀及古文解讀傳統。在二戰後，杜伯瑞（M.Gardner Tewksbury）、王方宇、李抱忱等學者曾利用這一套系統編纂了一系列的中文教材。例如《說中國話》（Speak Chinese, 1948）、《華語對話》（Chinese Dialogues, 1953）、《華文讀本（I）》（Read Chinese Book I）、《華文讀本（II）》（Read Chinese Book II）、《漫談中國》（Read About China, 1958）等書，使耶魯式拼音風行歐美（陳友民，1995）。

新竹華語學院在創辦之初即使用耶魯大學的教材，並自行編寫出輔助學習耶魯拼音及漢字的學習本。當時所使用的標音系統是耶魯式的拼音（信世昌等，2018）。後來首任教務長施善蔭神父（Fr. Maurice Lamarche）於1963年特地訪問耶魯大學以了解其華語教學的特色，後來還被教會派至耶魯取得語言學博士。另一位神父Michael Saso也緊接於1963～1964 被派至耶魯學習華語教學法，回來後在新竹華語學院待了一年傳授耶魯的教材教法。

美國外交學院華語中心也使用耶魯大學所出版的《說中國話》和《華語對話》（Kubler, 2018）。而Cornell Program更是在設立的第三年即將原先在東海大學的暑期班轉移至耶魯大學，先讓學生來臺前先送至耶魯大

---

[50] 參見彭靖（2018）《塵封的歷史──漢學先驅鄧嗣禹和他的師友們》，壹嘉出版。

學的遠東語言系（Institute of Far Eastern Languages, IFEL）進行八週的培訓，耶魯IFEL的培訓極有助於來臺的後續學習[51]（Ling, 2018）。

　　臺師大國語中心最早一開始「說話訓練採用耶魯大學華語對話課本」[52]，包括《Speak Chinese》、《Chinese Dialogues》、《Reading Chinese》二冊、《Read about Chinese》四冊。後來亦把耶魯大學出版的《Speak Chinese》改編成中文《實用國語會話1》，《Chinese Dialogues》則改編為《實用國語會話2》[53]。基督教語文學院則在一九五八年把耶魯大學的拼音及耶魯大學的教材引入臺灣，教材包括《Speaking Chinese》、《Chinese Dialogues》、《Reading Chinese》及《Read about China》等。

　　於1957年即在臺師大國語中心任教並後來擔任倫敦大學資深華語教席的佟秉正先生提及：「耶魯教材當時不但在觀念上、教法上給了我明確的指引，而且還讓我對自己母語的語法有了初步的理性認識[54]」。他對於耶魯教材的讚許可作為當時各華語中心的普遍認知，也可見耶魯的教材教法體系對臺灣早期華語教學的深厚影響。

㈤早期華語教師的背景與口音特質

　　在1950年代之間，這些單位的華語教師人數加總還不足百人，當時並無華語教師的培訓單位，更無華語教學的系所，所招聘的教師多以國語標準為要素，例如師大國語中心第一批老師田欣然老師回憶：「當年王壽康教授找華語老師的首要條件便是語音純正，也對北方話了解，尤其對兒話

---

[51] 原文"The extremely rigorous and effective curriculum at IFEL gave the fellows a jump start and a solid aural-oral foundation so that they were able to start their in–Taiwan training on firmer footing". P. 129, Ling (2018).

[52] 引自臺灣省立師範大學校刊，第十六期第一版（民國四十五年十月二十日出版）

[53] 參見李瑄、王曉鈴、段氏香（2017）。走過一甲子－葉德明老師專訪。華語學刊，（23），47-51。

[54] 參見頁234，佟秉正（2005）

音極爲重視……」[55]。在1957年在臺師大國語中心擔任華語老師的馬森教授說他小時候在北京待過一段時間，國語標準，所以王壽康主任就請他去教華語了（周俐君、2010）。1950年代在新竹華語學院任教的早期教師王一夫[56]、臺北美國學校的李清廉老師也都是北平人。

　　這些國語標準的老師本身泰半是來自中國大陸北方的人士，都算是來臺的外省人第一代，例如根據師大國語中心早期教師的籍貫分析，在1950到1960年代末期任教的35位教師中，至少有11位北平人及5位北方人[57]。即使是1950年代臺灣還處於推行國語的初步階段，但這批華語教師的國語口音純正，深得外國人士的信服，許多國語音色純正漂亮的發軔期華語教師應聘出國任教，例如師大國語中心早期的老師如袁乃瑛、馬盛敬恆、佟秉正、馬森等赴歐美的大學擔任華語教師，也成爲臺灣最早應聘出國的華語教師。

㈥華語方言的教學

　　早期的教會所辦的華語中心爲了傳教之故，幾乎都一併進行臺灣本地方言的教學，主要是閩南語及客語，例如耶穌會是在1952年先於新竹縣關西鄉成立了客語學校，到了1955年才成立了華語學院。馬利諾會是承襲了在大陸兩廣傳教的做法，也是優先訓練神職人員學習臺灣的閩南語方言，甚至編有閩南語教材；而基督教語言中心也特別開設了閩南語班。所聘請的老師則都是臺灣當地的閩南人及客家人。

---

[55] 參見張庭瑋（2015）臺灣華語教學發展的歷史回顧　臺灣最早期的華語教師：田欣然教授專訪。華語學刊，18期，頁41-42。

[56] 祖籍北平的王一夫在民國四十二年間進入華語學院兼課，原是省立新竹高工老師，有一口京片子。參見天主教耶穌會Facebook【#心靈微整型】華語教學樂無比https://www.facebook.com/JesuitsChinese/photos/a.361174760671011/1303495199772291/?type=3

[57] 筆者參考《燃燈錄》26-43頁的教師名錄進行之分析。國立臺灣師範大學國語教學中心編印，1989年。

六、結語

這些最早期的華語教學單位迭經變化，有些早已關閉，例如Cornell Program到了1963年結束，其功能由1963年成立的IUP（美國各大學華語研習所）接續，而IUP亦於1997年結束在臺北的中心而遷至北京。天主教耶穌會的新竹華語學院則因為來臺的傳教士逐步減少而於1981年關閉。但其餘的五個機構至今仍在運作，例如美國國務院外交學院華語中心在臺美斷交後由臺中遷至臺北繼續運作至今。原屬於教會的基督教語文學院於1975年改名為中華語文研習所，而發展成為多元化的語言教學企業。

1950年代的華語教學發軔時期至今已超過一個甲子，但其中的人事物都與後來的發展有關。當年有些早期的華語教師持續教了好幾十年，多位出國任教的老師也在海外造成一定的影響。當時所磨練出的教學方法都隱隱延續至今，許多後來編寫的教材都是基於當時引進的耶魯教材為根底。當時所建立的單位，後來都各自培養了至少上千位甚至數萬名的外國學生，成果極為驚人，可說當年開創期前輩們的努力，為現今臺灣華語教學奠定下了豐厚的基礎。

參考資料

Heylen, A., & Sommers, S. (2010). *Becoming Taiwan: From colonialism to democracy*. Wiesbaden: HarrassowitzVerlag.

Kubler, C. C. (2018). Foreign Service Institute (FSI), a valuable reference for academia. In Ling (ed.), The Field of Chinese Language Education in the U.S. (pp. 114-122). New York: Routledge.

Ling, Vivian (2018). The Cornell Program of 1956-63 and the founding of IUP. In Ling (ed.), The Field of Chinese Language Education in the U.S. (pp. 125-139). New York: Routledge.

Madsen, Richard（2012）臺灣天主教會的成長與衰退：以瑪利諾會的兩個傳教區為例。臺灣學誌。2012年10月（6期），頁53-76。

Mateos, F. S. J. [沈起元神父] (1995). China Jesuits in East-Asia: A decade of changes

1958-1967. Unpublished manuscript.

Mei, Tsu-Lin (2018). Two cultures, two careers: the life of Harold Shadick (1902-1993). In Ling (ed) (2018). The Field of Chinese Language Education in the U.S. New York: Routledge. pp. 402-410.

Vuylsteke, Richard R. (2007). Ties that Bind -- Taipei American School 1949-1999, An Oral History (2nd Edition). Taipei American School.

方祖燊（2000）我所知道的王莆青（壽康）老師。燃燈錄（頁102-106）。臺師大國語教學中心出版。

何景賢（2015）TLI六十史話—何景賢口述歷史。臺北：臺灣中華書局。

佟秉正（2005）《飲水思源》從我在師大國語中心的教學經驗（1957-1963）談起。二十一世紀華語機構營運策略與教學國際研討會論文集。臺灣師大國語中心印行。頁232-235。

李振清（2005）。華語文教學國際化的多元策略與實踐。二十一世紀華語文中心營運策略與教學國際研討會論文集，52-59。

李瑄、王曉鈴、段氏香（2017）走過一甲子——葉德明老師專訪。華語學刊，23期，頁47-51。

周俐君（2010）華語教師的前輩—馬森教授專訪。臺灣華語文教學。第1期，頁92-96。

房志榮（2007）1949年以後的耶穌會在中國。神學論集，153，331-352。

林文玲（2012）跨文化接觸：天主教耶穌會士的新竹經驗。考古人類學刊，77期，頁99-140。

信世昌（2020）1950–1990年代美國與臺灣的華語教學交流——兼談臺灣最早的華語中心。第一屆華語教學發展史國際研討會專題演講。國立清華大學。2020年12月18日。

信世昌、陳雅禎、李黛顰、任心慈（2018）臺灣最早期的華語教學探究——新竹天主教耶穌會華語學院（Chabanel language Institute）。華語學刊。2018年第2期，頁60-76。

孫懿芬、曹靜儀（2010）訪輔仁大學語言中心周文祥老師——談臺灣天主教外籍神父、修士、修女的華語培育搖籃。臺灣華語文教學，第9期，頁63-66。

徐曉、張穎靈（2015）臺師大國語中心創辦者王壽康之子—王正方導演專訪。華語學刊。18期，頁38-40。

馬盛敬恆（2018）我從事對外漢語教學的心路歷程。In Ling (ed.) The Field of Chinese Language Education in the U.S. (pp. 256-264). New York: Routledge.

馬盛敬恆（2006）對臺灣國語中心的回顧與瞻望。二十一世紀華語中心營運策略與教學國際研討會論文集。國立臺灣師範大學國語中心印行。頁1-3。

張庭瑋（2015）臺灣華語教學發展的歷史回顧──臺灣最早期的華語教師：田欣然教授專訪。華語學刊，18期，頁41-42。

梅謙立（2000）耶穌會的北京導覽──天主教與中國文化的相遇。臺北：光啓文化事業。

莊雅琳（2010）周慧強教授-談臺灣早期華語文教學。臺灣華語文教學，總第八期，頁97-101。

陳友民（1995）詞條：耶魯大學拼音系統。收錄於胡述兆編，圖書館學與資訊科學大辭典。臺北：漢美出版社。

陳燕秋（2010）傳承華語四十載，回首又見來時路──東海大學華語教學中心四十年回顧與展望。華灣華語文教學，第9期，頁67-70。

詹德隆口述、鐘美育撰稿（2012）耶穌會士在臺福傳口述歷史套書：路難行易。臺北：耕莘文教基金會。

劉美君（2020年12月19日）在新竹眷村教中文的曹奶奶──臺灣在二戰後的第一位華語教師。論文發表於第一屆華語教學發展史國際研討會。國立清華大學。

羅青哲主編（2000）燃燈錄。國立臺灣師範大學國語教學中心編印。

近代以來日本「中國語」教學的歷程

古川裕

大阪大學 / 日本

摘要

　　眾所周知，除了中國大陸和港臺等中文地區以外，日本是唯一一個自古至今還在使用漢字的國家，不管是書寫文字還是閱讀文獻，日文都離不開漢字。日本和中國大陸在空間上是一衣帶水的地理近鄰位置，在時間上已有幾百年，甚至有千年以上交流往來的悠久歷史，日本文化和中國文化之間有密不可分的關係，可謂是「你中有我，我中有你」的親密狀態。為了能跟中國的文化及社會進行直接有效的交流，日本自古以來在各個層面一直都很重視漢語的教學和研究。本文基於如此認識，從日本進入近代以來150多年的「中國語」（漢語、華語）教學的歷程從宏觀角度進行介紹，並指出今後需要解決的幾個課題。

關鍵字：日本的中國語教學、漢字文化圈、150多年的歷史

The History of Chinese Teaching in Japan in the Modern Era

Furukawa Yutaka

Osaka University/Japan

Abstract

Everyone is aware that in addition to Chinese regions such as China and Hong Kong and Taiwan, Japan is the only country that still uses Chinese characters since ancient times; whether used for writing or reading documents, the Japanese language is inseparable from Chinese characters. Japan and China are geographical neighbors, separated only by a narrow strip of the ocean in space. In time, the two countries have had hundreds of years if not thousands of years of history of exchanges. There is an inseparable relationship between Japanese and Chinese cultures. This intimate relationship can be said to be as close as 'You are among us, and we are among you'. To communicate directly and effectively with Chinese culture and society, Japan has attached great importance to the teaching and research of Chinese at all levels since ancient times. Based on this understanding, this article introduces the history of 150 years and more of teaching the "Chinese language" (Chinese and Mandarin) from a macro perspective since Japan entered the modern era and make suggestions on several issues that need to be solved in the future.

Keywords: Chinese language teaching in Japan, Kanji cultural circle, more than 150 years of History

一、近代以來日本的中國語教學史

　　1868年發生的明治維新是日本歷史上「近代」開始的里程碑。明治維新之前，日本一直處於封建社會。十七世紀初的1603年成立了武士政權德川幕府，日本歷史進入江戶時代。德川幕府為了鞏固國內統治並防止外部勢力對國內的侵入而採取了兩百多年的鎖國政策，由此外交、經濟以及文化等諸多方面基本沒有跨國的交往，只允許在九州島西部長崎（Nagasaki）一地跟當時清政府、朝鮮和荷蘭等三個國家進行有限的通商。因此，當時的長崎可謂是日本唯一一個可以看到海外世界、聽到國外信息的小小的窗口。

　　我們在本文中在日本進行的中國語教學一律叫做「在日漢語教學」。我們認為自從十九世紀中葉明治維新以後到當今二十一世紀初的大約150多年，在日漢語教學的歷史大致可以分成如下四個階段。其時間點和各階段的特色分別如下：

1. 在日漢語教學成立階段：1868～1894年。為了進行交易，以實用交易為目的。
2. 在日漢語教學起步階段：1895～1945年。為了擴大勢力，以富國強兵為目的。
3. 在日漢語教學發展階段：1946～1979年。為了日中友好，以廣泛交流為目的。
4. 在日漢語教學飽和階段：1980～現在。被政治經濟因素糊弄，迷失目的方向。

　　下面我們將分節看一下四個階段的具體情況，最後展望一下飽和狀態之後21世紀在日漢語教學的未來及其需要解決的問題。

二、成立階段：1868～1894年

　　如上所述，明治維新以前的日本是江戶時代（1603～1868）時期。1639年德川幕府發出最後一道鎖國令，之後的兩百多年日本全國徹底實行

鎖國政策，處在了跟外界完全斷絕的封閉狀態。當時只允許在長崎的「出島」這麼一塊小地方以及琉球這樣幾乎處於獨立狀態的特殊地方進行和清國、朝鮮及荷蘭的交往。

江戶時代的長崎，還有琉球及薩摩（satsuma，現稱鹿兒島縣）等地區，有專門從事外文翻譯的人員，做中文翻譯的叫「唐通事」，做荷蘭語翻譯的叫「蘭通詞」。當時所謂的「唐話」指的是「漳州話」、「福州話」和「南京官話」等中國南方方言，每個方言都有專門的翻譯人員。這三種方言跟唐船的啟航地有關係。其中，南京官話在當時中國使用的區域比漳州話和福建話更廣，所以南京官話在抵日唐人和唐通事之間就有一種通用語言的性格。

當時「唐通事」這行業是世襲的家業，原來基本都是在日中國人，然後是父子口傳，一般不給外人傳授翻譯技巧。社會上沒有正統的中文翻譯的教育機構，但從歷史記載中可以知道也有一些私塾教授唐話。他們唐通事的後代有不少由原本的中國姓氏改為日本式的姓氏的，比如「林（Hayashi，林）」、「穎川（Egawa，陳・葉）」、「彭城（Sakaki，劉）」、「鉅鹿（Ouga，魏）」、「東海（Toukai，徐）」、「清河（Kiyokawa，張）」、「深見（Fukami，高）」等，其中林、穎川和彭城三家堪稱名門世家。

上文介紹的主要是日本進入近代以前江戶時代有關漢語教學的一部分概況。1867年德川幕府已接近垮台，第二年馬上要成立明治維新政府的時候，長崎的唐通事都被解僱。

1868年日本發生明治維新，舉國上下主張脫亞入歐，開始走上資本主義道路。當時中國尚處於清朝晚期，內憂外患層出不窮。

明治維新後，新政府成立的第四年1871年（明治四年）2月，新政府和清國之間簽訂「日清修好條規」（日方名稱），日清兩國之間有了正式的外交關係。此時，日本新政府外務省（外交部）設立了一所官方的語言學校，其校名叫「漢語學所」和「洋語學所」。當漢語學所成立時，被聘

為漢語教師的九名人員都是原來的長崎唐通事,他們照樣教授南京官話,目的在於培養「通弁」即中文翻譯人才。九位教師分別是:鄭永寧、葉(穎川)重寬、葉雅文、蔡祐良、周道隆、張(清河)武雅、劉(彭城)中平。

　　1873年(明治六年)8月文部省把漢語學所和洋語學所合併重新設立外國語學所,漢語學所名稱改為「東京外國語學校漢語科」。

　　1876年(明治九年)9月東京外國語學校開始教授北京官話Mandarin。當時使用的北京官話教材是英國公使威妥瑪Thomas Francis Wade(1818~1895)編寫的《語言自邇集》(1867年倫敦出版)。

　　1885年(明治十六年)東京外國語學校被撤銷停辦,當時的處理方式是文化外語(英語、德語、法語)繼續在第一高等學校等大學預備部門來教授,實用外語(漢語、俄語、朝鮮語)則改在東京商業學校來教授。我們可以說,這一官方的措施明確體現著脫亞入歐論的價值觀:

　　文化外語=英語、法語、德語=專業教育:目的為培養菁英人才

　　實用外語=漢語、俄語、朝鮮語=技術教育:目的為培養實用人才

　　「文化外語」高人一等,受人敬仰;「實用外語」則是為了應付交易或是供閒人的消遣愛好。這種日式崇洋媚外的價值觀念根深柢固,自那時候起一直保留到現在,在當代日本人心目中也無法抹去。

　　綜上所述,在日漢語教學的成立階段是日本從封建時代的鎖國狀態轉向國外世界的時間段,這一段時間的漢語教學主要目的是為了「實用」,並不是為了吸取「文化」。我們認為成立階段的這一傾向決定了此後150多年在日漢語教學的總體方向:漢語是實用交流的工具,不像歐美英德法語那樣用來吸取文化教養的工具。

三、起步階段:1895~1945年

　　我們都知道十九世紀末世界主要資本主義國家開始對外擴展,歐美幾個國家還有日本向中國進行侵略政策,清國逐步面臨滅亡狀態。

　　1894～1895年（明治二十七至二十八年、光緒二十至二十一年）日本和清國之間發生甲午戰爭（日方稱「日清戰爭」），清國被打敗後1895年4月17日李鴻章代表清政府和日本之間簽約馬關條約（日方稱「下關條約‧日清講和條約」），把遼東半島和臺灣及澎湖列島割讓給日本。

　　在這樣大背景下，1897年4月在東京、神戶、山口、長崎和大阪等地開設的高等商業學校內新成立附屬外國語學校。這些外國語學校所教授的外語是：英語、法語、德語、俄語、西班牙語、支那語（即漢語）、朝鮮語。1899年4月東京的高等商業學校附屬外國語學校獨立，被稱為東京外國語學校。

　　自十九世紀末開始除此官方的新動態外，在日漢語教學也開始有民間的變化。

　　1895年5月原東京高等商業學校附屬外國語學校清語主任宮島大八（Miyajiam Daihachi：1867～1943）在東京建立了一所教授中文的私塾「詠歸舍」，後來改稱「善鄰書院（Zenrin Shoin）」。宮島從清國留學回來後，在這所自己的學校以尊重儒家思想為主導教育方針，專門教授漢語和古代漢語。

　　當年宮島編寫的中文教科書《官話急就篇》（Kanwa Kyuushuu hen）（1904年）在日本的中國語教學起步階段廣為流傳。

　　甲午戰爭結束後日本和清國簽署馬關條約，日本首次殖民臺灣。為了開展針對臺灣的殖民地政策，1900年9月成立「私立臺灣協會學校」，第一任校長是桂太郎（Katsura Taro）。1903年3月日本政府發布「專門學校令」，該校1904年改名為「臺灣協會專門學校」。第二次世界大戰結束後，該校又改名成為「拓殖大學」，至今還在東京招生辦學。

　　甲午戰爭結束後，日本各地興起中國研究熱。

　　1898年（明治三十一年）11月「東亞同文會」成立，1900年在南京設立「南京同文書院」，但因發生義和團事變無法繼續辦學，1901年5月26日搬到上海建立「東亞同文書院」。該校主要校區的變遷如下：

1901～1913年　　上海南市高昌廟桂墅里

1913～1917年　　上海閘北赫司克而路33號

1917～1937年　　上海市徐家匯虹橋路：1937年8月第二次上海事變之際被放火燒掉

1938～1945年　　上海市徐家匯海格路

東亞同文書院原先以教授商務科為主，主要培養從事外貿的人才。此外還有中華學生部，除日本學生外還培養了一批中國學生。到了1921年提升為專門學校，1939年升格為大學。第二次世界大戰結束後，1945年東亞同文會解散，學校設施均被沒收，1946年所有教職員離開中國回日本後，學校就被撤銷停辦。該校畢業生中有不少政界、商界的名人，學術界也出了不少著名的學者，如魚返善雄（Ogaeri Yoshio，東洋大學文學部長、東京大學講師）、宮田一郎（Miyata Ichiro，大阪市立大學教授）和王宏（日語學者，上海外國語大學教授）等。

日本在第二次世界大戰戰敗後1946年11月，日本愛知縣建立一所私立大學「愛知大學」。愛知大學可謂是繼承東亞同文學院大學的後身，1993年校內設立「愛知大學東亞同文書院大學紀念中心」，專門搜集有關東亞同文書院的資料並對此進行整理和研究。

自十九世紀末到二十世紀前半段的國際世界可謂是處於一個大動盪的時代，尤其是以中國為中心的東亞地區發生了一系列記載於史冊的歷史大事件。

1898年中國發生戊戌政變，1900年發生義和團運動，清國面臨滅亡。

1904年發生日俄戰爭（日方稱「日露戰爭」），日本打敗了俄羅斯。

1911年中國發生政變「辛亥革命」，清國滅亡，成立中華民國。

1914年發生「第一次世界打戰」，1918年一戰結束前，1915年日本提出「對華二十一條要求」引起1919年五四運動。

1924年第一次國共合作，1931年日本發動「九一八事變（日方稱「滿州事變」），1936年第二次國共合作，1937年發生盧溝橋事件引起日中戰

爭（中方稱「抗日戰爭」），1939年第二次世界大戰爆發後，1941年發生珍珠港事件日本向美國開戰（日方稱「太平洋戰爭」），1945年二戰結束。1949年10月1日，毛澤東在北京天安門宣布中華人民共和國的成立。

在這樣的社會大動盪的背景下，1921年12月日本大阪地區由民間籌資成立了「大阪外國語學校」，該校教授九種外語，分別是：支那語、蒙古語、馬來語、印度語、英語、法語、德語、俄語、西班牙語。該校於1944年改稱「大阪外事專門學校」，在二戰結束後1949年改組成為國立「大阪外國語大學」，如今發展成「大阪大學外國語學部」。

1925年2月，作為唯一一所私立的外語專門學校，在奈良縣天理市建立「天理外國語學校」，當初主要目的是培養天理教的傳教士，教授支那語、朝鮮語、馬來語、蒙古語、英語、西班牙語、俄語和德語。1949年4月該校升格為天理大學。

1945年日本戰敗前後的一段時間，為了急速培養外語人才日本各地紛紛建立了好幾所外國語學校，這些學校當時一般都稱為「外事專門學校」。現在這些學校基本都成為四年制正規大學。具體有如下幾所學校：

1. 神戶市立外事專門學校（現為神戶市外國語大學）：1949年3月成立，1949年2月升格為神戶市外國語大學。

2. 市立小倉外事專門學校（現為北九州市立大學外國語學部）：1949年7月成立，1950年升格為北九州外國語大學，1953年改組成為北九州大學，2001年4月改稱北九州市立大學。

3. 東亞外事專門學校（現為麗澤大學）：1942年4月成立，1947年改稱千葉外事專門學校，1950年升格為麗澤短期大學，1959年改組成為麗澤大學。

4. 同志社外事專門學校（現為同志社大學）：1920年成立的同志社大學的前身是1875年在京都設立的私塾「同志社英學校」。1944年4月同志社專門學校高等英語部和法律經濟部合併成為同志社外事專門學校。該校1952年撤銷停辦。

5. 南山外國語專門學校（現爲南山大學）：1946年7月成立，1947年8月改稱名古屋外國語專門學校，1949年4月升格爲南山大學。

6. 福岡外事專門學校（現爲福岡大學）：1947年2月成立，1949年4月和福岡經濟專門學校合併成福岡上課大學。1956年改組成福岡大學。

7. 京都外國語學校（現爲京都外國語大學）：1947年5月成立，1950年4月升爲京都外國語短期大學，1959年改組成爲京都外國語大學。

　　綜上所述，教學機構、教師、教材等有關漢語教學的基本條件成立以後，在日漢語教學在很大程度上受到當時世界上帝國主義往外擴展勢力的影響，由此可以說當時的在日漢語教學主要目的是爲了實現富國強兵。

四、發展階段：1946～1979年

　　1945年8月15日，日本接收波茨坦公告宣布無條件投降。

　　同年9月2日，日本向同盟國簽署投降書，第二次世界大戰結束，世界格局開始發生大變動。世界各地，包括日本、海峽兩岸的社會情況以及日本和中國之間的相互關係也發生了巨大變化。

　　1949年10月1日，毛澤東在北京宣布中華人民共和國成立。

　　1952年4月，日本和中華民國之間簽訂條約（日方稱「日華平和條約」），日中兩國結束長達十五年的戰爭狀態。

　　1950年代開始到1970年代，中國大陸處於建國階段的建設期，發生了一些自然災害和一系列的政治運動，這二十多年間中國和日本之間處於隔離狀態，沒有正式的交流往來。

　　1972年9月25日，日本首相田中角榮應周恩來總理的邀請訪問北京，29日中日雙方政府發表「日中共同聲明」（中方稱「中華人民共和國政府和日本國政府聯合聲明」）。由此，日本和中華人民共和國之間建立邦交的同時，跟中華民國斷絕了外交關係。

　　1978年8月12日，日中兩國簽署「日中和平友好條約」，同年10月鄧小平副總理訪問日本，日中雙方互換《和平友好條約》批准書。

1979年12月5日，大平正芳首相訪問中國，承諾向中國提供第一批政府貸款。

這樣的社會大背景給日本的漢語教學創造了一個新的氣氛，那就是「為了日中友好，學好漢語」。這個口號正好可以代表上世紀後七八十年代發展階段的在日漢語教學的整體氣氛。

為了具體說明這段發展時期的在日漢語教學，我們將重點介紹倉石武四郎先生和由他親自創辦的日中學院。

倉石武四郎（Kuraishi Takeshiro：1897～1975）生前曾在京都帝國大學和東京帝國大學任教，研究方向是清朝音韻學研究、中國文學、中國語教育等諸多方面。他曾於1928年由日本政府派遣到北平留學兩年，其間師從錢玄同、吳承仕等，曾有過和胡適、魯迅、章炳麟、黃侃等知識份子的交往。

戰前日本的中國研究一般被稱作「漢學」。漢學研究受到過去傳統的主流思維，專門用日語訓讀的方式來解讀中國的古典文獻，不懂漢語也能用日語「訓讀」的翻譯方式進行研究。倉石先生對這種間接的文獻閱讀翻譯方式有反對意見，從北京留學回來開始教書後，孤軍奮鬥，一貫主張一定要教授現代漢語口語，一定要用現代漢語直接閱讀中文文獻，大力主張未來的中國研究一定要通過現代漢語的運用。他有一句名言叫「我去中國時，已把訓讀方式統統扔到海裡去了」，這句話正好代表著他的中心思想。這樣日本開始興起了和過去所謂的「漢學」研究不一樣的「中國學China Study」研究。

倉石先生編寫過幾本現代漢語教材和辭典，也寫過幾本專著，在日本戰後的中國語教學領域中起到了領航者的作用：

《支那語読本　巻1-3》弘文堂書房，1938～40年。

《支那語語法篇》、《支那語繙訳篇》、《支那語法入門》，弘文堂書房，1938～40年。

《支那語教育の理論と実際》，岩波書店，1941年。

《漢字の運命》，岩波書店，1952。

《ラテン化新文字による中国語初級教本》，岩波書店，1953年。

《中国語法読本》，江南書院，1956年。

《初級ローマ字中国語》，岩波書店，1958年。

《中国の文字改革と日本》，弘文堂，1958年。

《岩波中国語辞典》，岩波書店，1963年。

《中国文学講話》，岩波書店，1968年。

《ローマ字中国語　語法》，岩波書店，1969年。

《中国語五十年》，岩波書店，1973年。

《中国古典講話》，大修館書店，1974年。

《中国へかける橋》（遺稿集），亞紀書房，1977年。

《倉石武四郎著作集》全2卷，くろしお出版，1981年。

　　倉石先生離開京都大學轉到東京大學後，1951年在東京建立了一所語言學校「日中學院」。日中學院建立後六十多年一直以來的宗旨是「學好中國話，爲日中友好起橋樑作用！」

　　日中學院的前身是「倉石中國語講習會」，在日中友好協會的幫助下改名叫日中學院。該學院現在還在東京文京區辦學，招收學漢語的日本學生和學日語的中國學生，繼續培養能爲日中友好做貢獻的人才。

　　倉石先生1958年於東京大學退休以後，在日中學院教授現代漢語的同時還編寫中國語課本和中日辭典及日中辭典。值得注意的是他教授現代漢語的時期恰恰就是中國國內重點推行文字改革的時期，需要給日本學生介紹簡體字和漢語拼音。倉石先生在NHK廣播電台擔任「radio（廣播）中國語講座」的主講人，也主動組織了「日本中國語學會」等學術機構，給今後日本的漢語教學和漢語研究作出了大量的貢獻。由上可見，倉石武四郎先生可謂是一位名副其實的在日漢語教學的奠基人。

五、飽和狀態：1980～現在

　　1980年代日中兩國的政治經濟以及文化等諸多方面進入一個新的局面，官方和民間都出現了建交後關係最好的蜜月期。

　　1980年5月27日，華國鋒總理訪問日本，這是中國總理首次訪日。雙方商定要召開中日政府成員會議，同年12月3日首屆會議在北京舉行，正式開始政界官方的交流往來。

　　1982年5月31日，趙紫陽總理訪問日本，提出「中日關係三原則」：和平友好、平等互利、長期穩定。

　　1982年9月26日，鈴木善幸首相訪問中國，表示日中關係已進入成熟時期。

　　1983年11月23日，胡耀邦總書記訪問日本，同中曾根康弘首相確認「中日關係四原則」：和平友好、平等互利、長期穩定、相互信賴，並決定設立中日關係二十一世紀委員會。

　　1984年3月23日，中曾根首相訪問中國，決定向中國提供第二批政府貸款。

　　1984年9月10日，中日友好二十一世紀委員會首次在東京召開。

　　1984年9月，三千名日本青年接到胡耀邦總書記和中華全國青年聯合會的邀請訪問中國。

　　1984年10月，由日本政府提供無償資金援助，在北京建立中日友好醫院。

　　1985年5月，一百名中國青年代表團訪問日本。

　　隨著日中兩國多方面合作交流的機會日益增多，日本急需培養大量的漢語人才，選修漢語的學生人數開始有猛增的勢頭，所謂「漢語熱」在八〇年代的日本越來越升溫。值得我們注意的是，上世紀八〇年代以前只有在大學才有教學漢語的條件，但從八〇年代以後日本各地的中學開辦教授漢語的課程，為此後的外語教育的國際化開闢了一條新的道路。

隨著學習者人數的增多，除高中外，各個大學也都紛紛開設二外（第二外語）漢語科，漢語成了僅次於英語的第二大外語了。

學習者人數多了，需要編輯出版相應的教材。不少出版社開始出版本土化漢語教材，也出版了月刊雜誌《中國語》（大修館書店、內山書店）受到廣泛學習者和教員的歡迎。目前還在出版日本本土化教材的出版社有如下幾家：

東方書店	http://www.toho-shoten.co.jp/
光生館	http://www.koseikan.co.jp/
白帝社	http://www.hakuteisha.co.jp/
白水社	http://www.hakusuisha.co.jp/
金星堂	http://www.kinsei-do.co.jp/
駿河台出版社	http://www.e-surugadai.com/
朝日出版社	https://www.asahipress.com/
同学社	http://www.dogakusha.co.jp/
三修社	http://www.sanshusha.co.jp/
郁文堂	http://www.ikubundo.com/
好文出版	http://www.kohbun.co.jp/

還有，爲了方便學習者，各家出版社爭先恐後出版了如下幾部中型中日辭典。目前電子辭典深受消費者的歡迎，出版社都不願意出版紙質辭典。因此，二十一世紀初頭各家出版的這幾部辭典可謂是留給在日漢語教學界的一種優秀遺產。

《中日大辞典（第二版）》愛知大学中日大辞典編纂所，大修館書店，1987年；（第三版）出版於2010年。

《講談社中日辞典》相原茂主編，講談社，2002年。

《中国語辞典》伊知智善継主編，白水社，2002年。

《中日辞典》小学館，2002年。

《中国語辞典》相原茂等編，東方書店，2004年。

　　《超級クラウン中日辞典》松岡栄志、古川裕等編，2008年，三省堂。

　　日本的漢語熱最高峰時期應該是八〇年代末，這個時期正好符合日本「泡沫」經濟的高峰期。一旦到了九〇年代初，由美國發生的全球性經濟恐慌給日本經濟帶來毀滅性的打擊，日本經濟的泡沫終於被破裂，之後到現在，日本的經濟一直處於蕭條沒有回升的狀況，甚至已出現衰退的勢頭。

　　進入上世紀九〇年代以後，中國改革開放並經濟崛起的同時，日中兩國之間幾乎每年都有矛盾出現，開始給在日漢語教學的各方面帶來了直接或間接的負面影響。

　　1982年，發生日本歷史教科書問題。

　　1985年，中曾根康弘首相參拜靖國神社引起各國的反感和抗議。

　　1992年4月，江澤民總書記訪問日本。

　　1992年10月，平成天皇訪問中國。

　　1998年11月，江澤民主席訪問日本。

　　2001年8月，小泉純一郎首相參拜靖國神社，引起中國的強烈抗議。

　　2005年開始中國各地發生反日遊行和抵制日貨運動。

　　2006年10月，安倍晉三首相訪華和胡錦濤主席會談，進行「破冰之旅」。

　　2008年5月，胡錦濤主席訪問日本發表聯合聲明。

　　2010年，中國國內總產值超過日本，成為世界第二大經濟體。

　　2010年9月，發生釣魚島（日方稱「尖閣諸島」）糾紛。

　　2012年9月，日本民主黨政權宣布尖閣諸島國有化引起中國各地的反日行動。

　　2013年12月，安倍晉三首相參拜靖國神社。

　　2014年11月，安倍晉三首相訪問中國北京，參加APEC首腦會議。

　　2018年5月，李克強總理訪問日本。

2018年10月，安倍晉三首相訪問中國。

縱觀從上世紀九〇年代至今這三十多年來的在日漢語教學，我們可以說政治和經濟方面的外界因素造成的影響特別大。政治關係穩定，經濟往來也很旺盛的時候，對中國抱有好感的國民比率會增多，學習漢語的人數自然也要增多。這就是漢語熱的高溫期八〇年代。反之，政治或經濟關係一旦不好，給國民情緒帶來負面影響，漢語學習者人數就明顯減少，這是漢語熱開始降溫的九〇年代到2010年的總體傾向。

尤其在2010年前後的那幾年，因為日中兩國之間發生了釣魚島領土糾紛問題以及由此發生的一系列破壞友好氣氛的事情，使兩國的政治關係走向惡化，經貿往來也沒有好轉。中日關係又一次進入摩擦、疏遠、冷淡甚至相互認識日趨惡化的結果，社會上各方面交流大大減少，漢語學習者人數也出現大幅度減少，整個漢語教學領域都陷入了低谷。

2018年兩國首腦互訪以後，政治關係開始有所好轉，再加上大量的中國遊客來日本觀光旅遊，他們的「爆買」現象給日本經濟的復甦有所貢獻，漢語教學的熱度也能看到一定的回溫。但很無奈的是，2020年全球都發生了新冠疫情，使得國際間跨國的直接交往被迫停止，學生無法在教室裡上實體課，也無法到目的語國家去留學、遊學。這次疫情的負面影響恐怕也會給外語教育界帶來無法彌補的損失。

六、展望未來

最後，為了展望將來二十一世紀的在日漢語教學能有發展，我們舉一些目前在日漢語教學所面臨的最重要但很棘手的問題。

㈠「中學」和「大學」之間的銜接問題：

自上世紀八〇年代在日漢語教學的飽和階段，日本各地的中學開設漢語課。根據日本文部省有關調查結果顯示，教授漢語課的高中從1986年的僅46所猛增到2005年553所。據有關方面的調查，目前已至少有800多所高中開設漢語課程。

　　再加上，自從1997年開始日本全國統一高考外語科目開始採納「中國語」，考生考外語時，除英法德語等歐美語言外，還可以選擇漢語來報考大學。（2002年又增加了一個亞洲語言即韓國語。）

　　過去大學漢語課堂上的學生基本都是零起點的日本學生。可是，進入二十一世紀後，初級班的學生中已有漢語學習經驗的學生人數開始增多，近幾年來一直是有增無減的勢頭，導致漢語課堂的組織管理帶來新的挑戰。

　　為了解決這個問題，我們認為中學（高中）漢語教學的課程和大學漢語教學的課程之間進行適當的調整，做好有機的銜接。

(二)「外語教學」和「繼承語教學」的區分問題：

　　除了在中學學過漢語的學生人數增加以外，大學漢語課堂裡有中國背景的學生人數也在增加。他們當中有不少人是因為家長的工作關係，小時候就隨父母從中國地區來到日本讀中小學的學生。對他們來說，漢語不是從零開始學習的外語，而漢語是他們已經自然習得的母語，住在國外可以看作是一種繼承語（heritage language）。

　　我們知道像歐美幾個國家的漢語教學早就實施把華裔學生和非華裔學生分開來教學的措施，我們認為日本也要認真考慮採取這種作法，以便提高教學效率。

(三)「本土」和「外來」的分工合作問題：

　　日本從十九世紀後半葉以來已有較為完整的漢語教學系統，包括教育機構、教師、教材和水平考試等。這就是日本中國語教學150多年來積累下來的「本土」性特色。

　　進入二十一世紀後，中國政府開始實行往國外推廣漢語和中國文化的軟實力政策。日本已有十幾所孔子學院在各地進行漢語及文化方面的教育，他們可以說是二十一世紀新出現的「外來」機構。如果新來的「外

來」機構不了解在日本漢語教學的「本土性」特色而單方面進行所謂的推廣工作，那就恐怕很難在日本紮根，也很難實現和本土老機構的和平共處。「本土」和「外來」這兩者的分工和合作將會是一個大家需要共同處理的根本性問題。

參考資料

安藤彥太郎（1988），《中国語と近代日本》，岩波書店。

牛島德次（1996），《中国語、その魅力と魔力》，同学社。

大庭脩（1986），《江戸時代の日中秘史》，東方書店。

喜多田久仁彥（2016），唐通事の中国語について，《研究論叢（87）》京都外国語大学国際言語平和研究所。

朱全安（1997），《近代教育草創期の中国語教育》（白帝社）。

邵艷（2004），《近代日本中国語教育制度史研究》（神戸大学博士論文）。

邵艷（2004），〈戦前日本の高等教育機関における中国語教育に関する研究―大阪外国語学校と天理外国語学校を中心に―〉，《神戸大学発達科学部研究紀要》第12卷第1号。

邵艷（2005），〈近代日本における中国語教育制度の成立〉，《神戸大学発達科学部研究紀要》第12卷第2号。

杉本つとむ（1990），《長崎通詞ものがたり》，創拓社。

中島幹起（2015），「唐通事が学んだ言語とその教科書」，《中国語教育》13号。

日中学院（1977），《中国へかける橋》，亞紀書房。

藤井省三（1992），《東京外語支那語部』，朝日新聞社。

古川裕（2008），〈日本「中国语」教学的新面貌〉，《云南师范大学学报》2008年第2期。

劉海燕（2017），《日本汉语教学历史研究》，中国传媒大学出版社。

六角恒廣（1961），《近代日本の中国語教育》，淡路書房。

六角恒廣（1988），《中国語教育史の研究》，東方書店，（王順洪翻譯，1992，《日本中國語教育史研究》，北京語言大學出版社）。

六角恒廣（1989），《中国語教育史論考》，不二出版。

六角恒廣（1999），《漢語師家伝》，東方書店。

六角恒廣（2002），《中国語教育史稿拾遺》，不二出版。
（以上文獻均以作者姓名的日語讀音按五十音排列）

參考網站

青蛙亭漢語塾：http://www.seiwatei.net/jjp/
《官話急就篇》：http://www.seiwatei.net/info/jjp1939.pdf
日中学院：https://www.rizhong.org/

1955～1990年越南最早的中文系師資隊伍培訓研究

陳氏金鶯

河內水利大學／越南

摘要

　　談起越南的漢語教學歷史，便應該追溯到西元前111年漢武帝出兵占領南越（即現今越南）的時期（王力，1948:8）。1945年，越南民主共和國成立後，漢語被制定為主要外語之一。不過，當時的漢語教學要面臨教師隊伍短缺的問題。1951年，越南政府大量派遣學生到中國廣西「南寧育才學校」進修。1951～1958年期間，「越南留學生中國語文專修班」的一千餘名學生畢業回國加入工作行列。越南第一批漢語教師也就是在這一階段培訓出來的。由於種種原因，越南的漢語教學工作停滯過一段時間（從1982年至1990年）。當時漢語教師轉行的現象非常普遍。少部分的漢語教師轉至越南軍事外語大學任教，其餘多數被調到其他單位去。許多越南高校的漢語專業停止招生。1990年，越中兩國關係正常化。越南漢語教學得以復甦，教學工作也被重新重視起來。1991年至今，越南的漢語教學工作發展得很快，師資隊伍培訓也取得了前所未有的成就。本文設想通過個人訪談以及資料研究分析，梳理1950～1990越南漢語教學的師資隊伍規模、培訓方式及內容、所面臨的問題等。期望本文在越南漢語教學研究工作上具有一定的參考價值。

關鍵詞：1955～1990年、越南漢語教學、師資培訓

Research on the earliest training of Chinese teachers in Vietnam from 1955~1990

Tran Thi Kim Loan

Thuy Loi University/Vietnam

Abstract

The history of Chinese language teaching in Vietnam should be traced back to the period when Emperor Wu of the Han Dynasty invaded South Vietnam (that is, present-day Vietnam) in 111 BC (Wang Li, 1948: 8). After the establishment of the Democratic Republic of Vietnam in 1945, the Chinese language was established as one of the major foreign languages. However, at that time, Chinese teaching faced a shortage of teachers. In 1951, the Vietnamese government sent a large number of students to Nanning Cultivation School in Guangxi, China for further study. From 1951 to 1958, more than 1,000 Vietnamese students in the Chinese language specialization class graduated and returned to Vietnam to join the ranks of Chinese teachers. Vietnam's first batch of Chinese teachers was thus trained at this stage. For various reasons, the work of Chinese teaching in Vietnam had remained stagnant for some time (from 1982 to 1990). During that period, the phenomenon of Chinese teachers changing careers was very common. A small number of Chinese teachers were transferred to the Vietnamese Military University of Foreign Languages to teach, and the rest were transferred to other work units. Many Vietnamese colleges and universities had stopped enrolling students in their Chinese majors. In 1990, relations between Vietnam and China were normalized. Chinese teaching in Vietnam thus experienced a revival. The teaching of Chinese was again re-emphasized. Since 1991, the work of Teaching Chinese in Vietnam has developed rapidly, and unprecedented achievements have been made in the training of teachers. This paper envisages that through personal interviews and data research and analysis, to research on problems faced by the Chinese teaching profession from 1950-1990 in terms of the size and scope of the teaching staff, training methods and contents and so on. It is hoped that this paper can be used as a reference in the research of Chinese language teaching in Vietnam.

Keywords: 1955-1990, Vietnamese Chinese language teaching, teacher training

一、越南最早的中文系簡介

越南漢語教學歷史悠久。越南漢語教學濫觴於西元前111年。漢語教學對象是來自中國的官員子女和越南本地有錢人或朝廷官員的後代。民間也流傳所謂的漢語學習，不過是以口傳爲主的方式。1949年之前，全越南均無正規的漢語教學單位及教師培訓機構。越南正規的漢語教學單位始於1955年成立的「外語學校」，而「外語學校」的華文班即爲現在越南河內國家大學所屬外國語大學中國語言文化系的前身。

表1-1爲越南河內國家大學所屬外國語大學不同時期的培訓內容及專業：

表1-1　河內國家大學所屬外國語大學培訓項目

時間	校名	教授語種	科系名稱	培訓專業
1955	外語學校	中文、俄文	華文班	翻譯
1958	河內師範大學	中文、俄文、英文、法文[1]	外語系中文組	師範
1967	河內外語師範大學	中文、俄文、英文、法文	中文系	師範
1993至今	越南河內國家大學下屬外國語大學	中文、俄文、英文、法文、德文、日文、韓國語、阿拉伯語[2]	中國語言文化系	翻譯、師範

1955年，越南政府在河內白梅郡的越南學社區成立了「外語學校」。「外語學校」的任務就是專門教授中文和俄文兩種外語。1958年，「外語學校」與河內師範大學合併，成爲河內師範大學的外語系其下又可再分爲中文組、俄文組、英文組等。

1964年，河內師範大學將外語系拆成中文系、俄文系、英文系以及

---

[1]　1962年開始設立法文系。

[2]　2001年開設教授德文、日文、韓國語、阿拉伯語。

法文系。河內師範大學的中文組後來是由中文系負責培訓中文教師。1967年，越南總理將河內師範大學再分爲第一河內師範大學、第二河內師範大學以及河內外語師範大學。此時，中文系的培訓專業僅限於師範專業。

1993年，越南總理決定將河內綜合大學、第一河內師範大學以及河內外語師範大學合併爲越南河內國家大學。自此至今，河內外語師範大學便改名爲越南河內國家大學下屬外語大學。從成立起到1993年止，越南河內國家大學下屬外語大學的主要培訓任務就是爲全國各級別學校提供外語教師。

1993年後，越南河內國家大學下屬外語大學增加了翻譯人才培訓的任務。從過去到現在，無論是數量還是級別，越南河內國家大學所屬外國語大學都是全越南教授外國語最大的機構之一。

二、越南最早中文系的師資隊伍培訓
(一)第一階段：1955～1958年

1954年是一個非常關鍵的時間點。在這一年，越南部隊發起了奠邊府戰役並取得了輝煌的勝利。奠邊府戰役的勝利亦結束了抗法戰爭，越南北方完全脫離法國的統治，越南人民開始重建國家，其中教育事業建設是越南政府以及越南人民最迫切的任務。國家剛剛解放，越南仍處在一個特別困難的時期，學生求學孔殷。當時，越南得到蘇聯和中國這兩個國家的大力支持，這也是使得俄語和漢語成爲兩個最受歡迎的外語的原因之一，漢語地位與俄語相等，高於英語和法語。此時，漢語教學工作面臨了師資短缺問題。1955年，越南政府決議成立「外語學校」（在東洋學社區，東洋學社區的名字後來改爲中央外語學校）並進行中文和俄文的培訓。「外語學校」的首要任務是爲全國各領域提供中文和俄文的人才，培訓對象還是以翻譯人員爲主，教師爲輔。

「外語學校」華文班的越南籍老師均爲「南寧育才學校」中文班的畢業生或越北戰區自由區中文班的學生。可以說，越北戰區自由區的中文班

或者在「南寧育才學校」的中文學校是漢語教師培訓的兩個搖籃。

1. 越北戰區自由區的華文班

1945年，胡志明主席在巴亭廣場上發表了《越南獨立宣言》，成立了法國控制的越南（即現在的越南社會主義共和國）。雖然越南已經獨立了，但是還沒有完全脫離法國的統治，越法戰爭還在進行中。越南政府不得不將所有的力量集中在抗法戰爭中，越南教育事業並沒有得到應有的重視。

抗法戰爭中，越南得到蘇聯以及中國的大力支持。為了和那些來自中俄兩國的專家及援助人員溝通，翻譯人員的訓練是當時的迫切任務。1947年，越南政府在自由區的越北戰區開辦了中文、俄文及法文班。這就是第一個由越南政府開設的正規語言學習班，學員均為革命幹部。雖然培訓專業都是以翻譯為主，但是後來因為社會的需求，這些翻譯人才便改行成為中文老師。這些中文老師就是奠定「外語學校」基礎的老師。

2. 中國南寧育才學校

「南寧育才學校」是中國政府為越南人才培訓提供的教育機構，其中包括漢語專業人才培訓。1954年之前，越南人民的抗法戰爭進入了一個非常關鍵的時期，由於局勢動盪，教育工作遇到很多困難，原因在於越南政府以及全國人民把所有的力量投入在抗法戰爭中。1949年，新中國成立後，越南抗法戰爭還正激烈進行中，不過即將迎來勝利的曙光。當時，越南黨中央以及政府都意識到高水平幹部的培訓對解放事業以及往後的國家重建事業起著重要的作用。

1950年，胡志明主席決定向中國政府提出高材生培育援助的請求。1951年10月，「南寧育才學校」（也叫中央學社區）得以成立。位於中國南寧郊區的「南寧育才學校」為越南高材生培育開辦的一所學校，即該校專門培養大批越南學生，為抗法戰爭勝利後重建國家做準備的科技人才。

「南寧育才學校」的管理工作以及教學內容規劃均由越南政府管理。中國政府負責提供場所、派遣教師以及安排後勤等工作。南寧育才學校是

一個從幼兒園到大學的完整體系，具體包括（如表1-2）：

表1-2 「南寧育才學校」體系

「南寧育才學校」的附屬學校	第一屆的學生（名）	特殊班（名）
初級師範學校	450	100
中級師範學校	200	
高級師範學校：第一屆和第二屆的學生人數	107	
預備學校（基本科學學校）[3]	50	
中文學校（翻譯專業以及師範專業）	50	
小學學校[4]	80	

　　第一批越南幹部前往中國受訓的數量將近一千名，中文學校卻僅50名學員，占總學員數量的5%。1953年，育才學校籌建了約150人的中文翻譯、師範專業班。「南寧育才學校」中的中文學校培訓時間爲一年半到兩年，授課老師來自中國高等院校的教授，教學內容則是根據越南政府的要求來制定的，主要是爲越南培養出大量的漢語翻譯及漢語教師，中國教師根據越南學生的特點來選用合適的教材。

　　在「南寧育才學校」受訓的這些幹部，畢業回國後大部分從事翻譯工作，少部分在師範學校教授中文。可以說，在越南抗法戰爭那段艱難的時期，「南寧育才學校」的中文學校已經爲越南漢語教學培養出第一批精通漢語的專業人員，培養出首批優秀的漢語教師，也爲越南漢語教學界奠定了非常堅固的基礎。

　　越南河內國家大學下屬外國語大學中國語言文化系的張庭元老師（Trương Đình Nguyên）、謝士判老師（Tạ Sĩ Phán）、黎光林老師（Lê

---

[3] 預備大學學校只有第一屆招收學生。

[4] 也就是師範專業學生畢業前實習的單位。

Quang Lâm）、鄭中曉老師（Trịnh Trung Hiểu）等均為「南寧育才學校」的畢業生（根據阮有求老師的訪談內容中），不管是在中國「南寧育才學校」學習還是在河內的「外語學校」學習，那時候為了滿足社會急需的漢語人才，漢語專業老師的受訓時間可說相當短，只有一年半到兩年。這一階段的學生主要進行漢語聽說讀寫的訓練。除此之外，越中翻譯技能也是在一階段培養出來的，這一階段的漢語教師培訓缺少了見習和實習這些實踐教學活動，而教授聽說讀寫的均為來自中國的老師，中越翻譯則由越南老師來授課。

㈡第二階段：1958～1967年

　　1958年「外語學校」跟河內師範大學合併後，外語系的中文組教師數量快速增長，培訓專業也有很大的改變。如果「外語學校」只專門培養翻譯工作的人員，那麼河內師範大學的外語系就只培養教學專業的外語老師，特別是要負責給越南北部地區的高中學校培養出大批的外語老師，這時候，很多越南北方的高中教授中文，少部分在城市的初中也教授中文，中文教師的需求量很大。

　　1967年，越南教育部在河內師範大學的四個外語系的基礎上，成立了河內外語師範大學，這滿足了對教師培訓的迫切需求，也為國家建設及教育事業提供大量的外語人員。1961年，河內師範大學首屆中文專業學生畢業，加入漢語教學的行列，優秀的畢業生有機會留在學校從事教學工作。訪談結果顯示，雖然學生數量不斷增加，漢語教師需求也在擴大，不過，河內師範大學外語系的中文組教師規模還相當小，老師數量不到二十個。大部分師範大學中文組的教師都是越南人，每年大約有一到兩個中國專家來協助教學工作。

　　1955～1958年的第一個階段，「外語學校」的漢語教師均為中國專家，越南籍教師不但數量少，而且學歷也不高。越南老師們漢語學習的時間相當短（一年半到兩年），教學經驗還很淺。不過到第二個發展階段

（1958～1967年），河內師範大學的中文組或中文系的教師數量有所增加。越南籍教師占多數，中國專家所占的比例相當少（每年有一到兩位中國專家）。教師們都經過專業的訓練，除了在中國受訓的教師外，其他教師都有大學學位。

(三)第三階段：1967～1975年

1967年，越南政府在河內師範大學外語系的基礎上另成立了河內外語師範大學。河內外語師範大學的成立充分地說明越南政府對外語教育的重視，也說明當時越南社會對外語的需求。這個時候，越南的情況非常特殊：越南北方完全脫離外國的統治，並已走在建設社會主義國家的道路上；而南方還處在抗美戰爭中，越南政府號召全國人民一邊建國一邊抗戰。

1967～1968年是越南人民抗美戰爭的非常時期。越南北方一邊從事建設社會主義工作，一邊支援越南南方抗美戰爭。為了中斷越南南北支援之路，美國空軍對越南北方的空襲次數不斷增加，美軍向越南首都河內投下了無數炸彈。在這樣危險的情況下，1969年，河內外語師範大學師生不得不離開河內，搬到鄰近的河北省教學。在這麼艱苦的條件下，漢語教學工作卻仍然繼續堅持不懈。

根據范文蘭（Phạm Văn Lan）老師的訪談結果，河內外語師範大學成立一年後（1968年），中文系教師數量約為35人左右，其中還有兩名中國專家。教師培訓單位是河內師範大學或中國大陸的「南寧育才學校」。中文系初期的賴高願老師（Lại Cao Nguyên）就是「南寧育才學校」的畢業生。教師們幾乎都有學士學位，少部分可能還有教師執照，但受訪者不太清楚其執照細節。除了在大學長期受訓以外，教師也有短期赴華參加訓練的機會，受訓時間大約在六個月到一年間。

阮有求（Nguyễn Hữu Cầu）老師的訪談結果顯示，1969年阮老師大學畢業後留在學校工作。那時候，中文系的教師約為45人，是建系以來數

量最多的。這些教師負責教授從一年級到四年級的中文系學生。每一屆大約招收一個班到兩個班。每個班級，多的大約20個學生，少的大約10個學生。學生總數量爲一百多個。

這段時間，還沒有拿到學士學位的教師，可以選擇在國內進修或赴華深造。當拿到學士學位後，就可以返回學校繼續從事漢語教學工作（根據阮有求（Nguyễn Hữu Cầu）老師的訪談結果紀錄）。

表1-3爲河內外語師範大學中文系教師統計情況：

表1-3　河內外語師範大學中文系教師統計

時間	教師數量	教師受訓單位	教師學位	培訓方式
1968年	35人左右（包括中國專家）	河內師範大學中國大陸	學士學位（資料不足）	長期 短期
1969年	45人，其中中國專家爲2名。	河內師範大學南寧育才學校	學士學位（資料不足）	長期（大學） 短期（工作後去中國大陸受訓一年左右）

1967年後，越南漢語教學發展迅速。很多高中，甚至初中都開設漢語教學課程。漢語教師的需求有所增加。1972年，越南抗美戰爭開始進入一個非常關鍵的時刻。越南軍隊慢慢地往南方進攻。這個時期，越南也得到中國的支援，越中關係相當不錯。

1975年，越南全國統一。不過越南和中國的關係相反地走向了一個非常緊張的時刻。正是因爲政治因素，直接影響了越南漢語教學工作。

㈣第四階段：1976～1982年

1975年越南統一後，因爲中越關係開始惡化，許多華文學校暫停上課，只有少部分公立學校教授漢語。1976至1978年間中越關係一直處於緊張狀態。漢語教學事業猶如從山坡上一直往下跌。河內外語師範大學中文

系甚至面臨了解體的危機。

　　1967～1968年教師數量為45位，到1977年僅剩下28位，11位教師被調到軍事外語大學工作。這28位教師當中，除了越南籍教師外，還有一些華僑老師。教師的水平也有差異，有的是大專畢業（受訓時間兩年以下），有的是大學畢業（受訓時間四至五年）（根據周光勝（Chu Quang Thắng）老師的訪談內容）。

　　根據黎春草老師（Lê Xuân Thảo）的訪談結果，河內外語師範大學1978年畢業的畢業生開始有機會繼續攻讀碩士學位。河內外語師範大學中文系的阮有求（Nguyễn Hữu Cầu）老師也是在這段時間在學校攻讀碩士學位的。不過因為1979年的中越邊境戰爭，有一部分的教師沒有讀完碩士就放棄了學業。

　　此外，關於教師的短期訓練方面，由於中國和越南關係不如以往，因此教師幾乎沒有機會去中國進行長期或短期訓練。

　　1979年2月17日，中國進攻了越南北方。越南的漢語教學當然也受到嚴重的影響。當年九月，河內外語師範大學中文系停止招生。1982年，河內外語師範大學中文系正式解體。尚未大學畢業的學生轉到軍事外語大學繼續就讀四年級。幾十位老師被迫轉行，或被學校調派到其他單位。除了轉到軍事外語大學教漢語的教師外，能夠繼續從事漢語教學工作的教師可謂少之又少（根據阮青草（Nguyễn Thanh Thảo）老師的訪談內容）。

　　1979年是河內外語師範大學中文系漢語教學工作的一個轉折點。在六〇～七〇年代好不容易培養起來的漢語人才，這個時期沒有了用武之地。很多高校的漢語專業被迫關閉，漢語人才也被迫轉向其他行業。

　　根據阮有求（Nguyễn Hữu Cầu）老師的訪談內容，中文系於1982年解體，學生被送到軍事外語大學繼續讀書，老師們被調到別的工作單位或部門。1979年到1981年的三年間，阮老師在河內師範大學攻讀碩士學位，1981年拿到碩士學位後就到「河內師範大學質量保證研究中心」工作。直到1990年中文系復招後才返回原單位工作。

㈤第五階段：1982～1990年

1982年到1990年，中文系停止招生，導致越南漢語教學形成了一段「空窗期」。

這九年也是河內外語師範大學中文系的停滯階段。1982年河內外語師範大學中文系解體。漢語教師調到別的單位去。有的調到軍事外語大學教中文，有的調到社會科學研究院工作，也有到被調到校內其他部門或研究室工作，如圖書館、印書館、質量保證研究中心等。自1985年後，越中關係日益好轉，不過漢語教學仍然沒有恢復期原來的地位。

1986年越南為了創造國家社會經濟的發展，在越南共產黨第六次大會會議中，決議採取革新開放路線，主要的方向是將整個經濟由過去的集中計畫經濟，改走開放之市場經濟。這次教育革新的整體方針是：教育應需配合市場導向的經濟，實現教育的社會化和民主化。

越南實施革新政策後，大部分越南人開始學習英語。1991年11月，中越關係正常化，兩國的經濟貿易關係開始恢復，合作領域不斷擴大，漢語也逐漸成為越南經貿發展的重要需求語言之一。在這種背景下，漢語成為越南的第二大外語，僅次於英語。很多大學、外語學院都設有中文系或開設中文專業、漢語選修課。社會上特別是越南南方紛紛成立華文中心、私立華校（曾小燕，2015）。

1990年，河內外語師範大學復辦並開始招生。重建後的第一屆學生數為58人，教師數量僅12位。這些老師原本都在中文系教書，當中文系解體的時候被調到別的部門去。這12位教師當中，三名擁有碩士學位，不過這三位教師的碩士專業都不是漢語本體研究或漢語教學，而是漢喃專業碩士學位。另外，學校還邀請了兩位中國專家來協助教學工作。

截至2015年，曾經在河內外語師範大學中文系工作過的教師總數為109名。

三、結語

　　雖然越南漢語教學歷史悠久，但是1955年之前，越南仍未有一個正式的漢語教學機構。其後意識到漢語教學的重要性，越南政府在1955年成立了外語學校，該校負責培訓精通外語的人才，包括漢語翻譯人才。當時，外語學校華文班的骨幹教師還是中國專家，越南教師隊伍很薄弱，就幾位剛從「南寧育才學校」畢業回來。1955年到1990年的三十五年的時間裡，該系師資隊伍裡最強大的就是六○年代的教師。1969年，教師數量最多高達45人，幾乎所有的教師都經過專業的長期訓練。不過，七○年代因為越南和中國的關係開始緊張，越南漢語教學工作遇到很多困難，甚至必須停止招生。1982年，該系正式解體。1990年，該系得以復招，教師數量卻僅為12位。當年九月分開始招生。經過幾十年的時間（1955～1990年），越南河內國家大學下屬外國語大學中國語言文化系見證了中國與越南關係的起伏。教師隊伍從幾個人發展到幾十個人，再減少到十幾個人。教師學位從專科學位提升到學士學位，甚至碩士學位。不過，師資隊伍的培訓還是跟現在一樣：有長期的，也有短期的。1991年至今，越南的漢語教學工作發展得很快，師資隊伍培訓也取得了前所未有的成就。而這樣的成就可以說是在三十五年的發展基礎上建立起來的。

參考資料

中國南寧中央學社區網站（http://kehe.name/?param=ct_tintuc&id_tt=2019）

王力（1948）。漢越語研究，《嶺南學報》，9(1)，1-96。

越南河內國家大學網站（https://vnu.edu.vn/home/?C1635/N1439/doi-net-ve-Truong-Ngoai-ngu-thanh-lap-nam-1955.htm）

教育培訓部（Bộ Giáo dục và Đào tạo /MOET）

程裕禎（2015）。對外漢語教學發展史，《國際漢語教學動態與研究》。

阮氏明紅（2010）。越南本土化與教學多元化中的機遇與挑戰，《2009年亞太地區語言與文化教育國際學術研討會論文集》，國立屏東教育大學出版社，中華民

國99年6月。

Nguyễn Văn Khang (2009). Dạy và học chuyên ngành tiếng Hán ở bậc đại học tại Việt Nam hiện nay, *Kỷ yếu Hội thảo khoa học quốc tế* 2009 "50 năm giảng dạy và nghiên cứu tiếng Trung Quốc", NXB Đại học Hà Nội.

Đặc san Khoa Ngôn ngữ và Văn hóa Trung Quốc (2015). *60 Kế thừa và phát triển.*

受訪教師名單

范道 （Phạm Đạo）	「南寧育才學校」學生（1951屆） 現為「南寧育才學校」的越南學生會網站負責人（http://kehe.name）
范文蘭 （Phạm Văn Lan）	河內師範大學（1964～1968屆）
阮有求 （Nguyễn Hữu Cầu）	河內師範大學（1965～1969屆）
傅氏梅 （Phó Thị Mai）	河內外語師範大學中文系1972～1977屆的學生
周光勝 （Chu Quang Thắng）	河內外語師範大學附中學校中文班第一屆的學生
黎春草 （Lê Xuân Thảo）	河內外語師範大學1973～1978屆的學生
阮青草 （Nguyễn Thanh Thảo）	河內外語師範大學1978～1983屆的學生

1955～1990年越南北方最早的中文系漢語教學方法初探[1]

丁氏紅秋

河內國家大學下屬外國語大學／越南

摘要

　　自從1945年9月2日越南民主共和國成立以來，越南語是北越地區之內共同交際的官方語言，國語字是越南語唯一的文字，漢語就成為北越地區普遍的外語之一。越南河內國家大學下屬外語大學中國語言文化系是越南全國最早的高等院校的中文系，從成立以來經歷了六十多年的行程與發展過程一直被視為培養越南漢語人才的搖籃。本文主要採取收集資料和個人訪談法對中文系從1955年成立至1990年期間的教學情況進行回顧並重點討論其教學方法的特點與效率。目的在於了解我們漢語作為外語教學發展歷史的最初階段，承繼與發揮前輩的美好傳統。

關鍵詞：1955年～1990年、越南漢語教學、教學方法

---

[1] 為了完成此論文，筆者除了參考有關資料以外，還親自採訪了賴高願、潘文閣、鄭忠曉、周貴、范文蘭、阮氏南、阮有求、周光勝、傅氏梅、阮氏青草等越南前輩漢語老師。

A Preliminary Study of The Earliest Chinese Teaching Methods in Northern Vietnam from 1955~1990

Dinh Thi Hong Thu

University of Languages and International Studies,Vietnam National University, Hanoi/Vietnam

Abstract

Since the establishment of the Democratic Republic of Vietnam on September 2, 1945, Vietnamese has been designated as the official language for communication within the North Vietnamese region, with the Vietnamese script being the only script used in Vietnamese writing thus relegating Chinese to become one of the common foreign languages in North Vietnam. The Department of Chinese Language and Culture, affiliated with Hanoi National University of Vietnam was the earliest Chinese department in the institutions of higher learning in Vietnam. It has been regarded as the cradle for cultivating Vietnamese Chinese language talents for more than 60 years since its inception and according to its developmental trajectory. This paper uses the various data collection methods and individual interviews to review the teaching situation of the Chinese department since its establishment from 1955 to 1990 and focus on the characteristics of its programs and the efficiency of its teaching methods. The purpose is to understand the developmental history of teaching Chinese as a foreign language in its initial stages in order to pass on and further develop the excellent traditions of our predecessors.

Keywords: 1955-1990, Vietnamese Chinese teaching, teaching methods

一、問題的提出

在越南的歷史上，漢字一直占據著重要的位置，越南比同屬「漢文化圈」的韓、日兩國都有更長久的漢字使用史。漢語在越南的傳播歷史可追溯到公元前兩百餘年，「漢字在西漢時期就已傳入越南，並在此後的兩千多年時間里始終占據主導地位，直到二十世紀才被拉丁字母拼寫而成的國語字全代替」[2]。越南和中國的歷史資料都顯示漢字在越南古代社會中起著文化傳播的作用，「漢字成為越南古代文化的至關重要的傳承載體」[3]。

越南漢語教學歷史源遠流長，「早從漢朝統治越南就開始，到了自主時期越南在十一世紀建立自己的科舉制度，漢語教學就成了國學，歷代培養了近三千（2906）位漢學進士，其中有名揚中外的56位狀元，當然學的是古代漢語和文言文。法國統治北越的近一世紀中，所謂「法越學校」的教學大綱，儘管以法語為正統語言，仍然不能徹底放棄漢文，每週仍要安排漢字一課時」[4]。實際上，在二十世紀之前越南人能閱讀漢文，按照「漢越音」朗讀。1945年9月越南民主共和國成立以來，越南語是越南領土之內共同交際的官方語言，國語字是越南語唯一的文字，漢語在越南就成為了一種外語。1954年越南抗法戰爭取得勝利之後，漢語正式被列為主要外語之，當時的漢語地位與俄語同等，高於英語和法語。在此階段中北越的漢語教學發展得非常順利，不僅在高等院校設有中文系，而且在大部分的高中學校和部分初中學校也開設漢語課。

越南河內國家大學下屬外語大學中國語言文化系（以下簡稱為中文系）是越南全國最早的高等院校的中文系，從成立以來經歷了六十多年的

2　張西平，《世界漢語教育史》（北京：商務印書館出版社，2009年），頁250。

3　林明華，《越南語言文化散步》（香港：開益出版社，2002年），頁9。

4　潘文閣，〈關於改進越南當前的漢語教學的幾點思考〉，《漢語教學與研究國際研討會論文集》（河內：河內國家大學出版社，2006年），頁37。

行程與發展過程一直被視為培養越南漢語人才的搖籃。本文主要採取收集資料和個人訪談法對中文系從1955年成立至1990年期間的教學情況進行回顧並重點討論其教學方法的特點與效率。目的在於了解我們漢語作為外語教學發展歷史的最初階段，承繼與發揮前輩的美好傳統。

二、中文系1955年至1990年漢語教學的基本情況

由於越南的特殊戰爭歷史，在1955年至1990年期間中可以再分成五個階段，下面分別說明本時期不同階段的學生、教師和教材的基本情況。

從表1-4可以看得出，越南最早的高等院校的中文系的前身就是外語大學華文部。從1955年成立到1990年經歷過四次改名換姓，三次遷移校舍。疏散遷校五年的時間（1964～1971）十分艱難，在爆炸聲中上課。中文系師生並肩歷盡千辛萬苦，在完成教與學任務的同時還擔任為戰鬥服務

表1-4　中文系在1955～1990年期間不同階段

階段	學校名稱	地址	培養目標	年制
1955～1958	外語大學華文部	河內白梅地區東洋學社	培養漢語老師以及具有大學水平的中文翻譯人才，為祖國社會主義建設事業及南越解放事業服務。	02
1958～1963	河內師範大學外語系下屬中文系	河內市紙橋郡	主要培養漢語老師，為北越各級辦學機構漢語作為外語教學工作服務。	03
1963～1967	河內師范大學中文系			04
1967～1982	河內外語師範大學中文系	疏散遷移到海洋、河西、河北等地方（1967～1971）		04 05
1982～1990		由於歷史緣故，這段時間內中文系暫時解體		

工作以及參加作戰。中文系入伍參加抗美戰爭的大學生中也有4個學生英勇犧牲在戰場。

根據當時社會的需求每個階段的教學與培養目標也有所不同，培養年制彈性強。1954年北越地區剛恢復和平初期（1955～1958）中文系主要以培養漢語老師以及具有大學水平的中文翻譯人才、爲祖國社會主義建設事業及南越解放事業服務爲培養目標；在隨後幾年裡則側重於培養漢語老師，爲北越各級辦學機構漢語作爲外語教學工作服務。

從表1-5可以看得出，不同階段之間有不同的招生計劃與政策。1955年剛成立時中文系爲了針對答應當時社會急需的人才直接錄取由軍事單位評選與派遣（第一屆只有53名學生，越南籍教師6名和中國專家3名），當年採取兩年制的學制，讀兩年之後應屆畢業生立即承擔由國家根據實據需要給予安排的工作（外交官員、翻譯員、教師等）。從1958年起想進入大學的學生一律都要參加高考，當時招生範圍覆蓋到越南中部。1964年在北越發生了抗美戰爭，1965年到1969年期間招生政策有所改變，持有高中畢業證書、高中學習成績好並抱有踏進大學之門的學生都被錄取（＊）。

表1-5　不同階段的學生基本情況

階段	學生特點	招生政策
1955～1958	大部分學生都是軍事幹部和抗戰幹部	軍事單位評選與派遣
1958～1963	中、北越普通高中畢業生	實行考試制度（語文、歷史/物理、政治）
1963～1967		實行考試製度（語文、歷史、地理）（＊）
1967～1982		
1982～1990	由於歷史緣故，這段時間内中文系暫時解體	

要加以說明的是，在這段時間中所有考上大學的學生都獲得國家政府提供的全額獎學金，完成學業後由國家分配工作。另外，外面也沒有現在

那麼多的壓力和干擾，所以學生從跨入大學門檻後就一直專心於學習，認真努力學習，生活壓力也沒有現在那麼大。

中文系從成立之日起一直有中國專家。當時的專家隊伍除了擔任教學工作還熱情於參加教材編寫、校對、越南籍漢語教師培訓等工作。中文系疏散遷校期間中國專家都回中國。通常每個班一週都上一兩次中國專家課。課堂上中國專家主要使用直接法和聽說法。

中文系越南籍漢語老師都接受過正規的師範教育。大部分老師都畢業於中國南寧育才學校附屬中文學校和桂林語文專科學校，從1969年起每年中文系部分越南籍漢語老師都被派到中國進修漢語。具有較高的漢語水平、敬業心強是本時期教師隊伍最突出的特點。（如表1-6）

表1-6　不同階段教師隊伍基本情況

階段	越南籍漢語老師	中國專家
1955～1958	1. 大部分都畢業於中國南寧育才學校附屬中文學校和桂林語文專科學校。	✓
1958～1963		✓
1963～1967	2. 具有較高的漢語水平，敬業心、責任心強。	-
1967～1982		✓
1982～1990	由於歷史緣故，這段時間內中文系暫時解體。	

缺少漢語教材、漢語工具書、漢語教學與學習參考資料是本時期教學中所遇到的困難之一。課堂上所使用的漢語教材都由越南籍漢語老師編輯，中國專家負責評審、校對。教材中的課文大部分都選自中國文學作品；部分摘自越南報紙。當時教材主要是手寫的（包括越南老師和中國專家），部分採用typo（活字）或roneo印刷方式。（如表1-7）

表1-7　不同階段的教材基本情況

階段	漢語教材
1955～1958	1. 課堂上所使用的漢語教材都由越南籍漢語老師編輯，中國專家負責評審。 2. 教材中的課文大部分都選自中國文學作品和摘自越南報紙。 3. 主要是手寫的（包括越南老師和中國專家），部分採用typo（活字）或roneo印刷方式。
1958～1963	
1963～1967	
1967～1982	
1982～1990	由於歷史緣故，這段時間內中文系暫時解體。

三、中文系1955年至1990年漢語教學方法特點

上述的內容針對1995～1990年中文系的學生、教師和教材情況做了大概的介紹。本節將本時期的教學方法進行分析說明。討論教學方法之前我們先了解一下當時的課程。

㈠科目

這段時期中中文系的課程也分爲公共課和專業課，以表1-8列出漢語專業課。

表1-8　漢語言專業本科生的專業課

階段科目	1955～1958	1958～1963	1963～1967	1967～1982
綜合課	✓	✓	✓	✓
語文	✓	✓	✓	✓
語法		✓	✓	✓
語音和文字學	-	✓	✓	✓
翻譯（筆譯）	✓	✓	✓	✓
古代漢語	-	-	✓	✓
修辭學	-	-	✓	✓
詞彙學	-	-		

階段科目	1955～1958	1958～1963	1963～1967	1967～1982
作文	✓	✓	✓	✓
會話	✓	-	-	-
教學法	-	用母語講授	用母語講授	✓
文學史 古代+現代	-	✓	✓	✓
中國概況	-	-	✓ 用母語講授	✓ 用母語講授
課外活動	-	-	✓	✓
見習	-	-	✓	✓
實習	-	✓	✓（兩次）	✓（兩次）

　　表1-8顯示,不同階段的科目略有不同,科目一年比一年更豐富、更完善。各科目當中語文、修辭學、古代漢語的難度是較大的。翻譯技能一直受到高度重視。由於教材關係有些專業課只能用越南語講授如教學法、中國概況,但所講授的知識有一定的深度。當時也沒有專項技能課,尤其是聽力課(偶爾只是聽老師講故事)。語文課和作文課是在整個課程中所占的比例最大的兩門主課。

㈡課堂教學

　　各科目的課堂教學過程都從組織教學、複習檢查、講練新課、鞏固新內容和布置作業五個環節進行(如圖1-1):

組織教學 ➡ 複習檢查 ➡ 講練新課 ➡ 鞏固新內容 ➡ 布置作業

圖1-1

　　組織教學之後開始進行複習檢查,通常是課文(課文選段)記憶檢查、重點詞語板書檢查、作業檢查;講練新課環節中無論是低年級的綜合

課、中年級的語文課還是高年級的作文課都以句型講授和課文分析為主；鞏固新課時老師主要讓學生做隨堂練習，包括口頭和筆頭兩種形式；作業有背熟生詞、課文或課文選段，寫漢字，寫作文等練習題。

在這段時間中老師們對考試都非常重視，包括平時考試、期間考試和期末考試。所有的學生都必須參加畢業考試（包括政治、作文、教學法和翻譯），試題的類型絕大部分都是主觀性和半主觀性題型，比如回答問題、完形填空、改寫句子等，完全沒有客觀性的多項選擇題。

(三)教學方法

本文主要採取訪談調查法進行收集信息資料。值得一提的是，接受我們這次訪談調查者有不少的是「特殊」的對象，他們既是學生又有當老師的經歷（畢業後留校任教），談起中文系那些年代的教與學，他們都是「正當其事」的人了，跟他們交談讓我們更深刻地理解當時老師教學方法的特點並了解到不少趣味的問題。

中文系這段時間漢語作為外語的教學（包括知識課和技能課）當然也受當時在流行的外語教學流派的影響，包括十七至十八世紀來源於歐洲的語法法（傳統法）、三○至四○年代來源於蘇聯的翻譯比較法、四○年代來源於美國的結構法（句型法），從1970年代後普遍流行的六○年代來源於蘇聯的自覺實踐法。如圖1-2更具體地說明本時期所運用的教學方法的特點：

如上所述，語文和作文是當時中文系的兩門主課,從二年級開始到四、五年級，開設時間最長，課時最多。當天在對教學法進行討論中，語文和作文教學就是前任老師和老校友提到最多的問題。下面我們重點討論語文和作文教學的方法：

課堂教學主要採用呆板、單一的教學模式，以講授為中心的、單向的、非交際的「滿堂灌」教學方法，教師機械地講，學生被動地聽。課堂上老師都盡可能多地用漢語進行講授。

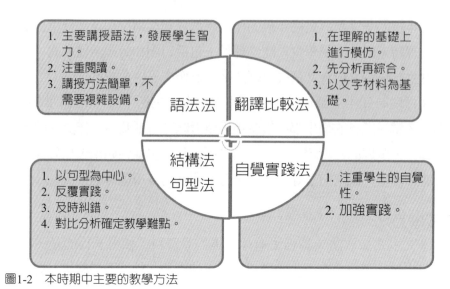

圖1-2　本時期中主要的教學方法

　　教學過程中重視漢語語音、語法、詞語和漢字各種語言要素知識的傳授。語音教學中注重模仿法（模仿老師發音）、對比法（越漢對比）和演示法（動作和板書演示）；詞彙教學中偏重生詞展示（帶讀、板書說明筆畫筆順及結構）、講解詞義的翻譯法、語法教學中以句子講解為重點。

　　課堂內外活動都以課文為主體，老師先通過翻譯、對比過程詳細地講解生詞和語法結構（句型結構），再深入地、全面地分析課文，包括了解作者、作品題材、背景、內容思想、主要人物、修辭手法等。引人注意的是，這段時間的課文主要選自中國文學作品，文學色彩頗濃。例如魯迅的〈吶喊〉、〈阿Q正傳〉、〈祝福〉等。部分課文摘自越南報紙，帶有當時的氣息（抗美精神、越中友誼關係等）。例如〈列寧的故事〉、〈偉大的胡主席萬代不朽〉、〈獨立宣言〉、〈胡志明主席的遺囑〉等。可見，課文都有一定的長度、文學色彩頗濃、字斟句酌、字字珠璣、帶有當時的氣息，所以課文難度非常大，學生只有充分掌握課文內容才能滿足老師的要求、做好練習。不過，實踐說明，這讓學生能夠接觸並學會的是更多的

書面詞語和書面格式，這一點既有助於選詞用句又有利於邏輯思維能力訓練。

　　主張在理解的基礎上模仿並逐步進行操練，強化語音、詞彙與語法知識運用的準確性。1975年之前課堂教學重於老師對文學作品的講授分析，輕於學生的操練。1975年後課堂教學提倡自覺實踐法運用，注重學生的學習的自覺性、加強實踐操練。在掌握了老師所講授的內容之後要熟讀，甚至是背熟課文或課文選段，而特別注重模仿語音、語調、語氣，從此進一步深入地理解課文內容。老校友們都認可機械操練、反覆記憶、背誦都有助於課文理解，包括課文的內容、生詞的發音、詞語的搭配、句型的特點。語文課的作業通常為背熟課文或課文選段。對當時的學生來說背熟是「任務」也是「樂趣」，他們都被老師當場讀課文時悅耳動聽的聲音所吸引住而努力訓練；作文課的作業通常都是縮寫課文內容、讀後感和議論文。

　　老師對發音、語調、語氣、漢字書寫和課文內容掌握的要求都非常嚴格。及時糾正語音錯誤以及修改文章、作出評價等都受到老師的重視，沒有發準的音、還沒寫正確的漢字都必須重讀、重寫，久而久之標準的漢語基本知識滲透在他們的頭腦裏，漢語拼音發音標準，漢字書寫正確規範。

　　雖然這些年代的生活與學習條件都不好，學習條件實在艱苦，昏暗的教室、殘缺不全的課桌、缺少辭典和工具書，沒有中文書和參考資料，忍饑挨餓的，可師生並肩克服種種困難，堅持努力奮鬥越教越好，越學越進步。上課之前老師們都認真地備教案、定期將個別班級進行小組討論，自製課堂教學工具（個別會畫畫的老師就把課文的內容畫成一張畫，讓學生學完課文後根據課文內容進行看圖說和寫）；學生為了練字只好手製田字格字帖；要查辭典，看書時學生們只能向圖書館登記輪流借用。每個學期結束時班主任老師都特別關心學習成績差的學生，了解困難及時提供幫助，甚至進行免費輔導。對於學習成績好的學生，老師也勉勵他們繼續努力、認真學習。老師還跟學生共青團設計各種課外活動以彌補缺乏交際語

境和交際訓練的課堂教學。

　　當時學生的課外學習活動也十分豐富。具有自主意識的學生們都熱情、積極參加各種學習活動，例如，1970年代初中文系越南共青團爲創造更良好的語言訓練環境開展了不少學習活動，其中要提到「北京天」的活動，即到了「北京天」不管在課堂內外學生一律都要用漢語說話；作文比賽；設立中文系廣播站並在宿舍安裝了播音喇叭，學生們輪流把獲獎的作文、範文播音；成立課餘「學習互助」小組，相互質疑問難，答題解惑，共同探討；某小組還盡量背熟一本袖珍辭典等等。

　　在訪談中我們都目擊耳聞一位1968年畢業和一位1977年畢業的老校友興奮地、名正言順地朗誦當年所學過的課文選段，分別爲：「井岡山的竹子是革命的竹子；井岡山的人愛這麼自豪地說」；「從遠處看，鬱鬱蒼蒼，重重疊疊，望不到頭。到近處看，有的秀智挺拔，好似當年汕頭的崗哨；有的密密麻麻，好似埋伏在深坳裡的奇兵；有的看不久，卻也亭亭玉立，別有一翻神采」。兩者朗讀的竟然是同一個散文的，這實在讓我們目瞪口呆，都過了這麼長的時間了，語文課的課文至今還深深地印在他們的腦海裡，「活生生」的例子再次證明當時教與學的效果。

四、結語

　　實際說明，越南北方地區最早的高等院校的中文系從成立以來，尤其在1955年至1990年這特殊時期中就擔負起漢語人才，包括漢語教師和漢語翻譯人才培養的歷史使命，爲越南國家社會主義建設事業及統一國家事業服務。本時期的學生在已掌握了漢語的基本知識的基礎上，大學畢業後，他們除了當漢語老師、漢語翻譯之外，也很快就能適應並滿足不同工作崗位的要求。

　　本時期學識深廣、克己奉公、誨人不倦、德才兼備、敬業的優秀的老師們爲了我們一代代的學生樹立了學習好榜樣。自強自立、用功學習、良師益友是中文系師生的美好傳統，這一切打造了中文系的品牌。

參考資料

林明華。《越南語言文化散步》。香港：開益出版社，2002年。

潘文閣。〈關於改進越南當前的漢語教學的幾點思考〉，《漢語教學與研究國際研討會論文集》。河內：河內國家大學出版社，2006年。

阮氏明紅。越南本土化與教學多元化中的機遇與挑戰，《2009年亞太地區語言與文化教育國際學術研討會論文集》。屏東，國立屏東教育大學出版社，2010年。

張西平。《世界漢語教育史》。北京：商務印書館出版社，2009年。

Nguyễn Thiện Giáp (2006), Chính sách ngôn ngữ ở Việt Nam qua các thời kì lịch sử, Ngôn ngữ học và tiếng Việt, Ngôn ngữ.net.

Nguyễn Văn Khang (2006) Một số vấn đề về đối chiếu song ngữ Hán – Việt, *Kỷ yếu Hội thảo khoa học quốc tế nghiên cứu và dạy học Tiếng Hán*, NXB ĐH Quốc Gia Hà Nội.

Nguyễn Văn Khang (2009), Dạy và học chuyên ngành tiếng Hán ở bậc đại học tại Việt Nam hiện nay, Kỷ yếu Hội thảo khoa học quốc tế *"50 năm giảng dạy và nghiên cứu tiếng Trung Quốc"*, NXB Đại học Hà Nội.

Đặc san Khoa Ngôn ngữ và Văn hóa Trung Quốc (2010), *"55 năm Xây dựng và phát triển"*.

Đặc san Khoa Ngôn ngữ và Văn hóa Trung Quốc (2015), *" 60 năm Kế thừa và phát triển"*.

淺談1899年後俄羅斯遠東地區漢語教學發展實況

思博耶夫・亞歷山大（Sboev Aleksandr）

遠東聯邦大學／俄羅斯

漢學教研室副教授，語言學博士

摘要

　　120年前在符拉迪沃斯托克（Vladivostok；華人通稱海參崴）和哈巴羅夫斯克（Khabarovsk）只有私人漢語課程，當時大約有80名商人、政府官員和軍官接受了私人中文課程培訓。十九世紀，私人漢語課程在俄羅斯濱海邊疆區和阿莫爾州很流行，這證明俄羅斯遠東地區需要一個專門的教育機構培養該地語言類專家。儘管到十九世紀末俄羅斯帝國已有九所大學，但是沒有一個高等教育機構位於遠東地區。甚至這九所大學中只有一所位於烏拉爾以東。

　　由於俄羅斯海員經常出海到中國、韓國和日本，他們意識到掌握亞太地區國家語言的翻譯和專家的重要性，因此第一個提出需要在遠東地區建立高校意見的是一名海員。1899年5月24日，尼古拉二世批准了《東方學院條例》。在120年前，即1899年10月21日，遠東第一所大學，即東方學院，成立了。《東方學院條例》規定：「東方學院是一所高等教育機構，其目的是培養學生以從事與俄羅斯東亞及其鄰國之間的行政和工商業機構有關的工作。」設置學制為四年，在這四年的學習過程中，東方學院的學生必須學習漢語。從第二年起學生開始選擇學習另一種語言：日語、韓

語、蒙古語或滿語。除了大量語言方面的課程之外，東方學院的學生還必須同時學習所學語言國家的地理、經濟、宗教、歷史和政治等方面的課程。

在十九世紀末的俄羅斯帝國鮮有東方語言的專家。因此，符拉迪沃斯托克的第一批專業教師必須從當時首都聖彼德堡調派。在成立之初，東方學院僅依靠9名具有科學學位的教師授課，只有27名新生（18名學生和9名旁聽生）開始在符拉迪沃斯托克接受語言高等教育，其中4名是阿莫爾軍事區的軍官。1899年俄羅斯帝國只有兩所大學教過漢語，即聖彼德堡大學和喀山大學，那裡的學生以學習文學、古代漢語和書面語為主，不學口語。而新成立的東方學院教師認為，應該從實踐的角度來教授和研究該地區的漢語以及所有其他周邊國的語言。在這種情況下，東方學院的老師們自發的用官方檔和鄰近國的媒體材料撰寫這類以口語為主的首批教科書。

由此，當時的東方學院發展成遠東國立大學，幾經合併後，現更名為遠東聯邦大學。如今，遠東聯邦大學已經是俄羅斯遠東地區的重點高校。

關鍵字：俄羅斯遠東地區、東方學院、漢語教學

A Brief Discussion on the Development of Chinese Language Teaching in the Russian Far East

Sboev Aleksandr

Russian Far Eastern Federal University/Russia

Associate Professor, Ph.D. in Philological Science

Abstract

120 years ago, there were only private Chinese classes to train about 80 businessmen, government officials and military officers in Vladivostok （Vladivostok：in Chinese is known as海參崴）and Khabarovsk. In the nineteenth century, private Chinese lessons were popular in Primorsky Krai and Amur Oblast in Russia, proving that the Russian far eastern region needed a specialized educational institution to train language experts in the region. Although there were 9 universities in the Russian Empire by the end of the nineteenth century, none of the higher education institutions were located in the far eastern region. Only one of these 9 universities was located east of the Urals.

Because Russian seafarers often traveled to China, Korea and Japan, they realized the importance of mastering translation and having experts in the languages of the countries of Asia-Pacific region. The first to propose the need to establish universities in the far eastern region was a seafarer. On 24 May 1899, Nicholas II approved the 'Oriental Institute regulation'. 120 years ago, on October 21, 1899, the first university in the far eastern region, the 'Oriental Institute' was founded. Regulation on the 'Oriental Institute' stipulates that "The Oriental Institute was a higher education institution whose purpose was to train students to engage in work related to the administrative and industrial and commercial institutions between Russia in its east Asian regions and its neighbors." The academic system was set at four years, and during this four-year study program, students at Oriental Institute must learn Chinese. From the second year onwards, students could choose to study another language such as Japanese, Korean, Mongolian or Manchu. In addition to a large number of language classes, students at the Oriental Institute must also take classes in geography, economics, religion, history, and politics of the countries whose languages they studied.

At the end of the nineteenth century, the Russian Empire had few experts in Eastern languages. Therefore, the first professional teachers in Vladivostok had to be transferred from St. Petersburg, the capital at that time. At the beginning of its establishment, the Oriental Institute relied on only 9 teachers with scientific degrees to teach, and only 27 new students (18 students and 9 auditors) began to receive higher education in languages in Vladivostok, 4 of whom were officers of the Amur Military District. In 1899, only two universities in the Russian Empire taught Chinese, namely St. Petersburg University and Kazan University, where students mainly studied literature, ancient Chinese and written language, but did not learn spoken language. On the other hand, the teaching staff of the newly formed Oriental Institute believed that the Chinese language of the region and the languages of all other neighboring countries should be taught and studied from a practical point of view. In this context, the teachers at the Oriental Institute self-published and wrote the first textbooks which were spoken language oriented using official documents and media materials from neighboring countries.

As a result, the then Oriental Institute developed into the Far Eastern National University, which, after several mergers, is now renamed Far Eastern Federal University. Today, Far Eastern Federal University is a key university in the Russian far east.

Keywords: Russia's far eastern region, the Oriental Institute, Chinese teaching

一、東方學院的成立與發展

　　十九世紀，私人漢語課程在俄羅斯濱海邊疆區（Primorsky Krai）和阿莫爾州（Amurskaya oblast）開始流行。120年前，在符拉迪沃斯托克（英文爲Vladivostok；華人通稱海參崴）和哈巴羅夫斯克（Khabarovsk），大約有80名商人、政府官員和軍官接受了私人課程的中文課程培訓。當時很多人都意識到俄羅斯遠東地區需要一個專門的教育機構培養該地語言類專家。到十九世紀末，當時的俄羅斯帝國有九所大學，其中只有一所位於烏拉爾以東。但是在遠東地區，還未成立高等教育機構。第一個提出需要在遠東地區建立高校意見的是海員協會，他們經常出海到中國、韓國和日本，急需掌握亞太地區國家語言的翻譯和專家。1899年5月24日，尼古拉二世批准了《東方學院條例》。在120年前，即1899年10月21日，遠東第一所大學，即東方學院，成立了。新成立的東方學院的第一位院長是48歲的聖彼德堡大學教授阿列克謝‧馬特維維奇‧波茲涅夫（Aleksey Matveevich Pozdneev）。

　　1899年，在俄羅斯與中國、韓國、日本的接觸日益頻繁，遠東地區的國際局勢日趨複雜以及地方政府需要的背景下，同時，對中文、韓文和日文翻譯人員的需求越來越大，聖彼德堡大學（Saint Petersburg University）東方語言系已無法滿足這樣的培養需求，因而產生了在符拉迪沃斯托克建立東方學院的想法。《東方學院條例》規定：「東方學院是一所高等教育機構，其目的是培養學生以從事與俄羅斯東亞及其鄰國之間的行政和工商業機構有關的工作。」設置學制爲四年，在這四年的學習中，東方學院的學生必須學習漢語。從第二年起，學生開始選擇學習另一種語言：日語、韓語、蒙古語或滿語。除了大量語言方面的課程之外，東方學院的學生還必須同時學習所學語言國家的地理、經濟、宗教、歷史和政治等方面的課程。

　　設置教學科目如下：神學（2課時）；中文（28課時）；日文、韓

文、蒙古文、滿洲文（24課時）；中國、韓國和日本的地理和民族通識課程，以及其政治結構和宗教生活的概述（3課時）；近代中國的政治組織、商業和工業活動概述（2課時）；俄羅斯與中、日、韓的國際關係近代史（十九世紀）（3課時）；東亞的商業地理和遠東的貿易史（3課時）；政治經濟學（2課時）；國際法（2課時）；俄羅斯和主要歐洲大國的國家結構概況（2課時）；民商法和法律程式的基礎（3課時）；簿記（2課時）；商品科學（3課時）；英文（16課時），法文（12課時）。近四分之三教學時長用於東方和歐洲語言的學習，然後是歷史和地理學科，最後用於法律和商業學科。

　　在十九世紀末的俄羅斯帝國鮮有東方語言的專家。因此，符拉迪沃斯托克的第一批專業教師必須從當時首都聖彼德堡調派。在成立之初，東方學院僅依靠9名具有科學學位的教師授課，只有27名新生（18名學生和9名旁聽生）開始在符拉迪沃斯托克接受語言高等教育，其中4名是阿莫爾軍事區的軍官。當時的青年教師缺乏教學經驗以及沒有教材，都不利地影響了東方語言的教學。除全日制的課程外，東方學院還開設了中文、日語、韓語、滿洲語、蒙古語和英語夜校實踐課。學院的每個年級都有一個班是由旁聽軍人組成的。

　　中日系學生數量不多。從1903年到1908年該系每年畢業生不超過2到3人，由於俄日戰爭，1904年完全沒有畢業生。中韓系學生數量也不多。1904年，有11個人在中朝系學習，13人在中日系學習，13人在中蒙系學習，42人在中滿系學習。1907年，中滿系所有的年級共有55名學生（通常是東方學院中學生數量最多的），而在中韓系僅有三名學生。學生在各系之間的分布不均，通常取決於遠東國際局勢，尤其是俄羅斯政府對亞洲國家的利益而產生的實際需求。比如：在1898到1901年的義和團起義期間，對中文專家需求迅速增長。

　　1899年俄羅斯帝國只有兩所教授漢語的大學：聖彼德堡大學和喀山大學（Kazan University），那裡的學生以學習文學、古代漢語和書面語為

主，不學口語。而新成立的東方學院教師認爲，首先，應該從實踐的角度來教授和研究該地區的漢語以及所有其他周邊國的語言。在這種情況下，東方學院的老師們自發地用官方檔案和鄰近國的媒體材料撰寫這類以口語爲主的首批教科書。

　　1900年8月18日，波茲涅夫在學院會議上說：「東方語言教學應具有實用性，此外，有必要使學生充分了解東亞各國的生活經濟狀況以及他們的法律體系」。波茲涅夫總結出了一種新的培養方法來培養在俄羅斯遠東地區和鄰國開展活動實踐的專家。本方法規定：1.教師編寫新教材；2.學生學習不只一種，而是兩種或三種東方語言；3.通過由俄羅斯教授組織理論課和由外國老師組織實踐課來分別進行語言教學；4.定期派遣教授和學生到研究國家或地區爲了收集材料或語言練習。外國教師由東方學院教授推薦，然後學院教師進行會議選拔、定裁是否錄用。1901～1902學年學院共有三位中國老師，1905年有五位。由於外國老師更換頻繁，實踐練習並不總是能達到預期的效果，更不利於漢語教學。1899到1911年期間東方學院更換了19名中國老師。有些老師在學院工作時間爲五到十個月。外國老師頻繁更換的主要原因是他們的工作報酬低（每月50盧布），以這樣的薪資水準無法邀請到合格的外國老師。

　　與教書工作緊密相關的是東方學院教師的科研活動。應該注意的是，東方學院的目的是培養了解遠東地區實踐專家，他們不僅懂語言，而且也懂遠東地區各個方面相關知識。當時在俄羅斯對中國的研究還沒有這樣的教學方向，更不用說對日本和韓國了。考慮到遠東地區的現狀，東方學院教師們必須編寫相應的教材，開創一種新的東方語言的教學方法，並開設歷史、地理和經濟學的相關課程。當前的狀況決定了將教育和科研工作結合的必要性。

　　課程以東方學院教授編寫的手冊爲基礎。魯達科夫（Apollinari Rudakov）教授編寫的了《官話指南》。魯達科夫教授編寫的「中文官方檔樣本」，「東方學院學生漢語學習手冊」等教科書是了解中文公務事務

語體的基礎。魯達科夫教授還編寫了「談論信念」、「文案彙編」、「中文入門」等文獻。因此，學生在研究公務文本和商務信函的文體特殊性的同時，還掌握了中文、日文或韓文的手寫草書基礎。魯達科夫教授還為此編寫了教材。在這方面，東方學院領先於俄羅斯甚至國外的其他東方語言實踐學校，它們的課程中還從未開設東方草書的特殊課程。因此，東方學院在當時的東方實踐研究領域擁有一套最完整、最廣泛的教學計畫。

在教學計畫中，將語言分為口語和書面語，並細分為官員發言、報紙、商業、外交、文學等文體。在東方語言學習過程中，師生不僅使用東方學院教師編寫的教科書，還廣泛採用了西歐語言（主要是英語）和東方語言的教材。從1899年至1901年的短時間內，東方學院的圖書館已經成為大規模的藏書地。圖書館購買了234本中文書，同時也以禮物的形式收到了223本中文書。圖書館的教材數量最多，中文和日文字典的數量達到幾百本，相同的教科書數量基本上不會少於10本，大部分有30甚至50本。從1900年到1916年東方學院出版了《東方學院學報》。

學院從1900年陸續開始派學生到國外進修。夏季，東方學院的學生必須被派往其所學語言國學習，為此，學院的預算中有特殊費用一欄。學院老師通過會議討論派任國外進修事宜。比如學院於1901年決定：「在魯達科夫教授的指導下，將學生派遣到北京，這次進修分配的費用是4800盧布。」1903年，有12名學生被派遣到中國各城市。大部分學生住在這些城市的俄羅斯領事館或俄中銀行的分支機構。回國後，一年級學生和旁聽軍人應提交書面論文，其中必須體現出「足夠的觀察力、在陌生環境中適應能力、闡釋及研究民族生活中某個現象／習俗的能力」。在第二次出國進修（二年級）回來之後，有必要以「研究問題有關的論文、教科書、文章、小冊子或整本書自行翻譯」的形式提交書面報告。

東方學院建立了一套完整的學習檢查制度。除了在四月中下旬到五月初舉行的春季考試之外，學生們在本學年上半年或下半年開始之前還進行選修考試，以在整個學年內提高班級的出席率，避免僅在春季考試中進

行表面上的準備。完成學年任務的必要條件是必須在檢查員或值班教師的監督下完成早課、午課和晚課。學院教師會議參考學生出席情況，解決有關學生升級、期末考試、發放獎學金及其保留和免費聽課的問題。在考試中，二年級的學生需能輕鬆理解口語課文、閱讀報紙和雜誌上最容易閱讀的部分，例如電報、紀事；掌握草書寫作的基本知識以及展示看懂草書文本的能力（能夠掌握2000個漢字）；在口頭對話中，學生應能夠就日常話題進行對話。在三年級和四年級考試中，要熟練掌握2700個漢字，具備翻譯軍事政治文章和消息的能力，熟悉信函和私人通信並可閱讀草書本文，用通俗易懂的語言書寫簡單的商務檔，能夠複述教師口述的文章內容。

　　對知識的高要求，培養出優秀畢業生以及高素質的教師隊伍，對遠東地區進行的政治活動的普遍興趣以及畢業後更有可能留在國有機構或私營公司任職，這些都為東方學院贏得了良好的聲譽，因此學生從俄羅斯各地競相湧向符拉迪沃斯托克學習。

二、從東方學院到國立遠東大學

　　1920年4月17日，東方學院改名為國立遠東大學，設有三個系：東方系、歷史和語言學系、社會科學（法律和經濟）系；因此，東方學院變更為國立遠東大學（State Far Eastern University）的東方系。1920年末，有541名學生在東方系學習。

　　東方系的學生，根據所選擇學習的一個或多個東方國家語言，被分配到相應的方向，最終確定了五個方向：三個主要方向和兩個特殊方向。主要方向為：中文（有以下次方向：中滿語、中蒙語、中韓（古典）語、特殊中文）；日語（具有日韓語、日中語、日滿蒙語、特殊日文次方向）；蒙古語（具有以下次方向：蒙藏語、蒙滿語、突厥－蒙古語）。特殊方向是中印，以及俄羅斯－遠東（地區）方向。教學按專業劃分：除了在一個部門掌握東方學的課程外，從二年級學生可以自己選擇以下其中一個專業：1.歷史語言學（教育教學）專業，分為以下幾個科目：語言學，文學

新聞學，歷史（歷史考古學），哲學，教育學和人種學；2.社會法律專業，其中包括：外交（政治）和司法科目；3.社會經濟專業：分爲工商業，銀行和合作社科目。所有專業所有方向的學制爲四年，但可以爲那些致力於科研活動並獲得學位的人增加第五期課程。

在1926年底，東方系的結構僅包括中文、日文和韓文三個語言方向，並且由於缺乏合格的領導者和資金不足，韓文方向並沒有開放。口語和書面語的表達、掌握經濟、法律、政治和社會制度及文化的科學理論和實踐研究成爲了每個方向的基礎。因此，二十世紀二〇年代時國立遠東大學東方系主要保留了東方學院的傳統。東方系沒有培養學生特殊的技術知識和技能，而是更加關注遠東人民的歷史、文化和哲學。此外，東方系提倡學生開展研究活動。

1927年2月，國立遠東大學接受了委員會的審查，該委員會指出，東方系的重心應從語言學轉向經濟學。根據國立遠東大學學術委員會1928年1月17日規定的教學計畫，東方學家應該需研究遠東的一個國家，也就是說不是研究學習東方語言的困難和微妙之處，而是需研究東方國家的經濟及其社會政治體系。因此，東方系的培養目標發生了改變。直到1927～1928學年，東方系主要培養目標仍然是東方語言學家和東方經濟學家，1928年的語言學逐漸退居次要地位，經濟學占據首位。

1930年，國立遠東大學被關閉，並在其院系的基礎上創建了五個學院。國民經濟學院是在東方系的基礎上創立的。它分爲兩個方向：經濟學方向和語言學方向。隨後，這兩個方向變成了兩個院系：經濟學系（在哈巴羅夫斯克）和東方學系（在符拉迪沃斯托克）。後者是根據1931年7月13日俄羅斯蘇維埃聯邦社會主義共和國人民委員會的法令恢復爲新成立的遠東國立大學三個院系中的一個，並一直持續到1939年。根據1932年8月23日遠東邊疆區委員會的決議，東方系的培養任務是爲遠東地區經濟和文化領域的機構或組織培養掌握日本和中國的經濟情況的經濟學家、語言學家以及翻譯人員。

　　1934年4月14日，校方決定重組東方系，其目的是：在教學計畫中，語言學科在一年級和二年級應占比70%以下，在三年級和四年級應占比60%以下。前三個年級所有的學生課程設置相同，最後一年半，需補充專業類課程。當時有兩個專業方向：1.經濟.2.歷史和語言。

　　在1938～1939年，東方系成立了一個軍事部門。國立遠東大學的軍事化在1939年2月已全面展開。大部分二年級學中文的學生都被轉移到了軍事部門。截止到4月1日，有158人在軍事部門學習，而在東方系的學習的人數則少得多（102人）。東方系進行積極的科學研究和教學法研究工作。1939年，院系出版了《漢語口語教科書》，《中文文學語言句法講義摘要》和《漢語軍事語體文選讀本》。但是，東方系的教學工作是在非常困難的條件下開展的。1930年上半年審查漢語教研室的委員會曾提出質疑：東方系學生缺乏獨立工作能力；學習能力不同的學生學習材料相同，不能因材施教；知識評估均等化；教學資料老舊，教學知識與實踐脫節；對外國教師的工作缺乏指導。各單位的聘請需求遠超出大學的畢業生數目。

　　1939年，每個畢業生收到2、3個單位的聘請，聘請單位包括太平洋艦隊，邊防部隊，內務人民委員會，而軍隊幾乎雇傭了所有的畢業生。國立遠東大學於1939年關閉，這是國家政府對大學知識份子實行鎮壓政策的結果。但是，政府宣稱大學的關閉是由遠東地區國際局勢很緊張引起的。這一決定導致俄羅斯高等教育制度遭受了巨大的損失，因為這一舉措失去了具有傳統的東方系和大學。國立遠東大學關閉後，東方系的學生沒有被送到其他城市和大學，三年級和四年級的學生被直接送到工作地，一、二年級最優秀的學生則轉到軍事部門，其他學生被直接開除。

三、遠東國立大學的歷史意涵

　　國立遠東大學於1956年又開辦了，改名為遠東國立大學（Far Eastern State University），第二次世界大戰結束後發展起來的新的歷史局面再次

要求在遠東地區建立一個培養東方學家的中心，因此，1962年，在遠東國立大學語言學系建立了中文和日文兩個方向。遠東國立大學恢復東方學研究是在非常困難的條件下進行的，問題主要是缺乏人員和物質基礎，字典和教材非常短缺。自1962年以來，根據莫斯科國立大學（Moscow State University）東方語言學院（現爲莫斯科國立大學亞非學院）批准的教學計畫教授學生。根據該教學計畫，學制爲六年，其中包括在所學語言國家的十個月實習期。但是，實際上大學不具備實行該學制的條件，因此在東方院系創建後，學制縮短爲五年，但最初的幾批招生的學制依然爲六年。

1962年中文教研室只有8名新生。入學考試是英語、歷史、俄語（筆試和口試）。1968年第一屆中文教研室的學生畢業。1970年遠東國立大學成立東方系。東方系的學習期限從六年減少到五年，因此，1965級和1966級的學生於1971年同年畢業。當時學生實習地是一個邊境城市——格羅德科沃（Grodekovo）。在六〇年代，火車每天穿越邊境一次，火車晚上到俄羅斯，第二天又回到中國。晚上，學生聚集在中國宿舍，那裡是中國鐵路工人的住所。俄羅斯學生可以與他們進行交談，練習口語。1972年，東方系首次有機會派教師去新加坡進行語言進修；1973年，已經派出5名：一名老師和四名學生。七〇年代新加坡南洋大學成爲俄羅斯漢學家的進修地。許多教職員工和學生都在那兒進修。直到1984年，中國不接受俄羅斯的學生或老師進行進修。

要在六〇到七〇年代重新開設東方學教育，並將遠東國立大學轉變爲俄羅斯的東方學中心之一，若沒有莫斯科國立大學、列寧格勒國立大學（Leningrad State University）、莫斯科國立國際關係學院（Moscow State Institute of International Relations）、蘇聯科學院東方學研究所（Institute of Oriental Studies of the USSR Academy of Sciences）和遠東研究所（The Institute of the Far East of the USSR Academy of Sciences）的東方學家大力協助，遠東國立大學的東方學是不可能完成的。上述機構與遠東國立大學的合作不僅爲學生提供了深厚的理論基礎，還爲遠東國立大學教師的科研

活動和教學發展提供了幫助。莫斯科和列寧格勒東方學中心的專家認為，自己有責任以各種形式說明遠東地區東方學中心：他們給遠東國立大學東方系的學生和教師講理論課程和專業課程，作為遠東國立大學東方系的研究生的學術導師，贈送相關圖書。

東方系的招生人數一直保持穩定，每年為55人，自1978年以來，根據東方系新規定，女生入學率限制為20%，應招生的要求進項調整，這一規定是考慮到畢業生分配的問題。東方系有兩個專業：1.東方語言和文學 2.國外東部地區研究（包括日本、中國、韓國三個方向）。國外東部地區研究專業的教學使用東方系老師制定的教學計畫。自1979年以來，國外東部地區研究專業錄取了20名學生，東方語言和文學專業錄取了35名。

1980年初，東方系有四個教研室：日本語言學教研室、漢語語言學教研室、遠東國家歷史和文學教研室、英語教研室。隨著東方系的科研能力的逐漸發展，1980年，在學院創建了研究中國以及亞太國家的當前狀況的實驗室。在新的經濟環境下，東方系的教學任務改定為培養新的專家，即東方經濟學家。1989年，東方系設立了新的教研室，即國際經濟關係教研室。1990年教研室改名為國際經濟和人文關係教研室。該教研室培養東方經濟學家，首批學生於1993年畢業。1990年12月漢語系從東方系獨立出來，發展成為單獨院系。漢語系培養「區域研究」方向的專家，該專業包括三個分方向，即「中國經濟」，「國情學（中國近代歷史和政策）」和「中國語言學」。師生有機會在中國進行長期的語言實踐。

四、遠東國立大學東方學院

1994年東方學院成立，學院由漢語系、日語系和韓國系組成。自1994年以來，漢語系分為三個專業方向：「中國經濟」、「國情學」、「中國語言學」。1997年後，增加「區域管理和跨文化交流」方向。直到1995年，遠東國立大學東方學院漢語系都以莫斯科國立大學亞非學院的教學計畫為基礎開展漢語教學。但是，1995到1998年計畫被修訂並在二年級到五

年級的課程中開始投入使用新教材，包括視聽資料。幾乎所有漢語材料都是由在中國進修的教師購買的。有些書是作爲禮物被收入到學院圖書館。例如：很多圖書是由中國國家教育委員會贈送的。

　　教學重點是進行小組教學（8～10人），並使用了強化教學法。大多數學生在中國進行實習：爲期兩個月至六個月，以及爲期一學年的完整課程。從1900年到1916年出版的《東方學院學報》於1994年又開始恢復出版。

五、結語

　　2011年，在遠東國立大學的基礎上合併遠東國立技術大學、太平洋國立經濟大學和烏蘇裡斯克國立師範學院後成立遠東聯邦大學（Far Eastern Federal University）。現如今，遠東聯邦大學已經是俄羅斯遠東地區的重點高校。當時全校分爲九個學院，其中包括國際與區域研究學院，2014年改名爲東方學院—國際與區域研究學院，2021年恢復歷史名稱——「東方學院」。

　　在學院存在的這段期間，其結構和人員多次發生變化。但專業師資隊伍以及志同道合的人始終保持不變。目前，東方學院的漢學教研室共有27位老師，其中5位華人。漢學教研室在國際關係學、國外區域學、東方學、語言學、酒店管理學等專業教漢語。在東方學和國外區域學漢語爲第一外語，在國際關係、語言學和酒店管理學等專業漢語爲第二外語。每年80～100名學生考上東方學或國外區域學專業並選擇學習漢語。總之，東方教育和漢語教學的傳統在俄羅斯遠東地區仍然保留，大學十分尊重這些傳統，並非常重視漢語教學。

參考資料

Serov, V. (СеровВ.) 1994. *Stanovleniye Vostochnogo instituta (1899-1909 gg.)* (СтановлениеВосточногоинститута (1899-1909 гг.)) [The foundation of the Oriental institute (1899-1909 years)]. *Oriental institute journal (1).* URL: https://cyberleninka.ru/article/n/stanovlenie-vostochnogo-instituta-1899-1909-gg

Khokhlov A. (Хохлов А.) 1994. *A. M. Pozdneyev osnovatel' Vostochnogo instituta vo Vladivostoke* (А. М. Позднеев основатель Восточного института во Владивостоке) [A. M. Pozdneev is a founder of the Oriental Institute in Vladivostok].*Oriental institute journal (1).* URL: https://cyberleninka.ru/article/n/a-m-pozdneev-osnovatel-vostochnogo-instituta-vo-vladivostoke

Yermakova E.,, Georgiyevskaya Ye. (Ермакова Э., Георгиевская Е.) 1994. *Vostochnyy fakul'tet v 20-30 gody* (Восточный факультет в 20-30 годы) [Oriental faculty in the 20-30s of the 19th century]. *Oriental institute journal (1).* URL: https://cyberleninka.ru/article/n/vostochnyy-fakultet-v-20-30-gody

Khamatova A., Il'in S. (Хаматова А., Ильин С.) 1994. *Shkola vostokovedov v DVGU (1962-1994 gg.)* (Школа востоковедов в ДВГУ (1962-1994 гг.)) [School of Oriental Studies at Far Eastern State University (1962-1994)]. *Oriental institute journal (1).* URL: https://cyberleninka.ru/article/n/shkola-vostokovedov-v-dvgu-1962-1994-gg

Khamatova A. (Хаматова А.) 1999. *Vostochnyy institut DVGU tsentr vostokovednogo obrazovaniya na Dal'nem Vostoke Rossii* (Восточный институт ДВГУ центр востоковедного образования на Дальнем Востоке России) [Oriental Institute of the Far Eastern State University as a Center for Oriental Education in the Russian Far East]. *Oriental institute journal (5).* URL: https://cyberleninka.ru/article/n/vostochnyy-institut-dvgu-tsentr-vostokovednogo-obrazovaniya-na-da

Volynets A. (Волынец А.). *Kak sozdavalsya pervyy dal'nevostochnyy vuz* (Как создавался первый дальневосточный вуз) [How was the first Far Eastern university created]. URL: https://dv.land/history/byt-pionerami-russkoi-nauki-na-krainem-vostokevostoke-rossii

1999. *Istoriya Dal'nevostochnogo gosudarstvennogo universiteta v dokumentakh i materialakh. 1899-1939* (История Дальневосточного государственного университета в документах и материалах. 1899-1939) [History of the Far Eastern State University in documents and materials. 1899-1939]. Vladivostok: FENU.

2000. *Iz istorii vostokovedeniya na Rossiyskom Dal'nem Vostoke. 1899-1937 gg. Dokumentyimaterialy* (Из истории востоковедения на Российском Дальнем Востоке. 1899-1937 гг. Документы и материалы) [History of oriental studies in the Russian Far East. 1899-1937. Documents and materials]. Vladivostok: Book Lovers of Russia.

Skachkov P. (Скачков П.) 1977. *Ocherki istorii russkogo kitayevedeniya* (Очерки истории русского китаеведения) [Essays on the History of Russian Sinology]. Moscow: Nauka.

Khisamutdinov A. (Хисамутдинов А.) 2013. *Dal'nevostochnoye vostokovedeniye: istoricheskiye ocherki* (Дальневосточное востоковедение: исторические очерки) [Far Eastern Oriental Studies: Historical Essays]. Moscow: Institute of Far Eastern Studies, Russian Academy of Sciences.

Datsyshen V. (Дацышен В.) 2011. *Izucheniye kitayskogo yazyka v Rossii (XVIII-nachalo XX veka)* (Изучение китайского языка в России (XVIII-начало XX в,)) [Learning Chinese in Russia (18th-early 20th century)]. Novosibirsk: Novosibirsk State University.

1999. *Dal'nevostochnyy gosudarstvennyy universitet. Istoriyaisovremennost'. 1899-1999.* (Дальневосточный государственный университет. Историяисовременность. 1899-1999) [Far Eastern State University. History and modernity. 1899-1999]. Vladivostok: FENU.

二

華語教學機構發展
研究

師大國語中心的發展歷程與國際教育啓示：1956～1990年代

李振清

世新大學／臺灣

摘要

　　在蔚為風潮的二十一世紀全球華文熱當中，創新、務實與前瞻性的「對外華語教學（Teaching Chinese as a Second/Foreign Language）」事業，已經將華語文與中華文化的精髓，不斷傳播全球，並有效促進臺灣與國際間的實質學術、商務與外交交流。此種因華語文教學成效顯著而令世界各地青年學子自發性地千里迢迢前來臺灣研習華語文的現象，顯見於臺灣師大前文學院院長梁實秋教授在1956年創辦的「國語教學中心／MTC」之影響。在歷經65年的發展中，國語中心經由學校的前瞻規劃、全體教師著力於教材教法的創新設計和努力、學生輔導，以及與各國大學的學術合作，促成中心茁壯成長、卓爾不群。國語中心在長期的成功經營中，也不斷為臺灣與世界各重點國家建立起文化、學術，與務實外交的橋樑。國語教學中心成功的策略包括延攬優良師資、在職專業培訓、藉由跨國合作甄選並輔導教師出國教學暨同步研修，甚至落地生根、校友連繫與後續之華語強化輔導活動如辦理海外研討會、編撰實用教材等。臺師大國語中心傳承中華文化、繼往開來、邁向國際的永續發展模式，也成為政府當前的國際華語文教育規劃與海外拓展策略之參考。

關鍵字：對外華語教學、全球華文熱、國際學術合作、務實外交、文化傳承

The Historical Development of Mandarin Training Center And Its Impact on International Education: 1956~1990s

Chen-ching Li

Shih Hsin University/Taiwan

Abstract

This paper aims at depicting the founding history and analyzing the success stories of Mandarin Training Center (MTC), National Taiwan Normal University, 1956-1990s. Being recognized internationally as a hub of the teaching and learning of Chinese as a foreign/second language, MTC has to trace back to 1956 and recognize the vision of Professor Liang Shih-Chiu, Dean of College of Liberal Arts. Follow-up efforts of the dedicated Center directors and all teachers as well as their innovative strategies of academic and international educational endeavors are factors for leading to the success of the internationally recognized institution of Chinese language and cultural studies. Programs of international academic cooperation and feedback of internationally recognized alumni are shared to justify the statement and impact presented in this paper.

Keywords: Teaching Chinese as a Second/Foreign Language, global Mandarin fever, international academic cooperation, pragmatic diplomacy, Chinese cultural heritage

一、廣結國際善緣一甲子的華語教育：序言

　　中央研究院語言學研究所前所長何大安院士在2007年出版的《華語文研究語教學：四分之一世紀的回顧與前瞻》中明確指出，「今天的華語文教學已經是翕然景從的全球性事業，教學理論與實踐已經斐然成章。」這種空前的華語教育成就，我們可以明顯地從臺灣師大國語中心孜孜矻矻地耕耘了超過一甲子的成果反應出來。更難能可貴是創立於1956年的「國語中心／MTC」，不但引領著臺灣華語教學的長期發展，更將其效益與影響，與二十一世紀的全球的國際華語教育成功接軌。

　　的確，在當前的全球華文熱蔚為風潮中，創新與前瞻性的「對外華語教學（Teaching Chinese as a Second/Foreign Language）」事業，已經將華語文與中華文化的精髓，傳播全球，並有效促進臺灣與國際間的實質交流。此種令世界各地青年學子自發性地跨越國家、種族與語言文化藩籬的對外華語文教學成效，更顯見於臺灣師大前文學院院長梁實秋教授在1956年創辦的「國語教學中心／MTC」。臺師大國語中心在歷經64年的持續發展中，經由學校的前瞻規劃、全體教師著力於教材教法的創新設計和努力，與各國大學的合作和認同，已「從襁褓中茁壯成長、卓爾不群。」（佟秉正，2005）同時，國語中心在永續經營中，也不斷為臺灣與世界建立起文化、學術，與務實外交溝通的橋樑（李振清，2005）。

　　2020年5月初，筆者從美國友人處得知一則重要消息：一位曾於1986年專程從美東麻里蘭大學（University of Maryland）前來臺灣師大國語中心（MTC）求學的傑出美國青年Mitchell A. Silk，在2020年4月21日經美國國會參院通過，任命為商務部（United States Department of the Treasury）專責「國際市場與發展」的助理部長（Assistant Secretary of the Treasury for International Markets and Development）。[1]

　　聽到Mitchell A. Silk，我不假思索地說，他就是專門研究財經發展與

---

[1]　參閱https://jewishinsider.com/2020/04/mitchell-silk-confirmed-as-treasury-assistant-secretary/

國際經貿法的美國專家、1985～86年在師大國語中心苦學中文，同時擔任中心龍舟隊隊長的「蘇騏」。蘇騏在1994年6月以「振清吾師」署名送給我的大作，《Taiwan Trade & Investment Law（涉外經貿法）》[2]，一直珍藏於我的書房中。

　　我跟「蘇騏」很有緣。從他在麻里蘭大學由該校法學院知名教授丘宏達博士推薦，於1985年到臺灣師大國語中心學習中文。返美學成畢業後，先後在Graham & James, International，及美國知名跨國「安理國際律師事務所公司」（Allen & Overy: International Law Firm with Global Reach）服務期間，我們一直保持密切連繫。1991及1993年，我們曾多次分別在舊金山及華盛頓相聚。同時，我也曾邀請他到華府參加「1993年美國留華學者及專業人士研討會」（1993 Symposium of American Scholars and Professionals Formerly Studying in Taiwan），並與其他應邀留華學者、專家以精湛國語發表演講。當時的我國駐美代表丁懋時大使，對於美國學者們以純正國語發表演講，大為驚歎。[3]大華府地區的中外人士，亦對這些包括蘇騏在內，曾經「留學臺灣研習國語的美籍人士」，讚嘆其華語文之造詣。[4]

二、培育傑出國際人才的師大國語中心

　　前述蘇騏的成功故事，代表著臺灣師大國語中心自1956年成立以來，在篳路藍縷的65年之華語文研究暨中華文化傳承中，無數的典型成功國際教育案例之一。就事實與數據而論，數不盡的國語中心校友之華語文學習故事，與學成後在世界各國的各行各業大展鴻圖，以及對全球華文教育

---

[2]　Silk, Mitchell A. ed. *Taiwan Trade & Investment Law*. New York: Oxford University Press. 1994.

[3]　世界日報（美國），「丁懋時籲通曉中文美學者專家進一步促進美臺合作關係。」1993年4月25日。

[4]　黃韻珊，「美籍人士『華語』研討會：以中文相互溝通，重溫留學臺灣舊夢。」世界日報（美國），1993年4月27日。

的推廣和華語研究之傑出事蹟，時時可聞。像蘇騏這樣的在臺灣學習華語文，爾後事業有成，且獲得國際認同的傑出校友，爲數多得數不盡。

由於因緣際會，我跟無數曾來臺在國語中心研習華語文的知名歐美學者、政府官員、國際媒體從業人員、財經專家等，結了至今仍在持續拓展的華語文學習與國際教育的善緣。這要回顧到30年前的特殊機緣。

1990年5月4日，時任臺灣師大英語系教授兼國語中心主任的筆者，應教育部之請，借調至舊金山（San Francisco）擔任「北美事務協調委員會駐舊金山辦事處文化組組長」。[5]1992年再奉調至華盛頓（Washington, D.C.）擔任「駐美國臺北經濟文化代表處（駐美代表處）」文化參事兼組長。由於個人的學術背景與曾任臺師大國語中心主任十年所建立的國際教育關係，得能跟美加地區的國語中心校友逐步連繫。同時也與美國各地高等學府、官方文化暨藝術機構順利保持密切合作，並順勢積極促成臺美兩國學術文化的多元交流。[6]

駐美期間，促成我國各高等學府與美國對口單位的學術交流與合作，是我的重點任務。令人欣慰的是各地的國語中心校友時時跟筆者不斷保持連繫，並主動協助我們駐外文化組學術外交任務的達成。藉此，筆者亦同時促成無數美國高等學府與臺灣的華語教學機構進行合作，並選送學生來

---

[5] 「北美事務協調委員會駐舊金山辦事處」於1996年易名為「駐舊金山臺北經濟文化辦事處（Taipei Economic and Cultural Office in San Francisco）。」

[6] 與美國文化暨藝術機構合作的對象，包括The Smithsonian Institution（史密森尼學會）所屬的19所世界級博物館、藝廊及藝術園區等。值得一提的是1997年協助故宮博物院與之合作，舉辦經典的「中華瑰寶展Splendors of *Imperial China*: Treasures from the National Palace Museum。」筆者除了跟曾任柏克萊加州大學校長的史密森尼學會總館長Michael I. Heyman直接連繫外，亦協助安排當時的故宮博物院院長秦孝儀、副院長張臨生等，於1997年1月17日拜訪典藏亞洲藝術品的博物館如Freer/Sackler Museum，並與該館的張子寧暨相關主管座談。1997年1月21日在華府「National Gallery of Art/國家藝廊」舉辦的「中華瑰寶展開幕酒會」，冠蓋雲集、轟動華府。除此而外，前國立歷史博物館黃光男館長赴美考察博物經營理念時，亦由本人接待及安排參訪The Smithsonian Institution相關館所。

臺灣各大學的華語文中心深造。此種特殊機緣，跟國語中心多年的華語文教育成果有密切的關係。

除此而外，連繫並追蹤國語中心校友也是我的重點工作。除了國語中心外，「美國各大學中國語文聯合研習所（史丹福中心）」校友也是我連繫的對象。[7]

1991年1月28日，當我以駐舊金山文化組組長身份赴西雅圖訪問華盛頓大學（University of Washington, Seattle）校長William P. Gerberding，及文理學院院長Jerry Lee Norman（羅杰瑞，漢學家、語言學家）時，在校園中就遇到了臺灣師大國語中心的校友，Elizabeth J. Perry（裴宜理）和William C. Kirby（柯偉林）。當時裴宜理是華大的國際研究學院教授（Professor of International Studies）；柯偉林則為聖路易市華盛頓大學的歷史教授兼亞洲研究中心主任，暨大學學院院長（Professor of History, Director of Asian Studies, and Dean of University College at Washington University in St. Louis）。他鄉遇故知，裴宜理、柯偉林與我暢述當年在臺師大國語中心研習華語文的難忘經驗。裴宜理還牢牢記住她在國語中心的兩位老師：錢進明與甘子良老師。

雖然哈佛大學的傑出學者如柯偉林和裴宜理已成為國際知名的大學者，她／他們心中都還牢記著臺師大國語中心的歲月和經驗，一如國語流利的前澳洲總理Kevin Rudd（陸克文），公開聲稱他是在臺灣師大國語中心學得的中文。[8]

不久，裴宜理轉往柏克萊加州大學擔任講座教授（Robson Professor

---

[7] 美國各大學中國語文聯合研習所（史丹福中心）之英文名稱為Inter-University Program for Chinese Language Studies/IUP。該中心係於1963年由哈佛、耶魯、哥倫比亞、康乃爾、普林斯頓、芝加哥、密西根、史丹福、西雅圖華盛頓及加州大學柏克萊分校等校聯合設置的。地點在臺大校園。

[8] Kevin Rudd（陸克文）於2007～2010, 2013擔任澳洲總理，另於2010～2012擔任外交部長。陸克文現為專研亞太國際政策之紐約亞洲學社政策研究所（Asia Society Policy Institute）主席。參閱 https://asiasociety.org/policy-institute/mission

of Political Science, University of California-Berkeley）。1998年，她應聘爲哈佛大學講座教授，兼哈佛燕京學社主任（Henry Rosovsky Professor of Government, Harvard University Director, Harvard-Yenching Institute）迄今。

　　至於精研亞洲與中國問題的柯偉林，也在1992年轉任哈佛大學擔任講座教授，並曾擔任哈佛文理學院院長（Dean of the Faculty of Arts and Sciences, Harvard University）。[9]

　　除了上述的蘇騏、裴宜理、柯偉林、陸克文之外，美國前猶他州長，後奉派駐中國大使的Jon Meade Huntsman, Jr.（洪博培）、前加州州務卿江月桂（March Kong Fong Eu）、Stanford University（史丹福大學）知名漢學家Albert Dien（丁愛博）教授[10]、威廉學院（Williams College）教授Cornelius C. Kubler（顧百里）、前UC Berkeley（柏克萊加州大學）東亞語文系主任Stephen H. West（奚如谷）、荷蘭Universiteit Leiden（萊頓大學）漢學系教授Lloyd Haft（漢樂逸）、創辦荷蘭萊頓大學「現代漢學研究中心」（Modern Chinese Studies, Leiden University），現爲德國Georg-August-Universität Göttingen（哥廷根大學）教授的Axel Schneider（施耐德）[11]、洛杉磯加州大學Helen Reese（李海倫）等[12]，都是值得介紹的當

9　參閱"Biography-William C. Kirby-Harvard University"說明：At Harvard, he has served as Chair of the History Department, Director of the Harvard University Asia Center, and Dean of the Faculty of Arts and Sciences."

10　丁愛博（Albert Dien）是臺灣師大國語中心第一屆（1956）的學生之一。在今（2020）年11月致函筆者的函件中，他寫道：「I and other students were the first group in 1956 to be enrolled in a program at 師範大學；besides myself there were Kay Stevens, Howrad Levy, someone named Gillen, and another named Richard Howard. Another American William Lyell, was also taking lessons at Shida.」丁愛博特別提到，他們在師大國語中心時的老師，就是馬敬恆老師。

11　施耐德教授在網頁https://www.sinologie-goettingen.de/en/department/person/axel-schneider/中，特別提到臺北學習華語文與文化的記載。筆者擔任國語中心主任期間（1980～1990），與施耐德互動、學術討論極為頻繁。https://www.sinologie-goettingen.de/en/department/person/axel-schneider/

12　其他國際知名校友為數甚多；本文僅挑選以上數位做為參考。

代學者。他／她們的學術與事業成就，均跟師大國語中心的精心培訓有
關。

除此而外，撰寫《從美國軍官到華文翻譯家》、翻譯無數華文作品，
並以精湛翻譯技巧，協助莫言在2012年獲得諾貝爾文學獎的前舊金山州立
大學教授葛浩文（Howard Goldblatt），也是令人稱道的早期國語中心校
友。[13]他對臺灣文學的海外傳播，貢獻至鉅。被譽爲「文化中華國際化推
手」的葛浩文，是臺灣師大國語中心的驕傲（郭芳雪，2016）。他於1967
年起，孜孜矻矻地在師大國語中心勤學中文。

1961年畢業於美國海軍官訓練學校的葛浩文，曾於1962～65年，先後
派駐臺北的中美協司令部，及美軍顧問團。熱愛國語語文學的他，於1967
年正式進入國語中心研習華語文。[14]傑出的學習成果，造就他翻譯的長
才，因而受到舊金山州立大學（San Francisco State University）漢學家許
芥昱教授的賞識。

葛浩文返美後，先在該校獲得中國文學研究的碩士學位，接著於1974
年獲得印第安那大學博士學位後，獲聘任教於舊金山州大中文系。已故的
舊金山州大中文系教授陳立鷗，及聖地雅哥加州州立大學中文系教授卓以
玉，均對葛浩文的華語文造詣暨翻譯才華，讚譽有加。

臺師大國語中心自1956年開始的發展歷程，及其對當代國際學術與社
會的貢獻和影響，極值得大家借鏡。以上所提到的校友，僅是一小部分而
已。

回首前塵，容我分享41年前接掌臺師大國語中心的挑戰，以及因應
國際華語文教育發展所面臨的機緣所進行的中心經營新策略、國際鏈結、

---

[13] 葛浩文在2015出版的《從美國軍官到華文翻譯家—葛浩文的半世紀臺灣情》頁15-16中寫道：
「2012年12月10日在冰天凍地的國度（李振清註：瑞典首都斯德哥爾摩／Stockholm, Sweden的諾貝
爾文學獎頒獎典禮中），諾貝爾文學獎的評審委員會會長（Peter Englund）伸出右手來握手，『我
也要告訴你，如果沒有你的英文翻譯，我們這些委員就沒有辦法欣賞那麼多莫言的作品了。』」
[14] 參閱葛浩文（2015）著：《從美國軍官到華文翻譯家—葛浩文的半世紀臺灣情》。臺北：九歌。

教師在職培訓、教學法創新、華師「輸出」國外推廣華文教學、新教材編撰，以及電腦化等。

三、從趙元任教授的啓發到1980接掌國語中心後的挑戰

1970年，我以國立臺灣師大英語系助教的身份，獲得美國東西中心（East-West Center）的獎學金，赴夏威夷檀香山（Honolulu, Hawaii）進行一項前所未有、爲期半年的「英語教學行政研究與訓練」（TEFL Administrators Training and Research Program, East-West Center）計畫。雖然時間僅有六個月，但紮實豐富且具挑戰性的語言教育行政與教學研究，在Larry E. Smith及Gregory Trifonovitch兩位熱心學者研究員的妥善規劃下，啓發了我個人的國際教育研究經驗，同時開啓了我往後半世紀的挑戰性學術研究與教學生涯，並持續跨進國際學術與文化外交的境界。其中，英語教育與華語文國際推廣，也因此成爲個人終身的志業。更重要的是在這段期間，我遇到了啓發我國際華語文教育的先驅：趙元任、李方桂、李英哲、鄭良偉，以及John DeFrancis（德範克）等教授，並受到他們實質的啓發。這對我在1980年接掌國語中心後所擔負的使命和影響，助益甚大。

在夏威夷東西中心短短半年的研究與訓練過程中，除了有關語言教育涵蓋的上課、討論、報告、論文寫作外，我們還在Larry E. Smith的帶領下進行Field Study。自1971年2月14日起，我們這20名研習團員赴加州參訪了柏克萊加州大學語言系（Department of Linguistics, UC Berkeley），並了解其相關研究語課程、舊金山州立大學（San Francisco State University）、蒙特瑞（Monterey, California）的美國國防語言學校（Defense Language Institute, Monterey, California），及唐人街的英／華雙語學校。過程中，我深深領悟到了英語與對外華語教學的基本概念與國際前瞻。同時，我也注意到華語文教育正在美國各地萌芽、滋長，且前景無

限。

　　在參訪舊金山州立大學（San Francisco State University）州立大學時，巧遇創辦該校中文系，並擔任系主任的漢學家兼文學才子許芥昱教授。由於前述的國語中心傑出美籍校友、翻譯家葛浩文（Howard Goldblatt）是他的學生，因而我們談得很投緣。1979年接續許芥昱教授舊金山州大中文系系務的陳立鷗（Leo Chen）教授，也因此在1980及1983年，籌組加州各州立大學教授，前來臺師大國語中心研習華語文教學與中華文化。1970～71年所結的華語學術緣，沒想到在1980～1990年間，在臺灣進一步開花結果，並將臺師大國語中心的學術關係，延伸到世界各國的重點高等學府。

　　1971年2月17日參訪蒙特瑞（Monterey, California）美國國防語言學校時，中文組主任溫燕熊（Victor Wen）博士特別介紹，並示範「限制型句型」、「任務導向」及「實物運用」的小班師生互動華語教學法。美國國防語言學校（DLI）的經驗，後來也成為筆者在1980年代培訓師大國語中心新進教師的參考。

　　值得一提的是這些國語中心的1980年代教師，在經過不斷的實際教學與在職培訓後，終於趕上外語教育理論蓬勃興起，以及華語國際化的熱潮。無數國外大學紛紛透過華語文教學師大國語中心進行合作計畫。

　　紐約州立大學（State University of New York）系統的波茨坦大學（Potsdam, SUNY）校長James Young，於1983年參觀了臺師大國語中心後，曾慎重地向臺灣師大建議在該校設立「國語中心」分部，為美國培養二十一世紀所需的華語文人才。筆者並於當年應邀前往該校參訪與研究其可性。雖然設立「國語中心」因預算與制度之關係，未竟成功，卻建構了兩校教師密切交流的學術合作。臺灣師大並派遣教師前往該校進行華語教學，同時進行相關研究。

　　此種藉由華語文教學推動多元國際關係的功能與趨勢，受到教育部李煥部長與國際文教處李炎處長的高度重視，因而在1986年後，開始撥專款

由國語中心選送優秀華師以「客座講師」身份，赴海外從事華與教學。這項空前成功的華師輸出計畫，一直延續至今，而且供不應求。1986～1990期間，許多美國大學對國語中心華師的需求甚殷，因而大都以費用分擔（cost sharing）方式，提供相對補助出國華語教師的部分薪資、住宿，甚至餐飲等。

可喜的是，爲了因應臺灣師大國語中心的快速發展，與教學空間的嚴重不足，教育部特於1989年核撥三億專款，提供臺灣師大興建「博愛樓」，藉以容納更多國際學生。「博愛樓」於1994年建成啓用。

充裕的軟硬體設備、在職教師增能培訓、新教材編撰、教學法改善，以及國際華語教學合作、交流的強化，對1980年後的國語中心發展，有如虎添翼之勢。各國學生因而接踵而來。

1970～1971年另一椿值得討論的華語教育相關經驗是：在這段期間，筆者有緣跟語言學大師趙元任、李方桂、John DeFrancis（德範克）、帥德樂（Stanley Starosta）、李英哲等教授在夏威夷大學結緣，並汲取其推動國際華語教育與研究之新思維。

趙元任教授在1971年1月15日於夏威夷大學舉辦的Pacific Conference on Contrastive Linguistics and Language Universal（太平洋對比語言學計語言共通學術會議），所發表的專題演講，是一項啓發我對華語文國際教育與研究的新概念。趙元任教授以「Some Contrastive Aspects of the Chinese National Language Development」爲題，闡述國（華）語文的特質，以及未來國際發展的新契機。這也是半世紀後華語文國際發展的「預言」。在場的華府喬治城大學（Georgetown University）知名教授Robert J. Di Pietro，與洛杉磯加州大學（UCLA）的John W. Oller立即熱烈呼應。[15]

趙元任教授予李方桂教授是世交。因此，趙元任教授伉儷於1971年1月17日晚間，應邀作客於夏威夷李方桂教授府邸，並對應邀參加晚宴的

---

[15] 專研普通語言學與外語教學的John W. Oller，後來任教於University of Louisiana。

十名學者賓客，以別開生面的方式，發表「My Linguistic Autobiography
（我的語言自傳）」小型演講暨討論。在場的學者除了東道主李方桂伉儷
之外、還有柏克萊加州大學的王士元（William S-Y Wang）；夏威夷大學
語言系的Stanley Starosta（帥德樂）、東亞語言暨文學系的John DeFrancis
（德範克）[16]、李英哲和林柏元的教授。筆者有幸，也應邀與會。

　　在這一場別開生面的演講中，趙元任再強調國（華）語文在未來的
學術發展契機與必然的國際地位。這也是他先前在哈佛大學執教時期，撰
寫專書*Mandarin Primer, an Intensive Course in Spoken Chinese*（1948）、
Character Text for Mandarin Primer（*Mandarin Chinese* Edition 1948），以
及1965年的1,109頁大作，*A Grammar of Spoken Chinese*。該書由中研院院
士丁邦新教授譯成中文：《中國話的文法》。

　　《中國話的文法》是趙元任教授結合哈佛大學，及柏克萊加州大學的
多年漢語教學研究與經驗所撰寫的一部重要英文著作。該書注重研究中國
話的詞法和句法，其方法謹嚴、系統分明，頗多創見，無論從立論的深度
說，還是從影響的廣泛說，它都是最重要的漢語語法著作之一。同時，誠
如鄭錦全教授（2007）所說的，「過去四分之一世紀正是國外語言學蓬勃
發展的時段，新的理論一出現，我們都迎頭趕上。……今後之四分之一世
紀，我們應該從漢語提煉出更全面的語言學與語言教學理論，爲人類的語
言認知做出新貢獻。」[17]

　　這段話正是臺灣師大國語中心在過去65年所擔負的使命，也是1980年
筆者接任主任後，配合國際華語文教育發展，積極推動的多元任務。

---

[16] John DeFrancis（德範克）曾被紐約時報（The New York Times）譽為"One of the most influential
　　scholars and teachers of the Chinese language in the last century"（上世紀最具影響力的華文學者與教
　　師），自1953年出版*Beginning Chinese*後，連續出版8本對外華語教學的專書，影響全球華語文教育
　　甚鉅。取自：https://www.nytimes.com/2009/01/15/us/15defrancis.html

[17] 鄭錦全教授為美國University of Illinois, Urbana的著名語言學學者。1991年榮獲伊大Jubilee Profess of
　　Liberal Arts Sciences頭銜。鄭教授也是中央研究院院士。

　　趙元任教授的千金卜趙如蘭博士，後來也繼承父親的衣缽，在哈佛大學教授華語文。她與哈佛的漢學家費正清（John K. Fairbank）教授，均將其學生選送到師大國語中心就讀。本文所提到的裴宜理（Elizabeth Perry）和柯偉林（William C. Kirby）就是其中的典範。筆者擔任國語中心主任時期（1980～1990），哈佛的學生還是陸續前來。令我印象深刻的一位是目前執教於加拿大University of British Columbia（英屬哥倫比亞大學／卑詩大學），並擔任東亞研究系（Department of Asian Studies）系主任的Ross King（金若思）教授。[18]

　　趙元任教授的世交李方桂教授，也對華語教育國際化頗爲重視。他曾於1984年12月27日應邀參加史上首創、一連四天的「第一屆世界華語文教學研討會」，並擔任大會開幕式的專題演講人。[19]來自全球參加該歷史性國際華語教學研討會的國內外學者計258名。

　　1979年10月2日，我從美國完成語言學博士學位後，立即返國回臺灣師大報到，恢復我在英語系的教職。在美國六年的課程歷練、常態性的國際學術研討，以及接觸面的多元拓展，讓我過去的教學方法與研究策略，產生了極大的改變，包括英語教學法、漢語研究、跨文化溝通策略，以及在學時參與過的NAFSA: Association of International Educators國際化教育推廣等。[20]客觀地說，國外留學時期的多元歷練與廣泛觀察，除了增廣各種見聞外，也改變了我的人生觀，尤其是在輔導本國與外籍生方面的新思維。更重要的是這段歷程，也直接增添了我在藉由國際教育行政推廣對外

---

[18] 金若思（Ross King）於1985～86年就讀於國語中心。返回哈佛後，於1991年取得語言學博士學位。目前他是Professor and Head of Department (Asian Studies) at University of British Columbia。

[19] 參閱董鵬程。2007。〈緣起與回顧〉，《華語文研究與教學：四分之一世紀的回顧與前瞻》，XIII-XXVI。

[20] 成立於1948年的NAFSA: Association of International Educators，原名爲National Association of Foreign Student Advisers。目前已發展成爲全球最大的非營利性國際教育組織；成員包括150國的3,500所高等學府。筆者在美留學時，曾於1976年以學生會員身份，應邀參與地區性會議，並介紹臺灣的國際化教育推廣情形，包括臺灣師大國語中心的教育特質。

華與教學的前瞻政策與發展機會。

在這同時，筆者也藉由國外的經驗，以及自趙元任、李方桂、李英哲等教授所獲得的指點，以嶄新的觀念經營國語中心；一方面延續國語中心自1956年創立的優質傳統，包括維繫「單班」、「二人合班」、「三至五人合班」的小班教學。加上國際重視亞洲的新發趨勢，助長了中心的快速成長。一方面積極配合各國的需求，與全球各大學進行華語文教學合作與交流計畫。為因應此種新潮流並維繫華語教學的品質，教師的新觀念灌輸與專業成長，就此成為中心規劃與落實的重點策略。如此一來，國語中心的學生人數於是快速倍增。

1980年8月接掌國語中心時，學生人數為450名左右。到了1982年，人數攀升到727名。待我於1990年離開中心赴美就新職時，總人數高達800餘名；教師130名。

在美國舊金山（San Francisco）及華盛頓（Washington, D.C.）擔駐外文化組長期間，我仍延續國語中心對外華語教學推廣的使命，並獲得美國各地高等學府，以及無數國語中心校友的迴響。

四、在職教師培訓的緣起與永續效應

國語中心另一項重要的前瞻性創新措施，是在職教師培訓與透過國際合作，甄選優良教師赴海外高等學府從事華語教學，藉此深化與國外大學的學術合作與教育交流。1981年開始的嘗試，影響深遠，且持續到現在還在擴大進行中。

雖然國語中心的老師都是教學經驗豐富十足、愛心十足，且學養豐富，但為了因應時代的需求，與外語教育觀念的不斷革新，在職增能與創新語言學理的汲取，是一種必然的華語文教育國際趨勢。其中，牽涉到華語文教學新知暨文化差異的問題，更是必須強化的領域。

文化差異顯然對華語文教學影響至為深遠（李振清1984；方麗娜2007）。現代華語教師更不能不了解文化的重要，及其塑造人類進步的價

值觀（Harrison and Huntington 2000）。對國語中心的老師來說，培養此種語言與文化的相關概念，藉以化解偶爾發生的文化衝突，頗為重要。[21] 至於中華文化在當前世界普受重視的可喜現象（Gross-Loh 2013），更是國語中心長期維繫的進步價值。

為落實此項新計畫，國語中心獲得教育部的專款補助，自1984年起，利用週末時間，陸續開設下列十門課程，藉以強化華語教師的教學知能與技巧：

華語文教學法：介紹CSL最新教學理論、方法與新世紀願景。

語言學概論：普通語言學理論與TCSL教學之關聯。

中國文字學：從六書到書寫法的研究，兼論中國文字的藝術特性。

國語語法學：請黃宣範、鄧守信、與湯廷池教授介紹國語語法學與教學。

社會語言學：討論涉外華語文教學中的語言、行為、與思想認知問題。

心理語言學：提供基礎心理語言學理論作為CSL教學之參考。

測驗與評量：從班級的學習評量與測驗中考核CSL教學成效。

對比語言學：介紹中英語文的詞彙結構、語法、語用、語意等差異。

語言與文化：輔導教師了解跨文化差異與人際溝通之策

---

[21] 筆者擔任臺灣師大國語中心主任期間（1980～1990），處理並化解過多樁文化差異造成的衝突，包括教師教學法、選課彈性、種族平等暨生活輔導相關問題等。

　　　　　略。
　　基礎英文：華語文教師也需懂得英文以便進行學生輔導與
　　　　　有效溝通

　　應邀擔任此項創新在職培訓課程的學者，除了黃宣範、鄧守信、湯廷池教授外，也邀請相關學者如李國英教授「中國文字學」與「文字教學」；施玉惠教授講授「社會語言學」；謝國平教授介紹「語言學概論」；師大教務長黃堅厚教授討論「測驗與評量」；吳國賢教授分享「對比語言學、語音」概念。本人則擔任「華語文教學法」、「語言與文化」、「基礎英文」等課程。

　　參與在職培訓的30名國語中心教師，利用週末上課。感謝教育部的資助，老師們不但得到免費的系列教科書，而且還有交通費可領取。

　　在培訓過程中，老師們都展現強烈學習動機，包括英語學習。筆者還記得1984年8月4日由美國各大學聯合語言研習所〔UP，簡稱「史丹福中心（Stanford Center）」〕所長鄧守信教授發表的專題演講，「漢語詞序的功能」。老師們反應極佳。

　　為了進一步提升華語教學國際化，與配合國語中心在職教師培訓內容的多元化，筆者另倡導師大國語中心、美國在臺協會華語學校（AIT Chinese Language and Area Studies School），及美國各大學聯合語言研習所（IUP）聯合舉辦三次華師交流，提升華語教學教材教法，以及華語測驗與評量策略。交流活動安排在不同日期於師大國語中心、臺大史丹福中心，及陽明山美國在臺協會華語學校分別舉行。當時的陽明山美國在臺協會華語學校校長是顧百里（Cornelius C. Kubler）、史丹福中心就是鄧守信。[22]待第三次交流（1982年9月）時，史丹福中心主任則為杜爾文

---

[22] 參閱《國際華語研習所：55週年所慶紀念特輯》，2017，頁36：「1982年與師大國語中心、美國在臺協會華語學校啟動三方合作推動華語教學計劃。」

（James E. Dew）。杜所長對此跨中心的華語教育交流，至為肯定。

　　師大國語中心的在職教師培訓，以及與美國在臺協會華語學校（AIT Chinese Language and Area Studies School），及美國各大學聯合語言研習所（IUP）的互動觀摩，有效提升了老師們的華語教學視野與境界；老師們的國際觀也同時展現了。在沒有網際網路與跨界視訊的年代，這是非常難得的創舉。

　　配合國語中心的在職教師培訓計畫，自1984年起，所有新進教師也都必須參加是項培訓課程。加上不定期的國際華語文教學與學術演講，對提升國語中心教師的教學品質與觀念，助益甚大。這些知名學者包括如趙智超（芝加哥大學）、周質平（普林斯頓大學）、鄭愁予（耶魯大學）、Wilhelm K. Weber（Monterey Institute of International Studies/蒙特瑞國際學院）、杜爾文（James E. Dew, IUP）、顧百里（Cornelius C. Kubler, AIT 華語學校）、馬漢茂（Helmut Martin，德國Ruhr-Universität Bochum大學）、李英哲（夏威夷大學）、林雲（時任史丹福大學東亞語文系客座教授）等。他們的「加持」，對華語文師資培訓的效益，明顯可見。

　　1989年6月19日師大國語中心函覆教育部的「國語教學中心發展計畫」九項工作重點中，即明訂了「掌理對外華語教師之培訓、甄試及任用」，以提高師資素質，訓練專業人才之準則。此項事關華語國際推廣的前瞻性超前部署之建議，獲得教育部的重視；對往後三十餘年間的國際華語推廣與政策落實，具有延續性的影響。

　　國語中心在職教師培訓的成功，剛好趕上1980年代國際華語熱，以及全球教育交流蓬勃興起的熱潮。這些成功培訓出的華語教師，因此陸續在臺美教育合作與交流的機制下，透過特別協商與安排，應聘赴美各大學任教。這也是專業華師大量外派的濫觴。

　　為了培育更多優秀的專業華語文教師，筆者在國語中心任內，曾不斷籲請政府設立培育以華語文作為第二語言或外語教學的師資培育研究所。

當時的前後任郭爲藩校長、梁尚勇校長亦表示贊同。[23]

五、華師出國教學的源起和啓示

　　因應時代的需求，師大國語中心教師陸續應邀出國教授華語文。第一位以個人身份出國從事華語教學工作的，是馬盛靜恆老師。她是師大國語中心在1956年成立時的五位教師之一。當時的國語中心計有12名學生，五位老師。她們是田欣然，岳達南，劉薈恩，袁乃瑛，馬盛靜恆，與周慧強（馬盛靜恆2005）。學生則包括臺灣學界耳熟能響的丁愛博（Albert Dien），和來自哈佛大學，專研究中國現代歌劇的史清照（Kate Stevens）。丁愛博返美後，先在哥倫比亞大學任教，後轉至史丹佛大學，直至退休。他告訴馬盛靜恆教授說，「如果沒有在臺灣這一段學習華語的經驗，就不會有他後來的學術事業。」他又補充，國語中心的經驗使他能夠創辦在臺灣的史丹佛中心／IUP（馬盛靜恆2005）。

　　馬盛靜恆於1963年應邀至美國密西根大學遠東系教中文（馬盛靜恆2005）。憑著多年的教學經驗，她最後應聘至美國衛斯理學院東亞語言文學系（Department of East Asian Languages and Cultures, Wellesley College），擔任宋美齡講座教授兼系主任。

　　從馬盛靜恆1963年應聘赴美從事華語文教學工作，到1981年師大國語中心開始有計畫地跟全球各國進行華師「輸出」，整整等了十八年。

　　國語中心始於1984年開始的系統化「在職教師培訓」，奠定了華師外派出國教學的基礎。從1984年到1990年，外派出國教學的教師清一色都是國語中心的教師。此後，由於需求之大量擴充，遂由教育部主政，有計畫地甄選各大學的華語中心老師，統籌前往世界各國任教。此種永續性的華語教學國際化與交流，爲臺灣深化了學術外交，而且至今仍蓬勃發展，甚

---

[23] 可喜的是在時隔十五年後，「華語文教學研究所」碩士班終於在1995年成立了。2003年又成立博士班。

至有供不應求之勢。

　　師大國語中心自1986年有計畫地選送華師赴美教學之前，先有羅家瑞老師於1981年應聘赴南非共和國教授該國軍官。此國際合作計畫值得討論。

　　1980年9月25日，南非共和國（Republiek van Suid-Afrika）教育部副部長Van Wyk博士由臺師大郭爲藩校長陪同，前來國語中心參觀，並由筆者以多媒體進行簡介與答詢。Van Wyk副部長深感華語文在未來世界發展的重要。返國後，將臺師大國語中心的華語文教學理念、機制與設施回報給南非當局。緊接著，1981年初，國防部汪正中將軍親自前來國語中心拜訪，言明應南非國防部要求，希能選送一位華語教師赴南非教授軍方華語。

　　經審愼研究後，筆者挑選教學特優的羅家瑞老師前往。筆者認爲這是華語文正式深耕海外的機會。於是在1981年4月23日赴南非的前夕，筆者語重心長地鼓勵羅老師「到南非後，以『華語教學落地生根』爲使命，永遠在當地推廣華語文。」

　　羅家瑞老師於1981年抵南非後，不但成功地在該國推廣華語文，也藉機在國立南非大學（University of South Africa--UNISA）教育學院進修，並於2002年完成「教育學」碩士學位。如今，羅老師不但眞正在南非落地生根，而且成功地在該國開創出一片華語教學的天地。她成立了推廣華語文專業的漢語培訓中心，而且是國家法定翻譯員。羅家瑞成功創立的「漢語培訓中心」標榜著"Learn to speak Mandarin, and read and write Chinese. Cross barriers. Explore new worlds."（學華語、讀寫中文。探索世界）。[24]

　　師大國語中心的有效華語教學，以及1984～1986年創辦的在職教師培訓與透過國際合作，在教育部的支持下，啓動了1986年的甄選優良教師赴海外高等學府從事華語教學政策。國語中心精挑細選宋力行老師於1986～

---

[24] 羅家瑞南非（Republic of South Africa）網站"Mandarin Training": www.mandarintraining.co.za

1987前往麻州大學（University of Massachusetts, Amherst）任教，並與該校東亞語言暨文化系（East Asian Languages and Cultures）的鄧守信主任，及鄭清茂教授密切合作。

宋力行老師在麻州大學東亞語言暨文化系的成功計畫，開啟了往後一連串的國語中心教師應聘出國教授華語文的常態任務。教育部也肯定此種空前趨勢，因而開始撥專款由國語中心選送優秀華師以「客座講師」身份，赴海外從事華與教學。

緊接著宋力行之後，1987至1990年外派的教師包括黃桂英（芝加哥大學）、陳愛華（華府喬治城大學）、薛玲韻、蔡智敏（北卡杜克大學）、張文琪（韓國放送通訊大學）、陳仁富（賓州州立大學）、陳惠玲（威斯康辛大學）、崔承平（威斯康辛大學）、潘蓮丹（墨西哥）、趙靜（英國）、劉咪咪、林能恭、劉四貴（美國）、張文琪（韓國）等。1990年後，還有李利津（加州史丹福大學）、黃海燕（英國劍橋大學）等相繼應聘出國任教。這項空前成功的華師輸出計畫，一直延續不停，而且供不應求。

值得一提的是：透過國際合作甄選赴海外從事華與教學的師大國語中心教師，在教學相長、海外同步進修的機制下，最終落地生根，留在歐美高等學府任教，有效推廣華語文教學。

六、延伸國語中心語言與文化活動到國外

臺師大國語中心自1980年後，積極拓展與世界各重點國家的華語文教育合作，成效顯著。除了美國知名大學外，英國的牛津大學和劍橋大學也積極參與合作計畫。牛津大學自一九八四年起，即跟臺灣師大國語中心建立起密切的國際學術合作關係，且責成其東方研究所（Oriental Institute）的學生，須在大學修課期間，前來師大國語中心研習華語文與文化至少一個學期，始符合畢業之資格。由於牛津學生在臺北的學習成效暨風評頗佳，代表東方研究所的雷蒙・道森（Raymond Dawson）教授懇切邀請時

任國語中心主任的筆者，在前往德國參加學術會議之前，於1986年10月20日先到牛津大學訪問，藉此與該校師生，暨該校的師大國語中心校友進一步交流，並討論兩校深化學術合作之內涵與機制。[25]延伸國語中心的華語教學與文化活動到國外，是即訂的計畫。爲了落實其功能，除了大學合作計畫的推動外，海外眾多校友的連繫與活動舉辦是不可或缺的。

根據筆者的統計，海外的師大國語中心校友，在1990年代，已經有三萬多名。2005年已增至四萬多名（李振清2005）。根據國語中心2020年的統計，校友也已高達6萬6千多名。這些校友都是臺灣推動國際華語教育的重要資產。

無數活躍在全球各行各業的高級知識份子，從國會助理、跨國企業經理、各州的州務卿（如加州前州務卿Secretary of State of California, March Fong Yu江月桂）、國際一流高等學府的院長（如哈佛大學前文理學院院長William C. Kirby柯偉林）、系主任（如柏克萊加州大學東亞語言與文學系系主任Stephen West奚如谷）、著名律師（Mitchell A. Silk蘇騏）、知名華文翻譯家葛浩文（Howard Goldblatt）、歐盟同步口譯專家、法國國家級終身華語文訓練官、外交大使（如美國駐中國大使Jon Meade Huntsman, Jr.／洪博培、薩爾瓦多駐華大使尚塔納）、作家（Richard Bernstein／白禮博、John Woodruff／吳德夫）等，不一而足。

爲了積極連繫散布在美國與加拿大的國語中心與史丹福中心校友，筆者認爲藉由校友連繫以促成學術外交的最佳途徑，是配合校友的背景與關係，舉辦專業的學術研討會。

1990年，筆者爲教育部借調至舊金山擔任文化組組長職務時，許多國語中心的校友聞訊而來。他們都表示，回美國後，說中文的機會減少了。可否將國語中心的教學活動，延伸到美國。

---

[25] 李振清（2021）：牛津大學的驚奇之旅。中華民國英美文學學會電子報EALA Spring 2021: 25-28。file:///C:/Users/user/AppData/Local/Temp/EALA2021-Spring-Newsletter.pdf

在舊金山與國語中心校友聚會時，我們靈機一動，決定舉辦「美國暨加拿大留臺校友研習會」（Symposium of American and Canadian Scholars Formerly Studying in Taiwan）。會訊發出，一呼百應。原駐北京，後來改駐東京辦事處的巴爾第摩太陽報（The Baltimore Sun）資深主任John E. Woodruff（吳德夫），馬上回應。結果，吳德夫會同原在柏克萊加州大學、現已執教於哈佛大學並擔任哈佛燕京學社（Harvard-Yenching Institute）的裴宜禮（Elizabeth Perry）講座教授、加拿大亞伯達大學東亞語文系系主任Stanley Munro（穆思禮），以及當時的加州州務卿March Fong Yu（江月桂）擔任主講人。與會的中心校友有六十餘名。研討會的特色是：每人都得說國語。1991年5月18日在舊金山舉辦的這場海外校友研習會，至為成功，而且廣受舊金山灣區各界的讚許。

這種新鮮的嘗試，後來循例在華盛頓分別於1993、1995年舉辦兩次，規模更大。華府地區的學界大為驚訝（黃瑞禮1993）。當時的駐美代表丁懋時伉儷在康乃狄克大道上歡宴近一百多名留華學人時，簡直無法相信這些美國菁英學者與官員能說這麼流暢的國語，更難得的是他（她）們對臺灣的強烈認同與感情。

在1993年四月二十四日那一場研討會，包括柏克萊加州大學東亞語文系系主任奚如谷（Stephen H. West）、駐東京分社主任的巴爾第摩太陽報吳德夫（John E. Woodruff）、威廉學院中文及亞洲研究系的顧白里（Cornelius C. Kubler）、史丹福大學的范力沛（Lyman Van Slyke）、紐約財經律師蘇騏（Mitchell A. Silk）、內華達州律師史傑仁（Steven J. Klearman）、麻里蘭大學的薩進德（Stuart H. Sargent）等。他們分別就下列題目，以在臺灣習得的標準流利之國語，在美京華府發表他們的宏觀與國際經驗：

洋玄奘東遊記：在臺北、北京學習漢語和中國文化。
（Stephen H. West）

躍昇的亞洲：太平洋緣域及其外的明日世界。（John E. Woodruff）

在美國從事中文教學所面臨的一些問題。（Cornelius Kubler）

「史丹福中心」：歷史、現況與展望。（Lyman Van Slyke）

臺灣的銀行在美國的發展。（Mitchell A. Silk）

我在臺北學中文的經驗。（Steven J. Klearman）

我在美國大學教文言文。（Stuart H. Sargent）

　　這些反應二十一世紀重要觀點的議題，早在十二年前就已經由這批曾來臺北師大國語中心「深造」的美國菁英預言到了。也就是這種機緣，其他六十幾位已經服務於美國國務院、國會圖書館遠東法律處、華府國際經貿中心、投資業務公司、國際貨幣基金會（IMF）、知名學府的國語中心校友，齊集華府，參與盛會。一時傳爲美談。臺灣的華語教育成就，也因此更受到國際的肯定。

　　欣慰的是，這些傑出校友也都成爲臺灣師大國語中心的推廣者。經由他／她們推薦的優秀美國大學生也因此步他／她們的後塵，絡繹不絕地前來臺灣研習華語文與中華文化。

　　這些外國留華學生在國語中心研習華語文的表現與成就，也肯定了哈佛前校長Derek Bok在1987年第336屆畢業典禮中所強調的哈佛傳統：所有的哈佛學生都必須在前四年內出國研修，增廣見聞。這就是教育國際化的核心價值與功能。這也是如上所述：哈佛的漢學家費正清（John K.

Fairbank）教授將其傑出學生送到國語中心的原因。

　　國語中心散布在世界各地的校友，是臺灣推動華語文國際化與學術外交的瑰寶。如何進一步強化連繫，藉以有效推廣臺灣的國際華語文教育，至為重要，而且對臺灣又有無限國際教育與文化交流功能的附加價值。

七、結語：華語教育國際化的前瞻與啓示

　　1956年創立的臺灣師大國語中心之績效與多元成果，在往後65年間也引發各大學設立類似華語教學機構的效應（impact），藉以發揮多元功能，並實質推動大學的教育國際化。根據教育部的統計，截至2020年12月為止，全臺灣計有61所大學校院附設類似國語中心的「華語文教學中心」。同時，從2013年至2020年，教育部亦延續過去臺師大國語中心自1984～1990年舉辦的華語教師培訓，並藉國際合作之模式，編列預算積極選派華師出國任教。自2013年至2020年計有1,097名華語教師，前往世界各地大學，從事實質性的華語教學。此種臺師大國語中心帶動的永續發展措施，因長期獲得教育部的肯定與支持，加上各國的國語中心校友之支持與配合，得能讓臺灣的華語文教育立足世界，並持續發揮國際教育交流的影響力。

　　臺師大國語中心超過一甲子的華語文暨中華文化傳播成效，同時也影響到了其他國家的華語教育政策。美國在1993年進行由大學理事會（College Board）主導的Scholastic Aptitude Test（學術性向測驗）革新，做為美國各大學申請入學的重要參考依據之一時，即接受任職於華府「駐美代表處」的筆者之建議，將臺師大國語中心教授外籍人士「國語注音符號ㄅㄆㄇ」的寶貴經驗與實質成效，正式列入「SAT II」考試應用的選項之一。[26]此種至今仍沿用的機制，對當前全美地區的僑校（Chinese Heritage School）及華裔學生之華語文教育，影響深遠。

---

[26] SAT II考試的中文書寫，准許使用整體字、簡體字、國語注音符號，及漢語拼音。

　　2006年6月26日的美國《時代週刊（TIME）》刊載了一篇主題專文，並在封面上前所未有地以中文「學漢語」與"Get ahead. Learn Mandarin"（要出人頭地，就得學華語）並列。更特別的是封面上另以醒目的字句提醒現代人學習華語文的重要性：Why more business leaders and students are tackling one of the toughest languages on earth?（為何愈來愈多的企業領袖和學生正在挑戰地球上最艱困的語言之一？）[27]全球最大社群網站臉書（Facebook）創辦人Mark E. Zuckerberg（祖克柏），為了推廣其全球性之事業，積極苦學學習中文，並於2015年10月24日在北京清華大學用中文發表演講，就是一個最好的例證。[28]

　　此種二十一世紀的華語教育新趨勢，極可能受到臺灣師大國語中心65年來的發展歷程與成就之影響，因為有不少傑出國語中心在《時代週刊》及其他各國的主流媒體服務。

　　《時代週刊》的封面主題專文也印證了何大安院士在本文開頭所用的讚嘆：「今天的華語文教學已經是翕然景從的全球性事業，教學理論與實踐已經斐然成章。」但願臺灣師大國語中心65年來發展歷程與成就，會同當前各大學61所華語中心的共同努力，以及國家國際華語政策的積極落實，進一步帶動臺灣邁向二十一世紀華語文教育的新方向。

參考資料

Aspinwall, Nick. (2021). US asks Taiwan to fill void as Confucius Institutes close American universities look for alternative for learners of Mandarin. Nikkei Asia https://asia.nikkei.com/Business/Education/US-asks-Taiwan-to-fill-void-as-Confucius-Institutes-close

Gross-Loh, Christine. (2013, Oct. 8). Why Are Hundreds of Harvard Students Studying Ancient Chinese Philosophy? *The Atlantic*.

---

[27] Austin Ramzy, (2006, June 26). "Get Ahead, Learn Mandarin". *TIME*, 16-22. http://content.time.com/time/world/article/0,8599,2047305-4,00.html

[28] 參閱https://www.youtube.com/watch?v=zFE6qWYQ6lw

Harrison, Lawrence E. & Huntington, Samuel P. (2000). *Culture Matters: How Values Shape Human Progress*. NY: Basic Books.

Ramzy, Austin. (2006, June 26). "Get Ahead, Learn Mandarin". *TIME*. 16-22.　http://content.time.com/time/world/article/0,8599,2047305-4,00.html

Silk, Mitchell A. Ed. (1994). *Taiwan Trade & Investment Law*. Hong Kong: Oxford University Press.

方麗娜（2007）。語言與文化。《華語文研究與教學：四分之一世紀的回顧與前瞻》，557-591。臺北：世界華文出版社。

何大安（2007）。序。《華語文研究與教學：四分之一世紀的回顧與前瞻》，253-288。臺北：世界華文出版社。

佟秉正（2005）。從我在師大國語中心的教學經驗（1957～1963）談起。《二十一世紀華語文中心營運策 與教學國際研討會：臺灣師範大學國語中心五十週年國際研討會論文集》，232-235。

李振清（1984）。文化差異對華語教學的影響。《第一屆世界華語文教學研討會論文集》，631-640。

李振清（2005）。華語文教學國際化的多元策略與實踐。《二十一世紀華語文中心營運策 與教學國際研討會：臺灣師範大學國語中心五十週年國際研討會論文集》，52-59。

吳英成（2010）。《漢語國際傳播：新加坡視角》。北京：商務印書館。

馬盛靜恆（2005）。對臺灣國語中心的回顧及瞻望。《第一屆世界華語文教學研討會論文集》，1-3。

曹逢甫（2007）。臺灣華語文教學師資培訓。《第一屆世界華語文教學研討會論文集》，557-591。

葛浩文。2015。《從美國軍官到華文翻譯家—葛浩文的半世紀臺灣情》。臺北：九歌。

郭芳雪（2016，3月7日）。他是文化中華國際化推手。《亞洲周刊》，64-65。

曹逢甫。2007。臺灣華語文教學師資培訓。《華語文研究與教學：四分之一世紀的回顧與瞻》，557-591。臺北：世界華文出版社。

黃瑞禮（1993，4月30日）。美國劉華學者及專業人士研討會。《華盛頓新聞》，13。

舒兆民（2016）。《華語文教學》。臺北：新書林。

舒兆民（2020）。《來臺留學生之華語文預備課程設計與實施》。臺北：新書林。

鄭錦全（2007）。序。《華語文研究與教學：四分之一世紀的回顧與前瞻》，V。臺北：世界華文出版社。

西班牙國立大學華語教學史話── 以巴塞隆納自治大學爲例

周敏康

巴塞隆納自治大學 / 西班牙

摘要

　　西班牙在歷史上曾經與東亞和大中華地區有過密切的往來。由於歷史的原因，西班牙國立大學直到二十世紀八〇年代才開始創建華語教學。國立巴塞隆納自治大學是西班牙第一所建立本科華語教學專業課程的大學。從零起步的華語教學，在初創時期必然遇到各種各樣的困難和阻力。本文圍繞著創建華語教學的意義、教師隊伍的組建、教材的選用、國際合作和華語圖書庫的創建五個方面進行史料性地描敘，真實展示鮮為人知的、筆者親身經歷的這段歷史。萬事開頭難，一顆微弱而渺小的華語種子，在三十多年之後，我們可以欣慰地看到，華語教學已經在該大學結出豐盛的碩果，並且在全西班牙國私立大學中產生著積極的影響。

關鍵詞：西班牙華語歷史、華語教學、華語師資、教材與圖書、巴塞隆納自治大學

The History of Chinese Language Teaching in Spanish National Universities: The Autonomous University of Barcelona as an Example

Minkang Zhou

Autonomous University of Barcelona/Spain

Abstract

Spain had historically had close contact with East Asia and Greater China. For historical reasons, National universities in Spain did not start to create a Chinese language teaching program until the 1980s. The National Autonomous University of Barcelona was the first university in Spain to establish a Chinese language teaching program in undergraduate level. Starting a Chinese language teaching program from scratch inevitably encountered various difficulties and obstacles in the initial stage. This article provides a historical perspective in the following five areas: the significance of creating Chinese language teaching, the formation of the teaching team, the selection of teaching materials, international cooperation and the creation of Chinese libraries. The author hopes to provide a rarely known history narrative that the author was personally involved with. More than thirty years later, we are relieved to see that the Chinese language teaching has borne fruit in this university since overcoming initial obstacles. The impact of this program has since been influential on programs in private and public universities throughout Spain.

Keywords: Spanish Chinese language History, Chinese Language Teaching, Chinese Teachers, Textbooks and Books, Autonomous University of Barcelona

一、前言：西班牙與華語的淵源簡要回顧

在人類全球化的進程中，毋庸置疑的是歐洲文明率先走進東方文明圈，進而誕生了東西方文明全面交流與互動的當今世界。根據史料記載和文獻確證[1]，歐洲人首先注意到華人所使用的語言與他們不同，進而學華語和華文化。由此開啓了今天華人源源不斷地奔赴歐洲求學的西學東進的世界格局。

在長達近四百多年東西方文明交往中，西班牙人是最早接觸並學習華語的歐洲人之一。翻閱一下十五、十六世紀的西班牙、葡萄牙和歐洲文獻上所記載的有關華語的評述，有助於我們了解明朝時期的華語是如何成為歐洲人關注的話題之一，從而了解今天華語教學在西班牙、葡萄牙乃至整個歐洲發展的最初源頭。首先我們可以確定的是：為中國讀者所熟知的馬克·波羅[2]的文獻裡，基本找不到任何有關華語文字的描述，這也是後人懷疑馬克·波羅是否曾經到過中國的依據之一，因為在十三世紀的元朝，儘管是蒙古人統治中國，不可能在北京、揚州或者中國任何一個大小城市裡，滿大街的商店、飯店或廣場上沒有中國字。除非他因為看不懂，便視而不見、避而不談或者根本不值一談。只有中世紀最早期的兩位歐洲探險家皮亞諾·卡皮尼和羅布科曾經簡單地描述過中國文字，這些簡短的描述是見證他們確實到過中國的史證[3]（Dawson: 1955: 22, 172）。

隨後幾個世紀都無任何文獻記載歐洲人對中國文字的闡述。十六世紀上半葉、到過中國的西班牙傳教士在其文獻或書信中都避而不談中國文

---

[1] Dolor Foch 在《東亞語言研究集》發表的〈16世紀的中國人都會讀、會寫嗎？〉一文中提到，中世紀早期旅行家Piano Carpini（1245～47）和Rubruk（1253～55）都在其旅行傳記中提到過華語文字的獨特性（2010：122）。該書原文信息請參看參考書目。

[2] Marco Polo（1254～1324），義大利旅行家。據他撰寫的《馬可·波羅旅行記》（Il Milione）一書中記載，他曾經做過中國元朝揚州知縣。三年。但是書中卻無任何有關中華文字的描敘或記載。

[3] Piano Carpini（1245～47）和Rubruk（1253～55）都在其旅行傳記中提到過華語文字的獨特性（Dawson: 1955: 22, 172）。

字，只是輕描淡寫地提一下文字在中國司法與官僚體制中的重要性。[4] 直到葡萄牙人科雷斯多沃・佩雷拉（Cristovao Periera）於1557年被廣東官吏關進監獄，給他起了一個中國名字，出獄後他在其日記中第一次詳細描述了中國文字，稱其是「魔鬼的文字，沒有字母。」這才開始引起歐洲傳教士的關注（D'Intino 1989: 56）。西班牙傳教士蒙多沙於1585年把這段描述收錄到他的書信中，並做了更詳細而正確的描述：「中國文字不像我們的文字有字母，都是圖像。書寫起來也是與我們完全相反的，他們是從上寫到下，從右到左，每個字都是一樣方正、緊密[5]。」

　　在西班牙傳教士出現以前，所有描寫過中國文字的歐洲冒險家、到過中國的歐洲海盜或傳教士都試圖揭開華語文字的內在奧秘，但沒有一個試圖要學習並研究中國文字。馬丁・臘達是十六世紀西班牙著名的傳教士[6]，同時也是語言學家，他從墨西哥開始傳教，然後組織馬尼拉大帆船跨太平洋航海到達菲律賓[7]，是西班牙第一位在那裡接觸到中文並開始了解中文。在他撰寫的《中文藝術和詞彙》文獻中，我們可以看到他系統接觸中文後的心得體會：「（中文）書面文字是一輩子見過的最難懂、最野蠻的文字（Goodrich & Fang, 1976: II, 1131）。」

　　到了十七世紀中葉，隨著歐洲傳教士大量湧入中國，有關中國的一切

---

[4] Melchior Núñez Barreto（1520～1571）和Hernán Méndez兩位傳教士于1555年過中國廣東並撰寫有關中國的文獻。該文獻：請參看原文網站鏈接：https://www.upf.edu/asia/projectes/che/s16/melchior. htm　https://www.upf.edu/asia/projectes/che/s16/mendez.htm

[5] Juan González de Mendoza（1545～1618），著《中華大帝國最高貴的事項、禮儀和習俗》（*Historia de las cosas más notables, ritos y costumbres del gran reyno de la China*）1585年出版，七種不同的語言。2008年馬德里再版。

[6] Martín de Rada（1533～1578），西班牙傳教士，天文學家兼數學家。第一位率領西班牙船隊抵達中國福建海岸的西班牙人（1575年）。

[7] José Antonio Cervera，在《16世紀的菲律賓中國市場》（Cartas de Parián）書中闡述馬尼拉大帆船的由來（Galeón de Manila）：自1565年至1815年，它是西班牙船隊航行於太平洋的重要航線，東啓墨西哥位於太平洋的阿卡普爾科（Acapulco）港口，西至菲律賓的馬尼拉。

資訊逐步在歐洲傳播，獲得當地政治與宗教界人士的關注，明朝時期的中華帝國開始進入歐洲的視野。有關中華語言和文化的介紹，在西班牙，首推多明哥會的多明戈‧費南德斯傳教士撰寫的，並於1676年在馬德里出版的《中華帝國的歷史、政治、民族和宗教錄》[8]。他從菲律賓到福建，再應召到北京。這是一部全面介紹明末清初中國社會全貌的著作，其中作者非常詳細地闡述了中華語言文字的結構與表意方法。根據該書作者介紹，他確認中文有很多方言，文言是官員和文人小圈子內的語言。白話才是普通百姓的口頭語言。他根據梅膺祚的《字彙》，確定中文有33,375個漢字，他對漢字部首、偏旁結構和構字方法都有詳細的介紹和描述。他是西班牙有文獻可考的、第一位通曉中文的西班牙傳教士，他為西班牙人以及歐洲文雅人士了解中華語言和文字提供了十分可靠的第一資料和資訊。在學習中文多年之後，他在書中談到對中文的學習體會時，寫道：「中文是世界最搞錯的語言，因為極少、極少的地方會讓學習者順利掌握並正確使用[9]。」他的這段結論給西班牙後人學習中文造成了莫大的恐懼和困擾[10]。

　　十八世紀之後，隨著西班牙帝國的黃金時代逐步被後來崛起的大英帝國所取代，西班牙朝廷、社會和文人雅士對遙遠的中華大地的認知與興趣也隨之而消失。儘管1864年西班牙政府與清朝政府建立了外交關係，但是在十九世紀末美西戰爭之後，西班牙徹底退出了亞洲，回到伊比利亞本土。在沉寂了近一個世紀之後，西班牙於1976年開始全面進行憲政改革。隨著民主政治、國際地位、自由經濟、法治社會和當代文化進入現代文明的行列，西班牙重新將關注點投向遙遠的東亞—大中華和日本。

8　Domingo Fernández de Navarrete（1616～1689）曾被任命為大中華帝國的大主教.
9　費南德斯（Domingo Fernández de Navarrete）《中華帝國的歷史、政治、民族和宗教錄》。第二卷，第六章，第70頁，第二行.
10　參閱安娜‧布斯蓋特（Anna Busquets A.）的論文：「十七世紀的華語與書寫：費南德斯的評述」。書目詳情請參看參考書目。

二、巴塞隆納自治大學翻譯學院開設現代華語

巴塞隆納，作為西班牙最具創新與先驅精神的城市，在各個領域熱衷於走在西班牙的前列。西班牙在1976年憲政改革之後，國家逐步走上民主、法治的道路，為歐洲所有民主國家和美國所接納，結束了長達四十年之久的、孤立無外援的佛朗哥軍政統治局面。1986年西班牙正式加入歐共體，也就是目前歐盟的前身，從此搭上了歐洲經濟高速發展的列車。西班牙從這個時期起，無論是政治、經濟、社會、文化和高等教育都有了一個飛躍的、本質上的發展。西班牙的政界和工商界的國際視野開始從伊比利亞半島和歐洲大陸延伸到美洲和亞洲。在這樣的時代發展的大背景下，國立巴塞隆納自治大學率先打破兩百年來西班牙大學無本科華語教學的歷史空白，於1986年開始策劃並於1988年秋在該大學翻譯學院正式開設華語教學課程。

華語作為一門全新的、陌生的東方語言設在哪個院系是該大學首先遇到的難題，因為巴塞隆納自治大學設有人文學院，翻譯學院，政治與社會學院，經濟學院，法學院，這些學院都希望藉著開設華語而推動本學院的專業領域範圍的延伸或擴大至遙遠的東亞，比如人文學院設有語言學系、人類學系、地理系、文學系、歷史系，華語教學可以落戶在人文學院其中的任何一個系所，這也是日後西班牙其他國立大學將華語教學設置在人文學院或者經濟或法學院的緣故，如國立馬德里自治大學的華語教學設在人文學院，國立塞維亞大學也是把華語和東亞研究設在人文學院。但是，巴塞隆納自治大學卻將華語專業開設在翻譯學院。探索其設置的原因和目的，筆者認為，第一、翻譯學院自1972年成立以來，是西班牙第一所國立大學開設的翻譯學院，也是目前西班牙國立大學中教授語言最多的一所翻譯學院[11]。翻譯作為實用性學科，其特點是人才培養快，社會見效快，而

---

[11] 巴塞隆納自治大學翻譯學院目前設有英文、法文、德文、義大利文、葡萄牙文、西班牙文、加泰蘭文、阿拉伯文、中文、日文和韓文等11門翻譯專業語言，詳情請參看網頁https://www.uab.cat/web/conoce-la-facultad/resena-historica-1345719839750.html

且培養翻譯實用性人才更加符合當時二十世紀八〇年代欣欣向榮的、獲得重生的西班牙外交拓展和工商業國際化的迫切需求。從西班牙外交史上來看，巴塞隆納爲西班牙在東亞的外交拓展方面貢獻過不少大使級外交官，值得一提的是推動西班牙於1864年與清政府建交的外交官西尼瓦爾多[12]，他是巴塞隆納人，建交後也是西班牙首位駐華大使。尼瓦爾多是位語言天才，精通十七門語言，其中包括華語。他爲當代巴塞隆納自治大學開設華語教學奠定了歷史基礎；第二、如上所述，在該大學，涉及語言教學和研究的院系有人文學院和翻譯學院，將中文專業設在翻譯學院內，是因爲建議、推動並促成華語教學獲得大學校務委員會批准的高登教授[13]在翻譯學院擔任英美文學教學工作，也就是說，在西班牙大學成立一個學科或專業課程，與該大學內教授的學術和國際視野、積極推動和奔走是密不可分的。這樣的案例在西班牙其他國立和私立大學屢見不鮮。筆者在與高登教授日後的訪談交流中，得知他的學術生涯是在中國大陸教授英文開始的（1983～1985）。在這期間，他親身感受到中國大陸以及東亞的政治、外交、經濟和國際投資與貿易的活力與無限潛力。基於這段經歷，他來到巴塞隆納自治大學之後，積極遊說校方領導。他認爲開設華語教學是該大學最具遠見卓識的決策，至今受益匪淺。第三、在校內推動成立一個極其陌生的專業課程，對校方來說，最大的挑戰之一是需要在該專業課程領域有著廣泛的學術人脈的學科領頭人，他／她能夠有能力或資源在國內和國際上招攬到合適的教學人才，組建教學隊伍。在二十世紀八〇年尙無網絡的時代，大學的創新與先驅精神是面對並接受這類挑戰的基本前提。幸運的是大學都一一克服了這些難題。

---

[12] Sinibaldo de Mas y Sanz（1809年～1868年），1864年中（清朝）西建交之後的西班牙首位駐華大使。

[13] Seán Golden, 曾任巴塞隆納自治大學翻譯學院院長（1988～1992）及院級系主任（1992～1998），2018年退休。

　　時任校長拉蒙・帕斯瓜爾[14] 接受了這樣的挑戰並決定在翻譯本科專業內開設華語專業課程。作爲一名英美文學的教授推動成立華語教學，自然沒有能力自己去從事華語教學。因此大學需要在校內外公開招聘華語教師。但是兩百多年的空白，當初西班牙沒有一所大學培養過華語人才，即使每年西班牙政府有發放國家獎學金，派遣西班牙年輕人到北京或臺北的大學學習華語，但是他們學成之後都去了西班牙的外交部所屬的大使館或駐外新聞單位，因爲截至那個年代，西班牙大學還沒有華語教職可以提供。在華語教師不知去哪裡尋找的困境下，要在一、兩個月內找到合適的華語教師不是一件容易的事情。據筆者後來與高登教授談起此事，他當初問遍所有在西班牙、歐洲、大陸和臺灣的朋友，都回覆說，會華語的西班牙人都有工作了，想去翻譯學院任教的人其華語水準都達不到本科教學。再則，七、八〇年代在西班牙留學的、有著高等教育背景或資歷的或從事華語教學的華人鳳毛麟角。大學提出的招聘華語教師的方案之一是在報紙上公開登廣告，試試運氣。圖2-1是1988年6月19日大學刊登在巴塞羅那《先鋒報》上的招聘廣告。

圖2-1

---

[14] Ramon Pascual de Sans，於1986年2月13日至1990年3月20日任巴塞隆納自治大學校長。

廣告用語是用加泰蘭語。內容非常簡練：

左側上：
巴塞隆納自治大學的校徽[15]。

右側：
巴塞隆納自治大學翻譯學院。

廣告內容：
所有對華語、日語和葡萄牙語教學感興趣的學士，可以在
6月24日之前將簡歷寄到翻譯學院祕書處。

　　筆者就是在該廣告的召喚下，奔赴巴塞隆納參加招聘面試並獲得通過，成為該大學首位華語教師並負責創建教學隊伍，籌劃該大學翻譯學院第一屆華語教學設計與實施工作。

三、組建華語教學團隊

　　作為巴塞隆納自治大學首位華語教師，首先需要組建華語教師隊伍。鑑於當初在西班牙無法找到合適的西班牙人擔任華語教學，但是考慮到華語教學剛起步，屬於初級華語教學，教師需要具備良好的西班牙語交際能力，才能與學生直接溝通並保障課堂教學的互動性與趣味性，因此我們決定走國際合作的道路。選擇了擁有三十多年西班牙語本科教學的北京外國語大學，邀請他們每年派遣一到兩名懂西語的華語教師到我們翻譯學院擔任華語教學工作。該項合作協議一直持續了十年，直到我們開始擁有自己培養出來的本土西班牙人擔任華語教學為止。從1997年起翻譯學院開始逐步聘用本土西班牙人來擔任，他們都是在我們翻譯學院完成四年本科專

---

[15] 這是巴塞隆納自治大學七、八〇年代的校徽，1992年之後改為目前的校徽：www.uab.cat

業之後，赴中國大陸或臺灣進修多年華語之後或者獲得大陸或臺灣各大學的碩士文憑之後，再回到巴塞隆納從事華語教學工作。因此，經過三十多年的磨合、調整與更新，巴塞隆納自治大學的華語教學隊伍已經由華語為母語的本土華裔教授和教師以及華語為非母語的本土西班牙教授和教師組成。這樣的華語教師隊伍結構極大地保證了華語的語言與文化教學質量以及與學生趣味互動的需求。另外，聘用西班牙本土教師擔任華語教學，這樣的事實給所有在努力學習華語的西班牙年輕人提供了信心和希望，也給他們創造在大學工作的就業機會與前景。三十多年之後的今天，巴塞隆納自治大學的華語教學隊伍已經發展到十五名教員，其中專任教授、副教授達四名，兼任副教授和講師達十一名，他們共同承擔著翻譯和東亞研究兩個本科專業、四個年級、九個班二十一門課程的教學任務[16]。

四、華語創建時期的學生來源、華語教材與國際交流

　　1988年秋天，當翻譯學院第一次開設華語課程的時候，在社會上乃至校內都是一件鮮為人知的事情。由於西班牙的中學畢業生通過大學入考之後，可以自由選擇自己喜歡的專業和課程。因此，報名翻譯學院的學生是否選擇華西翻譯專業及華語課程，對大學和學院來說是一個未知數。當筆者得知只有五名西班牙學生選擇華語課程時有點失望與沮喪：大學探討、辯論最後決定開設華語課程長達兩年多時間，翻譯學院做了大量的準備工作，最後迎來的第一屆學生只有五名。後來在與這些學生交談中得知，其中有三位學生是自作主張，事先並未與其家長商量就選擇了華語。回家以後還被責問為什麼不選法文或德文。而且，當時的學生家長普遍認為，大學同期開設華語和日語專業課程具有異國情調的「性感」特色（拉丁文化中的特有調侃），是為了招收更多的學生而設置，全然不知華語在未來的

---

16 以2019～2020學年計。詳情請參看巴塞隆納自治大學https://www.uab.cat/web/facultat-de-traduccio-i-d-interpretacio-1345711433624.html

重要性。然而到了本世紀初，既十二年之後，學生家長和西班牙社會普遍認為華語是二十一世紀的語言，積極鼓勵自己的孩子選擇華語作為第一或第二外語。所慶幸的是第一屆五位學生都非常出色，他們畢業之後到大陸繼續進修華語。今天，有的已經是西班牙駐華大使館懂華語的外交官，也有的是西班牙跨國公司在大陸或香港的華語高級主管。第二屆的學生數量就比第一屆增加了一倍多，達到十二名。以後逐年遞增，到2019～2020學年，選擇華語翻譯本科專業和東亞研究本科專業的華語課程學生人數已經達到近百名，這是西班牙國立大學內創紀錄的數字。回想起初創時期的五名華語學生到三十多年之後的近百名學生，作為一路走過來的筆者，有著無限的感慨。

　　有了教師和學生，接下來的難題是教材和圖書。在西班牙大學校園內，學生購買教科書的通常慣例是老師指定書單，由學生到城裏的書店自己購買，並非由大學統一購買再發給學生。幸運的是在巴塞隆納有一家專門經營中國圖書的Dismar書店[17]，從二十世紀五〇年代其就一直在巴塞隆納專營中國、臺灣和東亞圖書，中國圖書進出口公司是該書店的供貨商之一。基於這個原因，華語教學的第一套教科書只能在該書店能夠提供的書單上挑選，其實在上個世紀初八〇年代，無論是大陸出版的還是臺灣出的華語教科書，唯一有西班牙文版的，就是大陸北京語言學院編寫、外文出版社出版的《基礎漢語課本》。如圖2-2：

圖2-2

---

[17] Llibreria Dismar, 巴塞隆納。因店主退休，該書店於2019年元月正式結業關門。

　　該教科書在使用了幾年之後，我們發現，我們的華語教學，不僅是教授語言，也是教授文化，因為，我們需要學生更多、更廣泛地接觸並了解和掌握包括臺灣在內的大中華地區的文化，因此，在上世紀九〇年代末我們引入了國立臺灣師範大學國語教學中心主編的《實用視聽華語》教材，如圖2-3：

圖2-3

　　在華語教學中，採用兩種截然不同的教材並行使用豐富了學生的語言和文化知識，同時在課程設計與安排上將《基礎漢語課本》作為一、二年級閱讀和語法課的教材，《實用視聽華語》作為口語交際課的教材。這樣的教材搭配一直使用了十多年。另外，我們認為，由華語為非母語的歐洲本地學者編寫的教科書也是非常合適作為華語教學的入門教材的。鑑於三十多年西班牙無人能夠撰寫並出版此類性質的教科書，我們在上世紀九〇年代曾經使用過法國華語教學專家白樂桑教授與張朋鵬共同撰寫的《字啓蒙》教科書，如圖2-4：

圖2-4

　　該教科書對初入華語世界的本地學生來講，具有無限的語言和文化魅力，因為該教科書以字本位為原則，引入了漢字字源的歷史故事和通俗易通的中國古代哲學思想，如莊子的「有用與無用」的哲學故事。上面描述的三部教科書，在巴塞隆納翻譯學院華語教學的初創階段起到了十分積極而有價值的作用，做出過無可替代的貢獻。

　　眾所周知，學習任何一門外語，必須擁有三大資源，也是外語教學的三大支柱：教科書、語法書和辭典。除了華語教科書能夠引進臺灣或大陸現成出版的之外，其他兩大支柱必須是西班牙文的，因此只能由西班牙的華語教學開拓者自己來填補空白。為此，筆者嘔心瀝血耗費十年的時間，先後編寫出版了西班牙文版的華語語法書，華語—西班牙語雙語辭典，華語—加泰蘭雙語辭典。如圖2-5：

圖2-5

　　這些出版物至今仍在西班牙華語本科大學生中間被廣泛使用，填補了西班牙大學華語學習的空白。

　　在圖書方面，1988年之前，該大學的人文、翻譯和哲學三大圖書館均無一本中文書，也無收藏過任何一部東亞、中國或臺灣的藝術作品。今天，三大圖書館合併之後的巴塞隆納人文圖書館，已經收藏著來大陸、臺灣、日本和韓國的近十萬冊圖書、雜誌和視頻圖像資料。這是一個漫長的過程，在筆者的積極奔走之下，八〇年代華語教學創建初期，曾經得到過臺灣國家圖書館的慷慨捐贈，因此在該大學人文圖書館裡，我們可以瀏覽到臺灣出版的、繁體字的文學、哲學、歷史、藝術和語言的著作。這樣的捐贈一直延續到三十多年之後的今天。同時，在臺灣留學生的協助下，在九〇年代該大學陸續收到臺灣的私人圖書捐贈，豐富了人文圖書館的臺灣藏書。與此同時，大陸百科全書出版集團，華語出版社以及國家漢辦均有贈書給大學人文圖書館。大學自己也自己出資從法國、英國購進一部分英文或法文版的中國歷史、文學、藝術、新聞和哲學等方面的書籍。該大學人文圖書館有關大中華研究與學習的圖書收藏特色是：繁簡字體並重，西、英、法文同步跟進。目前，該圖書館是加泰羅尼亞自治區最重要的研究大中華地區語言、文化、經濟、文學、社會和人文的公立圖書館。

五、結論：開創華語教學所帶來的影響力

　　華語教學的誕生與成長發展與所在國家同大中華區的政治、經濟、貿易和文化往來有著密切的關係。也就是說，一個國家的公私立大學是否有華語教學，是衡量該國與東亞及大中華地區的各個方面交流是否頻繁及富有成效的重要標竿，反之亦然。在歐洲大環境下，西班牙在華語教學方面是後來居上的新型國家，因此，儘管西班牙公私立大學的華語教學歷史只有三十年多年的時間，但是它所帶來的多米諾效應是非常積極與顯著的：

1. 在巴塞隆納自治大學誕生了中西翻譯本科專業之後，2006年創建並誕生了東亞研究本科專業，其教學大綱主要是中國研究和日本研究。作

爲中國研究的主幹科目就是華語教學。

2. 於此同時，該大學同期創建了東亞研究中心，配合教學而展開相關的學術研究項目和活動以及與全球同類研究機構的連繫與合作。多年來發表的學術研究成果促使華語教學成爲該大學的戰略性學科課程之一。2016年該大學將翻譯學院的名稱擴大爲翻譯與東亞研究學院，其中華語教學在該學院的貢獻功不可沒。另外，華語教學社會影響力始終在西班牙名列前茅。

3. 該大學開始與中國、港澳和臺灣主要大學展開長達30多年的各類學科的學術合作和交換學生項目，這些合作與交換項目至今仍在進行，爲西班牙學生、教師和研究人員提供了十分良好的交流平臺。

4. 由於華語教學的不斷發展，西班牙、歐盟和東亞地區的就業市場對華語專業人才提出了新的需求，因此，該大學的翻譯學院於2004年秋在筆者的推動與努力之下，創建了「校級中西高級職業翻譯碩士專業」（2004～2009），爲西班牙、歐盟和大中華地區培養了數百名中西高級翻譯。2008年也是在筆者的動議與推動之下，該大學的東亞研究中心創建了「校級歐華文化與經濟碩士專業」，2012年該碩士專業升級爲官方碩士專業。該專業自2016學年起連續三年被西班牙最具影響力的《世界報》評爲西班牙國際關係研究領域最佳五個碩士之一[18]。2018年該大學誕生了「西語國家華語教學官方碩士」專業，2020年九月巴塞隆納自治大學推出「全球背景下的東亞研究」官方碩士專業。儘管2020年全球面臨著百年不遇的病毒大流行，但是這阻擋不了「全球背景下的東亞研究」官方碩士的誕生。同時，也是在2020年九月，在該大學又誕生了一個與華語教學緊密相關的本科專業：「西班牙語─華語語言、文學與文化」雙語本科專業。綜合起來，在華語教學誕生

---

18 詳細情況請參看https://www.elmundo.es/especiales/mejores-masters/estudios-internacionales.html#ue-china-cultura-y-economia

三十多年之後，巴塞隆納自治大學一共有三個與華語教學直接有關的本科專業，與華語教學與大中華地區有緊密關係的三個碩士專業。這是西班牙唯一一所國立大學同時擁有六個與華語教學以及與大中華地區有關的官方本、碩專業。究其原因，應該不難聯想到三十多年前誕生的華語教學，因為語言教學是所有這些本碩專業的基礎。紮實的語言教學基礎是眾多相關學科誕生與發展的必要前提。

5. 正是因為三十多年前在巴塞隆納自治大學開設了華語教學，今天，在西班牙的外交界、商界、教育界和新聞界等各個行業都可以看到精通華語的西班牙專業人士，其中50%以上均畢業於該大學的翻譯與東亞研究學院。同時，也可以欣慰地看到西班牙的其他國立大學都先後開設了華語教學，如馬德里自治大學，馬德里康普大學，瓦倫西亞大學，塞維亞大學等。

綜合上述五點，筆者認為，華語教學在西班牙的國立大學依然有著成長與發展的機會與空間。華語教學的學科建設至今還是一個空白，博士層面的華語研究與話語教學研究也還是一個空白，依照歐盟語言參考框架和歐盟中文能力標準編寫的華語教材還處在萌芽之中。一代人只能完成一件大事，這三大空白只能寄希望年輕的一代來推進並完成。

參考資料

Bellassen, Joël & Zhang, Pengpeng, "*A Key to Chinese Speech and Writing*", Sinolingua, Beijing, 1997.

Busquets Alemany, Anna, *Lengua y escritura chinas en el siglo XVII: las aportaciones del dominico Fernández de Navarrete*, CAURIENSIA, Vol. XII P.261-286, Barcelona, 2017.

Cervera, José Antonio, *Cartas de Parián, Volumen I*), Ed .D.R.©Palabra de Clío, México D.F., 2015.

Dawson, C. *The Mongol Mission. Narratives and letters of the Franciscan missionaries in Mongolia and China in the Thirteenth and Fourteenth centuries.* Ed. Sheed and Ward,

Nova York, 1955.

D'Intino, R. *Enformaçao das cousas da China.Textos do século XVI*, Imprensa nacional Casa da Moeda, Viseu, Portugal.

Foch, Dolors *Lenguas de Asia Oriental: Estudios Lingüísticos y discursivos* "¿Todos los chinos sabían leer y escribir? Escritura, lengua y educación china en los textos españoles del XVI", P119-131, LynX, Valencia, 2010.

Goodrich, L.C., & Fang C. Dictionary of Ming Biography, Nova York: Columbia University Press, 1976.

Fernández Navarrete, (Ed.) Colección de documentos y manuscritos del Museo Naval. Nendel, Kraus-Thomson (Vol.18), 1971.

Mendoza, Juan González de, *"Historia de las cosas más notables, ritos y costumbres del gran reyno de la China"* reedition Miraguano, Madrid, 2008.

北京語言學院，《基礎漢語課本》，外文出版社，北京，1980。

盧翠英、王淑美，《實用華語視聽》，正中書局，臺北，1999。

周敏康，《漢語語法》，巴塞隆納自治大學出版社，巴塞隆納，1997。

周敏康，《加泰蘭語—漢語雙語辭典》，加泰羅尼亞大百科全書出版社，巴塞隆納，1999。

周敏康，《漢語—西班牙語雙語辭典》，海德出版社，巴塞隆納，2006。

網路參考資料

關於Melchior Núñez Barreto Hernán Méndez兩位西班牙傳教士的文獻：

https://www.upf.edu/asia/projectes/che/s16/melchior.htm（參看日期：2020年5月23日）

https://www.upf.edu/asia/projectes/che/s16/mendez.htm（參看日期：2020年5月25日）

2019年西班牙最佳碩士榜：

https://www.elmundo.es/especiales/mejores-masters/estudios-internacionales.html#ue-china-cultura-y-economia（參看日期：2020年6月15日）

臺灣國家圖書館https://www.ncl.edu.tw（參看日期：2020年6月18日，2021年7月5日）

中國漢辦：http://www.hanban.org（參看日期：2020年6月18日，2021年7月5日，網站改為 http://www.chinese.cn/page/#/pcpage/mainpage）

明德中文暑校的歷史意義與未來展望

張曼蓀[1]

威廉學院／美國

摘要

　　明德中文暑校自1966年創校以來，一直在美國中文教育界中發揮著重要的作用。本文從暑校的建校過程開始探討其歷史意義，並從教學理念、課程設置、學習環境等方面對中文暑校的教學模式進行反思。文章最後提出了未來的發展方向和對未來的展望。

關鍵字：美國中文教育、明德模式、語言誓約、語言密集課程、本土項目、沉浸式

1　張曼蓀，美國威廉大學亞洲研究系講座教授。從事國際漢語教育三十餘年。前美國大學理事會大學中文先修課程試務委員會主席及主試官（College Board AP Chinese Chief Reader），現任明德中文學校校長。畢業於美國麻州州立大學教育學院，主要研究領域為二語習得，閱讀理論與策略。自1980年代起，在明德中文暑校陸續擔任過教學與師資培訓等工作。在研究生項目主要開授漢語教學法導論、漢語閱讀教學、漢語課程設計與教材編寫等課程。

The Historical Significance and Future Prospect of Middlebury Chinese Language Summer School

Cecilia Chang

Williams College/U.S.

Abstract

Since its establishment in 1966, Middlebury Chinese School has been playing an important role in Chinese language education in the United States. This article discusses the historical significance of the Chinese School and presents a reflection on the Middlebury teaching model from various aspects, including teaching approach, curriculum design and learning environment. The article concludes with a number of development directions of the Chinese School.

Keywords: American Chinese language education, the Middlebury Language Schools, language pledge, language intensive curriculum, local program, immersion

一、前言

　　明德中文暑期學校（Middlebury Chinese Language School），以下簡稱明德，是一所位於美國東北部佛蒙特州明德學院（Middlebury College）的沉浸式暑期語言專案。從1966年建校至今，已有超過五十年的歷史了。對許多在漢語教學界多年的老師來說，明德可能是一個耳熟能詳的名字，因為它從初始到現在一直是一個美國漢語教學的重鎮。明德不但為全世界培育出無數傑出的漢學家和漢語人才，更造就了一批批優異的漢語教師。「明德」這個品牌代表的是嚴格、高品質和菁英式的學習與教學環境。不論是學生或老師都把能到明德來學習和教學視為至為難得的機會，來過之後也都對明德產生無限的眷戀和思念（陳彤，2013）。到底明德是一個什麼樣的地方？它有什麼樣的魅力能給與它共處過的人們留下如此深遠的影響？

　　學生也好，老師也好，對某些人來說，明德的意義在於自我的提升及考驗，而對另一些人來說則是朝夕相處、同甘共苦的體驗以及伴隨而來的深厚友誼。至於我，每年能到青山繚繞、山明水秀的明德校園渡過一個夏天，起著一種洗滌心靈同時充電的作用。從1987年我以一個研究生的身分第一次踏上明德校園開始，很幸運地在日後的三十多年中跟明德不斷地持續著一種緣分，一有機會就迫不及待地回去參加各種教學工作。前前後後，我在明德擔任過七年語言部一年級和二年級的主任老師，然後又在2006年應當時校長白建華老師的邀請開始參加師資培訓的工作一直到2010年。同時，明德在2007年正式成立漢語教學的碩士生專案，招收對象為高中在職的漢語老師和有志於從事漢語教學的大學應屆畢業生及各界人士。我從2008年起在明德這個新增的碩士項目中授課一共八次。當2017年夏天我以接任校長身分來到明德跟當時的白建華校長進行交接時，我跟明德的緣分剛好到達了三十年的里程碑。在這三十年中我有幸前後能跟三位校長共事——普林斯頓的周質平教授、猶他州州立大學的齊德立教授和肯楊學

院的白建華教授。跟三位校長共事不僅讓我從他們的教學上體認到了不同的教學理念，也目睹到在不同管理風格下形成的不同的校風。這些經驗對我接管明德當然有著高度寶貴的價值，也將不斷地提醒我在延續明德既往優良傳統的同時要不斷的創新，做好這項任重道遠的工作。

二、明德中文學校的歷史意義

今日的明德是個久負盛名的中文研習項目，但除此以外，更重要的是它在美國中文教育史上一直扮演著重要的角色，對今日的美國中文教學依舊起著深遠的影響。在這個章節中，我們希望透過美國中文教育的發展來審視明德長久以來在美國中文教學界所占的地位以及闡述明德模式的時代意義。

美國中文教育界的成長，從早期的以傳教為目的發展到日後脫離小語種（Less Commonly Taught Languages），再到1958年以後中文成為美國關鍵語言之一，期間經過了漫長的一百多年（Chen, 2018）。最早在這塊土地上撒種耕耘的先鋒包括一群在中國出生長大的傳教士的孩子，例如Homer H. Dubs（1892～1969）及Carrington Goodrich（1894～1986）。這些傳教士的孩子生長在中國，與鄰家的中國孩子成為玩伴，長時間下來，不但精通了中國語言，而且在文化和人際關係上也有了深刻的觀察和體認。他們當中有許多人日後專門攻研中國歷史及哲學並取得博士學位，成為二十世紀前期最早向西方讀者介紹中國文化的一批功臣。與此同時，一些像John King Fairbank（1907～1991）這樣去過中國學習的學者，回到美國後也積極地在各大學設立中國研究中心為日後的中文教育奠下基礎（Ropp, 2018）。二十世紀中葉，中日戰爭的爆發和國共內戰也使得眾多中國公費留美學子不得不滯留在美國。在政府補助斷絕的情況下，許多中國留學生為了維持生計就接受了各大學的網羅而開始了教授中文和編寫中文教材的工作。其中，王方宇（1913～1997）和李抱忱（1907～1979）於1945年起相繼任教於耶魯大學並開發出一系列的初級和中級的中文教材，

包括到現在還在使用的《畫上的美人》（Ling, 2018）。

　　設立中國研究中心、開設中文語言課程在在都需要資金。在來自政府的資助開始注入各大學中文項目以前，民間團體的資金是主要的經濟來源。哈佛的哈佛燕京學堂之得以成立就是得益於一名富商Charles M. Hall的遺產的贊助。另外，福特基金會（Ford Foundation）也在1959年到1963年之間在哈佛、耶魯、普林斯頓、哥倫比亞、史丹福等十五所院校間共傾入兩千六百萬美元來協助中國研究與中文專案的開發。福特基金會的經濟援助不但使這十五所受益的名校成了當時培育漢語人才的重鎮，並且促成了1963年由其中十二所學校在臺北聯合建立的「史丹福大學主辦，美國各大學中國語文聯合研習所」[2]（Dew, 2018; Ling, 2018），簡稱史丹福中心。從1990年代開始，美國大學在中國成立的海外中文學習項目日漸增加，到現在已經不可勝數了。但從1963年到1990年代以前，史丹福中心一直是美國學術界公認的在海外學習中文的首選項目。

　　與此同時，明德中文暑校也於1966年在美國的佛蒙特州成立，迅速地發展成為美國本土口碑最好、規模最大的暑期密集中文項目。明德從建校開始就以提高口語能力為教學重點，這在面對當時多數傳統的以訓練語法能力為主的中文專案時可以說是一個革命性的決定。這也正反應了當時美國外語教育從翻譯法（Grammar-translation）過渡到了聽說法（Audio-Lingual）的新理念和新趨勢。聽說法起源於第二次世界大戰期間，當時它被稱為陸軍教學法。它是對語法翻譯法的一種反動。雖然語法翻譯已經長期被用於教學了，但最大的弊端是這種方法花費的時間太長，學習者也往往無法用目的語言進行交際。聽說法旨在通過創新的方法實現快速提升交際能力的目標。它的理論基礎植基於Skinner的行為原理理論，主張語

---

[2]　這所學校的英文名字是Inter-University Program for Chinese Language Studies，簡稱IUP。因為設立時是由史丹福大學主辦的，所以也稱為史丹福中心（Stanford Center）。IUP在1997年遷校到北京清華大學，結束了34年在臺北的歷史。

言學習是一個習慣形成的過程（Larsen-Freeman, 1986）。既然學習是一個習慣的形成，那麼教師的一個重要責任就是要改正學生所有的錯誤，這也形成了明德中文暑校的一個基本的教學原則，一直貫徹到今日。

　　明德建校之初，正是聽說法在美國占主導地位的同時。不論是在師資上或是教學上，當時的明德都跟普林斯頓的中文課程有著密切的連繫。這是因為當初幾位提議建立明德暑校的主要人士中包含了普林斯頓的 Frederick Mote教授及T.T. Chen（陳大端教授）。陳大端教授後來擔任了十二年的明德校長（1967、1969～73、1977～83）（Bai, 2018），他的諸多前瞻性的教學理念深深地影響了明德的教學方向。比方說，他相信二語習得應該遵循孩童習得母語的順序，先發展聽說的能力，閱讀和寫作的能力之後再跟上。在這個理念指導下，以及受到當時聽說法嚴格糾錯的影響，他對學生發音的準確度要求得特別高，有錯就要嚴格地糾正（Link, 2018）。為了達到更有效地糾錯和注意到個別學生的問題，明德採用了大班講、小班練的模式。小班的人數維持在五到六人左右，以便老師能針對每個學生不同的弱點進行教學。在一堂小班的操練課上也可以看到許多代表聽說法特色的教法，包括老師利用迅速的問答方法在情境中進行詞彙、語法和發音的練習，學生時而單獨回答、時而齊聲回答，教學步調顯得緊湊而又生動。這樣的操練法強調的是在教師控制之下的、以學生為主的教學方法（朱永平，2004）。在周質平教授擔任校長的九年當中把這種教學法發揮到了最高境界，也被當時的中文教學界視為圭臬，爭相學習。

　　周質平老師在擔任了九年的校長職務後於1992年卸任，校長一職由齊德立老師於1993年接任。在齊老師的帶領下，明德的教學，在堅實的語音語法教學的基礎上帶進了當時美國外語教學委員會（American Council on the Teaching of Foreign Languages, ACTFL）大力推動的以交際功能為主導的教學理念。在課程設置上逐漸融入了教學目標與任務設計，用不同的形式為學生創造語言產出的機會，以利與ACTFL的水準大綱做更好的銜接。此一方向在白建華老師領導下的十五年中（2002～2017）持續不變，

逐漸形成了目前「以沉浸法爲內核，並在發展中逐步加入了聽說法、功能法和任務法的合理元素」（曹賢文，2007）的教學模式。白校長也一再強調單純的重複性練習和有意義的語言實踐在漢語學習中的重要性和相互之間的不可替代性（汝淑媛，2006）。同時在師資培訓上更加注重使用口語水準測試（Oral Proficiency Interview, OPI）來測量學生在專案期間的語言提升（language gain）。

除了上述在教學內容上的沿革以外，明德從建校以來一直沒有改變的是爲每個學生安排一個老師一個學生的個別談話時間，進一步鞏固語言訓練。爲了讓學生無時無刻地用中文思考、用中文溝通，明德更施行了語言誓約的規定，人爲地創造了一個全中文的環境[3]。歷年來參與明德暑期教學的老師對這種教學模式普遍有著高度的肯定。很多老師暑期結束以後發現自己的教學觀念已經受到潛移默化的轉變了，回到本校在自己的教學上也不斷地反應出這些新的轉變（衛爛，2010）。

明德模式的教學效果，從建校開始一直到今日，對美國本土的中文專案還在持續地起著巨大的影響。除此之外，當今幾所著名的海外留學項目，包括普林斯頓北京專案（簡稱普北班），哈佛北京書院（簡稱哈北班），以及由漢密爾頓學院主辦的美國聯合學院專案（American Associated Colleges in China, ACC），更是以明德模式爲教學雛形。明德模式歷年來產生的影響與其所建立的聲響因此吸引了眾多學者對這個教學模式的研究與分析（施仲謀，1994；張和生，1997；張喜榮、田德新，2004；汲傳波，2006；汝淑媛，2006；張曼蓀，2006；曹賢文，2007；王學松，2007；婁開陽、呂妍醒，2011；陳彤，2013）。多年來明德培育出的無數傑出的漢語人才，在中美各方面的交流上扮演著舉足輕重的角色；例如漢學家林培瑞教授（Perry Link）、顧百里教授（Cornelius Kubler），政商界要人前美國駐華大使李潔明（James Lilley）、美國前副國家安全

---

[3] 語言誓約的理念與具體做法請見本文後部章節。

顧問博明（Matthew Pottinger）以及中國美國商會主席葛國瑞（Gregory Gilligan）。綜上所述，我們可以清楚地看出過去半個世紀來明德在美國中文教育做出的貢獻，其時代意義自是不言而喻了。

在下面幾個章節中，我將繼續透過明德的特色來探討明德在國際漢語教學蓬勃發展的今日扮演著什麼樣的角色及其未來的展望。

三、明德課程

長久以來，明德的主體一直是為期八週的語言密集課程。自2007年起又增設了培養漢語教師的碩士班課程。碩士班為期六週，晚語言部兩週開學，和語言部一起結束。語言部開設大學一年級至四年級的中文課程。另外，鑑於二年級和三年級之間學生的水準差別較為懸殊，於是另外立了一個2.5年級的課。最近幾年，語言部學生人數保持在100到120人之間，而老師人數則在25到30人之間，師生比例為4：1。碩士班自成立以來已錄取超過120名學生。到目前為止已有80餘人畢業，分布在全世界各地從事漢語教學工作，包括美國、臺灣、上海和韓國。

在1990年代以前，中國還沒有全面開放讓美國大學直接在中國開設留學項目。想去中國留學的學生只能參加中國大學自己辦的漢語培訓項目，選擇很少。從1990年代開始，美國各大學開始提倡experiential learning，鼓勵學生從實踐經驗中學習。受到這個風氣的影響，美國大學在中國設置的留學專案日益增多。最早的項目包括1993年普林斯頓和北京師範大學合作成立的普北班（PIB）和1996年漢密爾頓學院和首都經貿大學合作成立的美國各大學聯合漢語中心（ACC）。到現在，在中國各大城市設置的漢語留學專案早已不勝其數。面對這些海外留學項目帶來的競爭，明德當然感受到壓力。但是一直以來，明德沒有辜負這些選擇留在美國本土學習漢語的學生，從學生的評鑒中我們欣慰地看到學生對項目的滿意和對老師教學的高度肯定。當我們進一步地分析明德的教學資源時，我們認識到幾個得天獨厚的重要的特點，也相信是這些特點讓明德的教學品質得到保證和

精進。

㈠菁英教師團隊

　　明德最能引以爲榮的應該是我們多元和優秀的教師團隊。近年來明德的語言部和研究生部加起來每年平均聘請30到34位左右的老師。這樣龐大的一個教師隊伍是由一批來自中臺港美等地的優秀漢語老師組成的。在這些教師中絕大部分都有著深厚的教學經驗並且是在中美不同的著名重點大學任教多年的老師，包括北語、南開、MIT、UCLA、布朗、哈佛和喬治城。多年來我們也跟中臺兩地留學項目和研究所合作，邀請過各單位選派或鼓勵最優秀的人選申請參加我們的教學。這些組織包括了CET外交官專案、IUP、北京美國旗艦項目和臺灣師範大學。明德各年級的主任老師也都是在暑校任教多年的老師。每年他們將在自己學校獲得的教學成果帶到明德，也將在明德教學的經驗帶回到自己學校。他們不但在教學上年年受到學生高度的肯定，而且在主持集體備課會上也體現了多年的經驗，在教案的研發上不斷地增進與完善。另外，在帶領自己年級新進的老師時也都全力付出，成績亮麗。明德得以穩定成長，在很大的程度上得感謝這些主任老師長久以來的奉獻。

　　除了一批長年固定回來暑校任教的老師以外，明德每年也會有一定比例的新進教師。引進新血當然是增強項目的一個重要的做法。每年新的老師不但爲明德注入新的活力和朝氣，也常爲整個項目帶來創新的力量。在選拔新進老師時，我們特別關注來自各地的老師人數上的平衡。借由老師背景的多元性，我們希望學生在語言上、社會上和文化上能得到對華語世界更深入的認識和理解。

　　相比之下，許多美國大學主辦的海外暑期項目，除了主任老師常常是在自己學校任教的有經驗的老師以外，其他老師多半是在當地招聘，當地培訓的。當然，許多這樣的海外暑期項目有著自己嚴謹的教師培訓，新老師在接受密集訓練後也能在很大的程度上保障預期的教學品質，但是不可

否認的是這樣的做法不但要消耗大量的精力在教師培訓上，而且因為不是常年的項目，師資流失厲害，以至於每年都得重新招收一次老師，重做一次基本的師資培訓。反過來看，明德的教師隊伍相對穩定，每年返回明德任教的老師超過三分之二。在這樣的前提下，我們的師資培訓能更有系統地做出長期的規劃，既能顧全基本的教學原則和方法，又能在現有的基礎上指認出需要加強的方面進行有計劃性、有階段性的培訓。如此一來，我們也能將更多的精力平均和有效地運用在教學的各個方面，尤其是在課程內容的更新和備課會議的完善上。

　　這麼一個龐大、穩定而且優越的教學團隊，在我看來，是明德最有別於其它項目的一個重要的方面，也是明德在面對來自海外留學項目帶來的招生壓力時能持續吸引眾多學生及社會人士申請[4]的一大原因。我們也深深意識到這樣的一個教學團隊的形成實在是基於明德得天獨厚的條件，是不容我們不加以珍惜的。如果明德要想繼續在漢語人才培訓上扮演一個重要角色的話，我們一定得在增進教師團隊穩定性的前提下不斷地吸收優秀教師，精進師資培訓，提高教學品質。

㈡語言誓約

　　語言誓約的意思是學生發誓在學習的全程中完全不用英語而只用目的語來進行溝通。這種沉浸式的教學法體現的就是Swain（1995）所提倡的強制性輸出（pushed output）的理念。語言誓約可以說是一個明德開創的產物，也是一個重要的明德標誌，在1966年中文學校建校時即已實行，絕對是開美國外語教學風氣之先。這個舉措後來也逐漸地被許多美國本土和海外的中文項目所採用。在今天，語言誓約在很大的程度上已經成為了教師在推薦語言專案時評鑑專案管理的一個重要指標。這是因為語言誓約在施行上需要極大的魄力才能真正地貫徹到底。明德對語言誓約的規定是

---

[4]　在1990年代末期，明德的學生人數在100～110人之間。過去幾年增加到了140～170人之間；其中2013年的173人為近年來最高紀錄（Bai, 2018）。

學生犯第一次違規時校方會有口頭警告；第二次再犯，會得到書面警告，並會影響日後再度申請的接受率；第三次再犯則會被退學，也得不到學費的退款。當然，大家最不希望看到學生被退學的情況，但是如果真的發生了，還是得按照規章處理。所以最好的辦法就是一開始就加強鼓勵和監督；另外，還要施加一定的約束力，創造出一種嚴守規定的風氣，才能期望語言誓約得以貫徹實行。

在約束語言誓約方面，跟別的專案比起來，明德還有另一個得天獨厚的條件，那就是每年夏天明德校園裡除了中文學校以外，還有日文、法文、德文、西班牙文、希伯來文、俄文和葡萄牙文七個學校。這八個語言學校一整個夏天共處於明德的校園裡，形成了一個無英語的特殊環境，而這個無英語的環境有著一種強大的感染力，讓所有的人以不說英語、嚴守語言誓約為榮，無形之中產生了巨大的約束力。再加上明德學院地理位置頗為偏僻，最近的大城伯靈頓開車也要四十分鐘左右。明德小鎮雖然風景秀麗，但是商店不多。學生週間忙著學習，連小鎮都很少去，更別說車程四十分鐘以外的伯靈頓了。再說，參加暑校的學生大部分都沒有車，行動範圍就大受限制了。在這樣的情況下，學生週末一般待在學校，或者跟同學上小鎮吃個飯，要麼參加學校組織的戶外活動。因為如此，他們受到外界誘惑觸犯語言誓約的機會相對來說比在海外項目的學生少了很多。另外，為了建立一個群體感，明德的老師們都跟學生住在一起，而且老師的房間也都在提供一定的隱私權的基礎上鄰近著學生的房間，進一步提供了師生互動的機會。為數不少的研究已經清楚顯示，跟海外專案相比，本土沉浸式項目往往為學生提供了更多使用目標語的機會和時間，也直接促進了語言水準的提升（表2-1）。

雖然到目前為止，據我所知，直接比較海外和本土中專案在語言水準提升上的研究似乎還沒有，而且各個項目在學生群體以及課程設計上都不盡相同，但是在一個像明德這樣師生和生生日夜接觸頻繁的專案中，發現類似上述文獻的結果是大有可能的。

表2-1　學生自我評估一週內使用目標語情況調查

研究（目標語）	本土沉浸式	海外項目
Freed, Segalowitz,& Dewey, 2004 (p. 294) [French]	79.41	26.36
Dewey 2004 (p. 313) [Japanese]	48.9	51.2
Dewey 2007 (p. 141) [Japanese]	口語和書寫加起來比海外項目多83.6小時	N/A
Isabelli-Garcia & Lacorte 2016 (p.553) [Spanish]	71	61

（Merrill 2020, p. 188）

㈢單純、專一的語言學習環境

明德學院位處於美國東北部新英格蘭地區佛蒙特州的一個同名小鎮上。附近的環境在上面一段關於語言誓約的部分已經大略談到，是一個遠離各大城市的鄉村小鎮。如果有人問，為什麼每年會有這麼多人選擇來到一個偏僻幽靜的地方學習中文而放著海外項目不去，放棄學習語言、文化和旅遊的一舉數得的好事呢？初看之下，這個問題也許讓人不得其解，但是深入探討後我們可以在明德的幾項大的優點上找到答案。

首先，明德是一個久負盛名的中文項目，在教學品質上自然可以讓學生放心。另外，明德是一個單純、專一的語言學習環境。在生活起居方面，從飲食到天氣，對絕大部分學生來說是熟悉的。學生不會輕易受到外界事物干擾，也不必擔心生活上和文化上的不適應。學生一到校園就可以迅速進入情況，把精力完全投入在學習上，不必為下一餐去哪兒吃，看不懂功能表怎麼辦，要怎麼用中文點菜等事而擔心。另外，從二語習得的角度來看，一般學者認為，去海外留學的最佳時刻是在完成了兩年的大學中文課程之後。在此之前，學生的語言能力可能還不夠自如地應付日常生活所需，也就無從充分利用當地語言環境了。具體來說，Liskin-Gasparro

（1998）和Rifkin（2005）發現在海外留學的學生不斷地面對文化差異的衝擊，也不斷地需要在這種衝擊下進行自我表達。在有限的語言水準局限下，學生是很難堅持著使用目標語而不借助於母語的。另外，學者也指出，在跟當地人進行交際時，因為他們的交際對象不是老師，以至於學生犯錯的時候往往得不到如何改正語言錯誤的回饋。由於這個情況，學者發現一些在海外留學的中級水準的學生很難有效地掌握複雜的語法知識以便向高級水準邁進（Cowles & Wiedemann, 2008; Isabelli-Garcia & Lacorte, 2016）。相比之下，在本土沉浸式項目中的學生不但可以在熟悉的環境下迅速地將時間和精力投入語言學習上，而且在師生緊密的互動下更可以無時無刻地受到老師和同學的指正和幫助。也正因為這種大量使用目標語和接受及時回饋的語言環境，許多研究已經發現在促進語言水準的提升上，本土沉浸式項目不一定會輸於，甚至有可能勝於海外項目。在閱讀方面，Dewey（2004）顯示一個日文本土沉浸式項目中的學生在九週後達到的水準相當於一個海外項目學生11週到12週後達到的水準；在日文詞彙學習方面，Dewey（2007）則顯示兩種專案的效果是非常接近的。口語方面，Freed、Segalowitz和Dewey（2004））發現一個海外項目的法語學生在六項流利度指標中有四項取得了進步，而本土沉浸式項目中的學生則在所有六項中都獲得了提升。在比較葡萄牙文本土沉浸式項目和海外項目時，Cowles和Wiedemann（2008）發現本土項目的學生展現了更豐富的篇章能力（書面體與口語體）：相對來說，海外項目的學生則偏向於更口語化的表達方式，而且參雜了更多的石化現象。這些文獻給我們的啟示是，跟海外留學項目比起來，明德對學生語言水準的提升應該有更高的期望。我覺得這是明德教學團隊在精益求精的同時不能忘記的一個重點。

四、明德的未來

　　1966年建校的明德在2016年正式進入第二個五十年。半個世紀以來，明德的成就體現在它為美國乃至世界各國培育出的傑出漢學家、漢語人才

和爲數可觀的菁英教師。明德經過千錘百鍊的教學理念和教學模式至今還在不斷地受到學者的注視和深入分析。在未來的半個世紀，我們的目標就是繼承明德優良、悠久的傳統，不僅在師資訓練和語言教學上繼續精進，而且更要進一步有效利用明德既有語言部又有研究生部的這個得天獨厚的資源，以成爲一個名符其實的理論付諸於教學、教學體現理論的項目。下面我將從教師培訓和研究方向兩方面簡述明德未來發展的目標。

㈠師資培訓

如前所述，明德的教學陣容不僅龐大，而且相對其他的暑期項目而言其穩定性高出許多。在這個有利條件下，師資訓練的安排可以從長計議，有計劃地在現有的基礎上作出系列，精益求精。近些年，明德暑校師資培訓的方向已由早期的側重保證教學品質逐漸轉向目前的提升全體老師理論素養及專業技能（張曼蓀，2006）。因此，每年的師資培訓，除了專門聘請一位資深的老師來對新任老師的教學進行一週的錄影和課後個別評論之外，還延請一些專家學者來爲老師開設工作坊，提升專業素養。今後在老師的實際教學上，我們將繼續有系統地對老師的教學進行錄影並根據ACTFL近幾年來提倡的高效率教學法（High-Leverage Teaching Practices, HLTPs）的理論（Hlas和Hlas，2012；Troyan et al, 2013）來進行分析。當然，對老師的教學進行錄影並針對教學弱點提出改進意見的做法早已在各師資訓練課程／專案中普遍使用了。然而目前做法的側重點往往是透過實際錄影指出老師們的教學弱點進行評論，而不是提供具體的正面範例讓老師們體會。因此，今後我們在分析教學錄影時，除了老師的弱點之外，我們的一個新的側重點將放在指認出高效率的教學法，並截取錄影採樣來進行師資培訓。這樣在理論和實際應用結合下，我們希望能更迅速有效地提高老師們的教學能力與技巧。

目前我們正在進行的長期師資訓練重點則放在OPI的培訓上。明德的學生進入項目和結業的時候都要考一次OPI，借此可以知道自己在口語水

準上的提升程度。雖然我們實施的OPI不能說是真正ACTFL的OPI，因為不是每位老師都是得到OPI測試憑證的老師，但是我們歷年的訓練都是緊緊根據OPI的準則，請正式的OPI培訓老師或是得到OPI證書的老師來進行培訓的。從2019年開始，我們更利用了我們逐年建立的OPI資料庫來加強訓練，不僅在老師到校以前就開設工作坊進行培訓，而且在校期間也繼續從OPI提問技巧和審定水準能力兩方面提升老師在進行OPI時的精準度。我們認為有了精準的測試工具和可信的測試成果才能正確地衡量我們的教學品質和展示學生的學習成果。

(二)研究方向

　　明德除了在師資訓練上提供了最佳的基地以外，也是研究二語習得的一片沃土。中文暑校龐大的規模不僅適合定性研究，更為定量研究提供了有利的條件。每年除了暑校的老師自己的研究之外，我們也在不干擾正常教學的原則下接受來自校外的研究計畫並給予支持與協助。近年來的一些校內和校外的研究計畫包括對學生的中文閱讀技巧、詞彙判析能力、寫作能力發展等方面的調查，以及一項對比中文，俄語和西班牙語習得的三年長期計畫。通過各項研究，我們希望能對中文暑校語言專案的各個方面有進一步的了解，更好地制定改進方向。同時，我們也認識到如果要持續而有效地利用這塊研究的沃土，一個重要的工作就是提高老師們的研究能力，尤其是在行動研究（Crookes, 1993；Campbell和Tovar 2006）的理論和實踐上。基於這個認識，我們在碩士班加入了行動研究的課程，也不斷地舉辦行動研究工作坊，促進語言部的同事們和碩士班研究生行動研究計畫的開展。在研究的內容上將會更多包括跟明德本土沉浸式模式密切相關的一些議題，因為唯有以明德學習環境為研究物件的結果才能對我們改進教學有直接而有力的影響。過去針對明德模式的研究多以教師的教學和學生的習得為主，幾乎沒有涉及到學習環境給學生帶來的種種情感和心理上的衝擊的調查。其中一項值得我們關注的就是學習者的焦慮感。

　　焦慮感是一種與自我感覺、信念、情感和行動有關的心理反應。有些人無論在什麼情況下都容易過分緊張，這種焦慮感我們稱之為特質焦慮（trait anxiety）；而有的人則是在特定的情況下過分緊張的情緒才會受到引發，這種情況我們稱之為狀態焦慮（state anxiety）。有如舞臺焦慮和考試焦慮，外語學習的焦慮感屬於一種在具體情境下的心理情感反應（Horwitz, 1986；Horwitz、Horwitz和Cope, 1986)。焦慮感之所以是一個重要的研究方向，是因為明德中文暑校是一個高強度密集沉浸式的暑期班，在八週內完成正常學年一整年的課程；進度之快速很容易為學生帶來焦慮感。在明德，另一個焦慮感的來源是語言誓約。如前節所述，語言誓約對語言水準的提升作用是不可否認的。然而，語言誓約給學生帶來的焦慮感也是不容忽視的事實。在明德這樣的密集的語言專案中，學生產生高焦慮感是很常見的，但這絕不表示這不是一個我們可以視為理所的問題或者是一個自然的現象。學生在不能暢所欲言的情況下，不但在學習上會時有挫折感，連帶地在社交上也會受到很大程度的影響。近年來，除了明德學院為學生增加提供心理諮詢熱線服務外，中文暑校也在學期開始時舉辦一場用英文交流的座談會，讓來過明德的老生談談自己實踐語言誓約時碰到的困難和他們應付的策略，提供給新生參考，幫助他們預先做好心理準備。另外，在新生訓練時，我們也設想出各種各樣的情景來讓學生判斷什麼樣的行為算是觸犯了語言誓約。對學生來說，清清楚楚地知道哪些行為會觸犯語言誓約可以讓他們免於不小心犯規，也因此大大地降低他們的焦慮感。我們認為在嚴格實施語言誓約的同時，不斷地檢視如何從各方面減低學生因不能自如地交流而產生的焦慮感是一件極為重要的事。然而，我們對學生焦慮感的來源還需要有進一步的了解才能更有效地對症下藥。換句話說，除了語言誓約和課程強度以外，是否還有其他我們沒有預想到的因素？這些因素之間又有什麼樣的交互作用？身為一個本土項目，明德中文暑校學生的焦慮感來源跟海外專案的學生是否有所不同？有何不同？本土項目和海外項目呈現給學生的挑戰各有不同，如何對症下藥降低學生焦

慮感不僅是我們提高項目水準的必要手段，更是我們對項目學生的心理健康應負的責任。

五、結語

　　本篇文章從明德暑期中文學校的歷史意義談起，回顧了明德過去五十年在美國漢語教育以至今日的全球漢語教育大環境中扮演的角色。我們可以清楚地看出，從早期的聽說法到目前的語法交際並重的教學原則，明德一直都在不斷地因應大時代的需求而改進和創新。2020年和2021年明德受到全球新冠疫情的影響而不得不採用線上教學。在這緊急的情況下，我們不但能快速地決定因應措施，並且做出一整套教學設置就是一個有力的體現。當然，能快速應對緊急情況首先需要有深厚的教學經驗來準確判斷學生在特定情境之下的學習需求，進而制定因應措施。但是，更重要的是因應措施的實施需要有配套的人力和技術才能順利實現。當2020年明德第一次被迫轉為線上教學的時候，我們的教師團隊展現了最高的科技能力，把我們的教學從面對面的形式成功地轉成了線上形式，也取得了學生高度的肯定。今後明德還將繼續提升教師各方面的專業素養，以宏觀的角度審視大時代對外語人才的需求，在這些基礎上不斷地創新改進、因時制宜。

參考資料

ACTFL OPI https://www.actfl.org/professional-development/assessments-the-actfl-testing-office/oral-proficiency-assessments-including-opi-opic

Bai, J. (2018). The Middlebury Chinese Summer School. In *The Field of Chinese Language Education in the U.S.: A Retrospective of the 20th Century*, 《二十世紀美國中文教學界的回顧》. V. Ling (ed.) New York: Routledge.

Campbell, C., & Tovar, D. (2006). Action research as a professional development tool for teachers and administrators. *Applied Language Learning, 16 (1), 75-80.*

Chen, D. (2018). The effect of U.S. government initiatives on the development of Chinese language education-the Seton Hall story. In *The Field of Chinese Language Education in the U.S.: A Retrospective of the 20ᵗʰ Century,*《二十世紀美國中文教學界的回顧》. V. Ling (ed.) New York: Routledge.

Cowles, M. A., & Wiedemann, L. (2008) The impact of the target-country versus home-country immersion programs on foreign language learners of Portuguese. Connections: A Journal for Foreign Language Educators, SWCOLT Southwest Conference on Language Teaching, 2, 1-15.

Crookes, G. (1993). Action Research for Second Language Teachers: Going Beyond Teacher Research. *Applied Linguistics,14(2): 130-144.*

Dew, J. (2018). The Inter-University Program (IUP): the thirty-four years in Taipei. In *The Field of Chinese Language Education in the U.S.: A Retrospective of the 20ᵗʰ Century,*《二十世紀美國中文教學界的回顧》. V. Ling (ed.) New York: Routledge.

Dewey, D. P. (2004) A comparison of reading development by learners of Japanese in intensive domestic immersion and study abroad contexts　Studies in Second Language Acquisition, 26, 303-327.

Dewey, D. P. (2007) Japanese vocabulary acquisition by learners in three contexts. Frontiers: The Interdisciplinary Journal of Study Abroad, 15, 127-148.

Freed, B. F., Segalowitz, N., & Dewey, D. P. (2004) Context of learning and second language fluency in French: Comparing regular classroom, study abroad, and intensive domestic immersion programs　Studies in Second Language Acquisition, 26, 275-301.

Hilas, A. C., & Hilas, C.S. (2012). A review of high-leverage teaching practices: Making connections between mathematics and foreign languages. *Foreign Language Annals, 45, 76-97.*

Horwitz, E. K. (1986). Preliminary evidence for the reliability and validity of a foreign language anxiety scale. *TESOL Quarterly, 20, 559-562.*

Horwitz, E. K., Horwitz, M. B. & Cope, J. (1986). Foreign language classroom anxiety. *Modern Language Journal, 70, 125-132.*

Isabelli-García, C , & Lacorte, M. (2016). Language learners' characteristics, target language use, and linguistic development in a domestic immersion context. Foreign Language Annals, 49(3), 544-556.

Larsen-Freeman, D. (1986). Techniques and Principles of Language Teaching. Oxford University Press.

Larsen-Freeman, D. (1991). Grammar Pedagogy in Second and Foreign Language Teaching. TESOL Quarterly, Vol. 25, No.3.

Ling, V. (2018). My six years with IUP: a time of transition from Taipei to Beijing. In *The Field of Chinese Language Education in the U.S.: A Retrospective of the 20ʰ Century*, 《二十世紀美國中文教學界的回顧》. V. Ling (ed.) New York: Routledge.

Link, P. (2018). He took the road less travelled by historians: the story of T.T. Ch'en. In *The Field of Chinese Language Education in the U.S.: A Retrospective of the 20ʰ Century*, 《二十世紀美國中文教學界的回顧》. V. Ling (ed.) New York: Routledge.

Liskin-Gasparro, J. E. (1998) Linguistic development in an immersion context: How advanced learners of Spanish perceive SLA. The Modern Language Journal, 82(2), 159-175.

Merrill, J. (2020) Student Perceptions of a Total Immersion Environment. In *Language Learning in Foreign Language Houses*. J. Brown, W. Smemoe, and D. Dewey (eds.) International Association for Language Learning Technology, Auburn University, WWW.IALLT.org

Rifkin, B. (2005) A ceiling effect in traditional classroom foreign language instruction: Data from Russian. The Modern Language Journal, 89(1), 3-18.

Ropp, p. (2018). Pioneering Chinese studies in the era before Chinese language curriculum existed in American academia. In *The Field of Chinese Language Education in the U.S.: A Retrospective of the 20ʰ Century*, 《二十世紀美國中文教學界的回顧》. V. Ling (ed.) New York: Routledge.

Swain, M. (1995). Three Functions of Output in Second Language Learning. In *Principles and Practice in Applied Linguistics*. G. Cook and B. Seidlhofer (eds.) Oxford: Oxford University Press.

Troyan et al (2013). Exploring a Practice-Based Approach to Foreign Language Teacher Preparation: A Work in Progress. *The Canadian Modern Language Review, 69, 154-180.*

王學松（2007）。明德模式研究述評。《語言文字應用》，S1，頁60-64。

朱永平（2004）。控制式操練教學法在不同年級漢語教學中的運用。北京：新世紀對外漢語教學—海內外的互動與互補學術討論會。

汝淑媛（2006）。美國明德中文暑校的教學理念特點與教學策略評介。國際漢語教學動態與研究，2，頁76-83。

汲傳波（2006）。對外漢語教學模式的構建——由美國明德大學漢語教學談起。《漢語學習》，4，頁64-69。

施仲謀（1994）。明德中文暑校經驗的啟示。《世界漢語教學》，1，頁76-78。

婁開陽、呂妍醒（2011）。美國明德漢語教學模式課堂操練方法的類型及其理據。
　　《語言教學與研究》，5，頁72-78。

張和生（1997）。美國明德大學的漢語教學。中國高等教學，1，頁40。

張曼蓀（2006）。明德中文暑校2006年師資培訓紀實與評述。《國際漢語教學動態
　　與研究》，4。

張喜榮、田德新（2004）。美國明德學院的中文教學。《世界漢語教學》，1，頁
　　108-110。

曹賢文（2007）。明德模式與大陸高校基礎漢語教學常規模式之比較。《暨南大學
　　華文學院學報》，4，頁17-21。

陳彤（2013）。明德之路。北京語言大學出版社。

溫曉虹（2012）。漢語作為第二語言的習得與教學。北京大學出版社。

衛爛（2010）。明德中文暑校為代表的美國中文專案教學模式的思考。《第九屆國
　　際漢語教學研討會論文選》。

三

早期華語文教材之
研究

越南早期中文系編寫的《漢語教程》分析[1]

阮黃英

河內國家大學下屬外國語大學／越南

摘要

　　本文透過對越南漢語教師前輩的訪談與資料收集，分析越南早期中文系在上個世紀七十年代編寫使用的《漢語教程》。首先，介紹該教程的編寫背景、編者情況及教程的使用對象。其次，概括教程編寫原則和總體結構；再次，對教程中的教學話題與語料選用做全面考察分析，指出該教程真實地反應了越南學生的學習生活和當時的越南國情；接著，介紹教程對漢語言知識及其練習的呈現形式，肯定教程編者以語言知識輸入帶動語言技能訓練的編寫理念。最後對整部教材做總體評估，旨在為越南今後漢語教科書的編寫工作提供參考。

關鍵詞：越南漢語教學、早期中文系、《漢語教程》分析

---

[1]　為了完成此論文，筆者除了參考有關資料以外，還親自採訪了賴高願、潘文閣、鄭忠曉、周貴、范文蘭、阮氏南、阮有求、周光勝、傅氏梅、阮氏青草等越南前輩漢語老師。

An Analysis of the Chinese Language Curriculum Written by the earliest Chinese Department in Vietnam

Nguyen Hoang Anh

University of Languages and International Studies, Vietnam National University, Hanoi/Vietnam

Abstract

Through interviews and data collection of Vietnamese Chinese teachers of previous generations, this paper analyzes the "Chinese Language Curriculum" textbook written and used by the earliest Vietnamese Chinese department in the 1970s. First, the background of how the textbook came to be written, the circumstances under which editors wrote the textbook, and how the textbook was used would be introduced. Second, the principles and overall structure of the textbook would be outlined. Third, a comprehensive investigation and analysis of the teaching topics and corpus selection in the textbook would be analyzed to ascertain to what extent the textbook accurately reflected the academic life of Vietnamese students and the national conditions of Vietnam at that time. Furthermore, the presentation of knowledge of the Chinese language and associated exercises in the textbook would be presented to affirm the textbook writers' concept of activating language skills training with language knowledge input when writing the textbook. Finally, the overall evaluation of the entire textbook is provided as a reference for the future preparation of Chinese textbooks in Vietnam.

Keywords: Vietnamese Chinese Teaching, the earliest Chinese Department, Analysis of Chinese language Curriculum

一、《漢語教程》編寫背景、編者介紹及使用對象

(一)編寫背景

　　自從1945年越南民主共和國成立以來，漢語在越南被視爲一門外語。爲了滿足越南當時衛國與建國事業的需求，1955年越南北部中央外語學校前身機構——印度支那學社，第一次開設漢語培訓班，開始培養漢語人才。經歷十多年的醞釀時間，到1967年，這些漢語培訓班發展成河內外語師範大學中文系，並從此成爲培養越南漢語師資隊伍的搖籃。雖然從1954年越南北部已經獲得了解放，但整個越南當時仍然處於戰爭狀態中。河內外語師範大學跟其他大學一樣，都要撤出河內到周邊省市紮營教學，中文系的教學工作也隨之漂泊在外。中文系的老師在工作條件極爲不穩定、師資隊伍短缺的非常困難的條件下，一邊教學，一邊編寫臨時性的教學材料。這些教學材料一般都是老師們手寫後，用當時很簡單的印刷技術印刷給學生使用，當然也沒有得到正式的出版。抗美戰爭後期的上個世紀七〇年代初，中文系的教學工作才慢慢地穩定下來，漢語教材編寫小組正式成立。當時接受教材編寫工作的編寫小組老師們根據教學課程和教學計畫，集中精力把之前零散的教學材料加以篩選，補充資料，重新編寫並完成《漢語教程》草稿。之後經歷過試教及多次補充修改，到1977年《漢語教程》由越南教育部出版社正式出版。從此，越南河內外語師範大學中文系的師生才正式擁有自己的漢語教材。

(二)編者介紹

　　根據《漢語教程》第一冊的前言，參與教材編寫工作的包括KHUONG NGOC TOAN（姜玉鑽）、NGUYEN DUC SAM（阮德森）、NGUYEN HUY HOAN（阮輝歡）、CHU QUY（周貴）、TA THIEN LE（謝善黎）、VU DINH TU（武廷思）等六位老師。其中姜玉鑽老師爲主編。可是教材封面上只有姜玉鑽、阮德森、阮輝歡和武廷思等四位老師的

名字。進一步採訪前輩老師我們得知，周貴和謝善黎兩位老師專門研究教學法，在教程編寫過程中雖然做了很多細緻的指導，可都沒有參加具體的撰寫工作，所以當教材正式出版的時候不願意把自己的名字顯示在教材封面上。編寫教材的四位老師在漢語初、中級教學上都非常有經驗。可惜至今他們四位都已經離開了我們了！主編的姜玉鑽老師生於1936年，五〇年代初曾經在中國南寧學社深造漢語。姜老師是越南第一所中文系的創始人之一，他教授過基礎漢語課、初、中級漢語課、漢越翻譯課等課程，從七〇到九〇年代一直擔任初、中級漢語教研室主任。姜老師在教學實踐中積累很多經驗。從採訪他當時的學生範文蘭、朱光勝、阮氏青草（這幾位後來都是筆者的老師）得知，姜老師基礎漢語課授課非常仔細，他所講解的漢語知識既有系統性又有針對性，學生因此也學得很紮實。這幾位如今對姜老師的漢語發音與漢字訓練課的記憶猶新。這樣教學經驗豐富的老師編出來教材質量非常好，深受學習者的歡迎。

七〇年代末由於歷史緣故，越中關係緊張起來，漢語人才需求量下降，使得八〇年代初河內外語師範大學中文系暫時停課，該系大部分老師轉入軍事外語大學中文系。筆者在軍事外語大學讀本科，並有幸受教於阮德森和武廷思老師門下，其中武老師是筆者的啟蒙老師。雖然軍事外語大學中文系沒有使用《漢語教程》，但阮德森和武廷思兩位老師，仍按照該教材的語音、漢字、語法等語言知識和語言技能所呈現的模式教授我們。本人當老師後有機會拜讀《漢語教程》這部書並深切地感受到它的價值所在。

除了上述六位主編、撰寫和指導編寫工作的老師以外，該教材前言中還特別提到LAI CAO NGUYEN（賴高願）和NGUYEN KHOA（阮科）兩位先生以及當時的中國專家。他們都對《漢語教程》提出了寶貴的意見與建議。其中阮科老師在世時曾經多次提醒我們，在教學和教材編寫過程中一定注意針對性，充分利用漢語和越南語在語言要素上的共同點來節省教學時間與精力，同時要強調並花更多的時間去幫助學生掌握漢語的特點、

避免母語的負遷移。阮科老師的上述教學觀念都體現在《漢語教程》編寫的理念中。年高九十多歲的賴高願老師雖然身體虛弱，但是頭腦仍很清晰。當我們採訪他並涉及到《漢語教程》一書的時候，賴老師以充滿信心的態度評估說，這是一部好教材，值得保存。他還說，用這部教材的編寫理念，加上一些現代化的呈現方式，就可以編寫出符合於越南學生現在使用的漢語教材！

(三)使用對象

在《漢語教程》第一冊的前言中明確指出，教材的使用對象主要是河內外語師範大學中文系一年級零程度起點的越南學生。該教程也適用於在職漢語進修生和其他越南漢語自學者。另外，普通中學的漢語老師在教學過程中，都可以把這教材當作參考資料。當我們採訪當時非零起點的老學生（高中已學過三年漢語的學生，現在都已年過六十）的時候，他們都說雖然沒有直接使用這教材，但當時經常拿來複習已經學過的知識。教材中的一些課文，他們現在仍可以從頭到尾背出來。

二、《漢語教程》編寫原則和總體結構

編寫教材的首要工作應該是確定教材編寫原則。我們採訪了多年使用《漢語教程》教學的PHAM VAN LAN（范文蘭）和CHU QUANG THANG（周光勝）老師，又請教了越南外語教學法專家BUI HIEN（裴賢）教授得知，越南上個世紀七〇年代的外語教學，一方面要貫徹越南政府在教育方面的指導思想，另一方面深受前蘇聯當時的外語教學方法的影響。《漢語教程》編寫理念確實充分反應這情況。教材第一冊的前言中明確指出，本教材貫徹「基本」、「現代」、「越南」以及「自覺實踐教學法」等編寫原則。其中「基本」原則指的是書中要選擇最重要、最基本的語言知識。「現代」原則是指語言材料新鮮，內容呈現方式新穎。「越南」原則是指話題內容要反應越南當時社會生活與國家情形，語言知識都

要用越南語講解，並且要符合於越南學習者。上述三原則都是當時越南政府對整個教育系統的重要指導思想。「自覺實踐教學法」原則是前蘇聯基於外語教學心理學、「言語活動論」以及「語言、言語、言語活動論」學說建立起來的一種外語教學法。其內涵是語言教學中以培養語言綜合交際能力為最終目標，採取語言知識帶領語言技能訓練、充分利用學習者母語的教學方法。

《漢語教程》一共45課，分為四冊：第一冊十六課（入門課和頭十五課）、第二冊十課（從第十六課到第二十五課）、第三冊十課（從第二十六課到第三十五課）、第四冊九課（從第三十六課到第四十四課）。入門課主要介紹漢語的特點和越南漢語學習者常見的困難。從第一課到第八課專門講練漢語拼音系統及其發音，漢字的基本筆畫、筆順、部首以及一些簡單的日常用語。第一冊剩下的七課和整個第二冊的每一課，都包括詞彙、漢字、語音、語法、課文、詞語注釋、口語練習和堂下作業等八項學習內容。第三冊的每一課除了跟第二冊一樣的內容以外，還增加了閱讀課文。第四冊的每一課跟第三冊的內容一樣，只是減少了漢字和語音兩個部分。可以說《漢語教程》的結構顯示出其整體性、統一性、知識性和實踐性，同時也體現編者不僅重視課堂教學，還很注重培養學生堂下的自學能力。

三、《漢語教程》教學話題與語料選用

貫徹「越南」這一編寫原則，整部教材的話題與語料選用都與越南學習者的學習生活和越南當時的情況連繫在一起。

㈠正課文和補充課文內容充分反應學生學習生活、越南國情、人們心態

《漢語教程》是七〇年代初開始編寫，並於1977年正式出版的，所以教材的內容除了一些日常生活和河內外語師範大學的學習活動以外，都

真實生動地反應當時越南北方社會主義建設和越南抗美戰爭的兩大事業、越南與社會主義國家（包括中國）之間的交流、歌頌越南祖國、越南共產黨、越南領袖胡志明主席以及人們的心態（情感生活）。統計教程的正課文和補充閱讀課文的題目並按照話題分類，我們得出的結果如表3-1：

表3-1

話題	正課文題目	補充課文題目	數量	百分比
反應日常生活	問候、介紹、詢問事物、談學習、課堂交際、一天的活動、我的家、沒有一個健康的意志就不會有一個健康的身體	我們的一天、看病人	10	15.6
反應河內外語師範大學的學習活動	我們班的老師和同學、開學的那天、學生宿舍、一次課外活動、我們學校的圖書館、我們學校的運動大會、演出之後	我們班、一節課、我們外語師範大學	10	15.6
歌頌越南祖國和越南人民	四季、百貨商店、可愛的河內、為我們祖國而自豪、我的村子、祖國的泥土	坐電車、買火車票、河內的交通工具、讚我國工人、暴風雨之前	11	17.2
反應越南北方社會主義建設事業	炊事員心姐、我永遠忘不了本、十畝試驗田、太原鋼鐵區、一次罷工、見了胡伯伯之後、一個九分	河內、芒街的變化	9	14.1
反應越南抗美戰爭	我的老同學、無名高地上的一場打勝仗、英勇不屈的武氏六、一封信、暴風雨裡	保衛紅旗	5	7.8
反應越南人民的心態	我將回去建設南方、請您記住、在工作路上、每天早上	只一個：越南（詩）	5	7.8

話題	正課文題目	補充課文題目	數量	百分比
歌頌越南共產黨和胡志明主席	黨的恩情比山還要高，比海還要深、偉大的胡志明主席	一個生動的榜樣、胡主席和外國語	4	6.3
反應社會主義國家之間的交流（包括中國情況）	親愛的阿明、列寧的故事	列寧怎麼學習、北京、南京長江大橋、生的偉大，死的光榮、金黃色的馬鞭、小八路軍、特別快車、上海工人民歌	10	15.6

　　上述的統計表明，教材中所有的話題都非常貼切學生的學習生活和當時的越南國情。有的課文題目是歌頌越南祖國、首都河內或反應越南人民的情感生活，但具體內容仍是離不開越南北方社會主義建設，和整個越南抗美戰爭的相關事件。比如第十九課「可愛的河內」課文中在介紹河內的歷史和名勝古蹟的同時，都具體地列舉在首都河內發生過的重大歷史事件及人們在社會主義建設中的初步成果，如「胡伯伯在巴亭廣場宣布越南民主共和國成立了」、「首度自衛隊在同春市場英勇地跟敵人作戰」、「人們一夜沒有睡覺……準備標語、彩旗、鮮花來迎接戰鬥回來的軍隊。到處響起了熱烈的掌聲和歡呼聲」、「新的工廠一個個地出現了……」、「每一合作社都有幼兒園、醫務所」、「河內還有三十多個大學……」、「河內工人、農民正在促進生產競賽運動生產更多……來支援前線」等。反過來，有的課文題目一看都以為純粹是人們的情感生活，但整篇課文內容卻是反應抗美戰爭的激烈與殘酷。比如第三十五課「一封信」課文，表面上是居於南方的父親給遠在北方的孩子寫的家信，可除了幾句問候外，全部內容都講述戰爭的殘酷，如「八年來，在咱們的鄉土上，沒有一天不發生頭斷血流的事」、「在反對美吳集團的鬥爭中，爹也盡了一份力量，希望祖國早日獲得自由、統一」、「你娘雖然忙著照顧、扶養弟弟，但是

她總是積極地完成組織交給的任務」、「……你娘和小烈也在這次『掃蕩』中被打死了」、「我們家庭的痛苦是南方人民，也是越南全國人民的共同痛苦的一部分」。甚至這封信的最後一段，那位父親對他兒子的囑咐還像一位革命領導對他下屬幹部一樣說話「你既然敬愛爹娘，疼愛弟弟，就要熱愛人民，要把仇恨化為力量……」、「爹最大的希望是你能夠努力地學習，進步快，不愧為黨和人民的忠誠的兒女」。可以說，當時越南老百姓的生活，包括情感生活與國家大事融合在一起，整個越南人民都關注國家兩大事業，同心協力願意為祖國貢獻出自己的一份力量。這一切情況都生動如實地反應在每篇課文中。甚至在非常初級的階段中也離不開這些話題。如第十五課「一次課外活動」課文的內容也都圍繞著抗美戰爭之主題：「首先大家一起用中文唱一支歌『解放南方！』」、「接著一位女同學朗誦一首歌頌南方人民的英勇鬥爭的詩。」、「第三節目是第二小組黃同學講故事。故事裡談到南方解放軍的一位戰爭英雄。」

　　越南老百姓對共產黨和胡志明主席的感情的話題，在教材中也占有不小的比例。比如第二十五課「黨的恩情比山還要高，比海還要深」課文題目本身和文中的一些語句：「同志們，要是沒有黨和胡伯伯我家就沒有今天的幸福生活」、「越南勞動黨萬歲！萬萬歲！」。再比如第四十二課「偉大的胡志明主席」課文中也寫道「在胡主席身上愛國主義和國際主義是分不開的」、「胡主席是越南民族的精華，是時代的良心」、「他的智慧和才能是四千年來越南民族的智慧和才能的光輝結晶」、「胡主席是多麼偉大啊！但是對於我們他也多麼親近啊！他是每個越南人的父親、伯伯、同志、朋友」。這些話語都確切十足地反應了越南老百姓當時對共產黨和領袖的崇拜。值得注意的是，雖然是漢語教材，但書中關於中國的情況不多，一般只是為了呼應關於越南某方面內容而選材的，並且都安排在補充閱讀部分。比如呼應「可愛的河內」、「太原鋼鐵區」、「英勇不屈的武氏六」、「在工作路上」、「每天早上」、「我的老同學」、「炊事員心姐」等正課文的內容就有關於中國人、事的「北京」、「南京長江大

橋」、「生的偉大，死的光榮」、「金黃色的馬鞭」、「特別快車」、「小八路軍」、「上海工人民歌」等補充閱讀課文。這很明顯地反應了教材編寫者以反應越南本身情況為主的編寫理念。

進一步仔細閱讀正課文和補充閱讀課文的時候，我們發現其中不少內容和語句，與越南當時普通教育的越南語文、歷史、思想教育等課程中的內容相似。比如第三課會話內容中的祝福語「祝你身體好，生產好」、第八課中的口號「我們決心好好兒地學習和工作，爭取最大的成績以便成為又紅又專的人民教師」、第二十五課課文中的共產黨歷史描述「同志們，今天是越南勞動黨成立四十五週年……我黨已領導全國人民勝利地進行了八月革命，打敗了法殖民主義完全解放了北方……領導北方人民建設社會主義，全力支援南方人民的解放鬥爭……，並在走向最後的勝利」、第二十八課課文中越南農村煥然一新的面貌「挺直的檳榔樹插入藍藍的天空。村頭的大榕樹……樹下的水井……彎彎曲曲的小河……又高又大的河堤……一望無際的田野……到收割時就又變成金黃色的海洋」等等。從教材的上述內容可見，編寫老師們在編寫教材的時候非常注重各課程之間的連繫，發揮它們之間互相補助的作用，從而更快、更好地提高每個課程的教學效果。

㈡語言材料反應越南語言文化和越南當時實際情況

上述的話題當然導致教材所選用的語料也是針對越南學習者和越南的情形。《漢語教程》中所出現的稱呼語、人名、地名都反應越南語言文化。比如教材中的稱呼語使用越南人常用的名字加親屬稱呼的說法，像「心姐、光哥、德兒」。「同志」也是當時越南人常用的通用稱呼語，如「售貨員同志」。教材中出現的人名都反應越南人姓氏的特色，如「陳文山、阮氏草」。「阮」和「陳」都是越南人的大姓。在越南人名中，男性的名字常帶有「文」，女性的名字常帶有「氏」。教材中除了表示家庭、校園及社會上常見的單位、人物以外，出現與上述話題相吻合的大量組織

和角色，如「共產黨、團支部、勞動黨、合作社、偽政權、農業社、人民軍、自衛隊、轉業軍人、胡志明主席、列寧、工人、農民、社員、村長、收包人、炊事員、列車長、團員、解放軍、指揮員、戰略家、戰士、衛兵、警衛員、英雄、勇士、戰友、敵人、走狗、地主」等正面與負面組織、角色。其他相關的思想觀念、事物、行為以及性質狀態，也都隨之出現於教材的詞彙中。

　　我們按照反應當時越南革命思想觀念、越南的抗美戰爭、越南北方的建設事業、越南國際交流以及越南特有事物等不同領域的詞語，例舉如表3-2：

表3-2

領域	詞語
表示革命思想觀念	名詞性詞語：愛國主義、國際主義、共產主義、國際主義、馬克思列寧主義、帝國主義、殖民主義、路線、戰略、革命理論、道德作風、民族解放運動、無產階級、工人階級
反應抗美戰爭	名詞性詞語：誓言、前線、四面八方、抗戰、戰功、勝仗、直升飛機、噴氣機、炸彈、砲彈、手榴彈、高射炮、機關槍、衝鋒槍、槍口、刺刀、火力、馬達聲、爆炸聲、防空洞、著陸場 動詞性詞語：遊行、獻身、鬥爭、解放、戰鬥、作戰、打死、打傷、瞄準、號召、消滅、犧牲、打電報、拼命慘死、侵犯、壓迫、消滅、著陸、投彈、掃射、俯衝、震盪、偷襲、中彈、報仇 形容詞性詞語：不屈、野蠻、猛烈、水深火熱、煙火瀰漫、震耳欲聾、轟轟烈烈、死氣沉沉、萬代不朽、放射光芒
反應北方建設事業	名詞性詞語：煉鐵廠、軋鋼廠、河內機器廠、金星橡膠廠、汽車修理廠、紡織廠、文具廠、綜合大學、百科大學、師範大學、醫科大學 動詞性詞語：生產、耕種、收割、土地改革、歌頌、振臂高呼、相親相愛、向前邁步、奮鬥不懈、勇往直前、翻山越嶺 形容詞性詞語：光榮、勇敢、偉大、崇高、莊嚴、自豪、忘我、大公無私、勤儉廉正、孜孜不倦、自力更生、又紅又專

領域	詞語
反應越南的國際交流	名詞性詞語：天安門、故宮、天壇、南京、八路軍、劉胡蘭、古巴、拉哈瓦那、朝鮮、平壤、波蘭、華沙、匈牙利、布達佩斯、羅馬尼亞、布加勒斯特、保加利亞、索非亞、民主德國、柏林、阿爾巴尼亞、地拉那、老窩、萬象、柬埔寨
表示越南特有的事物	名詞性詞語：金星紅旗、笠子舞、北寧民歌、胡主席頌、軟沿冒、傘布、長袍（奧黛）、獄中日記、越南所有省市、主要名勝古蹟名稱、河內街名（如：巴亭廣場、統一公園、百草園、同春市場等）

　　從上述的語言材料可見，雖然是漢語教材，但《漢語教程》的內容完全本土化了。這確實有利於越南學習者的學習與記憶。

四、《漢語教程》語言知識呈現與練習方式

　　《漢語教程》中的每一課的開頭，都提出該課的語言知識學習重點和課文題目。比如第十課的學習重點包括「一」的變調、聲母「j、q、x」、以「i-」開頭的韻母、1-100數字、數量定語、形容詞定語、動詞「有」等語言知識；課文為「我的家」。再比如第三十課的學習重點是複習聲母「p、f、k、h」與第四聲、漢語狀語；課文為「無名高地上的一場打勝仗」。每一課的詞彙表都按照詞類排列，其順序一般是名詞、代詞、量詞、動詞、形容詞、介詞、副詞、其他固定詞語、專名等。每一詞條都有漢字、拼音與越南語翻譯。每一課平均有40個生詞，其中最少的有20個生詞，最多的高達70個（第28課）。教材中對發音器官、漢語發音部位、發音方法的描述，漢字的結構、筆畫、筆順、部首的介紹，固定詞組和格式的釋義與用法說明，以及語法結構的使用規則等語言知識，全用越南語詳細講解。這種用學生母語來解釋漢語語言知識，既能夠節省教學時間，又可以使學生記憶深刻。每一語言點都配有若干練習，讓學生自行訓練。漢字練習常是識字、析字、填字、抄寫等。語音練習常包括辨別聲母、韻母、聲調、音節等。語法練習形式常是熟讀語句、分析語句的語法結構、

按照要求完成句子、用詞造句和漢越、越漢翻譯。

翻譯練習包括單句翻譯、複句翻譯、段落翻譯。學生在通過大量練習後，可以深刻地掌握漢語言知識，從而運用於漢語表達中。

教材中的課文，除了頭兩課是會話以外，其餘都是短文。不管是描述一次課外活動、介紹一個村子，還是講述一個勞動模範的故事、一場激烈的戰鬥，課文行文一般傾向於書面語。即長句、多重複句、四字格等出現頻率高。課文後面常附有相關的固定詞語或固定格式的講解，並設有根據課文內容回答問題的練習。每一課的會話部分都是由課文改寫成的，其目的是讓學生進一步掌握課文內容並練習口語。補充閱讀課文一般與正課文同一個話題，所以所出現的詞彙與語法結構，基本上與正課文一致，偶爾才增加一些補充詞語。補充閱讀則幫助學生鞏固該課學過的詞語和相關的語法結構。

每一課都設有份量不少的堂下作業。這說明當時老師對學生的自習要求很高。堂下作業一般是漢字練寫、用詞造句、寫作與越漢翻譯。其中寫作要求學生使用已經學過的語言材料，編寫跟該課話題有關的一篇比較完整的文章。這項練習可以幫助學生提高成段表達、篇章連結和邏輯思維等語言運用的綜合能力。翻譯練習實際上幫助學生提高漢越語言文化對比知識，從而充分利用漢、越詞語和結構相似性來縮短學習漢語的時間。

上述語言知識的呈現和練習方式，體現了《漢語教程》編者以語言知識傳授帶領語言技能訓練的編寫理念。教材中使用越南語來講解語言知識，並設有大量的漢越、越漢翻譯練習，說明編者非常重視外語教學中學生母語所起的重要作用。

五、《漢語教程》總評估

㈠《漢語教程》之優點

《漢語教程》嚴格遵守編寫理念，結構嚴謹，各內容之間的排列具有較強的邏輯性。語言知識講解詳細，保證其全面性、系統性和科學性。

語言知識練習豐富，有利於學生的掌握與運用。話題與語料接近於學生的學習生活環境，並充分反應當時越南國情，又與語文、歷史、德體思想教育等課程緊密結合。這確實有助於學生對學習內容、語言材料的接受與記憶。《漢語教程》充分發揮學生母語——越南語在外語教學中的作用，所以節省教學時間，提高教學效果。教材中的正課文、補充閱讀課文一般是書面語體，加上寫作練習與翻譯練習，使得學生的閱讀與書面語表達能力得以提高。可以說《漢語教程》，對越南上個世紀七〇年代漢語教師培養，有舉足輕重的作用。

㈡《漢語教程》之侷限

　　《漢語教程》雖然具有上述的優點，但從學生的漢語聽、說、讀、寫等語言技能同步發展的角度看，還存在一些不足。首先語言材料大多數是書面語，所以學生口語練習的機會比較少，學生自然語境中的即興表達能力很受限制。課文內容雖然充分反應當時越南國情，但由於長句多、語言結構複雜、用詞書面語，所以轉換為對話時顯得不自然，不合乎口語說法。教材也沒有聽力練習，因此學生除了上課聽老師講漢語以外，似乎都沒有提高聽力的機會。其次，雖是漢語教材，但關於中國各方面情況的語料特別少。語言是文化的載體，可是漢語中的文化因素在教材中沒有得到應有的重視。這使得學生雖然漢語表達能力相當好，但對中國文化卻了解得不多。其三，《漢語教程》的翻譯練習多，雖然有好的一面，但也體現其副作用。即學生容易依賴翻譯技能，而忽略用漢語直接思考、直接表達意念，導致容易受母語的負遷移而出錯。最後，教材呈現形式較為單調，書中沒有任何插圖，也沒有可吸引學習者的人、景照片。從學生學習心理角度看，這是一個未注意的部分。上述侷限雖然有其時代性，但在一定程度上，也影響了教學的最終效果。

六、結語

　　越南漢語教學源遠流長，每一教學階段的師資隊伍、所使用的教材及教學方法都深受該階段的教學條件、社會環境和國家情況的影響。其中教材是課堂教學的基礎，是教學的主要依據，同時反應教學的方法。越南歷史最悠久的中文系，在上個世紀七〇年代所編寫使用的《漢語教程》，從現代的眼光看，雖然還存在一些不足，但由於它的系列優點，已經成為當時及其之後較長時間，培養越南漢語人才的具有本土化特色的重要漢語教科書，可為越南今後漢語教材編寫工作提供參考。

參考資料

潘文閣（2006）。關於改進越南當前的漢語教學的幾點思考，《漢語教學與研究國際研討會論文集》，河內國家大學出版社。

阮氏明紅（2010）。越南本土化與教學多元化中的機遇與挑戰，《2009年亞太地區語言與文化教育國際學術研討會論文集》，國立屏東教育大學出版社，中華民國99年6月。

Nguyễn Văn Khang (2009) Dạy và học chuyên ngành tiếng Hán ở bậc đại học tại Việt Nam hiện nay, *Kỷ yếu Hội thảo khoa học quốc tế 2009 "50 năm giảng dạy và nghiên cứu tiếng Trung Quốc"*, NXB Đại học Hà Nội.

Đặc san Khoa Ngôn ngữ và Văn hóa Trung Quốc (2010), *55 Xây dựng và phát triển.*

Đặc san Khoa Ngôn ngữ và Văn hóa Trung Quốc (2015), *60 Kế thừa và phát triển.*

二十世紀前期華語文教材編寫研究

蔡蓉芝、蔡菁芝

杉達學院基礎教育部、南寧師範大學教育科學院／中國大陸

摘要

　　以中文為二語之華語文教學，可遠溯至秦漢時期漢人與周邊外族的溝通往來，故翻譯的資料可以視為最初的教材形式。東漢時期，為了傳布佛教，僧人以梵文字母來標記漢文的發音；唐朝時期，日本多次派遣唐使到中國，四境各國如高麗、百濟、吐蕃等相繼派出留學生到中國學習，此時期，學習的教材是華人的經書、史書、字書、文選等；宋朝時期，出現了以華語為二語的教材，由西夏人編的《番漢合時掌中珠》，可視為最早的華語文教材，但此書僅是詞語的對譯，其後元代的《至元譯語》，明清時期的《華夷譯語》，都是這類詞彙對譯的學習教材。明代時，開始出現學習會話的教材，如高麗人學習華文的教材《老乞大》與元代的《朴通事》；清朝時，英國公使威妥瑪編寫的《語言自邇集》，講解了發音和部首，附有發音練習、詞語解說、漢字寫法等，更符合二語教材編寫的特質。二十世紀中期，華文教材裡開始出現了句型的編排，如朱德熙先生編寫的《華語教材》，是一部以語法結構為綱要的教材，語法的講解考慮到漢語與外語的對比，也顧及語法點的重現率，這也是現代編寫華語文教材的重要原則。

　　本文將以二十世紀的前半世紀，約1900至1950年代期間的華語文教材為研究主體，探究此承先啓後時期教材編寫的特性與變化，這些特質是否也形成了近期華語文教材編寫的重要原則，奠立了華語文教材編寫的重

要模式，而此時期的教材在哪些方面仍與當代教材編寫的理念有差距，也是本文欲探究處。本文亦將對此時期的華語文教材進行多方面深入的比較研究，期能對此期間的華語文教材獲得全面的了解，並釐清此時期教材的編寫與其前後時期之脈絡。

關鍵詞：華語文、教材編寫

Research on Chinese Language Textbook Writing in the Early Twentieth Century

Jung-Chin Tsai, Ching-Chin Tsai

Sanda University, Nanning Normal University/China

Abstract

The teaching of the Chinese language as a second language can be traced back to the communication between the Han Chinese and surrounding foreign tribes in the Qin and Han dynasties. Therefore, the translated materials of that time can be regarded as the original form of teaching materials. During the Eastern Han Dynasty, to spread Buddhism, monks used Sanskrit letters to mark the pronunciation of Chinese. During the Tang Dynasty, Japan sent Tang envoys to China many times; and countries in the four realms such as Korea, Baekje, Tibet, etc. successively sent overseas students to study in China. During this period, the teaching materials to be studied were Chinese scriptures, history books, character books, anthologies, etc. In the Song Dynasty, there were teaching materials in Chinese as a second language, and the "Tangut-Chinese Dictionary" compiled by the Western Xia people can be regarded as the earliest Chinese language teaching materials, but this book contained only a translation of words. The "Mongolian Word materials" of the late Yuan Dynasty and the "Uigur Word Materials" of the Ming and Qing dynasties were the learning material for the translation of such words. In the Ming Dynasty, teaching materials for learning conversations began to appear, such as the Korean teaching material "Lao Qida" and the Yuan Dynasty's "Piao Tongshi". During the Qing Dynasty, the British minister, Thomas Francis Wade, wrote the "Yuyan zhierji", which provided pronunciation of words, pronunciation exercises, word explanations of Chinese character writing, etc. This book was more in line with the characteristics of second-language textbook writing. In the middle of the twentieth century, Chinese textbooks began to have sentence patterns such as Mr. Zhu Dexi's "Chinese Textbook". This was a textbook based on grammatical structures and grammar explanations that take into account contrasts between Chinese and foreign languages; it also considered the reappearance of grammar points which is also an important principle of modern Chinese language textbooks.

This article will take Chinese textbooks published in the first half of the twentieth century, from 1900 to the 1950s, as the main body of research, to explore the characteristics and changes of textbook writing during this period of inheritance and enlightenment. Whether these characteristics have also become important principles for recent Chinese textbook preparation or laid down an important model for the preparation of Chinese textbooks, and in what aspects of textbooks in this period are still different from the concept of contemporary textbook writing are all aspects that this article would like to explore. This article will also conduct a multi-faceted and in-depth comparative study of Chinese language teaching materials in this period to gain a comprehensive understanding of the Chinese language teaching materials and clarify that during this period, how the existence of these textbooks influenced the context in which these textbooks were written.

Keywords: Chinese language, textbook writing

一、前言

　　華語文教材編寫研究的種類繁多，舉凡分級、分類、分教材、分區域研究教材，或針對一個方向研究，如體例、主題、內容、語法排序、詞彙選用、練習題設計、文化項目安排、插圖設計等等，都有學者進行研究。整體來說，大的研究方向可以是教材發展及編寫原則的研究，或是教材對於國家形象的影響，細部研究可以是一個句法結構、詞彙重現或詞彙翻譯的研究。關於華語文教材發展史這方面的研究，二十世紀後期的教材的研究成果居多，二十世紀前期的教材的研究甚少，因此，本文將以二十世紀前期的教材爲研究對象，具體時間約爲1900年至1950年期間，探究此時期教材編寫的特性與變化，這些特質是否也形成了近期華語文教材編寫的重要原則，奠立了華語文教材編寫的重要模式，而此時期的教材在哪些方面仍與當代教材編寫的理念有差距，也是本文欲探究處。

二、文獻探討

　　二十世紀前期的華語文教材還處於起步階段，僅有少數的教材，會話教材居多，也有的是以編纂字典來當作學習漢語的教材。針對這個時期的教材研究，有兩大方向，一是綜合性介紹這一時期有哪些教材，簡述編寫方式，偏向教材史研究，另一是針對一兩本教材進行教材編寫內容較爲精細的研究，或者某一特性的研究。本文將二十世紀前期的教材編寫的研究分爲三類：(1)教材發展史研究：一論文，兩碩論。(2)兩本教材編寫比較研究：三碩論。(3)單一教材編寫研究：一博論、五碩論、一論文。在這十四份研究中，有四份單獨研究《言語聲片》，數量最多。

(一)教材發展史研究

　　這部分的介紹相當簡略，僅說明是工具書或類別爲口語或綜合教材，有無詞語註解或翻譯文字等。相關研究如下：

　　溫雲水（2005），《民國時期漢語教學史料探究》，該文介紹了法國人使用的《漢語口語教科書》編寫方式，以及介紹作爲工具書美國版的

The Five Thousand Dictionary（《五千漢字辭典》）。

　　陳銀元（2017）碩論，《對外漢語綜合性教材發展史研究》，第一章簡介了1912年至1949年的漢語教材情況，並簡述《國語留聲片課本》、《新國語留聲片課本》及《言語聲片》的編寫情形。

　　齊子萱（2017）碩論，《對外漢語文化課教材發展史研究》，分1911～1929、1930～1948兩個階段來介紹此時期的教材，提及《官話初階》、《英譯古文觀止》、《法華字典》、《國語留生片課本》、《北京風俗問答》、《言語聲片》、《官話萃編》、《官話談論新編》、《英漢釋德英華會話合璧》、《法英會話指南》、《中華漢英大辭典》、《簡易英華對話》、《中日會話合集》、《新國語留聲片課本》、《英華旅行會話》、《漢英對照軍話會話》、《老乞大諺解》等。

㈡教材編寫比較研究

　　這部分的論文是以兩本教材來做比較，通常也是較為精細而全面的比較，比較範圍包括整體編排、教學原則、教學意識、教學理論、內容、語音、漢字、語法、語料選擇，以及其影響等。研究論文如下：

　　栗源（2015）碩論，近代美國來華傳教士漢語教材研究——以《文學書官話》、《官話類編》為例。文中先就兩本教材各自的語音、漢字、語法、修辭、語料、詞彙、練習題等來分析，再將兩者進行比較，包括編排、教學原則、內容、語音、漢字、語法、語料選擇等。

　　方娟（2016）碩論，趙元任對外漢語教學研究——以《國語留聲機教程》和《國語入門》為例。此論文對比分析二教材的編排內容、體例、特點、影響上的不同。文中歸納這兩本教材在教學理論上的三個特點：1.語言學習——直接性。2.口語操練——大量性。3.要素教學——順序性。在教學原則上具備三原則：1.結構主義的原則。2.準確性原則。3.趣味性原則。

　　余思思（2017）碩論，清末民初北京官話口語教材對比研究——以《言語聲片》和《官話急就篇》為例。文中針對編撰、詞彙、句子、教學

意識等四方面進行對比。其中編撰對比包含教材編排體例對比，教學意識則指教材的編寫原則，包括針對性、趣味性、實用性。

(三)單一教材編寫研究

　　這個部分的研究，多是較為全面的檢視一本教材的編寫內容，研究層面包括編寫原則、題材體裁、語音、漢字、詞彙、語法句式，以及探究該教材顯示的教學法或教學理論，也提出該教材的優點與不足。

1. 《言語聲片》研究論文

　　吳婷婷（2012）碩論，《老舍〈言語聲片〉研究》。文中重點分析該教材的語音、詞彙、語法、話題；考察聲調和聲母的編排；分析綱外詞入選的原因，總結詞彙編寫特點；考察語法規則及語法教學特點；描述課文話題的範圍。最後分析《言語聲片》的編寫理念、原則及不足。

　　韓笑（2015）碩論，倫敦大學英中合編《言語聲片》研究。第三章分析該書的語音教學，主張「聽說領先」，採用國際嚴式音標，對漢語聲、韻、調系統描寫詳細；第四章梳理分析教材詞彙、語法教學，詞彙、語法教學循序漸進，詞彙選擇豐富實用，然而詞彙量較大，複現率不高；第五章分析闡述《言語聲片》的漢字教學，重視漢字造字法、筆劃筆順和部首教學，但缺乏系統性。

　　潘伊莎（2015）碩論，靈格風《言語聲片》教材研究——老舍參編的一本二〇年代的漢語教材。文中分析了《言語聲片》的成書背景，第四章分析了該教材在語音、漢字、內容、義化教學上的特點，第五章則談到了《言語聲片》對於現在的對外漢語教材[1]編寫的啟示。

　　楊夢蝶（2016），論老舍參編對外漢語教材《言語聲片》的特點。文中說明教材的體例，以課的形式編寫，每課有單字、單詞、句子、對話等幾個部分，單字均附上讀音和聲調。文中並提及《言語聲片》的特點有

---

[1] 「對外漢語教材」，是中國大陸地區的習慣用法，臺灣則採用「華語文教材」，由於本文所引研究多為中國大陸地區的文獻，故二者均採用。

二，1.按中國生活化場景設計的實用交際話語。2.語言文化充滿北京味。

2.其他教材研究

溫利燕（2012）博論，微席葉《北京官話：漢語初階》研究。文中從語音、語法和詞彙、對前人的繼承和發展三方面，揭示這部教材的內容和價值。在語音方面，微席葉整理出的漢語法式標音法，能比較精準地記錄、標注當時的「北京官話」，同時還能標注南京官話。在語法方面，他將漢語詞類分爲九大類。微席葉的漢語詞類觀、句法觀，使得《漢語初階》的生詞選擇、詞性標注、外語對譯、語法點的編寫、語法數量及編排策略，具有科學性。

劉穎紅（2012）碩論，趙元任《國語留聲機教程》研究。文中針對語音、語法和詞彙三個部分進行整理和分析，並且進行綜合的評價，考察其優點和不足。文中詳細地描述其拼音方案，並將這套方案與其他拼音方案進行對比，揭示其特點；語法上，則分別從詞類、句類和句法三方面分析；詞彙上，則進行歸納整理和統計分析，從課文的詞彙量、各個詞類詞語在教材中的分配比重、詞彙的重現率及詞彙的內容側重。

孫曉曉（2015）碩論，俄僑漢學家卜郎特《漢文進階》研究。此論文針對詞彙、虛字、句式進行分析。文中指出此教材詞彙選擇貼近實際生活，覆蓋面廣，具有較強的實用性；虛字則「之」和「以」使用最爲頻繁；句式則被動句、判斷句和比較句的常用結構形式有較爲全面的體現，例句豐富。

章可揚（2017），《國語入門》課文與練習研究。文中對課文進行四個面向的分析：課文題材、體裁、語料選取原則、教學方法，其中歸納出語料選取五個原則，包括針對性、實用性、趣味性、科學性、時代性原則。在練習方面，也進行了四個面向的分析：練習的內容、形式、強度、選取的原則，其中歸納出練習選取的原則，包括科學性、實用性、目的性等三原則。章認爲《國語入門》課文與練習體現了結構主義語言學理論，以及第二語言學習理論──直接法。

㈣當代教材編寫的相關學理

　　當代學者也提出多項教材編寫原則、教學模式，此處一併回顧這些教材編寫的相關學理，也可以用以對比檢視此時期教材。

1. 當代教材編寫原則

　　當代學者們提出諸多的教材編寫原則，趙賢州（1988）、呂必松（1993）、李泉（2006）、束定芳、莊智象（1996）、劉珣（2000），以下僅列出各種原則，並簡單解說：

(1) 針對性：必須注意學習者的文化背景、年齡、知識水平等自然條件，同時要注意其學習目的及學習時限。

(2) 實踐性：教材的內容要與教學者的需求相應，語言技能唯有通過實踐才能達到真正的習得與鞏固。

(3) 趣味性：要考慮語言材料的實用價值，選取學生最感興趣、最關心的語言材料，並適合學習者的心理特點，呈現多樣化的語言材料。另有趣味性主張「思想內容」及「形式」上也要符合趣味性原則。

(4) 科學性：要系統地呈現語言的規律及準確地解釋語言知識，不能違反客觀定律與語言現象的正確性。

(5) 交際性：強調教學內容的選擇和語言材料的組織，要有利於培養學生的語言交際能力。

(6) 知識性：要求教學內容要包含學生感興趣的新知識。

(7) 規範性：語言符合規範、通用原則。

(8) 系統性：是教材內容在基本知識介紹和技能訓練方面，要平衡協調及有章法。

(9) 循序漸進性：語言材料及練習要遵循從易到難、從舊到新、從簡單到複雜的原則。

(10) 語言材料（詞彙等）重現原則、練習方式和題型設計要適合技能訓練需要的原則、目標語和學習者母語及其各文化對比的原則、所編教材要符合課型特點的原則等。

　　李泉總結各家說法，把目前比較公認一致的針對性、實用性、趣味性、科學性四者，視爲教材通用的原則。其他原則如系統性、知識性、眞實性、多樣性等原則，亦有相當重要的參考價值，皆應成爲教材設計和編寫時所遵循的原則。

2. 當代教學模式

　　當代學者提出多種教學模式，這些教學模式也可以運用於教材編寫上。這些教學模式可分爲幾類：第一類，針對聽、說、讀、寫語言技能的教學模式。第二類，針對語音、詞彙、語法、漢字等語言要素的教學模式。第三類，其他教學模式。

　　第一類：

(1)「實況視聽」教學模式（孟國，1997），這個模式以中、高級中文二語學習者爲研究對象，以培養漢語學習者對新聞題材的視聽能力爲目的，以培養週期短、效率高、見效快爲特點。

(2)「從聽入手」教學模式（楊惠元，2000），旨在幫助學習者解決日常交際過程中出現的問題，該模式主張大量漢語詞彙的聽力訓練，一年學習一萬個詞彙，達到可進入中文專業學系學習的標準。

(3)「口筆語分科，精泛讀並舉」教學模式（詹健驥，2003）。具體實施過程中，該模式把口語、漢字／閱讀綜合課程細分爲側重培養聽說能力的口語課和側重培養讀寫能力的筆語課（讀寫課）。

(4)「理解後聽」模式，適用初中級中文聽力課（譚春健，2004）。從語流層面訓練學生對意義的理解，注重學習者從意義到語音的搭配能力。胡曉清（2010）提出的「漢語聽說一體化」教學模式這模式的原則是，以情景初級和話題中、高級爲主線，將聽力與口語技能訓練置於同一個情景或話題下，先聽後說，聽說結合，以聽促進說，以說檢驗聽的效果。

　　第二類：

(1)「語文分開、語文分進」教學模式，（張朋朋，2007）。「語文分

開」是指在教材編寫上把「語言」和「文字」分開，編寫專門教語言的教材和專門教文字的教材。「語文分進」是指「語言教學」和「文字教學」分開進行，分別使用不同的教學方法教授各自的內容。教聽說的語言教材，以拼音來編寫，內容必須是口語中的眞實語料，而且教學中要貫徹「句本位」的原則，不孤立地教「詞」，按照由聽到說，先聽後說的步驟，大量地進行聽說「句子」的練習。

(2)「詞語集中強化」教學模式，強調語言要素（詞彙）學習爲核心，在中級階段實施（陳賢純，1999）。預期在兩年內提高學生的交際能力，詞彙量達到兩萬左右。首先對這兩萬詞語按語義場進行分類，使每個詞都進入一定的語義場，教學前先把詞表給學生，學生必須強記，同時要聽錄音，把詞形與語音連結起來。

(3)徐子亮（2000）主張從詞語、句子、思維三個面向與外界訊息相匹配，目的在提升漢語二語學習者從大腦認知結構中提取語言知識與語言結構的能力。學習者識別已經學過的漢字、詞語、句式，而且還能通過類推、聯想、比照等方式，去識別新的漢字、詞語和句式。

第三類：

(1)「任務型交際」教學模式，針對漢語短期（八週以內）培訓任務，提出了具有短期、強化、速成的特點（馬箭飛，2000）。在任務型教學大綱基礎上，提出了由三方面課程組合而成的課程體系：以不同等級、不同任務的交際任務爲主課；以語音、漢字、語法等爲輔課；以各種文化知識講座爲補充。

(2)「對外漢語短期速成強化」教學模式（趙金銘，2004）。是以學生爲主體，以教師爲主導的教學理念，結合北語速成學院短期強化教學實踐，把教學實踐升格爲教學理論，並由此指導短期強化培訓專案。

(3)「溝通式」教學模式，美國AP中文模式主要針對高中生設計，是交
　　際法教學理論的具體運用。以高校二年級學生中文教學的成功案例
　　為基礎，強調語言溝通的重要性，語言溝通能力的培養注重三方面
　　能力：表達、詮釋和語義協商（曾妙芬，2007）。

㈤小結

　　二十世紀前期的教材編寫的三類研究，或簡略或精細，總體如下：
(1)教材發展史研究：這部分的研究僅止於簡單說明教材的類別，有無詞語
的註解或者翻譯使用的語文，並且介紹了一工具書《五千漢字辭典》。(2)
兩本教材編寫比較研究：這部分的論文由於以兩本教材來做比較，所以能
進行較為精細而全面的比較，比較範圍包括整體編排、教學原則、教學意
識、教學理論、內容、語音教學（包括聲、韻、調）、漢字、修辭、語
法、語料選擇、練習題，以及其影響等。(3)單一教材編寫研究：這個部分
的研究，多是較為全面的檢視一本教材，研究層面包括編寫原則、題材體
裁、語料選取原則、語音、標音系統、聲調和聲母的編排、漢字、詞彙
量、詞彙複現率、語法句式，甚至包括練習的內容、形式、強度、選取的
原則，以及探究該教材顯示的教學法或教學理論，也提出該教材的優點與
不足。其中有四份論文單獨研究《言語聲片》，《言語聲片》總計有七位
學者研究，是學者最喜歡研究的教材。

三、二十世紀前期的教材編寫
㈠二十世紀前期出版的教材

　　二十世紀前期出版的漢語教材蒐羅不易，雖數量不能與現在教材出
版速度相比，本文也搜尋到數十本，如下：《北京官話初階》、《漢語
口語教科書》[2]、《國語留聲片課本》、《漢語口語》[3]、《北京風俗問

---

[2]　戴遂良Léon Wieger S. J.（1912）。漢語口語教科書。河間府天主教會印刷所。

[3]　懷曼特（1922）。《漢語口語》《Colloquial Chinese》。

答》[4]、《國語留聲機教程》、《官話萃編》[5]、《官話談論新編》[6]、《言語聲片》、《漢文進階》[7]、《英漢釋德英華會話合璧》[8]、《新國語留聲片課本》、《簡易英華對話》[9]、《中國國語入門》、《國語入門》、《官話初階》[10]。

　　另有朝鮮編寫的漢語教材：[11]《交鄰要素》[12]、《漢語獨學》[13]、《漢語指南》[14]、《華語精選》[15]、《華語教範》[16]、《漢語大成》[17]、《支那語集成》[18]、《速修漢語自通》[19]、《官話問答》、《官話叢集》[20]、《中語大全》[21]、《中國語自通》[22]、《內鮮滿最速成中國語自通》[23]。在美國archive網站也搜尋到一些教材，如下：[24] A Course of Mandarin Lessons

---

[4]　日本人加藤鐮三郎（1924）。《北京風俗問答》。大阪屋號書店。

[5]　朱蔭成、述功（1925）。《官話萃編》。

[6]　金國璞（1926）。《官話談論新編》。

[7]　卜郎特J. J. Brandt（1927）。《漢文進階》（Introduction to Literary Chinese）。

[8]　戴恩榮（1930）。《英漢釋德英華會話合璧》。

[9]　張慎伯（1935）。《簡易英華對話》。

[10]　鮑康寧（F. W. Baller）《官話初階》

[11]　http://www.cadal.zju.edu.cn/QuickSearch.action

[12]　《交鄰要素》（1906）。

[13]　白松溪（1911）。《漢語獨學》。

[14]　柳廷烈（1913）。《漢語指南》。

[15]　高永完（1913）。《華語精選》。

[16]　李起馨（1915）。《華語教範》。

[17]　《漢語大成》（1918）。

[18]　《支那語集成》（1921）。

[19]　《速修漢語自通》（1922）。

[20]　《官話叢集》（1924）。

[21]　《中語大全》（1934）。

[22]　白松溪（1929）。《中國語自通》。

[23]　《內鮮滿最速成中國語自通》（1939）。

[24]　http://archive.org/index.php

Based on Idiom[25], Chinese Merry Tales[26], Chinese-English Mandarin Phrase Book (Peking Dialect)[27], A Mandarin Primer[28], A Short Course of Primary Lessons in Mandarin[29], A Chinese Language and How to Learn It[30], A Mandarin Phonetic Reader in the Pekinese Dialect, Colloquial Chinese (Northern)[31]。

　　本文選擇在華出版或被學者較常討論的教材爲主，檢視這些重要教材在編寫上的特色，共選了六本教材。

(二)六本教材比較

　　以下將就教材的體例、課文主題、課後練習、補充資料四個部分進行六本教材的比較：

1. 教材體例比較

　　本文整理了六本教材，發現在教材體例上就難以比較，主要是編者的概念相當不一致，如《國語留聲片課本》、《言語聲片》、《北京官話初階》、《新國語留聲片課本》、《中國國語入門》將國音、語法知識當作正課內容來介紹，有以外語寫成，也有以中文寫成，這些語言知識可能是書本的一半內容了。也有以詞語當作主課文的，或者加入一些會話、短文、詩歌當課文，但《北京官話初階》則無課文，以法文寫語法規則、詞性、句法等，僅有《國語入門》將知識性的部分放在總課文前介紹，各課課文以對話方式書寫，最具現代教材雛形。（如表3-3）

---

[25] C. W. Mateer (1900). A Course of Mandarin Lessons Based on Idiom.

[26] B. G. Vitale (1901). Chinese Merry Tales.

[27] T. C. Fulton (1911). Chinese-English Mandarin Phrase Book (Peking Dialect).

[28] F. W. Bailer (1911). A Mandarin Primer.

[29] C. W. Mateer (1911). A Short Course of Primary Lessons in Mandarin.

[30] W. C. Hiller (1913). The Chinese Language and How to Learn It.

[31] A. Neville J. Whymant (1922). Colloquial Chinese (Northern).

表3-3　六本教材體例比較

教材名稱	出版編著類別	課文形式	註解	生詞註解	語法規則說明	練習	附錄	註
國語留聲片課本、留聲片	1922 趙元任、綜合	國音&國語（詞句、對話、詩歌）	中文	每課有綜合註解，多數是註解發音、極少數是註解詞	無	僅三處練習，兩處如同主課文	無	原為了國語留聲機片編輯
言語聲片	1926 老舍 中英合編 綜合	卷一：國際音標詞彙或短文，有英文對照翻譯	英文	有，英譯	卷一末英文註解：發音、語法結構、漢字	有，附英文翻譯	有	第二卷是第一卷的漢字版。（威妥瑪標註漢字）
北京官話初階	1928 微席葉 初級口語	課文是法文寫為語法規則、句性、有的先列生詞	法文	例句、關聯詞：拼音&法文	有，全法文	翻譯：法文話題&漢語文本	有	課後的漢字文本，是翻譯練習。
新國語留聲片課本	1935 趙元任 綜合	第一部：國音。第二部：國語（詞句、短文、對話、詩歌）	中文	有配合主題介紹的詞語，無特別標出生詞。僅有極少數的詞語加小字註解。	無	第七課、第八課，聽寫練習	有	標音修正、增加聲調。總課後，有各課說明，多說明語音。
中國國語入門	1945 吳主惠 綜合	一二章國語和注音。第三章字母介紹、第三章、四五章：詞語、語法，短文、時文	日文	短文語句解釋，時文的語彙，即生詞註解。	短文註解有語法、語句、全文大意	無	無	前三章介紹中文知識、後兩章為短文
國語入門 Mandarin Primer	1948 趙元任 短期口	對話	英文	註解（Notes）：詞彙、語法、發音等	有，在註解裡	有，形式多（見表三）	有	一本英文、拼音左右對照版。一本全中文版

2. 課文主題比較

　　這個時期教材的課文主題多樣化，略去發音、語言語法知識等作為課文的部分，對話或短文的主題從日常生活到社會問題或新聞時事都有，也有地理、文學、詩歌、茶道、習俗、電影、慶典、房價、糧價、金礦等，甚至介紹經濟學家馬紹爾。六本教材中以《言語聲片》的主題最生活化，如買賣、打電話、時間、天氣、家庭、朋友、搭車、郵政局、旅遊等，這樣的主題最符合一般語言交際所需；《國語留聲片課本》則有一兩課是關於初次見面問姓名、住處、來做什麼、住多久等這樣的日常對話，其餘主題偏向文學選文；《中國國語入門》第三章是語句，以短語或短句形式呈現，包含日常應酬語及日常用語，如：天氣、日夜、下雨、颳風、問早、告別、問路、請求、承諾、道謝、宴會語、時間等，雖不是以對話的形式呈現，但卻是很實用的日常用語。

　　雖然主題多樣，但各課的內容不一定是對話或短文形式，也可能是詞語、短句，《中國國語入門》、《國語留聲片課本》、《言語聲片》、《新國語留聲片課本》都有詞語直接當作各課主內容的。由此可知，此時期每課的文本還沒有固定的形式。（如表3-4）

表3-4　六本教材課文主題比較

教材名稱	課文主題
國語留聲片課本、留聲片	詞句、成語、短篇故事會話、會話（愛謙虛、我不在家、問姓名、住處、來意、住多久、問留聲機是什麼、談國語）、文選（易蔔生主義）、詩選、詩歌（新詩）
言語聲片	有些課沒有明顯主題 7.訪客、家務；8.家務；9.家務、事務管理；10.買賣；12.家庭；13.時間；15.天氣；16.打電話；17.賣水果；18.遇友；19.火車站；20.遊戲；21.看小說；22.賀友人結婚；23.郵政局；24.銀行；25.洋服莊；26.貿易、菸鋪和賣糖的；27.旅遊&旅館；28.江上、商業談話；29.阿拉伯人和他的駱駝；30.新聞

教材名稱	課文主題
北京官話初階	發音、筆畫、詞類、詞綴、句法、特殊表達：時間性別禮貌、書面語
新國語留聲片課本	國音無正式課文，有詞和句子。國語：詞、句子短文、對話、會話、故事、現代詩、歌曲（有一段及一課兒童會話，其餘偏向文學選文方式）
中國國語入門	第一章：緒論。第二章：發音。第三章：語句（基礎短語、短句、日常應酬語、日常用語：天氣、日夜、下雨、颱風、問早、告別、問路、請求、承諾、道謝、宴會語、時間），常用語法。第四章：短文（文學、文化）。第五章：時文（國家社會要聞）。
國語入門	人稱、東西、說中文、打電話、方位、菸圈、說不停先生、反義詞、一個好人、無尾老鼠、年終、拯救海洋、就醫、世界與中國地理、民生工作、租屋、海象與木匠、聽和聽進去、學習、本地語文學運動、美國人演講

3.課後練習比較

三本以「聲片」為名的教材都注重發音練習，或讀詞句或寫拼音；有三本教材有翻譯練習：《國語留聲片課本》、《北京官話初階》、《國語入門》；此中《國語入門》的練習方式最多，包括：評論句子對錯、重述句子、改正句子、回答問題、翻成中文、造句、聽寫漢字段落、練習算數、填充、說出問句等。比較特別的是，《中國國語入門》沒有任何練習。（如表3-5）

表3-5　六本教材課後練習比較

教材名稱	課後練習
國語留聲片課本、留聲片	練發音&寫漢字&翻譯2 parts
言語聲片	聲調練習：讀詞、短語 發音練習：讀短句，長句。

教材名稱	課後練習
北京官話初階	翻譯練習：法文話題&漢語文本
新國語留聲片課本	第七課、第八課，聽寫練習，寫注音符號、羅馬字母。寫聲母、韻母、聲調，完整拼音
中國國語入門	無
國語入門	朗讀、標聲調、判斷句子對錯、重述句子、改正句子、回答問題、造句、聽寫漢字段落、翻譯、改說句子（替換練習))練習算數、填充、說出問句、語段表達

4. 補充資料比較

　　在課前重點部分，多是介紹漢語知識，包含發音、漢字、語法等。《言語聲片》、《中國國語入門》、《國語入門》三者都介紹了中文、發音、聲調等；《言語聲片》、《國語入門》說明了漢字，也有學習指導；《北京官話初階》則有語法和句法摘要；《國語留聲片課本》、《新國語留聲片課本》只介紹留聲機用法，完全沒有提及其他漢語知識。在附錄方面，《言語聲片》最為豐富，有(1)部首表：947生字按214部首排序。(2)第一一四課漢字分析。(3)漢字索引。(4)字詞英文索引。《北京官話初階》有中國文字演變、中文書籍、中文數字說明；《新國語留聲片課本》有國語羅馬字母用法一覽表、國語羅馬字母拚法一覽表；《國語入門》有生詞索引（以拼音排序）、縮寫與符號、聲調對照表；僅《國語留聲片課本》、《中國國語入門》無附錄。（如表3-6）

表3-6　六本教材補充資料比較

教材名稱	課前重點	課後附錄
國語留聲片課本、留聲片	留聲機用法	無

教材名稱	課前重點	課後附錄
言語聲片	卷一： 1. 序言：強調教材特點、國際音標補威妥瑪之不足。 2. 導論：目標方法、口語演變（四聲、雙音節複合詞、構詞法）、漢字構造（六書、部首）。 3. 發音。 4. 學習指導。 5. 文本說明。 6. 注釋說明。 卷二： 1. 學習指導：漢字結構、筆畫、筆順、部件。 2. 發音練習。 3. 課文說明：難易分三階段。	1. 部首表：947生字按214部首排序 2. 第一一四課漢字分析 3. 漢字索引（按部首排序） 4. 字詞英文索引
北京官話初階	初步概念—語法和句法摘要	中國文字演變、中文書籍、中文數字
新國語留聲片課本	留聲機用法	國語羅馬字母用法一覽表 國語羅馬字母拼法一覽表
中國國語入門	前兩章為中國語知識介紹，可視為課前介紹。包括：國語、注音字母、發音、聲調	無
國語入門	簡介：中文、發音、拼音、語法、漢字、學習方法 基礎：聲調、困難的發音、發音系統、（練習）、變調系統（練習）～113頁	第二十課補充、生詞拼音索引（按英文字母排序）、縮寫與符號、聲調對照表

㈢本時期教材編寫特色

綜合前述，可歸納出本時期教材編寫的特色：

1. 缺乏標準教材編寫模式，但已有部分共同要素

　　綜觀前人研究，何以此時期的教材研究僅有發展史研究，以及單一教材或兩本教材比較研究？因為這時期教材編寫的標準化模式尚未成形，學者很難進行多家教材比較研究。六本教材的課文形式不固定，生詞不一定針對課文，有可能詞語就是主課文；除「留聲片」課本之外，詞語註解、語法註解在此時期末已經是教材的必備要素，如《言語聲片》的語法講解，包括詞類、句式，還考慮到漢語與外語的對比，《北京官話初階》更是以語法為主要介紹內容；練習也不可或缺，僅一本教材沒有編寫練習題，《言語聲片》也有特定語法的大量操練。

2. 已有不同類型的教材，包括綜合型及口語教材

　　六本教材中，有四本綜合型教材，有一本初級口語教材《北京官話初階》，一本短期口語教材《國語入門》，不同類型的教材需要不同的教學模式來進行教學。口語教材進行教學時，類似當代學者提出「口筆語分科」的教學模式，將聽說、讀寫分開教學，當代亦有「對外漢語短期速成強化」教學模式，其實可以從這個時期的「短期口語」教材類型就可以看出短期速成教學模式的雛型了，《國語入門》的課文全為對話，顯見編者的用意就是學習者能進行口語「溝通」，與當代的「溝通式」教學模式相應。

3. 課文主題與體裁多樣，不全為日常話題；課文形式有詞語、對話及短文

　　各教材主題，從初次見面打招呼到國家社會時事及文化習俗等，涵蓋面很廣，可看出編者的用心，想讓讀者學習到最多元的中國元素，快速認識中國語言及社會，因此，即使連詞語的編排都安排了主題。在體裁上也有多種類別，如《國語入門》的體裁有記敘文、議論文、寓言、散文小品、詩歌、話劇、演講稿等。（章可揚，2017）課文的形式也不拘一格，詞、短語、短句、對話、短文都可成為課文。

4. 課後練習形式多樣化，少數教材無課後練習

六本教材中，僅有一本《中國國語入門》沒有任何練習。其他教材或是注重語音練習，或是注重讀寫練習，以哈佛大學出版的《國語入門》的練習方式最豐富，達十餘種練習方式。

5. 補充資料豐富，也有缺乏補充資料者

多數教材考慮到語言學習不可或缺的相關語音、漢字及語法知識等，無論是課前漢語知識的說明，或者是課後的索引等，都相當豐富，僅《國語留聲片課本》、《新國語留聲片課本》二教材完全沒有提及其他漢語知識。

6. 尚未有明確的分級或分類編寫模式出現

各教材在編寫內容時，已具備由淺入深、由少而多的概念，但難易度或詞彙量仍然處於不穩定的情形，根據韓笑（2015）統計《言語聲片》的各課詞彙量，第一課23個，第三十課72個，詞彙量有從少漸多的趨勢，但後半的十幾課，生詞量不穩定，時多時少，難易度也因主題而浮動。溫利燕（2010）統計《漢語初階》總詞彙量1826，但分布不均，有的課甚至沒有生詞，在生詞量控制方面並不符合現代教材的編寫原則。吳婷婷（2012）統計《言語聲片》共收錄綱內詞1137個，占69.6%：甲級詞最多，32.5%，其後依次是乙級詞、丙級詞和丁級詞；收錄了497個綱外詞，約占全部生詞的三分之一，多是與成書年代相關的詞語，如：北京口語詞、時代特徵詞、交際禮貌詞、專業或專有詞彙，或者是與現代詞表劃分有異的詞。《言語聲片》甲級詞最多，依等級遞減，綱外詞反應時代，詞彙的掌握大致符合分級的概念。

這六本教材也都是單一教材，並非分級的系列教材，各教材的難易跨度也大，如《新國語留聲片課本》的第九課開始編入代名詞，課文還算淺顯，但第十五課編入四首現代詩，一首短詩，三首長詩，第十六課是歌曲，歌詞偏向文言文，這難易度落差很大。這些教材是用來學習「國語」或「官話」，但是又選擇許多偏向文學的短文、詩歌等，在一本教材中想

要涵蓋的主題範圍過大，顯得內容駁雜，不易定位是何種教材。

7.已具備實用性、科學性、趣味性、針對性原則

　　當代提出教材編寫的多種原則，在此時期已然可見，如1926年成書的《言語聲片》已具備了話題的實用性、由簡而繁的科學性、題材的趣味性、選文的時代性以及文化原則；1948年成書的《國語入門》，更進一步，不僅具備了實用性、科學性、趣味性、時代性的編寫特質，例如第四課主題爲「打電話」，中國當時的電話普及率僅有0.05%，家庭擁有電話是走在時代的前端，第十二課寫「拯救海洋」，內容從飛機墜海救人寫起，在《國語入門》成書的前幾年，正是中日戰爭的時期，飛機出現頻繁，這篇課文也頗能反應時代的現象。另外，《國語入門》還具備了教學對象的針對性，起初是爲美國軍人編寫的密集口語教材，還編寫了一篇美國人演講的主題。

四、結語

　　二十世紀前期的教材編寫，可謂處於探索時期，各自發展階段，還未形成教材編寫模式的共識，但已初具現代教材的雛形。越晚編寫的教材內容越多元豐富，從趙元任的《國語留聲片課本》到他與人合編的《國語入門》，兩教材相距二十多年，變化極大，《國語入門》編寫概念已相當接近當代教材，若在編排上加以調整，幾乎就成了典型的當代教材了，書中豐富的練習形式，也給後代教材提供良好的典範。當代學者提出的多項教材編寫原則，已有部分可在此時期在教材中發現，如《言語聲片》的實用性、趣味性、科學性、時代性及文化原則，《國語入門》不僅具備了實用性、科學性、趣味性、時代性，還具備了教學對象的針對性；即使在缺乏電腦輔助工具的時代，此時期已有教材的編寫大致符合當代的詞彙分級概念，殊爲不易。經過二十世紀前期教材編寫者的努力灌注，1950年代後，出現了以結構法爲主或語法結合功能的綜合教材，教材編寫進入了下一個嶄新的階段。

參考資料

教材

趙元任（1922）。《國語留聲片課本》。上海：商務印書館。

老舍（1926）。《言語聲片》。倫敦：靈格風出版社。

微席葉（1928）。《北京官話初階》。中國新建會出版部。

趙元任（1935）。《新國語留聲片課本》。上海：商務印書館。

吳主惠（1945）。《中國國語入門》。中國新建會出版部。

趙元任（1948）。《國語入門》。哈佛大學出版社。

書籍與期刊

方娟（2016）。趙元任對外漢語教學研究—以《國語留聲機教程》和《國語入門》為例。華中科技大學碩士學位論文。

余思思（2017）。清末民初北京官話口語教材對比研究——以《言語聲片》和《官話急就篇》為例。四川師範大學碩士學位論文。

吳婷婷（2012）。《老舍〈言語聲片〉研究》。中山大學碩士學位論文。

呂必松（1993）。對外漢語教學概論（講義）（續五）第四章 教學過程和教學活動。《世界漢語教學》第3期，頁206-219。

李泉（2006）。對外漢語教材通論。商務印書館，頁182-245。

李泉（2012）。對外漢語教材通論。北京：商務印書館。

束定芳、莊智象（1996）。現代外語教學——理論、實踐與方法。上海外語教育出版社，頁162-164。

孫曉曉（2015）。俄僑漢學家卜郎特《漢文進階》研究。上海師範大學碩士學位論文。

栗源（2015）。近代美國來華傳教士漢語教材研究——以《文學書官話》、《官話類編》為例。山東師範大學碩士學位論文。

章可揚（2017）。《國語入門》課文與練習研究。現代語文（06），頁81-85。

陳珺、萬瑩（2002）。華文教材編寫的四原則。海外華文教育（1），頁64-69。

陳銀元（2017）。對外漢語綜合性教材發展史研究。蘭州大學碩士學位論文。

程相文（2001）。《老乞大》和《朴通事》在漢語第二語言教學發展史上的地位。漢語學習（2），頁55-62。

楊夢蝶（2016）。論老舍參編對外漢語教材《言語聲片》的特點。文學教育，頁

98-99。

溫利燕（2010）。微席葉《北京官話：漢語初階研究》。上海師範大學碩士學位論
　　文。

溫雲水（2005）。民國時期漢語教學史料探究。世界漢語教學（2）總72，頁98-
　　102。

趙金銘（1998）。論對外漢語教材評估。語言教學與研究（3），頁4-19。

趙金銘（2004）。對外漢語教學概論。北京：商務印書館。

趙金銘主編（2009）。對外漢語教材概論。臺北：新學林出版股份有限公司。

趙賢州（1988）。建國以來對外漢語教材研究報告。第二屆國際漢語教學討論會論
　　文選，頁590-604。

趙賢州（1988）。建國以來對外漢語教材研究報告。第二屆國際漢語教學討論會論
　　文選，頁590-604。

齊子萱（2016）。對外漢語文化課教材發展史研究。蘭州大學碩士學位論文。

劉穎紅（2012）。趙元任《國語留聲機教程》研究。上海師範大學碩士學位論文。

潘伊莎（2015）。靈格風言語聲片教材研究——老舍參編的一本20年代的漢語教
　　材。浙江大學碩士學位論文。

韓笑（2015）。倫敦大學英中合編《言語聲片》研究。上海師範大學碩士學位論
　　文。

網站資料

https://www.academia.edu/34739279/%E8%BF%91%E4%BB%A3%E5%8C%97%E4%B
　　A%AC%E8%AF%9D%E8%B5%84%E6%96%99 近代北京話資料

早期對外漢語教材《言語聲片》的現代審視[1]

史潔[2]

山東師範大學國際教育學院／中國大陸

摘要

　　早在二十世紀二〇年代，老舍先生及其所參編的教材《言語聲片》就為推動中文發展做出了初步建設性貢獻。《言語聲片》作為世界漢語教學史上最早的一套有聲教材，承擔起語言文化知識教學、文化交流傳播的雙重任務。多維協同，以《言語聲片》教材為載體作綜合考究，對教學精準「畫像」，領悟「以文化人」之內涵，窺見歷史之演進。在價值審視的基礎上從「國別化」「中外合編」「多元理念」三個層面進行現代建構，以期最大化地探究該教材的時代意義和現代價值，為推動對外漢語教學的蓬勃發展提供參考性建議。

關鍵字：《言語聲片》、老舍、對外漢語教材、現代審視

1　〔基金專案〕本研究受山東師範大學2019年度孔子學院建設研究專案「《TPRS教學法在孔子學院漢語教學中的應用研究》」（SDNU2019KY002）和山東省教育科學規劃課題基金專案「『一帶一路』背景下山東基礎教育對外開放策略研究」資助。此外，本文感謝山東師範大學國際教育學院2019級研究生趙俊傑、王靜、王微佳協助相關編輯。

2　〔作者簡介〕史潔（1971～），女，山東淄博人，博士，教授，山東師大對外漢語研究中心主任。研究方向為對外漢語教學，課程與教學論。E-mail：sdnushijie@163.com。

A Modern Re-Examination of Early Texts for Teaching Chinese as a Foreign Language: the "Linguaphone Oriental Language Courses: Chinese"

Jie Shi

School of International Education, Shandong Normal University/China

Abstract

As early as the 1920s, Mr. Lao She and the textbook "Linguaphone Oriental Language Courses: Chinese" he participated in made a seminal and constructive contribution to the development of Chinese teaching. As the earliest set of audio teaching materials in the history of Chinese language teaching in the world, "Linguaphone Oriental Language Courses: Chinese" undertook the dual tasks of disseminating linguistic knowledge and cultural exchange. Through multi-dimensional collaboration, with the "Linguaphone Oriental Language Courses: Chinese" textbook as a vehicle for comprehensive study, it allowed an accurate portrayal of Chinese language teaching, an understanding of the connotation of "people as defined by culture", and glimpses into the evolution in history. Based on the foundation of value examination, we carry out a modern construction from the three levels of "country specificity", "Sino-foreign co-editing" and "pluralistic concept", to maximize the significance of the textbook and its modern value and provide suggestions for promoting the vigorous development of teaching Chinese as a foreign language.

Keywords: Linguaphone Oriental Language Courses: Chinese, Lao She, textbooks for teaching Chinese as a Foreign Language, a modern re-examination

一、老舍與靈格風《言語聲片》

　　老舍是我國現代著名作家，被賦予「語言大師」稱號，還曾是一名優秀的對外漢語教師，對於老舍的作品及本人域外經歷的研究不計其數。早在1924年，老舍25歲時就去英國倫敦大學東方學院任教，由此開啓了爲期五年的海外教學生涯。在英國任教期間，他曾與布魯斯教授、愛德華茲小姐合編了世界上最早的漢語留聲機唱片教材──《言語聲片》。這是一本二十世紀二〇年代由英國靈格風出版公司出版的中外合編的初級漢語口語教材，共分上、下兩卷。上卷爲英文課本，包括引言、學生指南、中文卷的注音及翻譯、課文注釋、發音練習的注釋這幾個部分。下卷爲中文課本，老舍擔任了第16課（下）到第27課（下）的對話課文撰寫任務；第28課（上）、（下）到第30課（上）、（下）的課文編寫，約占第二卷課文總數的百分之四十三。值得一提的是，第二卷的全部課文都是老舍用毛筆楷書親自書寫，保留了他年輕時的墨蹟，教材配套唱片錄製者也是由他擔任。在教學方法上，《言語聲片》以語法翻譯法爲核心同時又結合聽說法，教授北京話，教材內容話題豐富，具有趣味性、實用性、學習性，重在培養學生漢語學習與運用的綜合能力，進一步激發學生對語言要素和語言基本技能掌握與學習熱情。可以說，這是一部促使英國本土漢語教學走向系統化、專業化的奠基之作。

二、早期對外漢語教材《言語聲片》的價值審視

　　多維協同，以《言語聲片》教材爲載體作綜合考究。它在教材、教育教學、文化、歷史研究等方面具有多重研究價值。首先，針對教材本身而言，教材編選原則、教材語言風格、教材用字用詞選取均有可借鑑和審視之處；其次，由教材延伸到教育教學層面，其所涉教育理念、教學方法在激發學生自身發展的內在潛力方面值得我們深思；再次，從教材內容中所涉及的二十世紀二〇年代中國社會和文化，不難窺見當時中國的社會風

貌。依託多維立體比較審視其動態變化，依借載體價值研究通曉其靜態衍變，因此綜合多方面研究視角，《言語聲片》在教育、文化方面均有較大的借鑑意義與研究價值。

㈠《言語聲片》：對外漢語教學的特殊資源

　　《言語聲片》作爲早期對外漢語典型教材之一，它不僅記錄了英國漢語教學逐步專業化的進程，同時也是早期對外漢語教學發展過程中的新創舉。無論是教材本身，還是配套資料及其教育理念均具有教學價值。

1. 可視範本下的教材編創與研發

　　《言語聲片》是一部以英國本土學生爲教學對象，貫以系列化、融通化漢語教學的對外漢語典型教材，內容貼合學生實際發展需要，教學過程靈活多樣，有的放矢。且老舍在海外任中文教師期間，學校漢語學習生源不受任何限制，年齡十幾歲至七十歲不等，注重因材施教及個性化教學，其爲當前教育的改革與發展提供了視覺化範本，極具借鑑意義。

2. 趣味性原則下教學手段的綜合與運用

　　在教材編選和運用上，除了注重綜合性和實用性的原則，還應注重趣味性研究。二十世紀初期的語言教學潮流和趨勢，是將留聲機作爲教學媒介。中國最早的一套語言留聲機片教材《中華國音留聲機片》（1920年由中華書局出版的）以及趙元任先生爲哈佛大學編寫的《國語留聲機教程》，均採用留聲機作爲教學工具。[3]在參照《國語留聲機教程》拼音系統的基礎上，根據英國本土學生的特點加以改進。對漢語聲、韻、調系統描寫詳細，使用學生較爲熟悉的歐美語言進行漢語語音的對比講解，還注意到了漢語語音的音樂性，總結漢語語流中變調、兒化、輕聲的規律。《言語聲片》無疑是採用了較爲先進的教學理念和教學風格，又積極探索適合漢語教學較爲貼切的教學方法：在語言學習中輔以由老舍北京話實錄

3　韓笑。倫敦大學英中合編《言語聲片》研究[D]。上海師範大學，2015。

的唱片，學生可以反複收聽、反複練習，直到將漢語知識內化和熟記於心。這種方法讓學生可以隨時沉浸在漢語環境中，彌補缺乏目的語國家環境的缺憾。此外，學生在課後還可以針對自己薄弱的發音點進行預習、複習，促使保持學習熱情。留聲機作爲新鮮事物的存在可以激發學生學習漢語知識的好奇心，激發學生自身學習的內在潛力。

3. 聽說並齊下的言語實踐與提升

《言語聲片》所宣導的理念在於培養學生語言運用與學習的綜合能力，將語言學習基本技能如聽說讀寫等有序結合，聽、說、讀、寫之間重難點分明又相互連繫。教材所體現的教學理念是聽、說領先，注重技能培養。《言語聲片》的英文卷注重聽說教學，中文卷則更加關注漢字書寫，將聽說教學置於漢字教學之前，這在培養語言學習能力方面提供了重要的借鑑意義。

(二)以文化人以文育人

語言與文化在本質上互相依賴，語言作爲一個具有任意性的語音符號系統勢必會帶動已有生活烙印的民族文化。相較於《言語聲片》，對外漢語教材中所表徵的生活習慣、風土人情等地域文化元素，必然會貫穿於漢語學習過程。以《言語聲片》爲例，在語言和文化緊密關係的連接下，其作爲一本中英合編的本土化漢語教材，在語言推廣和文化傳播兩個層面均發揮著重要的作用。在教材編寫內容上，多處皆顯露充滿京味兒的地域語言文化，體現了中國人的語言表達和思維方式，進一步揭示了地域文化價值和思維文化價值。這足以體悟到要想眞切的掌握漢語文化知識，必須足夠了解所將要學習的語言，進一步認知其隱現文化。反之，文化的浸潤程度會反作用於學生漢語語言學習水準的高低。基於此，《言語聲片》教材所蘊涵的文化價值值得我們仔細探究。

1. 地域話語下的傳統氣息

⑴語言文化的賦予與層遞

老舍生活在東西文化交流碰撞的時代，自小是在中國傳統文化的中心地帶即北京四合院成長起來的。在老舍早期創作中足以見得他使用了頗多的北京方言，頗具濃重的傳統氣息。他所生長的市民社會生活環境作為其教材編寫的深厚有力的堅實土壤根基，體現在《言語聲片》中即是以詳實、易懂、鮮活的詞語來表徵清新自然的語言特色，帶有一定的地域文化特徵，即北京文化特徵。另外，老舍小市民的形象以及所在地域的大小事都在《言語聲片》的編寫過程中得到了重現。

鑑於老舍筆下的地域文化貫穿著北京傳統文化的深層結構特徵，經由作家的審視眼光和個性氣質對文化進行了適時觀察。由此可見，早期對外漢語教材《言語聲片》的內容更加貼近生活，近於實際，通俗易懂。[4]無疑是地地道道的北京人──老舍對話語和文化理解較為完備的完美呈現。老舍所參編的《言語聲片》就其口語話以及充滿北京味兒的特色和風格而言，無論是對早期對外漢語教材編寫方面，亦或是對外漢語教學歷史來說都大有裨益。但是，無可異議的是，由於時代的更迭和多方面的發展進步，屬於早期時代的一些特定的語言符號和內容較現在相比已經發生了較大變化。在現時代教學語言和內容的當下，部分語言和內容已經丟失了些許意義。但從紙質這一介質層面而言，《言語聲片》在文化紀錄保留和傳承方面無疑是發揮了一定的作用。在北京話等賦含地域特色語言的文字、語音雙重紀錄下，蘊涵著豐富的北京語言和相關文化，對於語言文化的傳播具有重要參考價值。

⑵生活文化的拓印與探析

《言語聲片》中所表徵的生活文化還包括飲食、建築等文化。教材中所涉的香蕉、蘋果、荔枝、龍暇、蜜餞海棠等水果，甜點，以及雞、魚等

4　劉亞琪。對外漢語教材編寫的國別化趨勢[J]。中國民族博覽，2018(10)：102-103。

食材不僅種類豐富多樣，而且各類食物的吃法也頗具講究。在對話篇《買水果》中，談及蘋果，當屬山東；荔枝，龍暇，大蜜桃罐頭當屬香港；自邑做的蜜餞海棠最優。我們據此文章從而了解和熟悉部分在北京所流行的食物和相關文化。此外，在建築文化方面，也頗具見識和了解，鐘鼓樓作為北京的地標性建築之一，巍峨壯觀、氣勢宏偉，鼓樓置鼓，鐘樓懸鐘。通過《言語聲片》可初步探析和了解充滿京味的生活文化。

2. 思維會話下的交際體驗

　　《言語聲片》教材的目的是使學生用簡潔明瞭、準確得體的語言進行交際。從教材編寫內容的實用性出發，老舍先生採用當時純正地道的北京口音、選取中國實際生活中使用率較高的會話話題與話語句型語料編撰文章16到27課和28到30課的會話內容，目的在於進一步站在東方思維思考方式和語言表達層面去引導學生。譬如：「那位學生姓什麼？他姓趙。」「您辛苦了，好說好說。」「附近有郵局嗎？」「有，出了這個胡同口兒，順大街往南走不遠，路西就是。」句子簡潔，字裡行間透露出生活氣息的濃厚與北京日常人情風貌。

　　簡單幾行話，無疑蘊涵著濃郁的京味語言和文化，不講究語法且帶有口語色彩的句子是北京話中習慣的表達方式。從中，學生不僅能學會說標準的中國話，而且能了解現代中國的人情風貌。由於紙質版教材和灌製唱片配套使用，學生在學習過程中，在口讀教材和耳聽唱片的基礎上，無疑是有一種真切體味京話語言和北京詞彙的情景和感覺，似乎置身於北京街頭一般，實用且凸顯趣味。

(三)曉以文本貫以古今

　　縱觀《言語聲片》，其歷史研究價值體現在以下方面：一是本身所具有的史料研究價值；二是對外漢語教學史層面所具有的意義和價值。

1. 動態寫作下的史料研究

　　眾所周知，老舍作為中國現代小說家、作家、語言大師、人民藝術

家，他的代表作品盈千累萬，其知名度也可稱為家喻戶曉，對於老舍的作品以及老舍作家本身的研究也是學界研究和關注的重點。舒乙[5]在老舍的第一部著作中發聲《言語聲片》這部教材雖然署名有另外兩個外國教師，但教材生詞、課文、生字及語音錄製大部分是老舍親力親為所創製完成的。同時也堪稱為老舍整個創作歷程的第一部學術著作，對於研究其教育理念、厚基礎文學素養作家編寫教材的寫作風格等具有史料價值。教材中的中文文字全部是老舍親筆書寫，然後再照相製版，錄製的聲片也是老舍親自朗讀的，所以《言語聲片》不僅具有作家教材的人文特點，也是展現老舍年輕時風采的珍貴文獻資料。此外，教材所使用的語言雖然是採用了方言，確切而言是北京話，雖然自教材創作伊始，至今已發生些許變化，課文中的字詞和話語現今不怎麼提及或者說不經常使用了，但是通過這套早期對外漢語教材我們可以窺見和體悟到北京話的動態變化過程。進一步而言，更可以從課文內容中窺見上世紀二〇年代中國的社會風貌，這對於研究老舍先生所處時期整個社會狀態、社會風氣有著歷史佐證意義。

2. 實踐交流下的教學史研究

　　漢語作為第二語言進行教學已有較長時間了，但是漢語作為第二語言教學有教材可參考時期則約為十六世紀之後。早期，由於時代進步和發展文化交流和傳播日益密切，以傳教士為首的大量西方人進入中國，與此同時，大量的中國人也積極赴海外擔任中文漢語教師。為了進一步傳授語言知識文化，進一步促進文化交流與傳播，便初步萌生了編寫漢語教材這一想法。其中最具有代表性和可考性的早期對外漢語教材便是老舍先生和靈格風所共同編著的《言語聲片》。聚焦我國的對外漢語教學研究是從五〇年代左右開始的，在此期間，趙元任、羅常培、老舍等語言學家和文學名人，均為推動早期對外漢語教學工作作出了突出貢獻。特別是老舍參編的早期對外漢語教材《言語聲片》，作為頗具可靠性的海外教材之一，上世

5　舒乙。《我的思念——關於老舍先生》。北京，中國廣播電視出版社：1999。

紀二〇年代到五〇年代在世界範圍內產生了深遠的影響。《言語聲片》是上世紀第一部真正現代意義上的有影響力的中國人編寫的教材，通過梳理中外漢語教學的內容、特點及方法，提煉總結經驗教訓，真正做到古為今用，在漢語文化教學歷程中積極弘揚中華優秀傳統文化，並不斷實踐和探索出被廣泛接受和認可的對外漢語教學之路，這對於推動學科建設、促進對外漢語教學的發展有著深刻實踐價值。

三、早期對外漢語教材《言語聲片》的現代建構

(一)編寫理念的微觀契合與國別化視析

　　對外漢語教材的國別化特徵，也被稱為教材的本土化。它是指針對不同的國家而實行差別化的漢語教學與研究，國別化漢語教材對當地國家的漢語教學的意義是不言自明的。如何從世界性視野析出國別化眼光，進而編創適用於某一類型教學的對外漢語的國別化教材是當前亟需解決的問題。國別化漢語教材的編創需要涉涵兩個維度：一是教材內容的主旨要映射出國與國之間在政治、經濟、文化、外交等方面的相似與不同；二是教材內容的選擇與案例設定必須與所在國的國情和民情相結合，切忌分離式研究。

　　基於文化背景相似的國家或地區而編創的國別化教材主要適用於非目的語語言環境的國外，因其民族、語言、文化、風俗習慣等特殊性的存在，更需要著力凝聚針對性原則這一編寫理念，才能在考慮國別化的基礎上更加契合教學物件與教學環境。

　　對外漢語事業的發展，迫切需要我們以世界性視野、國別化眼光合理編排教材，當今形勢下，愈來愈多的國家開始重視漢語。以日本為例，截至目前其與中國高校合作建立的15所孔子學院相繼開設不同的漢語課程，合編各式的漢語教材，汲取了大放異彩的中國文化。縱觀國內編寫出版的對外漢語教材，雖然數量繁多，但都擺脫不了從中國視角出發的思維

定式，未能與所在國的文化、生活、語言、風俗習慣等相結合，往往出現
「水土不服」的情況。爲了解決這種「水土不服」的問題，我們的教材編
寫就需要根據所在國的教學實際狀態，研發國別化、本土化的教材。進一
步落實國別化理念，注意語言與文化的融通。

(二)理論本體的即時聚焦與中外合編研析

　　起初在英國發行，後傳播到其他國家的早期對外漢語教材《言語聲
片》，不論是其框架、內容、語言等切實考慮到學生進行漢語學習的系列
相關因素，對於現今對外漢語的推廣起到借鑑作用。二十世紀初在英國發
行隨後傳播至其他國家的《言語聲片》，不論是其框架、內容、語言等均
切實考慮到學生進行漢語學習的系列相關因素，對我們今日的教材編排起
到一定的借鑑作用。《言語聲片》教材之所以能取得成功主要得益於中外
教師理念層面的突出性及教學實戰的豐富性，從語言文化知識等系列投射
中，既保證了漢語本體的眞實性與生活性，又適應本土的環境和文化。

　　靈格風《言語聲片》是由老舍與兩位英國學者共同編纂的漢語教材。
中西編者基於理論高度架構，在編寫上都具有各自語言輸出及文化造就層
面的雙重特色。追溯其編纂歷程，老舍於1923年到缸瓦巿基督教會服務，
並與寶廣林主事學習英語。經寶廣林推薦與燕京大學英籍教授艾溫士相
識，利用業餘時間到燕京大學旁聽英語。基於此，老舍在去英國執教前，
英語基本上已十分流利，到達倫敦後他更是精益求精[6]，用大量的時間來
查閱英文文獻閱讀英文原著，爲後期英語水準的快速提升奠定了基礎。此
外，老舍在語言應用方面有著很高的造詣，加之在東方學院一線教學的實
踐經驗，無疑是參與《言語聲片》編寫的最佳人選。《言語聲片》教材的
兩位英國編者分別是東方學院中文系的布魯斯教授、講師愛德華茲小姐，
雖然他們漢語知識儲備及漢語交際能力稍顯不足，但相較於老舍而言，他

---

[6]　老舍，蕭紅。《老舍全集（全19卷）》[M]。人民文學出版社，2008（08）：頁283-295。

們更熟悉英國的社會環境並且清楚本土學習者學習漢語的難點。他們更善於利用自己的母語文化，來幫助本土學習者理解掌握漢語的語言規律和交際功能，他們的參編無疑是在國別化教材編寫基礎上錦上添花。基於目前漢語教學實況，由中國人編寫的漢語教材在國外的使用情況有時並不盡人意，不單單是編者忽略了國別化、多元化的編寫思想，更甚者忽視了海外實際的漢語教學環境。再者就其本土編纂者而言，他們目前尚不能夠基於理論高度與即時教學狀態進行自主編寫，進而高品質教材也就無法得到有效地產出與輸出。

趙金銘早期所關涉的對外漢語教材編寫模式思路無異於宏觀把握中西合編模式，微觀分析文化本體，合理編著教材內容。鑑於中西合編教材可最優化避免教學內容的無趣味性，海外學者在融合中西文化的基礎上編著教材時可做好思想的高度一致，在賦含深厚的理論基礎之上聚焦主角化分工。中方在漢語本體體系研究、教學法原則研究、文化因素蘊涵及背景知識研究等方面可擔當起主導作用，外方在多語言對比研究、文化因素對比研究、學習教育心理及學習回饋研究等方面可提供系列參考[7]。

針對國別化漢語教材編寫，我們首先要切實考量並了解不同文化背景下的習俗、宗教、文化及當地漢語教學及教材的真實情況。在進行漢語教材編寫的過程中，務必要和所在國的漢語教學機構、教學人員，甚至是當地的漢語學習人員深入交流並及時傾聽意見和建議，多角度、全方位地了解所在國的漢語學習需求及特殊情況。此外，多方力量的輔助和介入也將在其教材開發和編寫中發揮巨大作用。借助各高校力量，尤其是各高校的語言學及漢語教學的力量，貫徹落實制定好的方針政策，結合所在國的即時教學狀態及語言文化知識需求，有的放矢進行教材編寫。並依據各國的

---

[7]　吳平。對外漢語教材與國家形象[C]。全球修辭學會（The Global Rhetoric Society）、國際語言傳播學會（International Language Communication Society）。第二屆國際語言傳播學前沿論壇論文集。全球修辭學會（The Global Rhetoric Society）、國際語言傳播學會（International Language Communication Society）：全球修辭學會，2013：頁351-357+460。

經濟水準、文化特色、宗教信仰、風俗民俗等，在遵守教材編寫規範等大原則下，要因地制宜，決不能「一刀切」，應根據當時當地實際情況從而靈活應對。

中外為國際漢語教材編寫做好充足的準備且更好的把握編寫原則和方向，才能源源不斷地編寫出滿足學習者需求且具有實際意義的漢語教材。從中西合編這一切入點進行理論與實踐的綜合考量，不斷提高海外中文教材的針對性與有效性，也是打造海外教材多元化的必由之路。

(三)「局域化」與多元理念「視域化」對析

語言是文化的載體，教材編寫應注意語言與文化相結合，通過漢語教材，理解中國文化，提升國家形象軟實力。正如所見，部分漢語教材涵蓋內容上大談中國歷史和傳統，涉及較多中華文化進而忽略掉對外漢語教學內容的實用性，容易造成學習者理解偏差與畏難情緒。部分學者及編寫專家也已注意到此等問題，每當提及如何編著國別化教材時，聚焦點都體現在教材如何與所在國的文化進行結合，如何進行多元文化析出與對比。

早在二十世紀二〇年代早期對外漢語教材《言語聲片》的編者們就注意到國別化教材要有實用性、適切性的編寫原則。《言語聲片》在教材內容編選層面著重注意做到了中西文化兼顧，足以提供良好借鑑。如教材中安排一中一西兩篇短文——《紅樓夢》第二十五回選段和伊索寓言《酸葡萄》。《紅樓夢》作為一部古典小說在世界範圍內已頗具盛名，不單是傳統文化的融合者與集大成者更具有一定的國際影響力。《言語聲片》教材中挑選的中方短文，即《紅樓夢》第二十五回選段內容是黛玉信步怡紅院，鳳姐與寶黛吃茶。細微之處盡顯對怡紅院的環境刻畫，對黛玉動作的傳神描寫，對鳳姐、寶玉、寶釵、黛玉語言的精練描寫，使人身臨其境且能準確感悟人物個性。外國學生即使無法理解這一選段的意義內涵，但他們足以感受到漢語的含蓄典雅進而有所體悟。西方作品《酸葡萄》這則寓言故事，被編者用87個漢字就巧妙凝練出了故事內涵與深意。就其兩者而言，一個是家喻戶曉的西方寓言，一個是展現古代社會百態的著作，由於

語言和內容層面的各具特色進而讓學生領悟到了中西方文化的差異。通過系統分析該教材，針對不同國家、不同文化圈、不同民族、不同語種，積極開發相應的教學材料，使局域化的「中國故事和文化」能夠在視域化的「外國故事和文化」的基礎範圍內做到淋漓盡致地發揮。

　　現行出版的國別化教材，部分被定義為「中性教材」，其涵義在於根據教材文本和情景進行設定，依據所在國家進行設置；再者有關情景設定到底是依據所在國家還是中國，處於兩者變動之間，其中不乏會出現中文用之於外國現象的對話情境。種種變化的最終目的都是為了在融合對方文化的基礎上使得中西合編教材更好地融入當地文化。對漢語學習者進行語言輸入的最佳專案是和學習者密切相關的事蹟和日常交際等知識，太過古老或者是遙遠的項目有可能阻礙學生學習效果及學習興趣。反之，通過對比情境模擬創設下的中國文化，更能依託學生的學習心理與回饋機制進而引起學生的共鳴。

　　《言語聲片》作為早期對外漢語教材，中西編著者早已在文化融合方面頗有見地，而其所映射出的多元理念也恰恰是我們進行後續教材編著的方向，無論是章節內容架構還是文化觀念剖析都是值得我們進一步思考並借鑑的。

四、結語

　　老舍參編的《言語聲片》作為二十世紀二〇年代出版的一本早期對外漢語教材，具有特定的時代價值和借鑑意義。通過對《言語聲片》的理論診釋與現代審視，我們可以看出，作為早期對外漢語教材的代表之作，其教育教學方面值得我們深思，其歷史文化方面助我們窺見社會之風貌進而審視動態變化。今天，面對全球漢語熱持續升溫，漢語國際教育事業蓬勃發展，我們探根求源，追源溯流，在價值審視的基礎上進行了編寫理念的微觀契合與國別化視析、理論本體的即時聚焦與中外合編研析及「局域化」與多元理念「視域化」對析，以期為推動對外漢語教學的創新性發展提供系列參考。

參考資料

老舍，蕭紅。《老舍全集（全19卷）》[M]。人民文學出版社，2008（08）：頁283-295。

舒乙。老舍正傳[M]。南京：江蘇文藝出版社，2011。

湯晨光。《老舍與現代中國》[M]。湖南師範大學出版社，2002（01）：頁185-218。

吳小美。《老舍文論四十四講》[M]。文物出版社，2016（09）：頁107-115。

馮文全、範漾引。《顏氏家訓》早期教育思想的現代審視[J]。教育評論，2017（08）：頁155-159。

黃建濱、潘伊莎。老舍參編靈格風《言語聲片》教材的編寫原則探討[J]。國際漢語教育，2015（02）：頁184-194+206-207。

李泉。漢語教材的「國別化」問題探討[J]。世界漢語教學，2015，29（04）：頁526-540。

劉小湘。我國對外漢語教學的珍貴遺產——試論老舍在倫敦期間的對外漢語教學[J]。世界漢語教學，1992（03）：頁227-231。

李振傑。老舍在倫敦[J]。新文學史料，1990（01）：頁129-146。

仇志群。老舍參加編寫錄製的國語唱片教材[J]。語文建設，1993（08）：頁37-38+50。

舒悅。老舍在倫敦的檔案資料[J]。中國現代文學研究叢刊，1986（01）：頁115-124。

吳婷婷，周小兵。老舍參編《言語聲片》研究[J]。國際漢語教學研究，2014（02）：頁84-91。

楊夢蝶。論老舍參編對外漢語教材《言語聲片》的特點[J]。文學教育（上），2016（01）：頁98-99。

董琳莉。論漢語國際教育國別化教材的編寫[C]。澳門大學、中央民族大學、美國羅德島大學。全球化的中文教育：教學與研究——第十四屆國際漢語教學學術研討會論文集。澳門大學、中央民族大學、美國羅德島大學：中央民族大學國際教育學院，2017：頁178-191。

舒乙。老舍在英國[N]。人民政協報。2011（11）。

於海闊。推動教材國別化發展 促進漢語高效率推廣[N]。中國社會科學報。2018（4）。

甲柏連孜《漢語語法初階》述評[1]

陳若雨

中國人民大學文學院／中國大陸

摘要

　　《漢語語法初階》是十九世紀德國漢學家、語言學家甲柏連孜編寫的一部漢語入門教材，在內容編排和具體論述方面都體現著作者的獨到思考。然而，目前漢語教學界對於該書鮮有關注；即便是了解甲柏連孜的學者，也僅將目光投向其另一部著作《漢文經緯》。本文以《漢語語法初階》一書作為主要研究對象，首先對該書的基本情況作簡要介紹，透過語言本體和語言教學兩個角度論述書中的主要思想；繼而從橫向上以其與奧地利漢學家恩德利希之同名作品比較，從縱向上以其與現代對外漢語教材比較，力圖在比較中更加客觀地檢視該書的科學性與局限性。我們認為，《漢語語法初階》既是一部凝結著甲柏連孜漢語語言學和教學思想精髓的作品，也是世界漢語教學發展歷程中不可忽視的重要史料，值得學界的進一步研究。

關鍵詞：甲柏連孜、《漢語語法初階》、初級教材、對外漢語教學

---

[1] 筆者對於甲柏連孜其人及其語言學思想的關注源於中國人民大學陳前瑞教授的指導，匿名審稿專家亦對本文提出了十分寶貴的修改意見。此外，寫作過程中部分重要檔案資料的獲取得益於臺灣中山大學唐琳小姐的無私幫助，「第一屆華語教學發展史國際研討會」主辦方為籌備盛會所做工作同樣令人感激。謹此一併致謝。

A Review of Georg von der Gabelentz's
Anfangsgründe der chinesischen Grammatik

Ruoyu Chen

School of Liberal Arts, Renmin University of China/China

Abstract

Anfangsgründe der chinesischen Grammatik (1883) was an introductory textbook on Mandarin Chinese written by the German sinologist and linguist Georg von der Gabelentz in the nineteenth century, which reflected the author's unique thinking in terms of content arrangement and specific exposition. However, there is currently little attention paid to this book in the field of TCSL. Scholars who knew about Georg von der Gabelentz had only set their sights on another work, *Chinesische Grammatik* (1881). Taking the textbook *Anfangsgründe der chinesischen Grammatik* (1883) as the main research object, this article first briefly introduces basic informations about the book, discusses the main ideas in the book through two perspectives of language ontology and language teaching, then compares it horizontally with *Anfangsgründe der chinesischen Grammatik* (1845) by the Austrian sinologist Stephan Endlicher and vertically with modern textbooks of TCSL. This research strives to examine the scientific natures and limitations of the book more objectively through such comparisons. We believe that *Anfangsgründe der chinesischen Grammatik* (1883) is not only a work that represents Georg von der Gabelentz's insights on Chinese linguistics and language teaching but also an important historical material that should not be ignored in the development of TCSL in the world. It deserves further study by the academia of both linguistics and TCSL.

Keywords: Georg von der Gabelentz, *Anfangsgründe der chinesischen Grammatik*, Introductory textbook, Teaching of Chinese as a Second Language

一、引言

　　西人編寫的早期漢語教科書是研究漢語教學發展史的重要材料，其史料價值已經得到學界的重視。近年來，有關一些早期教材如《中國言法》（馬士曼，1814）、《漢文啓蒙》（雷慕沙，1822）、《漢語札記》（馬若瑟，1847）、《漢文指南》（儒蓮，1866）等的研究成果不斷湧現，很大程度上豐富和加深了學界對於漢語教材發展歷程的認識。然而，發掘和探索相關材料任重而道遠，目前仍有許多早期漢語教科書缺乏相應的研究。

　　《漢語語法初階：附練習材料》（*Anfangsgründe der chinesischen Grammatik: Mit Übungsstücken*, 1883，下文簡稱《漢語語法初階》）是十九世紀德國漢學家、語言學家喬治・馮・德・甲柏連孜（Georg von der Gabelentz, 1840-1893）編寫的一部漢語入門教材，由於種種原因，其至今尚未得到學界的關注。本文就擬以這部教材作爲研究對象，對其內容與特點進行介紹和討論。

二、《漢語語法初階》述略

㈠作者及本書概況

　　甲柏連孜出生於一個具有語言研究傳統的貴族世家，1876年憑藉一篇中國哲學方面的論文在德累斯頓獲博士學位後，先後任教於德國萊比錫大學（Universität Leipzig）東亞語言教席和柏林大學（Universität zu Berlin）東亞語言及普通語言學教席，是當時罕見的集漢學家與語言學家身份於一身的學者，著有《漢文經緯》（*Chinesische Grammatik: Mit Ausschluss des niederen Stiles und der heutigen Umgangssprache*, 1881）、《漢語語法初階》、《語言學：其任務、方法以及迄今爲止的成就》（*Die Sprachwissenschaft: Ihre Aufgaben, Methoden und bisherigen Ergebnisse*, 1891/1901）等作品。

　　1883年，即甲柏連孜在萊比錫大學任教期間，《漢語語法初階》一書出版。其後六年間，甲柏連孜在該校開設了「漢語語法初階」、「漢語語

法」、「中國語言及文學」、「語言學與漢學練習」等課程[2]，此書很可能被他用作這些課程的主要參考教材之一。

　　從內容上看，《漢語語法初階》一書包括「總論」（Allgemeiner Theil）、「古代語言與典雅風格」（Alte Sprache und höherer Stil）、「當代語言與俗常風格」（Neuere Sprache und niederer Stil）、「練習材料」（Übungsstücke）、「部首索引」（Register nach Radicalen）五個部分（目錄譯文見本文附錄）。其中，第一部分「總論」分別介紹了漢語語音、文字和語法的基本情況；第二部分「古代語言與典雅風格」涉及古代漢語「詞語和複合詞」（Wörter und Composita）、「句子組合」（Satzfügung）、「句子成分的確定」（Bestimmung der Redetheile）方面的內容；第三部分「當代語言與俗常風格」相較古代漢語部分的篇幅較短，且論述偏重於詞彙方面，這是由於甲柏連孜認為「當代漢語與古代漢語的差異主要體現在詞彙和習語上」（Gabelentz, 1883: 87）；第四部分「練習材料」也按照古代漢語和當代漢語分開排列，前者包括司馬遷〈史記·老子列傳〉、韓愈〈送孟東野序〉和歐陽修〈縱囚論〉節選，後者包括〈今古奇觀·薄情郎〉與〈好逑傳·第四回〉片段；第五部分「部首索引」則依照部首排列書中出現的漢字，且註明了每個漢字在書中的具體位置（以阿拉伯數字標示所出現的段落序號，以羅馬數字標示所出現的練習材料序號）。

㈡主要思想

　　在《漢語語法初階》出版的五年以前，甲柏連孜曾於《德國東方學會雜誌》（*ZDMG*）上發表過一篇長達60餘頁的論文《論漢語語法學史和漢語語法研究理論》（Beitrag zur Geschichte der chinesischen Grammatiken und zur Lehre von der grammatischen Behandlung der chinesischen Sprache,

---

[2]　甲柏連孜1878～1889年任教於德國萊比錫大學期間的課程開設情況，參見該校電子檔案（https://histvv.uni-leipzig.de/dozenten/gabelentz_g.html）。

1878），從語言研究和語言教學兩個方面對西方既往的各類漢語語法專著或教材進行了詳盡的回顧與評論。這表明，甲柏連孜曾自覺而系統地思考過漢語本體和教學方面的問題；而我們對《漢語語法初階》主要思想的檢視，也可以從這兩個方面分別展開。

1. 語言本體思想

一方面，甲柏連孜作爲現代普通語言學的先驅暨創立者之一（Elffers, 2008），不僅通曉包括荷蘭語、義大利語在內的諸多歐洲語言以及漢語、日語、滿語等非印歐語言，而且在語言學理論方面頗有研究。其遠高於其他漢學家的語言學學養，使得他對於漢語有著一些比同時代學者更爲深刻的見解，這些思想同樣在《漢語語法初階》中有所體現。例如：

其一，詞類劃分。《漢語語法初階》「總論」部分提到，劃分詞類的依據有兩條，即基本意義（Grundbedeutung）和作爲句子成分的功能（Function），按意義劃分的詞類如名詞（Hauptwort）、形容詞（Eigenschaftswort）、動詞（Zeitwort）使用德文術語，按功能劃分的詞類則使用拉丁文術語，例如「大」的基本意義是形容詞義「大的」，同時還有「大的事物」、「使變大」、「是大的」、「很」等其他意義，即：形容詞「大」被作爲形容詞（Adjectivum）、名詞（Substantivum）、使動動詞（verbum factivum）、中性動詞（verbum neutrum）和副詞（Adverb）來使用（Gabelentz, 1883，頁19）。甲柏連孜注意到了無屈折變化的漢語在詞類劃分問題上的困難，但與如今漢語學界基本認可的「以功能爲主，以意義爲輔」的劃分方式不同；他分別從意義和功能兩個維度對詞類進行劃分，認爲每個詞雖然具有固定的基本意義，在句子中卻有可能發生「功能轉化」（Functionswechsel），體現出一定的「多功能性」[3]。此外，甲柏連孜在論述「之」字用法時還指出，當「之」處於狀態詞（Umstandswort，即副詞）和名詞之間時，就會促使狀態詞轉變爲形

---

[3] 根據張衛東（2003），威妥瑪《語言自邇集》中亦已注意到漢語詞語的「多功能性」（versatility）。

容詞（Adjectiva），例如「今」本爲狀態詞，加上關係代詞「之」之後就轉化爲形容詞，在「今之學者」這樣的短語中作定語。總之，在《漢語語法初階》中，甲柏連孜基本上秉持著「詞有定類」的看法，同時強調詞語的多功能性，這種觀點在學界也許仍存爭議，不過對於漢語教學而言應當是較爲適宜的。

其二，詞彙化與雙音化。《漢語語法初階》在論述動詞時，提到高頻使用的「動詞+賓語」組合可能凝固成爲複合詞，如「讀+書」習語化爲「讀書」，「斬+頭」習語化爲「斬頭」（Gabelentz, 1883，頁42）。這種由高頻詞組凝固爲複合詞的現象在現代語言學研究中被稱爲「詞彙化」（lexicalization），儘管甲柏連孜並未明確提出該術語，但至少已經注意到漢語中的這類現象。此外，他發現古代漢語中除了「讀書」、「斬頭」這樣的動賓式複合詞之外，還存在聯合式複合詞（如「忖度」、「恐懼」）和主謂式複合詞（如「心慾」、「人立」），這些複合詞本身都由兩個獨立的詞組合凝固而成（Gabelentz, 1883，頁41）。同時，他也注意到上述雙音節複合詞在古代漢語中雖然存在，但並不是詞彙的主流；直到當代漢語中，雙音化終於獲得優勢，人們慣於使用「雙音節表達」（zweisylbige Ausdrücke）來表示單一概念，如「日頭」、「月亮」，且除雙音節表達之外還大量產生了「明明白白」「不言不語」「凡夫俗子」這樣的多音節詞語。

其三，語言演變。甲柏連孜在書中對「古代漢語」和「當代漢語」進行區分，實際上就是注意到了漢語的歷時演變。誠然，全書第三部分「當代語言與俗常風格」開篇所述「當代漢語與古代漢語的差異主要體現在詞彙和習語上」（Gabelentz, 1883，頁87）的觀點值得商榷，但作者也認同漢語語法在歷史上經歷了根本性轉變，包括舊輔助詞（Hülfswörter）的消失與新輔助詞的產生（Gabelentz, 1883，頁4）。甲柏連孜還在「句子結構」（Satzbau）一節中指出，主動動詞不帶賓語的情況在當代漢語裡與其說是轉變成了被動式，不如說是賓語本身就慣於出現在主動動詞之

前（即使沒有「把」），例如「各省的話（都）會說」和「飯也不做，地也不掃，永坐在椅子上不動，懶到如此」（Gabelentz, 1883，頁107）；而古代漢語中的賓語除了少數例外，大多處於動詞和介詞之後，如「以戈殺犬於門中」（Gabelentz, 1883，頁62）。漢語的基本語序究竟是SVO還是SOV以及發生過怎樣的歷時演變，這在學界仍是一個充滿爭議的問題（Tai, 1976; Light, 1979；屈承熹，1984）；但已有研究表明至少北方漢語尤其是西北漢語在與阿爾泰語言（Altaic Languages）的持續接觸中具有一定的向SOV語序變化的傾向（劉星、敏春芳，2020），這一點細微的變化能夠爲一個多世紀前的甲柏連孜所注意，亦屬實可貴。

其四，心理主語（psychologisches Subject）和心理謂語（psychologisches Prädicat）。「心理主語—心理謂語」是甲柏連孜對於語言學界的獨特貢獻[4]，他在早期的一篇論文《論比較句法：詞序與句序》（Ideen zu einer vergleichen Syntax: Wort-und Satzstellung, 1869）中就提出了這對概念：「拿破崙在萊比錫附近被打敗了」與「在萊比錫附近拿破崙被打敗了」兩個句子，聽話者從中接收到的信息數量是相同的，在心理方面卻有著深刻的區別；前者談論的是「拿破崙」，後者談論的是「在萊比錫附近」，二者分別是各自句中的「心理主語」。在甲柏連孜看來，說話者希望聽話者加以思考的對象是「心理主語」，聽話者應該對此思考的內容是「心理謂語」（Gabelentz, 1869）。《漢語語法初階》「總論」部分指出，句子除語法主語外還有心理主語，心理主語往往位於句子開頭，時間、地點通常占據這一位置，如「秋七月辛酉叔老卒」（Gabelentz, 1883，頁20）。其晚年出版的著作《語言學：其任務、方法以及迄今爲止的成就》在論述心理主語時，也將漢語作爲「心理主語—心理謂語」結構顯著的語言舉例。可見，有關漢語的心理主語思想貫穿著甲柏連孜學術生涯的始終，在《漢

---

[4] 限於篇幅，對於甲柏連孜的「心理主語—心理謂語」（信息結構）思想的介紹與評述詳見邱雪玫、李葆嘉（2013）、Elffers（2019）等研究。

語語法初階》一書中亦有所體現。

2.語言教學思想

　　另一方面，作為入門教材的《漢語語法初階》畢竟不同於其兩年前出版的語法巨著《漢文經緯》。甲柏連孜在《漢語語法初階》前言裡就指出，這本小書的編寫並不是對《漢文經緯》內容的簡單重複和縮略，而是涉及了細節上的更新和根本觀點的改動。我們認為，這些改動很可能體現著作者對於語言教學的特殊考慮。

　　其一，關於教學對象與目標。1881年出版的《漢文經緯》被譽為「第一部徹底擺脫拉丁語模式的漢語語法」[5]，甲柏連孜本人將其稱為「中古和後古漢語的教科書和參考書」，但實際上無論是從體例還是特徵上看，它都屬於傳統語法而非教學語法的範疇（宋楠，2017，頁164）。《漢文經緯》前言直截了當地指出，單就規模而言該書並不是供初學者使用的（Gabelentz, 1881，頁F2）；相反，《漢語語法初階》前言則明確提出該書的教學對象是「初學者」（Anfänger），適用於「基礎教學」（Elementarlehre）。《漢語語法初階》不僅是對《漢文經緯》的一種補充，而且是為了使《漢文經緯》「這部龐大的漢語語法學起來更加容易」而編寫的[6]。此外，甲柏連孜指出了基礎教學的目標：「在我看來，基礎教學的目標是讓初學者在教師的幫助和譯文的輔助下理解那些最為重要的文本的語法，也就是具備分析（analysiren）的能力。……對漢語來說，初級階段的學習更多的應該是理解而非記憶。」（Gabelentz, 1883，頁IV）《漢語語法初階》捨棄了《漢文經緯》中獨特的「分析一綜合」二分系統而只保留「分析系統」，正是由於他認為分析系統在教學中是最為必要的，「因為在能夠自由運用一門語言之前，人們必須首先理解這門語

---

[5]　參見《漢文經緯》1953年德意志民主共和國科學院再版序言，何可思（Eduard Erkes）撰。收入姚小平2015年版譯本。

[6]　同上。

言」（Gabelentz, 1883，頁Ｖ）。

　　其二，關於教學內容。與副標題爲「不包括通俗語體和當代口語」、主要描寫古代漢語的《漢文經緯》相比，《漢語語法初階》最顯著的特點正是其教學目的語包含古代漢語和當代漢語兩大部分，因爲「學習現代通俗作品之前，應當先去學習並基本掌握古典語言」（Gabelentz, 1883，頁Ⅵ）。我們注意到，書中第二部分與第三部分的標題「古代語言與典雅風格」、「當代語言與俗常風格」都包含共時和歷時兩個維度：從歷時層面觀察，漢語可分爲古代漢語與當代漢語；從共時層面觀察，漢語可分爲典雅風格（書面語／文言）與俗常風格（口語／白話）。歷時層面的古代語言和當代語言映射至共時層面，就分別表現爲典雅風格和俗常風格。早在上個世紀，呂叔湘、胡明揚等學界前賢就提出不同語體有不同語法，在開展語言研究時應當注意區分語體；近年來，馮勝利等學者在前輩學人觀察的基礎上提出「語體語法」、「典雅體」、「俗常體」等概念，將語體理論進一步學理化、系統化，爲漢語語法研究作出了貢獻（應學鳳，2013）。在中國白話文運動開展以前，「掌握漢語」意味著兼通文言與白話，文言和白話在詞彙、語法等方面皆有不同，因此學習這兩種語體對於漢語學習者而言都是必要的[7]。儘管在甲柏連孜之前，馬若瑟的《漢語札記》和雷慕沙的《漢文啓蒙》就已經對漢語的兩種語體進行了區分，但是與同時代其他許多混淆文言和白話的漢語教材相比，《漢語語法初階》對兩個時代亦即兩種語體的漢語的分別安排顯然體現著作者的獨到思考，類似的思考在《漢文經緯》中就已有表述：「前古典語體並不適合初學者學習；至於後古典和近代的語體，只有在擁有了足夠的古典語言知識之後，理解起來才能有充分的把握。」（Gabelentz, 1881，頁24）此外，書中在語言教學的同時也穿插有一些中國文化方面的內容，例如姓氏名字（第30頁）、年號（第31頁）、紀年數字（第35頁）、禮貌用語（第94頁），符

---

[7]　關於語體思想在對外漢語教學中的應用，可參考李泉（2003）。

合現代入門教材包含文化教學的要求。

　　其三，關於教學方法。在甲柏連孜所處的十九世紀，不少西方學者站在「歐洲中心論」的立場上將漢語批評為一種沒有語法的低級語言，甲柏連孜卻堅持認為一種語言只要能夠被理解，就一定存在規則，而對於漢語這樣的孤立語（isolierende Sprache）來說，其語法就是句法，因此一部完美的語法書必須以句法作為根本出發點（Gabelentz, 1884）。在他看來，西方人學習漢語雖然困難，但只要從根本上把握漢語的句法規則，就能夠很好地理解漢語，猶如數學函數式 $f(A, B) = x$，A、B兩個字母之間存在一個功能標記（Functionszeichen），倘若知道了某些漢字本身就充當功能標記，那麼學習者理解文本時的任務就會大量減輕（Gabelentz, 1883，頁IV）。這種重視句法、力圖以簡馭繁的思想在教學中頗具意義，畢竟學習有限的語法規則比大量的死記硬背更有利於激發學習者的積極性。甲柏連孜在《漢語語法初階》前言末尾提到：「教材編者的任務在於一步一步地幫扶學習者，揀選盡可能豐富的例子並加以細緻的闡釋。」（Gabelentz, 1883，頁VII）為了貫徹這一主張，《漢語語法初階》中每一個漢語例子後都附有注音、關鍵字在部首索引中的序號以及德文譯文，這樣的安排極大地便利了學習者的閱讀。另外，在教學過程中，甲柏連孜還考慮了學習者的母語情況，在「不損害漢語語言精神」的前提下藉助學習者母語開展教學。例如論述「雙賓語」時，他指出：表示「給予」、「告知」、「拿取」等意義的動詞後所帶的名詞性雙賓語中，間接賓語（與格，Dativ）先於直接賓語（賓格，Accusativ），比如「歸孔子豚」；而當直接賓語為代詞「之」時，直接賓語則先於間接賓語，比如「申子慾言之君」（Gabelentz, 1883，頁63）。甲柏連孜之所以這樣講解，是由於德文中的間接賓語使用與格，直接賓語使用賓格：若兩個賓語都是普通名詞，先與格後賓格；若其中一個賓語採用代詞形式，則無論是直接還是間接賓語，代詞形式賓語都出現在前。這樣的講解有利於讓學習者意識到母語中存在的類似規則，提高教學效率。姚小平先生對《漢文經緯》的評語同樣可以

用在《漢語語法初階》上：「以邏輯範疇爲參照，尋求母語即德語形式與漢語形式的相交點。」（姚小平，2018）

三、比較研究

㈠《漢語語法初階》與恩德利希同名作品之比較

奧地利漢學家史蒂芬・拉迪斯勞斯・恩德利希（Stephan Ladislaus Endlicher, 1804-1849）的《漢語語法初階》（*Anfangsgründe der Chinesischen Grammatik*, 1845）一書在一定程度上影響了《漢文經緯》的寫作[8]，甲柏連孜本人也在論文《論漢語語法學史和漢語語法研究理論》（1878）中對該書進行過評論（柏寒夕，2013，頁33）。可見，甲柏連孜應當較爲熟悉恩德利希作品的內容，其《漢語語法初階》也建立於對恩德利希《漢語語法初階》的反思之上。

恩德利希《漢語語法初階》有近350頁的篇幅，比甲柏連孜《漢語語法初階》的兩倍還要多。在內容上，該書分爲文字、語音、語法三大部分：其中，語音部分篇幅最短，包括「文字的發音」、「語音系統」、「音素的組合」；文字部分次之，涉及「漢字總述」、「漢字在字典中的排序」、「各種字體」、「正體」；語法部分則有近200頁內容，在「實詞」（volle Wörter）和「虛詞」（leere Wörter）兩個類別之下分別講解了名詞、形容詞、數詞、代詞、動詞以及副詞、關係詞、連詞、感歎詞、尾虛詞[9]。不過，恩德利希雖然提到了「古文」、「官話」和「半文半俗」文本的差異，但在行文和內容編排上並未對它們作專門區分，例如：在講解人稱代詞「我」時，既出現了《論語》中的「孟孫問孝於我」、「吾不慾人之加諸我也」，又出現了白話作品《灰闌記》中的「我打你」、「只當是我的娘」，且例句後沒有特別的說明（Endlicher, 1845，頁248-

---

8　《漢文經緯》「引用書目」中就列有恩德利希的《漢語語法初階》。

9　恩德利希《漢語語法初階》目錄之中文譯文，見柏寒夕（2013，頁35-36）。

249）。類似雜糅古今語言、雅俗語體的情況在書中比比皆是；相較而言，甲柏連孜將「古代語言與典雅風格」和「當代語言與俗常風格」分開排列的方式使得教材內容分明，有利於初學者分別學習並進行比較。

甲柏連孜曾對恩德利希《漢語語法初階》批評道：「他（恩德利希）想像雷慕沙一樣編寫一本基礎教科書，然而他的作品是法國人作品的兩倍厚。……關於漢字和語音教學，雷慕沙花了34頁篇幅，這對於初學者而言已經足夠，恩德利希卻用了160頁。……在謀篇布局上，作者全然偏離了基礎教科書的本質。」（Gabelentz, 1878）而甲柏連孜其後編寫的《漢語語法初階》顯然吸取了恩德利希的經驗教訓，不僅在篇幅極為短小，只有不到150頁；而且緊扣書名裡的「語法初階」四字，只在「總論」部分簡單介紹了漢語語音和文字方面的知識，剩下的篇幅全用以開展語法教學，這樣的安排要比恩德利希的布局更適合初學者。

姚小平（2018）指出，西方人認識漢語，必然要從「已知」過渡到「未知」；對他們來說，漢語是「未知」，拉丁語語法則是唯一的「已知」，正如甲柏連孜所言：「對已知的這種依賴，只要把握得當，是無可指摘的，因為這樣做有實際的好處，能使我們順利進入一個陌生、全新的思想世界。」不過，「依賴」的「適度」並不容易把握，許多西方學者還是落入了生搬硬套拉丁語語法的窠臼。恩德利希與甲柏連孜的《漢語語法初階》中都有一節專門討論「格」（Casus），然而倘若稍加辨別，就會發現二者之間存在著根本差異：前者提到的「主格」、「呼格」、「屬格」、「賓格」、「與格」、「離格」，基本上是按照傳統拉丁語語法的方式尋找相應的詞彙形式標記而確定的，例如，賓語前加上「於」等介詞就會由賓格轉變為離格（Endlicher, 1845，頁205-206）；後者提到的「主格」、「述格」、「賓格」、「屬格」、「狀格」則另闢蹊徑，將句法位置作為劃分「格」的根本標準，例如，賓格是名詞性成分出現在主動動詞、及物動詞或介詞後（或者由於倒置而出現在上述成分之前）時所處的格（Gabelentz, 1883，頁73）。甲柏連孜拋棄了適用於印歐語言的「語法

格」概念，按照漢語自身的特性選擇了根據句法位置確定的深層「語義格」，這在《漢文經緯》裡也已有明確的表述：「如果漢語的確有格的概念，那麼首先只能是通過詞序來表達。」（Gabelentz, 1881，頁208）此外，甲柏連孜還注意到漢語中名詞直接作謂語的現象，提出了「述格」（Prädicativ），即「當名詞性成分不作動詞的賓語而出現在句尾時所處的格，其本身就包含了係詞『是』，用作中性動詞」（Gabelentz, 1883，頁73）。與甲柏連孜相比，恩德利希對漢語「格」的處理基本上是照搬拉丁語語法，也難怪他的《漢語語法初階》會受到甲柏連孜的指責：「在此，漢語句法被強壓於歐洲語言形態變化的『普羅克魯斯特之床』。」

　　上述比較表明，與恩德利希同名作品相比，甲柏連孜的《漢語語法初階》更符合初級教材的要求，也更爲貼近漢語實際。

㈡《漢語語法初階》與現代對外漢語教材之比較

　　近年來，隨著漢語國際教育事業的蓬勃發展，出現了大量新編的對外漢語教材。其中，有由兩岸華人編寫、用於來華外國人漢語教學的教材，如《新實用漢語課本》（劉珣主編，2008）、《五百字說華語中英文版（簡化字對照版）》（劉紀華主編，2012）等；也有華人在國外根據當地教學需要編寫的漢語課本，如*Integrated Chinese*（《中文聽說讀寫》，Liu et al., 2008）；還有一些由當地教師編寫的本土化教材，如在德國使用的*Chinesisch-Sprechen, Lesen, Schreiben*（《漢語：說、讀、寫》）、*Chinesisch für Deutsche*（《德國人學漢語》）[10]。

　　這些教材的共同特點就是注重通過交際開展語言教學，藉助循序漸進的課文、按照先易後難的次序講解語法知識。例如，《德國人學漢語》第一冊的課文基本全部爲對話，「那是誰？」、「我要一張中國地圖」、「食堂中午幾點開門？」這樣的課文標題體現出教材內容與日常生活的緊

---

[10] 上述兩部德國漢語教材的情況引自韓思聰（2012）。

密連繫。與甲柏連孜所處時代流行的語法翻譯教學法相比,這無疑是第二語言教學理論的巨大進步。不過,我們不應該就此批評甲柏連孜在《漢語語法初階》中羅列語法知識點的做法:一是因為受時代所限;二則是《漢語語法初階》前言中就已點出,此書主要是針對大學裡有志從事漢學研究者編寫的(Gabelentz, 1883,頁VI),學習者的目的是理解漢語文本而非使用漢語進行溝通,因此這樣採用「理性」順序排列知識點的做法可能更適合大學學習者的認知與習得。

其次,在甲柏連孜所處的年代,漢語有「文言」和「白話」之分;現代漢語依舊存在「書面語」和「口語」的差異,即便經歷白話運動之後的書面語趨近於口語,二者之間在詞彙和語法方面仍然存在不小的差異,例如書面語體傾向於採用古語詞、雙音詞以及「V和V」等語法結構(馮勝利、施春宏,2018)。人們為了話語的得體,需要在不同場合下選取合適的語體,因此語體教學在現代對外漢語教學中依然有其必要性[11]。不過,據統計,目前一些對外漢語系列教材(如《發展漢語》)中,初級教材內容以口語語體為主,中高級教材的書面語體內容顯著增加,但在具體講解時不同語體之間的對比不夠明顯,不利於學習者的掌握(孟彩虹,2016)。相比之下,《漢語語法初階》對於俗常語體和典雅語體的區分十分清晰,學習者既可以依次分別學習兩種語體,也可以將兩種語體作橫向對比。由於甲柏連孜認為二者的區別主要體現在詞彙方面,因此他在書中第三部分「當代語言與俗常風格」中著重列舉了當代語言中與古代語言不同的詞彙,有利於快速了解和掌握它們之間的差異。

再者,曾有學者指出,早先編寫的一些對外漢語課本大多只在生詞表中注有拼音,課文中只有聲調,課後練習中更是基本無注音,學生或者

---

[11] 馮勝利教授2019年11月於中國武漢大學(Wuhan University)所作的一場演講中提到,其「語體語法」思想的萌芽就源於他在美國哈佛大學教授中文期間所注意到的學習者不分語體、濫用語體的偏誤情況。

需要不停查閱字典，或者憑藉模糊的記憶猜測，因而發音問題層出不窮；如果全部採用注音，雖然課本厚度和成本有所增加，但給學生帶來的方便是巨大的（李繼先，1995）。而《漢語語法初階》全書的全部例句與練習文本，都帶有注音和德文翻譯，重要漢字後還會用數字註明其在書後部首索引中的位置，可以說是設身處地爲學習者作了考慮。以甲柏連孜對《孟子》「可得聞與」一句的解釋爲例：

可得聞與。k'ò tek（§.74）wên（128）iü. Man kann es doch-wohl zu hören bekommen (= kann man nicht...?)

文句解釋依次爲漢語原文、注音以及德文譯文；「得」（tek）字旁邊標註的「§.74」表明該字在書中第74小節進行過講解，「聞」（wên）字旁邊標註的「128」表明該字可在檢字表第128組中查到。

總體而言，現代的對外漢語教材無論是在教學法、知識點的編排還是對漢語的認識方面，都具備了包括《漢語語法初階》在內的十九世紀漢語教材所不具有的優點。然而倘若站在歷史發展的立場上，《漢語語法初階》體現著甲柏連孜關於教學、關於漢語的深刻認識，對今天的對外漢語教材編寫仍有一定的借鑑意義。

四、結語暨反思：局限性與科學性

儘管《漢語語法初階》一書在漢語本體思想與語言教學思想方面都具有頗多可取之處，但一部近一百五十年前的作品不可避免地有其局限性。限於篇幅，在此我們僅列舉一二：

其一，對於語言演變的考慮不足。「總論」中論及漢語語音的部分基本上描述的是當代「官話」的語音情況，沒有考慮漢語古今之不同；「總論」中雖然將漢語史分成了「上古文」（vorclassische Sprache，前古典語言）、「中古文」（classische Sprache，古典語言）和「下古文」

（nachclassische Sprache，後古典語言）三個階段，但在後文「古代語言與典雅風格」中的論述卻似未將此分期貫徹，所舉例句時期跨度較大，既有出自先秦兩漢典籍者，也有少量來自後世作品者。

其二，對於一些具體問題的認識不夠深入。例如，甲柏連孜在講解通常的詞序規則（Stellungsgesetze）時提出，一個句子成分是由一個詞還是多個詞構成並不會影響語序。然而，由於韻律方面的原因，古代漢語中賓語的長度確實會影響介賓短語與動詞的語序，比如：賓語較短的「以羊易之」中，介賓短語位於動詞前；賓語較長的「申之以孝悌之義」中，介賓短語位於動詞後。

以上列舉的兩條不足只是《漢語語法初階》局限性的一點體現，類似的問題還有不少，包括甲柏連孜對於所引文句理解上的一些錯謬。但是，倘若站在歷史演進的立場上，過多的指責難免會有吹毛求疵之嫌；我們更應看到其在數百年漢語教學發展史中表現出來的科學性。

與《漢文經緯》相比，《漢語語法初階》有著初級教學方面的獨特考慮；與同時代其他西方人編寫的漢語教科書相比，《漢語語法初階》對漢語的認識精到而合乎實際；即便是和現代諸多對外漢語教材比較，它也有相當值得借鑑的方面。可以說，《漢語語法初階》是一部凝結著甲柏連孜漢語本體思想和語言教學思想精髓的作品。

本文僅爲對甲柏連孜《漢語語法初階》的初步發掘和述評，而這部長期受到忽視的教材作爲漢語教學早期發展史上的重要史料，尚值得學界的關注與進一步研究。

參考資料

柏寒夕（Michael Bauer）（2013）。德國漢學家甲柏連孜（Georg von der Gabelentz）《漢文經緯》（*Chinesische Grammatik*）研究，上海師範大學博士學位論文。

馮勝利、施春宏（2018）。論語體語法的基本原理、單位層級和語體系統，《世界

漢語教學》，(3)，頁302-325。

韓思聰（2012）。中德漢語教材比較研究，浙江大學碩士學位論文。

甲柏連孜（1881）。《漢文經緯》（*Chinesische Grammatik: Mit Ausschluss des nie-deren Stiles und der heutigen Umgangssprache*），姚小平譯，2015年，北京：外語教學與研究出版社。

李泉（2003）。基於語體的對外漢語教學語法體系構建，《漢語學習》，(3)，頁49-55。

李繼先（1995）。試論初級對外漢語教材的編寫問題，《清華大學學報（哲學社會科學版）》(4)，頁118-121。

劉星、敏春芳（2020）。語言接觸視角下的元白話與西北方言比較研究，《漢語史與漢藏語研究》，(2)，頁169-189。

劉珣主編（2008）。《新實用漢語課本（第1冊）》，北京：北京語言大學出版社。

劉紀華主編（2012）。五百字說華語中英文版（簡化字對照版），臺北：中華民國僑務委員會。

孟彩虹（2016）。對外漢語初級綜合教材中的語體分布考察——以《發展漢語・初級綜合》為例，西北師範大學碩士學位論文。

邱雪玫、李葆嘉（2013）。論話說結構的研究沿革，《南京師大學報（社會科學版）》，(6)，頁137-150。

屈承熹（1984）。漢語的詞序及其變遷，《語言研究》，(1)，頁127-151。

宋楠（Nancy Wilms）（2017）。加布倫茨及其《漢文經緯》研究，南京大學博士學位論文。

姚小平（2018）。甲柏連孜論漢語語法研究，《當代語言學》第3期，頁428-438。

應學鳳（2013）。現代漢語語體語法研究述略，《華文教學與研究》第3期，頁88-95。

張衛東（2003）。論威妥瑪的「漢語詞的多功能性（the versatility）」，《國外漢語教學動態》第4期，頁14-21。

Cremerius, Ruth. (2004). *Chinesisch für Deutsche (Zweite Ausgabe)*. Hamburg: Helmut Buske Verlag.

Elffers, Els. (2008). Georg von der Gabelentz and the rise of General Linguistics. L. van Driel & Th. Janssen (red.) *Ontheven aan de tijd. Linguïstisch-historische studies voor Jan Noordegraaf*, 191-200. Amsterdam: Stichting Neerlandistiek VU & Münster: Nodus.

Elffers, Els. (2019). Georg von der Gabelentz as a pioneer of information structure. In James McElvenny (eds.), *Gabelentz and the Science of Language*. Amsterdam: Amsterdam University Press.

Endlicher, Stephan Ladislaus. (1845). *Anfangsgründe der chinesischen Grammatik*. Wien: Carl Gerold, 1845.

Gabelentz, Georg von der. (1869). Ideen zu einer vergleichenden Syntax: Wort-und Satzstellung. *Zeitschrift für Völkerpsychologie und Sprachwissenschaft*, 6: 376-384.

Gabelentz, Georg von der. (1883). *Anfangsgründe der chinesischen Grammatik: mit Übungsstücken*. Leibzig: Weigel.

Gabelentz, Georg von der. (1884). Zur grammatischen Beurteilung des Chinesischen. *Internationale Zeitschrift für allgemeine Sprachwissenschaft*, 1: 272-280.

Gabelentz, Georg von der. (1891/1901). *Die Sprachwissenschaft, ihre Aufgaben, Methoden und bisherigen Ergebnisse*, (2016, Herausgegeben von Manfred Ringmacher und James McElvenny). Berlin: Language Science Press.

Gabelentz, Georg von der. (1878). Beitrag zur Geschichte der chinesischen Grammatiken und zur Lehre von der grammatischen Behandlung der chinesischen Sprache. *Zeitschrift der Deutschen Morgenländischen Gesellschaft*, 32: 601-664.

Light, Timothy. (1979). Word order and word order change in Mandarin Chinese. *Journal of Chinese Linguistics*, 7: 149-180.

Liu, Yuehua, Tao-chung Yao, Nyan-Ping Bi, Liangyan Ge, Yaohua Shi. (2008). *Integrated Chinese (Level 1, part 1, 3rd edition)*. Boston: Cheng & Tsui Company.

Raab, Hans-Christoph. (2002). *Chinesisch-Sprechen, Lesen, Schreiben (Dritte Ausgabe)*. Tübingen: Julius Groos Verlag.

Tai, James H. Y. (1976). On the change from SVO to SOV in Chinese. In S. Steever, C. Walker and S. Mufwene (eds.) *Papers from the Parasession on Diachronic Syntax*, Chicago Linguistic Society: 291-304.

附錄：甲柏連孜《漢語語法初階》目錄[12]

---

[12] 頁碼為原書頁碼。

Ⅲ. 當代語言與俗常風格

IV. 練習材料

V. 部首索引

日本放送協會中文教學教材內容初探——以1979年度《NHKラジオ中国語講座》為例

張瑜庭

大阪大學／日本

摘要

　　NHK透過大眾媒體，提供日本民眾不受時空限制的外語學習機會，且行之有年。在中文教學的部分，NHK分別從1931年與1967年開始透過廣播與電視開始進行語言教學。作為社會教育的一部分，透過大眾媒體進行的語言教育，在中文教學的歷史上有其特殊性，筆者認為值得關注。本文以1979年度共十二本的廣播節目附屬教材《NHKラジオ中国語講座》進行探討，說明教材內容與特色。

　　這樣以月刊形式出版的教材，發行時間較一般的中文教材出版的速度更為快速，相較之下更有機會反應出當時與目標語地區的互動情況。從創刊發行至今，內容與教材結構也因講師、時代不同而呈現多元面貌；以不特定多數為教學對象的型態，亦具體反應在教材內容中。本文以日中關係步入相對穩定期的1979年度《NHKラジオ中国語講座》為例，說明該年度的此一教材同時具備語言教學與呼應外交時事的特性。透過文本的分析，初步得到以下的結論：入門篇課文呈現拼音占重要位置，以避免學生依賴漢字，並透過對話，帶出中國社會的文化與情形；應用篇則對話與文

章兼具，透過歷史事件、真實語料、時事記錄、文學作品和日中對比等，在進行教學的同時，試圖促進理解、拉近雙方距離，對照當時日本外交資料，似乎對當時的外交做出呼應。

　　從本研究結果可以得知，透過半官方的大眾媒體、作為社會教育一環所進行的中文教學，在日中關係步入相對穩定的初期階段，其教材的功能，不僅在語言教學，亦有反應時事、傳遞新訊息等其他功能。

關鍵詞：日本中文教學史、NHK、《NHKラジオ中国語講座》、大眾媒體、中文教材

A Preliminary Study of the Chinese Education material by the Japan Broadcasting Corporation: A case study of NHK Radio Chinese Course affiliated textbooks 《NHKラジオ中国語講座》 in 1979

Yuting Chang

Osaka University/Japan

Abstract

For decades, NHK has provided foreign language learning opportunities for Japanese people through mass media unrestricted by time and space. In the Chinese education section, NHK began language education programs through radio and television in 1931 and 1967. As part of social education, language education through mass media has its distinctiveness in the history of Chinese language education. This distinctiveness is, to the author's belief, worth investigating. This article explores 12 NHK Radio Chinese Course program affiliated textbooks 《NHKラジオ中国語講座》 in 1979 and aims to elucidate the content and features of these textbooks.

These textbooks were published monthly in the form of a magazine. Due to the rapidity of the publications, these textbooks were better suited to reflect the real-time interactions of the two nations compared with traditional textbooks. Since the inception of these textbooks, the content and structure were always multi-dimensional due to the diversity of lecturers and eras. The content of these textbooks also reflected that the targeted population of the teaching was unspecified.

This article uses NHK Radio Chinese Course affiliated textbooks 《NHK ラジオ中国語講座》 in 1979 as a case study to illustrate these textbooks can serve not only as a language education tool but also echo diplomatic affairs in the era in which Japan-China relations were relatively stable. In the analyses, the preliminary conclusions were: In the introductory course, the emphasis on using pinyin is essential in avoiding students' dependence on Chinese characters. The lessons' dialogues represent China's current culture and societal conditions. In the advanced course, each lesson contains dialogue and an article covering historical events, authentic language materials, current affairs, literature, and topics that compare Japan and China. These educational materials enhance mutual understanding, and reduce the distance between the two nations, These teaching materials seemingly echo in the historical Japanese diplomatic documents of the same period.

The findings of this study showed as part of the Chinese education sector of Japanese social education, NHK Radio Chinese Course-affiliated textbooks, broadcasted through the semi-official mass media, are not limited to their language teaching functions. They also serve as vehicles to reflect on current affairs and deliver new messages across the nations in the early era of a stable relationship between China and Japan.

Keywords: History of Chinese language education in Japan, NHK Language Education, *NHK Radio Chinese Course*, mass media, Chinese textbooks

一、前言

提到中文教育，首先想到的可能是語言教學機構、外語相關科系，事實上在日本，透過日本放送協會（簡稱NHK）定時播出的廣播及電視節目與每月出版的教材，作爲社會教育、生涯學習的一環，提供民眾自主學習的場域，已行之有年，包括中文在內，目前共計有十種不同語言、超過十種以上的節目及節目附屬教材提供民眾學習。[1]回顧中文教育的歷史，NHK從1931年開始透過廣播進行中文教學，電視中文教學節目則始於1967年，同時也發行節目附屬學習教材。這樣長時間透過大眾媒體進行中文教育，在教學的歷史上值得關注。

此一由NHK以月刊形式出版的教材，其內容構成除了課文、發音、生詞、語法等與一般教材相同的元素以外，還包含封面、廣告和教師或讀者的文章等，所構成的出版物內容，相較於一般以書籍形式出版的教材更爲多元，而不同的講師也可能以相異的方式、媒介進行教學。其出版的速率，從早期的雙月刊到現在的單月刊，與一般以書籍形式出版的教材相較，反應社會變化、掌握社會脈動的機率也相對提高，講師或出版者有機會提供更多即時、與目標語地區相關的訊息給學習者，讓學習者得以在學習語言的同時，掌握當地的訊息，甚至兩國的往來情形。[2]尚有一點值得注意的是，NHK屬於公共放送的機關，其預算的執行需要國會通過同意，具備半官方的性質。因此，在NHK教材上的內容，相較於一般民間的出版物，即時反應日本與目標語地區的往來情況機率也相對提高。換言之，與一般的語學教材相比，學習者更有可能透過NHK所出版的教材，較即時地了解當時社會動態甚至國際情勢。

---

[1] 目前提供英、德、法、中、韓、義大利、西班牙、俄羅斯、阿拉伯與葡萄牙語的語言學習電視、廣播節目。

[2] 例如在2020年6月號的《まいにち中國語》中，就以疫情中的宅經濟爲主題進行教學，P.98-101。由古川裕教授於2008年所編的教材也有以北京奧運爲主題的相關內容。參見《テレビで中國語》2008年7月號，P.14-27。

　　關於NHK的中文教育歷史的研究，本間理繪（2012）[3]針對在日中戰爭時仍持續進行教學且成爲僅次於英文的熱門節目進行探討。指出當時的教材內容特色，並說明中文對當時的政府而言，是作爲國策的一部分希望人民學習的語言。鎌倉千秋與平高史也（2017）[4]從戰前外語講座開始的社會背景談起，並論及在日本多語言教育方針之下，大眾媒體所扮演的角色，以探討語言學習與社會的關係。另外，宇治橋祐之（2019）[5]則針對電視節目的變遷進行說明，著眼於播放時間的變更以及歷史，還有視聽者學習形態的變化。而日本放送協會所出版的《NHK出版　80年のあゆみ》[6]從歷史的角度說明NHK出版的情況與發展。由此可以發現，上述這些研究尚未提及戰後中文教材的具體內容與是否在教材當中反應日中兩國互動的情形。

　　那麼，這樣透過大眾媒體進行的中文教學所使用的教材，有哪些特色？具體的內容是什麼？從當時的角度來看，是否運用自身優勢提供學習者當時的最新信息？若從現在的角度來看，是否可以作爲了解歷史的素材之一？基於以上的問題意識，本文選擇1979年度出版發行的《NHKラジオ中国語講座》，使用文本分析方式，欲檢視這一情形。[7]

　　此次以其爲分析對象之理由，乃因1970年代日中關係出現重大變化。日本於1972年與中華人民共和國建立外交關係，史稱「日中關係正常化」，同時也與中華民國（臺灣）斷絕邦交。後又於1978年締結日中和平

---

[3]　本間理繪，〈日中戰爭時のラジオテキスト『支那語講座』に関する考察〉，《出版研究》（東京：日本出版学会，2012），第42號，P. 105-122。

[4]　鎌倉千秋、平高史也，〈多言語教育における放送メディアの役割〉，《多言語主義社会に向け》（東京：くろしお出版，2017），P.43-55。

[5]　宇治橋祐之，〈教育テレビ60年高校講座、語學番組の変遷〉，《放送研究と調査》（東京：NHK出版，2019）69卷10號，P.52-75。

[6]　NHK出版，《NHK出版80年のあゆみ》（東京：NHK出版，2011）。

[7]　4月為日本新學年度的開始，故本文使用1979年4月到1980年3月的教材為研究對象。入門篇内容與1978年度相同。

友好條約，在各方面都有更深一層、更顯著的進展，兩國的關係與國交正常化之初相較，呈現相對穩定的狀況[8]，政府層級的交流亦顯積極。[9]大平正芳首相於1979年12月5日到9日訪中，具體提出了兩國間的資金借貸、技術協助、關稅優惠、文化交流等合作方案，顯示了當時兩國之間的關係，已邁向一個嶄新的階段，步上了穩定的軌道。[10]也因此，以1979年的教材做為分析文本就顯得格外具有意義——該年度教材具備反應七〇年代日中關係變化的可能性。

　　本文從這樣的角度出發，以具代表性的1979年度的廣播教材作為分析對象，先簡單介紹NHK語學節目的歷史發展以及中文教學的現況，再透過分析1979年度的教材中語言教學的部分，說明其結構形式、內容特色，並同時確認在日中關係相對穩定後，相關時事是否以及如何被反應在教材中，以期闡明這套隸屬於社會教育範疇中的中文節目附屬教材其內容與特色。[11]

二、NHK外語教學歷史概述及中文教育現況簡介

(一)NHK透過大眾媒體進行外語教學的歷史概述

　　首先說明日本透過廣播進行外語教學的歷史。1925年7月，東京放送

8　《わが外交の近況》NO.24（東京：日本外務省編，大藏省印刷局出版，1980），P.18。根據資料顯示，從經濟貿易的角度來看，國交正常化以來，七年間的貿易額度成長約六倍，文化學術的交流亦更趨緊密，企圖增進相互理解。據日本政府的資料統計，1972年日中國交正常化的當時，兩國間往來人數約九千人，1979年則成長到約六萬五千七百人，人民的往來在八年間有七倍的顯著增長。

9　同上註，P.61、62。1979年，除了8月與10月之外，每個月皆有日本或中國的官員互訪的情況。

10　同上註，P.19、60。

11　此研究進行之時正值新冠疫情期間，日本各地圖書館利用、資料調閱等皆有所限制，再加上本語言教材保存狀況不盡理想，相關資料蒐羅之際遇到不少難題。在此特別感謝所澤潤教授、林初梅教授、古川裕教授提供寶貴資料，方得使研究順利進行。又，本文執筆期間，承蒙古川教授、林教授諸多提點，曾金金教授等人於會議上的提問，以及兩位匿名審查委員的寶貴意見，使本文更趨完善，在此致上最深謝意。

局開始播放英語教學節目，1931年，隨著NHK第二頻道的開播，播出的時間與語言種類也隨之增加。最早的中文教育節目即開始於此年，教材則於1932年出版。根據前人研究指出，戰時廣播相當重要，因其肩負著國家政策以及社會情勢的宣傳工作，而外語教學講座也隨之開播。早期作為國家政策的一部分，政府鼓勵民眾學習外語，換言之，當時的中文教育事實上是因軍事、外交與貿易等的需求而產生的（本間理絵，2012；宇治橋祐之，2019）。此外，大阪中央放送局在1932年對聽眾進行調查訪問，有超過20%的人希望能收聽中文講座（鎌倉、平高，2017），可看出當時對中文學習的需求。然而1941年底，中文教學節目隨著太平洋戰爭的開始而停止（喜多山幸子，2002）。

　　因戰爭而全面停止的外語廣播節目，到了1945年9月再度開播。首先開播的是英語教學節目。中文部分，1952年的7月8日到9月13日，由時任東大教授的倉石武四郎主持名為「中國語入門」的短期中文講座，隔年4月，開始了全年度教學的「中國語入門講座」的課程（喜多山幸子，2002）。1959年，隨著教育電視台開播，外語學習講座以及配合電視外語教學節目的教材也陸續出版，電視中文教學節目則始於1967年並持續至今。由NHK製作的語言學習節目與教材，伴隨著社會情勢的發展以及民眾對語言學習的需求而日漸增加。

㈡NHK透過大眾媒體進行的中文教學現況

　　現在NHK提供英、德、法、中、韓、義大利、西班牙、俄羅斯、阿拉伯與葡萄牙語，共十種類的語學節目，除了俄羅斯、阿拉伯與葡萄牙語僅有廣播節目以外，其餘都有廣播和電視節目提供民眾學習[12]。當中種類最多的是英語語學節目，中文語學節目目前有三個，分別是廣播的《まい

---

[12] 2020本稿初次於研討會發表之時，除了葡萄牙語僅有廣播節目以外，其他語言皆有電視語言教學節目；2023年本稿進行最終校對時，俄羅斯語及阿拉伯語的電視語言教學節目於前一年度停播，僅有廣播教學節目。相關訊息請參見https://www2.nhk.or.jp/gogaku/。

にち中国語》、《ステップアップ中国語》，以及電視的《中国語！ナビ》，並出版同名教材。關於節目播放時間，筆者整理如表3-7：[13]

表3-7

媒體	節目名稱	首播	重播	集中重播
廣播	まいにち中国語	週一至週五 早上8:15～8:30	週一至週五 晚上10:15～10:30	週日 中午11:00～12:15
	ステップアップ中国語	週一和週二 早上10:30～10:45	週一和週二 晚上10:00～10:15	週日 上午9:00～9:30
電視	中国語！ナビ	週三 晚上11:00～11:20	週五 上午6:05～6:25 下午1:55～2:15	

資料來源：筆者製作

　　廣播節目一次十五分鐘，於週日集中重播，電視節目則是二十分鐘。儘管都是中文語學節目，然而無論是節目或是教材，三者內容各自獨立。節目中，主要採取由講師以日語進行解說，再安排母語者為學習者示範發音的形式。教材內容與節目風格，隨著講師不同而有所差異。大部分以一年為單位安排課程，早期偶有以季為單位，由不同講師授課的情況。使用字體與發音表記為簡體字與羅馬拼音，以普通話為教學基準。[14]由於每年

---

[13] 以2023年3月的情況為例。

[14] 在1963年12月的廣播節目教材《NHK中国語入門》開講前言的地方，即提到從這本教材所學習到的是以北京的語彙為中心的標準語，也就是所謂的普通話。拼音標記是羅馬拼音，字體以簡體字為主，然而亦把繁體字列於頁面下方提供參考。比較特別的是，在音節表中，除了漢語拼音以外，橫縱軸附有注音符號。參見《NHK中国語入門》1963年12月號，P.4-9。此段引文為筆者翻譯。至於電視教材方面，在1970年，NHK、講師和相關學會之間，曾經因為真實名詞使用與否問題，引發「兩個中文」的論爭。顯示當時NHK對於中華民國政府的顧慮，以及講師與NHK之間對於所使用的中文，一度出現立場不完全一致的情形。儘管後來在教材上採取折衷形式，然而此一事件的重要結果，是確立了NHK電視中文教材以普通話為主要教學內容的情況，也顯示講師與相關學會對教

四月為日本的新學年度開始，故課程從四月開始由淺入深，難度按月逐漸提高。

　　教材在日本大型書店中[15]幾乎都能看到專門的販售區域，也可以透過網路購買，亦有電子版教材。購買以後，除了可配合廣播和電視所播放的節目學習，亦能透過網路和手機應用程式學習[16]，方法靈活且多樣，對於沒有辦法按時收聽、收看節目的學習者來說，提供了其他的學習方式。NHK透過大眾媒體，提供日本民眾不受時空限制、形態多元的語言學習機會。

㈢NHK透過大眾媒體所提供的中文教學模式

　　就傳播形式來看，NHK的中文教學由單方向、定時的傳播，轉為傳播者與受眾雙方可以互相交流、雙向溝通的模式。[17]隨著網路的普及和發展，在節目的專屬網頁中，也有相關資源可以活用，提供學習者自主學習的機會。針對學習者較難掌握的聲調，NHK也於2015年開發了「聲調確認くん」，將學習者的發音情況可視化，並和母語者進行比較，讓學習者了解自己的發音情況及需要修正的地方，解決自學時沒有教師指導、糾正的難點。就教學內容來看，除了語彙和語法等一般的語言教學之外，亦透過刊載目標語地區之歷史、文化、文學、社會現況等文章，以及語言學習方法、食譜、歌詞等。透過豐富的訊息，期待能提高學習者學習動機、吸

　　學內容有著決定的權利。相關內容，筆者曾於2021年5月30日於日本臺灣學會第23回學術大會，以〈NHK中國語講座のテキスト問題──「二つの中國語」をめぐる議論〉為題進行發表。

[15] 如：淳久堂、紀伊國屋書店、book1st.等。

[16] 於https://www.nhk-book.co.jp/pr/text/d_text.html NHK出版可購買電子版教材，https://gogakuru.com/chinese/index.htmlゴガクル，可以看到教材中的句子並自行練習。https://www2.nhk.or.jp/gogaku/提供下載語言學習的應用程式。另有確認聲調專用的應用程式可供下載https://www2.nhk.or.jp/gogaku/hatsuon/。

[17] 喜多山幸子講師提到，1958年開始在課本後面附有可以寄回修改的小測驗直到1972年3月廢止。香坂順一講師也在前言當中提到歡迎讀者來函。直到現在，教材中也固定出現讀者回饋的專欄。

引更多人學習，並作為使其持續利用、學習的方法。

　　除了利用廣播、電視、出版物進行教學，在互動方面，從最早提供以明信片回函方式的作業批閱服務，到舉辦助教與學習者見面，讓學習者有機會接受母語者指導，再到現在學習者可以自行在網路上練習，NHK善用本身媒體的優勢，結合科技，突破時間與空間限制，提供學習者方便且即時的學習與回饋。作為社會教育的一環，為學習者提供多樣化的學習機會。以下即針對NHK透過大眾媒體所進行的中文教育，列出幾項重點特色：[18]

1. 利用大眾媒體進行教學，提供學習者透過不同媒介學習的機會。
2. 講師以具有語言與教學專業背景、留學經驗的日籍教師為主，以日語進行解說。
3. 由母語者擔任助教，於節目中示範發音，並用問答等方式讓學習者練習。
4. 邀請藝人參與、學習，並與講師互動、練習，以作為學習者的模範。
5. 至目標語地區出外景，提供學習者來自當地的第一手訊息與真實語料。
6. 藉由流行歌曲教學或短劇展演等動態形式，增加娛樂性，以提升學習動機與興趣。
7. 出版教材，使學習者可以預習、複習、練習，並從中獲取更多目標語地區的訊息。
8. 利用獨自開發的應用程式，讓學習者可以反覆聽讀重要句型，並經由比對確認發音情況。

　　那麼，在非目標語環境中，提供給不特定多數學習者的語言教學教材，其內容與特色為何？作為社會教育的一環，它提供哪些訊息？是否反應當時社會情勢？筆者本次擬從日中兩國步入穩定期的1979年度的廣播語

---

[18] 第4、5和6是電視教學節目所特有的情形。

學教材著手，說明相關情形。

三、1979年度《NHKラジオ中国語講座》 課文內容及其特色

㈠1979年度《NHKラジオ中国語講座》介紹

在此先對1979年度的教材做一簡單的介紹。教材封面以中國剪紙呈現，翻開後是名為「中國小知識」的專欄，刊載社會情況的照片。接著是配合廣播的教學內容，一課兩頁，最後則有介紹中國的文章以及廣告。在4月號也就是該年度開講的第一本教材中，清楚的說明學習內容分為給初學者的入門篇以及給中上級讀者的應用篇。入門篇是為期半年結束的課程，教授的內容從發音的基礎開始，難度逐漸提高，並在9月底完成課程，10月開始又從基礎開始學習，因此對讀者來說，每年有兩次重新開始學習的機會。提供給中上級學習者的應用篇是為期一年的課程，學習者學完入門篇以後，隨時可以加入，分由三位不同的講師教授。按照講師不同，內容和教學方式也相異。[19]節目中除了講師之外還有母語者擔任助教。1979年度的講師、助教和播出時間，筆者整理如表3-8：

表3-8

	月份	4	5	6	7	8	9	10	11	12	1	2	3
入門篇	講師	菊田正信[20]						傳田 章[21]					
	助教	陳文芷											
播出時間		星期一到星期四，上午8:35～8:55，當日晚上11:20～11:40重播											

---

[19] 《NHKラジオ中国語講座》1979年4月號，P.2。

[20] 東京大學中國文學科畢業，研究所修了。時任東京都立大學人文學部助教授。參考《NHKラジオ中国語講座》4月號，P.3。

[21] 東京大學文學部中文系、研究所畢業，時任東京大學教養學部助教授。

	月份	4	5	6	7	8	9	10	11	12	1	2	3
應用篇	講師	橫川 伸[22]			高橋 均[23]			香坂順一[24]					
	助教	潘小菊、魏鐘祺[25]											
播出時間		週五、週六，上午8:35～8:55，當日晚上11:20～11:40重播											

　　那麼，這樣一本語言學習雜誌，講師和編輯者想提供給讀者什麼樣的內容呢？從4月號教材最前面給讀者的一段話可以得知相關訊息。「這個節目所說的中文是被稱為『普通話』的現代中國共通語。若能熟悉普通話，無論到中國什麼地方基本上都能夠溝通。這個講座一方面以讓學習者掌握實際能夠運用的中文為目標，另一方面為了讓大家能對中國有更清楚的理解，也會為大家介紹生活與文化的部分。」[26]由上述這段話我們可以明確的知道學習者透過節目所學習到的是可以實際溝通、運用的內容，而為了讓學習者對中國有更多的認識，生活與文化等面向也會於教材中呈現。接下來筆者將透過課文內容選材與分析，確認此一現象以及相關內容是否呼應新的外交關係。

(二)入門篇的構成與內容
1. 入門篇的結構形式
　　每月在進入課文前，皆有講師給學習者的一段話，有的是提點學習方式，有的是針對課文內容做簡單的介紹。接著進入課程內容，結構形式如下：1.課文 2.日文翻譯 3.新生詞（拼音→漢字→日文翻譯） 4.發音注意

---

[22] 畢業於中國四川大學，主修中國文學和中國語。時任東京外國語大學講師。

[23] 東京教育大學文學部漢文科研究所畢業。時任東京外國語大學外國語學部助教授。

[24] 東京外國語大學中國語科畢業後，前往中國廣州嶺南大學學習。1973-75年於北京大學擔任客座教授，時任大東文化大學外國語學部教授。

[25] 7、8、9三個月助教僅潘小菊一人。

[26] 《NHKラジオ中国語講座》1979年4月號，P.2。此段引文為筆者翻譯。

事項 5.語法說明 6.練習。隨著情境的不同,課文有一人獨白也有以對話方式呈現的情形,話輪不超過兩輪,課文句子體是以拼音漢字上下並列,然拼音字母比例大於漢字的方式呈現。發音的練習內容擷取自課文,以課文的詞彙或句子進行教學,並加上不同聲調練習,在初期階段,也有以日語假名拼出中文發音便於讀者記憶的情況。[27]練習分為發音和翻譯兩部分。此外,在文中也附有與情境相關的插圖,幫助讀者了解內容。綜觀一篇課文,以羅馬字和日文假名占多數,漢字所出現的比例較少。

若以一週的課程安排來看,週一至週三是新課文,週四則將前三天的課文一次列出,提供學習者複習。關於總複習的版面安排,採拼音與漢字完全分開的形式,上半部以拼音呈現課文句子,版面下方則以漢字呈現。筆者推測這樣的安排是期望學習者能在透過廣播聽發音的同時,透過視覺認讀拼音,並降低對漢字的依賴。至於內容篇幅部分都是兩頁的形式。

更詳細來說,由菊田正信擔任講師的4~9月號,練習的部分以發音口說和聽力為主,每週總複習時才有翻譯的練習。其中5月號開始練習的形式大致不變,分成以句子方式呈現的發音練習,以及以對話方式呈現的聽力練習。發音練習的部分,採用在固定句型當中,替換新生詞的方式,如:

1.咱们 到 书店 去 买书。
2.咱们 到 百货大楼 去 买 练习本儿。
3.咱们 到 小卖部 去 买东西。
4.咱们 到 学校 去 念书。
5.咱们 到 工厂 去 工作。
6.咱们 到 农村 去 劳动。

---

[27] 例如說明yuan的發音時,於說明處寫有なめらかに「イウアヌ」並在日語假名上面畫有圓滑線。《NHKラジオ中国語講座》1979年4月號,P.37。

　　每個練習的第一個句子都是課本例句，後面的句子則讓學習者使用新詞彙替換練習[28]，具有組織性。聽力練習的內容和句型也取自當課或前課，減少新生詞對學生的負擔。顯示擬讓學習者透過大量的練習習得該句型。由傳田章擔任講師的部分，11月開始的練習則幾乎以翻譯練習為主。換言之，隨著講師的不同，提供讀者不同的練習方式，而每半年度結束之前的9月號和3月號的最後，皆附有這半期以來的單字索引，方便的讀者查找、複習。

2. 入門篇的內容特色舉例

　　4月號入門篇的第一課並非一般常見的招呼問候語，而是中央人民廣播電台的報時內容，旁邊的頁面則是聲調的介紹。第二課主角「小華」出現，說了一句「糟了！七點鐘了！」構成第二課課文。接下來的內容圍繞著主角小華上學前種種準備往下展開內容。[29]6月的場景轉到學校，也才開始以對話形式呈現課文。6、7月以校園生活為主，8月場景轉到社會生活，9月則是以媽媽、小華和姊姊在家中的對話為主。最後一課藉由小華告訴姊姊「你聽我買的新唱片」，引出中文歌曲「小松樹」作為這半年的結束。從這半年的內容，可以發現是以一個生活在目標語地區的孩子為中心而開展的教學，每月之間具有連貫性。

　　10月的內容亦以孩子為出發點，以小紅在家與母親的對話進行教學。這樣的情況從次月開始有了轉變。11月從坐車、拿錯包包所發生的事情鋪陳，展開主人公與售票員、行人、失主的對話；12月則是，以交友、戀愛為主題。而1月透過新人父母的對話，說明老了有國家照顧，以及隊長扮演了圓滿任務的功臣等；2月以救人的事為主軸，3月則是主角李先生的母親弄錯了他和孩子的藥，讓李先生得趕緊打電話，請民警去家裡一趟化解危機。

---

[28] 名詞附有日文翻譯。

[29] 例如發現自己要遲到了，於是趕快起床，找襪找鞋、吃早飯、閱讀媽媽寫的留言、準備上學等。

　　後半年度的主角設計與前半年度相同，都是居住當地的母語者。[30]然而內容每個月並沒有連繫，內容接近成年人的生活經驗，並以具有轉折及趣味性的敘事展開課文。透過對話的編排與鋪陳，帶出中國社會的文化與情形。主角的年齡設定有所轉變，筆者認爲這正是一個以不特定多數學習者爲對象所進行中文教學的特色之一。

㈢應用篇的構成與內容

1.應用篇的結構形式

　　以下說明應用篇的課文組成。如同入門篇，應用篇在最前面一樣有講師給學習者的一段話，可能是說明學習方法，也可能是內容預告。[31]課程內容按照講師不同，區分其結構形式如表3-9：

表3-9

4～6月	1.課文 2.新生詞（漢字→拼音→日文翻譯與說明） 3.分析（語法等說明） 4.練習 5.譯文
7～9月	1.課文 2.新生詞（漢字→拼音→日文翻譯與說明） 3.譯文 4.分析（語法等說明） 5.練習
10～3月	1.課文（對話，話輪約2～3輪） 2.新生詞（漢字→拼音→詞性→日文說明） 3.譯文 4.補充說明

　　應用篇的課文既有文章也有對話，與入門篇相反，應用篇以漢字爲主，在漢字下面附註比例較小的拼音。文章後是新生詞的說明，排列方式由左至右爲漢字、拼音、日文解釋。說明的內容以句型結構和語法解說爲

---

[30] 這個情形在後來的教材中出現改變。比如2020年的課文就以日本人到中國的情況展開對話。

[31] 在4月的開講前言裡面提到，每個月有一半的時間從真實語料學習，也特別提到如果發音不正確，會導致對方無法理解，提醒讀者務必要大聲朗讀，培養一邊看著課文，一邊大聲朗讀的習慣。《NHKラジオ中国語講座》1979年4月號，P.43。7月於開講前言中提醒學習者，中文是一門外語，必須努力了解其意涵。《NHKラジオ中国語講座》1979年7月號，P.37。

主,值得注意的是,7月開始,在這個部分出現了僅列出句子,沒有文字說明的情形。筆者推測可能是講師利用廣播進行說明之故,或可視為以大眾媒體進行教學的一個特殊之處。此外,有時也援引中國《小學生辭典》的解釋給讀者說明。[32]練習部分,4-6月大多是以每課四句日文中譯的形式,7~9月的翻譯練習比例下降,並出現其他形式的練習,比如唐詩誦讀[33]或改正錯誤。[34]

　　10月開始稍有不同。首先課文部分都以甲乙兩人對話的形式呈現,這呼應了講師在前言所提到的,希望學習者學到的是自然的日常生活會話此一原則。而補充說明的部分就是講師針對要教學的內容列出關鍵句型或詞彙,並以相對多數[35]的中文例句或相關詞彙,讓學習者藉由大量閱讀中文句型、歸納的方法,了解該語法或詞彙如何被使用。或是擴充課文詞彙,列出意思相近、結構相似的詞彙或句子。課本中的日文說明相對較少,甚至幾乎沒有,筆者推測應是於廣播節目中進行說明。整體來看,相較於入門篇,日文和中文的比例較平衡,每課篇幅則同樣維持兩頁。

2. 應用篇的內容特色舉例

　　4月號配合時節,首篇課文以春天為話題進行教學,接著以對話形式,傳達中國在北方建設第三個長城─綠色長城以阻擋黃沙,而後半則是真實語料,內容是北京廣播局中國語講座的老師陳真與吳緒彬特別要給日本讀者的訊息。[36]既提及訪問日本的經驗,也提到為了兩國友好,要加倍努力學習日語等。其中的贅詞或是發語詞並未刪除,而是用括弧示意,提醒讀者朗讀的時候省略。5月號也延續這樣真實語料的特色,以當時中國

---

32 例如《NHKラジオ中国語講座》1979年9月號,P.51、61。

33 比如配合黃鶴的故事,在7月21號刊載崔顥的〈黃鶴樓〉。

34 《NHKラジオ中国語講座》1979年9月號,P.53。

35 此處為與入門篇以及4-9月的應用篇相較而言。

36 《NHKラジオ中国語講座》1979年4月號,P.43。

的東方歌舞團來到日本爲主題進行教學。先透過四篇文章[37]介紹和說明兩
國戲劇、樂器，運用交流事情以及共通文化進行教學。接下來的課文則是
訪問紀錄。除了說明歌舞團由周總理創建和成立的目的，也包括由男舞
蹈家孫心誠等人給讀者說明兩國舞蹈的異同。相關內容延續到6月號，團
員舉鑑眞和尙東渡的事，勉勵進行文化交流工作的人應該「向鑑眞和尙學
習，不怕一切困難不怕一切阻擋」。接下來的訪談則提及了鄧小平訪日，
並表示到日本才看到什麼是四個現代化。而地理的象徵也成爲話題，比
如以「像富士山一樣高，像長江水一樣長」比喻對兩國接下來發展的期
望。[38]此外，也出現引用中國報紙的報導，譬如說明在北京舉辦全國學生
服裝展覽。[39]七〇年代日中共同進行研究的訊息也出現在課文裡。先以神
話蠶神獻絲、嫘祖養蠶的故事對照日本彌生時期中葉的養蠶，再言及1971
年田村三郎發現增加蠶絲的方法並寫信給當時科學院長郭沫若，於1973年
到廣東與科學家、農民進行共同研究等。[40]從所選取的課文內容，學習者
可以在語言學習的同時，了解兩國在不同領域的交流的情況。

　　值得注意的是，若對照1979年當時大平正芳總理於訪中時的演講內
容，可以發現提及關於兩國間的技術援助、語言交流學習，以及鑑眞和尙
東渡，爲日本帶來發展等內容[41]，在外交文書資料中也有當時文化團體互
相交流訪問的記錄──日本方面有歌舞伎和NHK交響樂團訪中，中國則
有京劇團訪日。[42]由此顯示，當時的教材內容有著與當時社會情況、外交
發展互相呼應的情形。「日中友好」或可做爲本年度四到六月應用篇內容

---

[37] 〈歌舞伎在中國〉、〈越看越親近〉、〈琵琶和三弦〉、〈琵琶名手〉。

[38] 《NHKラジオ中国語講座》1979年6月號，P.52。

[39] 《NHKラジオ中国語講座》1979年6月號，P 54。

[40] 《NHKラジオ中国語講座》1979年6月號，P 64。

[41] 《わが外交の近況》NO.24（東京：日本外務省編，大藏省印刷局出版，1980），P.378-382。

[42] 同上註．P.62。《わが外交の近況》NO.23（東京：日本外務省編，大藏省印刷局出版，1979），
　　P.17。

的主題。

　　7～9月則有所轉換，以故事的形式帶領讀者學習。7月連載了黃鶴的故事與兩篇現代笑話，8月選取竺可楨所寫的文章作爲教材，希望從自然科學的角度理解中國。[43]9月則是連載冰心的作品〈小橘燈〉，而練習的部分也出現其他形式的文學作品。[44]選材面向多元，試圖利用不同內容的文章，讓學習者練習閱讀、接觸文學作品。根據前半年度的內容，我們可以得知講師從藝術、文學、科學等不同面向，兼融古今之事，藉由課文讓學習者了解目標語地區的社會情況以及與自身國家的連結。

　　與之相較，後半年度的講師則期望學習者透過自然的、日常的對話學習，因此課文構成以對話爲主。內容包括：請客、訂做衣服、醫院、郵局、打電話、問路、買首飾……等，場面相當多元，也具體指出當時的中文教材的問題，認爲編者應致力提供讀者生活化、容易學習的內容，而其理念也確實反應在課文中。[45]另一方面，也從日常的對話中，引出成語、歇後語或慣用語。[46]1月分更以中文字和詞的關係、方言、新出詞彙、成語、諺語等語言知識爲主題編寫對話進行教學，也提及成語諺語是理解中國人想法很好的材料，值得學習者注意。[47]而困擾學習者的一字多音與字音改正的問題，也透過對話內容向讀者說明。[48]此外，時事也是透過教材所呈現的內容之一，比如〈歡歡〉[49]一文就預示中國即將再送一隻熊貓來日本；〈能源〉[50]則以世界能源危機爲主題，說明日本海浪發電實驗研究

43　《NHKラジオ中国語講座》1979年8月號，P.45。

44　民歌「高高山上一樹槐」、新詩「飛機中望富士山」等。

45　《NHKラジオ中国語講座》1979年12月號，P.39。

46　例如講師將吊兒郎噹、溜號、心不在焉、真有兩下子、只要功夫深，鐵杵磨成繡花針、十五個吊桶一七上八下、一言為定、隔窗吹喇叭等。

47　《NHKラジオ中国語講座》1980年1月號，P.39。

48　《NHKラジオ中国語講座》1980年3月號，P.64-67。

49　《NHKラジオ中国語講座》1980年2月號，P.52-55。

50　《NHKラジオ中国語講座》1980年3月號，P.56-59。

有成，太陽能發電也進入實用化階段。綜觀內容，同時給學習者提供了閱讀和聽力的練習場域，也使讀者同步接觸文學、文化與時事，在學習語言的同時亦能掌握社會脈動、吸收新知。

㈣與往後年份之教材進行初步比較

　　若往後幾年檢視，可以發現至少在一九八〇年代，由NHK所出版的中文教學節目附屬教材具有延續同樣內容風格的傾向。具體而言，比如1982年10月的教科書中，教學內容引用當時中國總理於記者會的回答，提到當時中國人口的數量，其後並援引《北京晚報》、《世界知識》、《人民日報》等中國報刊雜誌的文章，給學習者介紹關於中國的情況或是進行對比。[51]11月則以中國小學生的作文作為教學內容[52]，12月除了講師與助教對民眾進行電話採訪的對話以外，亦選取《北京藝術》、《文明》、《探索日本》等中文雜誌中，提及日本的篇章進行教學。[53]日中的外交進展，似乎同時展現在教材當中。而除了普通話以外，在1988年，中國的其他語言也進入學習者的視野。[54]

　　2000年以後，教材內容出現了變化，較少見到如同先前援引中文報刊雜誌的內容或提及日中交流情況等，取而代之的是由講師所編寫的會話練習。或為日本人到中國參訪，或為中國人在日本，以兩國人民之間的對話作為課文。比如2002年和2003年，以美穗夫妻在橫濱中華街的故事為主軸，夫妻以中文和中國人劉先生對話，內容涵蓋購物、交友、點菜等。相較於早期的教材，有更注重聽和說的傾向，並以日常生活中常用的表現為主。講師也指出，期望讀者能夠熟悉在入門篇已學習過的內容，並加以活

51　《NHKラジオ中国語講座》1982年10月號，P.40-59。

52　《NHKラジオ中国語講座》1982年11月號，P.38-53。

53　《NHKラジオ中国語講座》1982年12月號，P.46-61。

54　例如1987年10月的應用篇，連載文學作品〈黃油烙餅〉；1988年1月的應用篇的內容是上海話教學。

用。[55]

　　NHK中文廣播教學節目附屬教材的內容與練習隨著講師有所不同，是本教材很重要的特色之一顯示講師與教學內容的高度關連性；而有時出現再次刊登的情形，則是往後值得留意的部分。

四、結語

　　1979年度的《NHKラジオ中国語講座》教材就結構形式而言，無論入門篇或應用篇在進入課文前都有講師給學習者的一段話，給予學習建議或介紹內容，讓學習者能對該月的情況有所知悉。提供給初級學習者的入門篇課文與練習的句子體例爲以拼音爲主，漢字則在拼音字母下方呈現；總複習的版面更採拼音與漢字完全分開的形式，這顯示有意避免學習者依賴漢字而忽略發音。練習部分按照講師有所不同，有句型練習、聽力練習也有翻譯。提供給中上級學習者的應用篇課文則文章與對話兼具，課文句子體例與入門篇相反，練習方式也因講師而異。透過本研究可以發現，這樣由半官方性質的機構所出版發行的廣播語言教學節目附屬教材，其形式、體例並沒有固定的標準型式，而是按照講師的教學目標各自安排。換言之，呈顯出尊重講師教學專業、教材內容型態可依教學內容調整變換的情況。而教材中解說部分被減省的情形，則推測是由於講師在廣播節目中以口頭說明，因此並未詳加記載於教材中，顯示出透過大眾媒體教學，其附屬教材不同於一般教材的情形。

　　就內容特色而言，入門篇課文的篇幅簡短，前半年以目標語區孩子爲中心展開，引出連貫且有故事性的課文；後半年度則從社會人士視角出發，以具有轉折及趣味性的敘事展開，透過對話帶出中國社會的文化與情形，企圖使學習者能對目標語區有更多的了解。每個月內容各自獨立。課文主角角色之所以會產生這樣的差異性，筆者推測一方面是向初學者介紹

---

[55] 《NHKラジオ中国語講座》2002年及2003年4月號。

相對簡單的句式結構與詞彙所致，另一方面或許藉此拓寬學習者的年齡層。這應可視爲在社會教育範疇中，面向不特定學習者所編纂的教材特點之一。而應用篇或選自眞實語料、文學作品，或由講師自行編寫生活化的內容，形態多樣；課文內容與形式，皆體現出講師在以大眾媒體進行中文教育的場域中，扮演重要角色的情形。

若將1979年度《NHKラジオ中国語講座》教材與當時日本外交資料的內容相對照，可以發現，教材中的文化團體互訪與時事記錄、引用等內容，反應當時日中兩國交流的情況，說明了本教材同時具備語言教學與最新外交訊息傳遞的功能，亦成爲記錄歷史的材料。進一步來說，1979年當年度教材從古至今、從藝術到科學，而國家的重要人物也透過課文出現。綜觀課文，不僅運用對照的方式，期望促進理解並塑造形象，也透過融入時事，傳達雙方政府開始進行交流的訊息，與實質的外交關係相應。致使此年度的教材不僅具備語言教學功能，也具有文化與時事的傳播功能，而這樣的情況也往後延續了一段時期。筆者推測，或許期望藉由這樣的雙重功能，使教學內容富有變化，形成強化學習、持續學習的推力。從另一個角度來看，也說明了透過大眾媒體、在社會教育範疇中所進行的NHK中文教學之階段性特色。

然而，對於該年度的教材，尚有專欄文章和廣告的部分未進行探討。初步可以了解到的是，在專欄裡透過文章連載帶給學習者來自目標語地區第一手的信息，而從廣告中也可以得知在當時已有前往中國短期遊學的行程。相關情形仍有待日後更詳盡的資料收集與梳理，這也是筆者今後努力的方向。

參考資料

日文

日本放送出版協會。《NHK中国語入門》。

日本放送出版協會。《NHKラジオ中国語講座》。

日本放送協會・NHK出版。《まいにち中国語》。

日本放送協會・NHK出版。《テレビで中国語》。

中国語學研究会，〈〈NHKテレビ中国語講座問題〉について〉《中国語學》第210號，日本中國語學會，1971，頁15-17。

本間理繪，〈日中戦争時のラジオテキスト『支那語講座』に関する考察〉《出版研究》第42號，日本出版學會，2012，頁105-122。

宇治橋祐之，〈教育テレビ60年高校講座、語學番組の変遷〉《放送研究と調査》第69巻10號，NHK出版，2019，頁52-75。

芦田茂幸等，〈《NHKテレビ中国語講座》に関する中国語學研究会員へのアピール（資料）〉《中国語學》第208號，日本中國語學會，1971，頁9-15。

相浦杲，〈《NHKテレビ中国語》に関する中国語研究会員へのアピール（資料）〔本誌208号掲載〕について〉《中国語學》第211號，日本中國語學會，1971，頁15-18。

喜多山幸子，〈NHKラジオ中国語講座〉《日本の中国語教育：その現状と課題2002》，日本中国語學会、好文出版，2002，頁60。

鎌倉千秋、平高史也，〈多言語教育における放送メディアの役割〉《多言語主義社会に向け》，くろしお出版，2017，頁43-55。

六角恒廣，《中国語教育史論考》，東京：不二出版，1989。

日本放送協會編，《日本放送史》，東京：日本放送出版協會，1965。

日本放送協會編，《放送五十年史》，東京：日本放送出版協會，1977。

日本外務省編，《わが外交の近況》NO.23，東京：大蔵省印刷局，1979。

日本外務省編，《わが外交の近況》NO.24，東京：大蔵省印刷局，1980。

日本外務省編，《わが外交の近況》NO.25，東京：大蔵省印刷局，1981。

日本中国語學会中国語ソフトアカデミズム検討委員会編，《日本の中国語教育：その現状と課題2002》，日本中国語學会、好文出版，2002。

五百旗頭真編，《戦後日本外交史》第三版，東京：有斐閣，2014。

平高史也、木村護郎クリストフ編，《多言語主義社会に向け》，東京：くろしお

　　出版社，2017。

國分良成等，《日中関係史》，東京：有斐閣，2013。

郭春貴，《第2外國語中国語教育の諸問題》，東京：白帝社，2020。

藤竹曉編，《図説日本のマスメディア》，東京：NHK出版，2012。

NHK出版編，《NHK出版　80年のあゆみ》，東京：NHK出版，2011。

中文

六角恒廣著，王順洪譯，《日本中國語教育史研究》，北京：北京語言大學出版
　　社，1992。

北岡伸一著，周俊宇等譯，《日本政治史》，臺北：麥田出版，2018。

四

華語教學之史料文
獻之發現及探索

法國國家圖書館的漢籍收藏及西人漢語學習文獻舉隅

謝輝[1]、李眞[2]

北京外國語大學國際中國文化研究所／中國大陸

摘要

　　法國國家圖書館是歐洲收藏中文圖書數量最多的圖書館之一，囊括了15萬餘冊（卷）雕版、石印、銅（鉛）活字印刷品，幾百件抄本和500多種期刊[3]。古籍作為其中文收藏的精華，自十七世紀末十八世紀初即已陸續進入該館。其中也入藏了不少近代西方人學習與研究漢語的各類文獻，成為世界漢語教育史研究中一個亟待開發的寶庫。本文利用筆者在BNF東方手稿部調研之資料，現將其收藏漢籍的歷史作一扼要梳理，並以其中的一部漢語詞彙手稿為例簡述之如下。

關鍵詞：法國國家圖書館、漢籍、漢語學習

---

[1] 謝輝，北京外國語大學國際中國文化研究院副研究員，文獻學博士。

[2] 李真，北京外國語大學國際中國文化研究院教授，比較文學與跨文化研究博士。

[3] 〔法〕羅棲霞，《法國國家圖書館：漢學圖書的跨文化典藏》，北京：中國大百科全書出版社，2019年，頁3-4。

The Collection of Chinese Books in the Bibliotheque Nationale De France and the Literature on Chinese Language Learning for Westerners as an example

Hui Xie, Zhen Li

International Institute of Chinese Studies,

Beijing Foreign Studies University/China

Abstract

The National Library of France is one of the libraries with the largest collection of Chinese books in Europe, including more than 150,000 (volume) engravings, lithographs, copper (lead) movable type prints, hundreds of manuscripts, and more than 500 periodicals. Ancient books have been the essence of the Chinese collection in the library since the end of the seventeenth century and the beginning of the eighteenth century. Among them documents containing how modern Westerners studied and conducted research on the Chinese language have made the library a treasure house in the study of the history of Chinese language education in the world. This article uses the manuscripts in the BNF's Oriental Manuscript Department, closely examines the brief history of this collection of Chinese books, and then briefly describes one of the Chinese vocabulary manuscripts as an example.

Keywords: Bibliothèque Nationale de France, books written in Chinese, Chinese language Learning

一、最早進入法國國家圖書館的漢籍

　　據1739年編纂的《皇家圖書館寫本目錄》（*Catalogus Codicum Manuscriptorum Bibliothecae regae*）記載，1711年，該館已有漢籍68部。其中入藏時間最早者，爲曾任法國首相、樞機主教的馬紮冉（Jules Mazarin, 1602-1661）收藏。法國漢學家傅爾蒙（Étienne Fourmont, 1683-1745）謂：「1647年之前，皇家圖書館僅有四冊中國圖書，而且它們是紅衣主教馬紮冉的藏書。」[4]今按，法國國家圖書館收藏有1682年所編手寫目錄一種（館藏號NAF 5402），其中第1611-1614號爲中文書，當即馬紮冉舊藏。但著錄太過簡略，無法考知具體爲何書。

　　目前可考的第一批大規模進入法國國家圖書館的典籍，當屬作爲「國王數學家」之一的傳教士白晉（Joachim Bouvet, 1656-1730），於1697年從中國回到法國時帶歸，共計22種、45函、312冊[5]，亦有著錄爲49函者[6]。包括：明崇禎刻本《資治通鑑綱目》（館藏號Chinois 393-415，以下僅注出編號）、明末清初刻本《春秋四傳》（2802-2803）、清康熙二十五年刻本《監本詩經》（2733）、康熙二十四年刻本《禮記集說》（2784-2785）、明末刻本《文公小學》（2973）、明崇禎間刻本《書經注疏大全合纂》（2713-2175）、清康熙金閶贈言堂刻本《深柳堂彙集書經大全正解》（2729）、明末金閶十乘樓刻本《新鐫增補標題武經七書》（5052）、明天啓四年金閶童湧泉刻本《類經》（5114-5117）、清康熙金閶文雅堂刻本《本草綱目》（5250-5257）。明末世業堂刻本《廣輿記》（1494）、清康熙刻本《聖諭十六條》（3425）、清康熙間白玉堂刻

4　〔法〕傅爾蒙（Étienne Fourmont），〈皇家圖書館藏中國圖書目錄〉，《歐洲藏漢籍目錄叢編》，廣州：廣東人民出版社，2019年，頁1280。

5　Cécile Leung, *Étienne Fourmont (1683-1745): Oriental and Chinese Languages in Eighteenth-century France.* Leuven, Belgium: Leuven University Press; Ferdinand Verbiest Foundation, 2002, p.134.

6　〔法〕傅爾蒙，〈皇家圖書館藏中國圖書目錄〉，《歐洲藏漢籍目錄叢編》，廣州：廣東人民出版社，2019年，頁1280。

本《大清律集解附例》（2348-2349），等等。這批圖書，此前學界認爲是康熙送給法國國王路易十四的禮物，但近年來法國學者郭恩（Monique Cohen）的研究表明，其可能是白晉自行購置，冒稱康熙之名以贈送法王者[7]。

白晉之後，其他的在華法國傳教士，也不斷將中國典籍帶回法國。如1700年10月，洪若翰（Jean de Fontaney, 1643-1710）回到法國時，即帶回了一些滿、漢文圖書。傅爾蒙記載：「尊敬的神父洪若翰爲國王路易十四帶來十二卷本，它們以漢文和滿文寫成，或者更準確地說只有滿文字，很少的漢文穿插其中，以提示譯作的標題。」[8]雷慕沙（Jean-Pierre Abel Rémusat, 1788-1832）認爲其帶回的是一部辭典：「若翰初次歸國時，曾攜有中國書籍若干，是爲王立圖書館之最初藏本。最後一次還國時，攜有滿文字典十二冊，此本殆爲法國初見之本也。」[9]另據Cécile Leung之研究，洪氏帶回的還有滿文本《通鑑綱目》（Manchou 136）與清康熙間內府刻五色套印本《御選古文淵鑒》（3594-3601），這批典籍確爲康熙贈與法國國王[10]。

從類別上來看，此批最早進入法國國家圖書館的漢籍，以儒家經典、中國歷史與中醫類典籍爲主，也有一些西學類的著作，如《幾何要法》（4869）、《天主實義》（6820）、《七克》（7183）等。值得注意的是，其中包括有一批文字音韻學類的著作，如清康熙二十九年刻本《字彙》（4442-4443）、清康熙匯賢齋刻本《字彙補》（4456）、明

[7] Monique Cohen,"A Point of History: The Chinese Books Presented to the National Library in Paris by Joachim Bouvet S.J., in 1697," *Chinese Culture: A Quarterly Review* 31.4(1990): 43-44.

[8] 〔法〕傅爾蒙，〈皇家圖書館藏中國圖書目錄〉，《歐洲藏漢籍目錄叢編》，廣州：廣東人民出版社，2019年，頁1280。

[9] 〔法〕費賴之（Louis Pfister）著、馮承鈞譯，《在華耶穌會士列傳及書目》，北京：中華書局，1995年，頁431。

[10] Cécile Leung, *Étienne Fourmont (1683-1745): Oriental and Chinese Languages in Eighteenth-century France*, Leuven, Belgium: Leuven University Press; Ferdinand Verbiest Foundation, 2002, p.135.

天啓七年世裕堂刻本《重刊許氏說文解字五音韻譜》（4426），皆爲白晉帶回。其餘尙有淸康熙刻本《蒙學識字法》（3879）、淸康熙弘文書院刻本《正字通》（4482-4486）、明刻本《翰林重考字義大板海篇心鏡》（4786）、明末奇字齋刻本《陳明卿太史考古詳訂遵韻海篇朝宗》（4787），等等。這批典籍爲法國學者學習漢語，提供了難得的資料。當時旅居法國的中國士人黃嘉略，在編寫兩部漢語字典時，就充分利用了這些典籍[11]。

二、比尼昂主政時期進入法國國家圖書館的漢籍

　　1719年，比尼昂（Jean-Paul Bignon, 1662-1743）開始擔任皇家圖書館館長，直至1741年離任。在其長達二十餘年的主政時間內，多批漢籍從不同管道陸續進入該館，大大擴展了其收藏規模。

　　在比尼昂到任的前後一段時間，其即率先爲圖書館捐贈了一批中文典籍。對此傅爾蒙曾有所記載：「從極爲著名的比尼昂獲得的，包括1716年，任職於皇家圖書館之前便已經捐獻與我們使用的，以及之後列入皇家所有的一批書。」[12]這批典籍包括中文、印度與滿文作品[13]，其中中文書約46部。24部爲西學類著作，如陽瑪諾《天問略》（4906）、湯若望《主教緣起》（6937）、蘇如望《天主聖教約言》（6840）等等。其餘尙有《明一統志》（1402-1409）、《資治通鑒綱目》（459-482）等史地類著作，《春秋大全》（2810-2811）、《詩經大全》（2737-2739）等儒家經典，《外科樞要》、《本草綱目》（今館藏號不詳）等中醫類典籍，

---

11 許明龍，《黃嘉略與早期法國漢學》，北京：商務印書館，2014年，頁213-216。

12 〔法〕傅爾蒙，〈皇家圖書館藏中國圖書目錄〉，《歐洲藏漢籍目錄叢編》，廣州：廣東人民出版社，2019年，頁1280。

13 Cécile Leung, *Étienne Fourmont (1683-1745): Oriental and Chinese Languages in Eighteenth-century France*, Leuven, Belgium: Leuven University Press; Ferdinand Verbiest Foundation, p.136.

《雙魚集尺牘彙編》（3849）等集部類典籍，《太上三元三品三官經》（5726？）之類的道教著作，以及明清通俗小說如《好逑傳》（4104）、《玉嬌梨》（4014）、《平山冷燕》（4083）等。

　　1720年，圖書館又從巴黎外方傳教會（Missions étrangères de Paris）得到了一批中文著作。傅爾蒙記載此事說：「1720年，在我——阿拉伯語欽定教授、皇家學院的學者、皇家圖書館的翻譯傅爾蒙的努力下，負責海外傳教的神父，大方地把自己的藏書獻給國王，為使皇家圖書館增輝。」[14]似乎主要為傅爾蒙所促成。但根據其他記載，實為比尼昂經過數次拜訪巴黎外方傳教會，最終購得者[15]。這些典籍應該大都為來華的法國傳教士陸續帶歸，如清康熙間濟南天衢天主堂刻後印本《正學鏐石》（7154），鈐「蒙輗之印」。蒙輗（Francois de Montigny, 1669-1742），今譯孟尼、德蒙提尼，巴黎外方傳教會會士，1702年來華，後被驅逐到澳門，約1709年回到法國[16]。此書蓋即其帶回。又有學者記載，今法國國家圖書館藏書中，有清康熙二十九年刻本《文廟禮樂志》、明福建景教堂刻本《滌罪正規》，為法國傳教士梁弘任（Artus de Lionne, 1655-1713）舊藏。梁氏於1689年到達中國，1702年返回。在華時努力學習中文，還將中國士人黃嘉略帶回法國[17]。今所見1739年《皇家圖書館寫本目錄》，于原屬巴黎外方傳教會典籍部分，也有此二書，或即是梁氏從中國帶回。此批典籍共約153種，中文139種，其中西學類著作多達80餘種。其餘尚有：《易經蒙引》（2671-2673）、《五經旁訓》（2587-2588）等儒家

---

[14]〔法〕傅爾蒙，〈皇家圖書館藏中國圖書目錄〉，《歐洲藏漢籍目錄叢編》，廣州：廣東人民出版社，2019年，頁1280。

[15] Cécile Leung, *Étienne Fourmont (1683-1745): Oriental and Chinese Languages in Eighteenth-century France*, Leuven, Belgium: Leuven University Press; Ferdinand Verbiest Foundation, p.136.

[16]〔法〕榮振華（Joseph Dehergne），《16-20世紀入華天主教傳教士列傳》，桂林：廣西師範大學出版社，2010年，頁946-947。

[17] 許明龍，《黃嘉略與早期法國漢學》，北京：商務印書館，2014年，頁24-27。

經典，《資治通鑒》（278-300）、《宋元通鑒》（514-519）等歷史類典籍，《明會典》（2015-2016）、《文獻通考》（762-782）等典制類著作，《福州府志》（1658）、《廣皇輿考》（1554）等地理類著作，《三國演義》（3982-3984）、《水滸傳》（3995-3998）等小說，《懸金字彙》（4452-4453）、《四言雜字》（3454）等文字類著作，甚至還有如《馬吊譜》（5725）等娛樂之書，以及《觀音靈課》（5725）、《法師選擇記》（5026）等占卜之書，類型可謂頗為豐富。此外還有十幾種喃文典籍，基本都為天主教著作，如《天主聖教悔罪經》（Vietnamien B 4）等。

　　同樣是在1720年，比尼昂和傅爾蒙制定了一份關於購買中文典籍的備忘錄，發往中國。當時在廣州等待回國的法國傳教士傅聖澤（Jean-François Foucquet, 1665-1741），根據其要求草擬了一個具體的購書目錄，由法國東印度公司主任Bretesche Litoust派遣一位中國商人前往南京，按照目錄購求。但因時間和經費原因，只買到了一小部分，以至於傅聖澤不得不再擬一份續購書目。已經購得者，經傅聖澤編為草目，共裝七箱，由「加拉泰」（Galatée）號運載，於1722年離開廣東，約在1723年最終到達巴黎。1727年，傅爾蒙開始整理此批典籍，最初統計有62種、205函、1845冊，後在1739年〈皇家圖書館寫本目錄〉中改為85種。其數量前後不一致，大約是因部分典籍統計時有分合之故[18]。傅爾蒙記載其來源說：「奉國王之命，在高貴的比尼昂的關照下，通過我傅爾蒙向中國發布新的目錄後，1722年和1723年徵集得到，由當時的耶穌會神父和傳教士，現在作為克勞迪奧波利斯（Claudiopolis）主教的傅聖澤神父運送來的一批書。」[19]大致符合實情。此批圖書中沒有西學類著作，全部為中國傳統

---

[18] Nicolas Standaert, "Jean-François Foucquet's Contribution to the Establishment of Chinese Book Collections in European Libraries," *Monumenta Serica:Journal of Oriental Studies* 63(2015): 399-405.

[19] 〔法〕傅爾蒙，《皇家圖書館藏中國圖書目錄》，《歐洲藏漢籍目錄叢編》，廣州：廣東人民出版社，2019年，頁1280。

典籍。其中包括一套較爲完整的汲古閣本十七史（28-45，50-57，60-62，65-81，缺《魏書》）與《十三經注疏》（2497-2503，2521-2522，2531-2550，2554），以及《津逮祕書》（9084？）、《漢魏叢書》（館藏號不詳）等大部頭文獻。其餘的文獻亦較有特色。如歷史類方面，有《皇明史概》（529-538）、《明鑒紀事本末》（682-685）等明史著作。儒學類方面，除儒家經典外，還有《朱子全書》（二部，3726-3737）、《王陽明文集》（3757-3760）、《儀禮經傳通解》（正續編，2763-2768）、《四書朱子異同條辨》（2914-2917）等宋明理學家著作。先秦諸子有《諸子鴻藻》（3478）、《老子集解》（3493）、《莊子因》（3547）等。楚辭類有《楚辭評林》（3558）、《楚辭燈》（3560）等。此外還有一大批文字音韻類著作，包括：《懸金字彙》（4450-4451）、《品字箋》（4650-4652）、《正字通》（4477-4481）、《字學津梁》、《康熙字典》（館藏號均不詳）、《摭古遺文》（4637）、《字學正韻通》（4645）、《重刊許氏解字五音韻譜》（4427）、《篆字匯》（4513-4514）等。由於此批典籍，是由熟悉中國文獻的傅聖澤有計劃地採購，故品類比較齊全，基本囊括了研究中國歷史文化所必備者。

　　1727-1732年，比尼昂和傅爾蒙又通過法國傳教士馬若瑟（Joseph Henri Marie de Prémare, 1666-1736），從中國陸續採購圖書。這批書籍總計約34部，其中「馬若瑟1727年接到比尼昂先生和傅爾蒙的信後，應國王的要求購入，指定送到皇家圖書館的一批書」[20]，約在1730年率先到達法國。根據馬若瑟致傅爾蒙信件中所開列的目錄，此批寄送的典籍包括：《篆字匯》（4515-4516）、《御制百家姓》（921）、《山海經》（1835）、《上諭》（1305）等中國傳統典籍，馬若瑟所著《六書實義》（907）、《聖若瑟傳》（6744 II），以及《景教碑》拓片。其餘尚有

20　〔法〕傅爾蒙，〈皇家圖書館藏中國圖書目錄〉，《歐洲藏漢籍目錄叢編》，廣州：廣東人民出版社，2019年，第1280頁。

《上諭十六條》、《天主實義》、《畫圖緣》等[21]，似乎未見於1739年《皇家圖書館寫本目錄》中馬若瑟寄歸部分，不知何故。其後馬若瑟仍在持續向法國寄送圖書，傅爾蒙稱之爲「1730、1731、1732連續三年從（馬若瑟）自己的藏書中贈送與比尼昂先生和我傅爾蒙的一批書」[22]。1728年，馬若瑟曾經致信傅爾蒙，分12類列出了其所認定的較爲重要和急需的書籍[23]。其後續採購的書籍，很多都出自其中，如《周易折中》（2686-2687）、《古列女傳》（952）、《元人雜劇百種》（4331-4338）等，均見於馬若瑟信中。

此外，旅居法國的華人黃嘉略，於1716年去世。黃氏在世時，曾受比尼昂指派，編纂皇家圖書館中文藏書目錄。其去世後，遺留下的有關中國的書籍被收入該館，由傅爾蒙具體經辦。此批典籍，傅爾蒙在1727年記爲12種，1742年所編〈皇家圖書館藏中國圖書目錄〉（*Catalgogus Librorum Bibliothcae Regae Sinicorum*）則記爲16種[24]。這批典籍頗顯雜糅，其中包括黃氏的手稿，如有一本小冊子，「其中一些漢字冠以『闡釋』的題目，但是全是中文寫的，而且是黃先生剛來法國學法語的時候寫的」，以及兩部漢語字典。另有一些印本和抄本，如「一疊漢文散頁，既有手抄的，也有印刷的，沒有標題和順序，一卷」[25]。從類型上看，除黃氏自著者之外，其餘多數爲天主教著作，如有祈禱書二卷、教義問答一卷、1709年晚禱文一卷，以及天父經、聖母經、信經等散頁。中國傳統典籍，僅有曆書、家訓等少量幾種。此批黃氏舊藏的書籍，目前仍應保存於法國國家圖

---

[21] 〔丹麥〕龍伯格（Knud Lundbaek），《清代來華傳教士馬若瑟研究》，鄭州：大象出版社，2009年，第49頁。

[22] 〔法〕傅爾蒙，〈皇家圖書館藏中國圖書目錄〉，《歐洲藏漢籍目錄叢編》，廣州：廣東人民出版社，2019年，第1280頁。

[23] 〔丹麥〕龍伯格，《清代來華傳教士馬若瑟研究》，鄭州：大象出版社，2009年，第36-41頁。

[24] 許明龍，《黃嘉略與早期法國漢學》，北京：商務印書館，2014年，第157-160頁。

[25] 〔法〕傅爾蒙，〈皇家圖書館藏中國圖書目錄〉，《歐洲藏漢籍目錄叢編》，廣州：廣東人民出版社，2019年，第1434-1435頁。

書館。如傅爾蒙所述兩部漢語字典，今合訂爲一冊（9234）。其中且夾有一冊順治九年曆書，書名頁題「日子天機，漳龍邑張振明精選」。另夾有一抄本，題「第八十四頁樂章」，乃節抄洪武年間祭祀宗廟樂章，自迎神「慶源發祥」起，至還宮「其主在室無斁」止，下加注釋。

三、十八世紀中期之後法國國家圖書館的漢籍收藏

　　十八世紀中後期，在華的法國傳教士仍不斷將中文典籍寄回法國，其中以錢德明（Joseph-Marie Amiot, 1718-1793）所寄者爲多。今見《篆書緣起》（908）卷前，有錢氏1788年法文手書一紙，應即其寄歸者。其餘尚有《史記》、《盛京賦》、《資治通鑒綱目集說》、《駢字類編》等[26]。又《七經圖》（2982-2983），前有巴多明（Dominicus Parrenin, 1665-1741）法文手書，謂1738年自北京寄歸。但未見於傅爾蒙1742年所編目錄，可能進入法國國家圖書館的時間較晚。又《庭訓格言》（3444）乃1778年賀清泰（Louis Antoine de Poirot，1735–1813）從北京寄歸[27]。

　　法國大革命期間，法國國家圖書館的漢籍沒有大規模增長。1840年，該館收購了漢學家儒蓮（Stanislas Julien, 1799-1873）的115種3669冊中文藏書，以及德國東方學家柯恒儒（一譯克拉普羅特，Julius Klaproth, 1783-1835）的漢籍收藏。1873年又購買了頗節（一譯鮑狄埃（Guillaume Pauthier, 1801-1873）的藏書[28]。這些來自于漢學家的藏書，目前還有部分可考者。如《已故頗節先生藏中文圖書目錄》著錄1805年版《孔子家語原注》一部[29]，而今法國國家圖書館即藏有一部清嘉慶十年（1805）文盛堂

---

[26] 陳恒新，〈法國國家圖書館藏漢籍的來源與文獻價值考略〉，《大學圖書館學報》2018年第2期。

[27] 〔法〕古郎（Maurice Courant），〈中韓日文圖書目錄〉，《歐洲藏漢籍目錄叢編》，廣州：廣東人民出版社，2019年，第1836頁。

[28] 〔法〕羅棲霞，《法國國家圖書館：漢學圖書的跨文化典藏》，北京：中國大百科全書出版社，2019年，第5頁。

[29] Louis-Xavier de Ricard. Catalogue des livres chinois composant la bibliothèque de feu M. G. Pauthier.

刻本《孔子家語原注》[30]，大約即是頗節舊藏。儒蓮於1839年開始，擔任東方手稿部負責人，期間也採購了不少中文圖書。今尚存一份手寫帳目，記明其自1840年至1847年，共分五次購進中文圖書，花費33230法郎[31]。此外還有不少其他漢學家的收藏，在這一時期進入該館。如《三教源流搜神大全》（5710）可能爲長期居住在巴黎的德裔學者莫爾（Julius von Mohl, 1800-1876）舊藏[32]。

　　1860年，亞瑟納圖書館（Bibliotheque de l'Arsenal）所藏中文圖書，也被收入法國國家圖書館。經初步統計，這批圖書至少有五十餘種。其中包括一部分常見的中國傳統文史類典籍，如《史記》（1-6）、《廣東通志》（1675-1686）、《周易傳義大全》（2660-2662）、《人瑞堂詩經集注》（2745）等等。但比較有特色的，是一批明清通俗小說類著作，共約二十部。其中僅《平山冷燕》就有三部（4080、4081-4082、4085），《義俠好逑傳》有兩部（4103、4104）。其餘尚有《雲合奇蹤》（4048）、《新鐫批評繡像賽紅絲小說》（4095）、《新鐫繡像百煉眞海烈婦傳》（4097）、《幻中眞》（4096）等。

　　進入二十世紀後，法國國家圖書館仍通過捐贈、購買等方式，從中外學者處獲取中文藏書。例如，約在1913年，法國東方學家勒蘇埃夫（Alexandre-Auguste Lesouëf, 1829-1906）的藏書，被捐贈給法國國家圖書館。中文文獻部分，多數已著錄於1886年出版的《勒蘇埃夫藏中文書籍與手稿目錄》（*Catalogue des Livres et Manuscrits Chinois Collectionnés par A. Lesouëf*）。除常見的文史典籍外，以版畫、繪本等藝術類文獻爲其

Paris, E. Leroux, 1873.p,11.

[30] 〔法〕古郎，〈中韓日文圖書目錄〉，《歐洲藏漢籍目錄叢編》，廣州：廣東人民出版社，2019年，第1809頁。

[31] 李聲鳳，《中國戲曲在法國的翻譯與接受》，北京：北京大學出版社，2015年，第39頁。

[32] 〔法〕古郎，〈中韓日文圖書目錄〉，《歐洲藏漢籍目錄叢編》，廣州：廣東人民出版社，2019年，第2277頁。

特色，如《芥子園畫傳》、《西清古鑒》、《萬壽盛典》、《禦制養正圖
贊》、《列仙圖贊》、《晚笑堂竹莊畫傳》、《耕織圖》等。今見《風
月秋聲》冊頁一種（Smith-Lesouef Chinois 52），共爲圖十二幅，取材自
《西廂記》。末題「丙午秋日曉樓旭」，卷中有「丹旭」、「曉樓」鈐
印。按其所題，似是清代費丹旭所繪。又民國八年（1919），梁啓超將其
所著《飲冰室合集》贈與法國國家圖書館。1945年，該館又收購了伯希和
（Paul Pelliot, 1878-1945）的全部藏書，其中包括中文典籍25000冊[33]。

　　此外，法國國家圖書館在二十世紀初，還委託伯希和在中國採買了
一大批古籍，約在1909年運回法國。1913年，伯希和爲之編纂了《國
家圖書館中文藏書中的「伯希和藏品A」和「B」目錄》（*Répertoire
des "collections Pelliot A"et "B"du fonds chinois de la Bibliothèque
Nationale*），發表於《通報》（*T'oung Pao*）1913年第14卷第5期。全書
分上下二卷，上卷收錄書籍329部，下卷收錄1743部。共計2072個編號，
如並叢書子目計之，則多達4700餘種[34]。其中包括一些珍善之本，如黃丕
烈舊藏宋刻《南華眞經》（Pelliot B 1671）。但更多情況下，其所關注的
仍是法國國家圖書館急需的方志、叢書與集部文獻。如其論方志曰：「在
法國國家圖書館，古恒先生的藏書目錄只有十五本中國縣鄉方志，加上我
們的藏書後，如今已超過了六百本。」論叢書曰：「法國國家圖書館所藏
叢書很少……我們帶回來的這些書將會爲學界帶來新的研究。」論集部文
獻曰：「在中國文獻的四個傳統分類經、史、子、集中，前三類如今在我
們圖書館中收集較爲全面，特別是在巴黎。現在我們必須向『集』的方向
努力發展。」[35]可見其搜集的典籍仍以實用爲主。

---

[33] 〔法〕羅棲霞，《法國國家圖書館：漢學圖書的跨文化典藏》，北京：中國大百科全書出版社，
　　2019年，第6頁。

[34] 陳恒新，《法國國家圖書館藏漢籍研究》，濟南：山東大學博士論文，2018年，第39頁。

[35] 〔法〕伯希和（Paul Pelliot），〈國家圖書館中文藏書中的「伯希和藏品A」和「B」目錄〉，《歐
　　洲藏漢籍目錄叢編》，廣州：廣東人民出版社，2019年，第3094頁。

四、西人漢語學習文獻舉隅

法國作爲傳教士漢學研究和專業漢學研究的學術重鎭，在歐洲漢學界的地位舉足輕重。無論是白晉、馬若瑟、宋君榮（Antoine Gaubil, 1689-1759）、錢德明等爲代表的十八世紀耶穌會士，還是雷慕沙、儒蓮、沙畹（Edouard Chavannes, 1865-1918）這些世界級漢學大師，對中國語言文字的研究一直是法國漢學界的學術傳統之一。其中，雷慕沙作爲歐洲第一位專業漢學家，是法蘭西公學（Collège de France）[36]1814年開設的「漢、滿一韃靼語言文學講席」首任教授；雷慕沙于1832年英年早逝後，弟子儒蓮繼承並執掌該教席四十餘年，1862年，儒蓮又繼任了巴贊（Antoine Bazin, 1799-1862）在現代東方語言專業學院（Ecole spéciale des langues orientales vivantes）的漢語教席。可以說，以雷慕沙和儒蓮師徒二人爲代表的，這批法國本土成長起來的漢學家開創了十九世紀法國漢語教學的新氣象。當然，法國漢學當中重視漢語研究的這一傳統，不僅體現在法國幾代漢學家對中國語言的研究上，也同樣體現在法國國圖收藏的相當數量的西人漢語學習文獻上。

在本文前述的這些歷代法國國家圖書館入藏的漢籍中，據法國漢學家儒蓮1853年手抄並整理的《皇家圖書館漢文和滿文藏書目錄》（*Catalogue des livres chinois et mantchoux de la Bibliothèque royale*）是一部重要的參考書目。儒蓮目錄的特點是手抄轉寫卡片目錄，黏貼在空白頁書上，裝訂成書，按經典、宗教、政治、歷史、科學與藝術、文學等類別分類。每張卡片上著錄一種書，將漢文典籍和日文典籍等放在一個典藏目錄下統一編號，約有10000餘冊。

據儒蓮手錄《目錄》第3冊所載（如圖4-1），圖書館東方手稿部藏有

---

36 時稱王室公學（Collège royal），由法國國王弗朗索瓦一世（François Ier, 1494-1547）設立於1530年。該機構在法國的帝制時代曾改稱皇家公學（Collège impérial），共和時代則稱法蘭西公學（Collège de France），後一種呼稱沿用至今。曾用拼寫Collége，本文改作現代法語拼寫。

數部佚名的漢外字典和詞彙手冊，年代和作者不詳，且多為手稿或未完稿，目前這批文獻尚未得到學界足夠的重視和研究。下面就以其中的一部詞彙手冊手稿為研究物件，展現近代西方人在學習漢語詞彙方面所作出的努力。

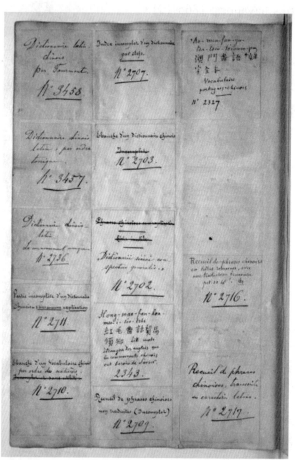

圖4-1　儒蓮目錄第3冊示例

　　在這批手稿中，有一部《漢語詞彙手冊》（*Vocabulaire chinois*），屬於基本完稿的作品，儒蓮對該文獻的著錄資訊（如圖4-2）為「Ebauche d'un Vocabulaire chinois par ordre des matières」意思是「一份按題材排序

的漢語詞彙手冊」。

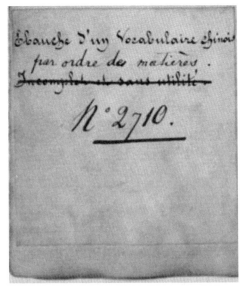

圖4-2　儒蓮目錄編號2710著錄資訊

　　這個著錄資訊引起筆者的興趣，這份300多頁的手稿輯錄了數量眾多的近代漢語詞彙。語言是文化的重要載體之一，由三部分構成：句法、語義和語用。其中語義，也就是包括詞和片語在內的詞彙意義最為重要，因為詞彙意義反應了一個民族的歷史文化傳統，包括生產生活習慣、行為規範、價值觀念、文學藝術和科學成就等。那麼這本由西方人編撰的詞彙手冊會有什麼樣的特點及價值呢？會反應當時西方人所關注的中國語言詞彙的哪些方面呢？帶著這些思考，筆者在東方手稿部申請查閱了該手稿。

　　據筆者初步考察，手冊紙張為毛邊厚紙，紙質較為粗糙。現在手稿共計350頁，為圖書館後加的褐色硬殼裝訂，但外觀磨損嚴重，書脊處標注有「Chinois 9250」的編號，沒有書名。後一頁在頂端用黑色墨水寫有「N° 2710」，下面鉛筆所寫「9250」。顯然這是兩個目錄編號。由於法國國家圖書館的古朗目錄只著錄到「9080」，那麼鉛筆所寫的「9250」當屬東方手稿部之後接續古朗目錄所作的編號，筆者也是根據這個編號查到

該手稿的。另一個「Nº 2710」的編號則爲儒蓮目錄所有，據筆者核查在第3冊第132頁，該頁共錄13部書籍，其中左下角一部即爲「2710」（見圖2）。經筆者核查，該手稿未見於前述法國國圖漢籍黃嘉略、傅爾蒙和雷慕沙目錄；而雷慕沙書目編寫時間爲1813年，儒蓮所編書目時間爲1853年，故至少可以推斷該文獻入藏法國國圖的時間應在1813到1853這個時間段。

手稿爲黑色墨水筆書寫，字跡不算工整，有的漢字寫得還比較生硬潦草，可以看出編撰者的漢語水準尚屬有限。扉頁第一行中間題寫「Vocab Chinois」（即「漢語詞彙」），右上角豎排三個法文單詞：「Elemens；Tems；Lieux」[37]，意思是「自然力」、「時間」和「地點」，應是這部分詞彙的三個分類。接下來，左邊寫著「Art. 3. Des noms tant adjectifs que substantifs」，意思是「條目三，既作形容詞也作名詞」。右邊單獨列出一個帶注音的法漢詞：「La qui[38]──La täi ki ──太極」。本頁主體開始於詞彙手冊的第一類所收詞彙「元素」類，以下列方式排列：

Des Elemens et de leurs parties

Le ciel	tsiēn (tiēn)	天
Le feu	hò	火
L'air	ksíi (kí)	氣
La terre	tíi (tí)	地
L'eau	csoùi (xuì)	水
La mer	haì	海
Le fleuve	kiān (kiām, kiāng)	江

---

[37] 這三個詞是從手稿首頁轉寫而來，尊重原書作者那個時代的拼寫，可能與當今法文的正字法有所差別，比如時間"tems"是舊式拼寫，現在為"temps"，特此說明。

[38] 原文此處法文拼寫存疑。

　　從第1-338頁爲詞彙手冊的主體，338-340頁爲一個法文簡要索引，342-350頁爲後裝訂進的散頁，標題爲「文房四寶」，輯錄了一批跟筆墨紙硯、科舉考試相關的詞彙。

　　手稿主體部分的基本體例爲法漢對照一組詞，左側爲法文詞彙，中間爲注音（有時會標注兩種注音），右側爲漢語對應詞彙，每頁收詞從幾個到十餘個不等。從目前對手稿的探查來看，抑或是編者精力或時間受限，很明顯到詞彙手冊中間部分編撰就較爲粗糙了，有一定數量的內頁[39]僅列出法文詞彙、注音，尚未來得及標注對應的中文詞，或者僅僅只寫了幾個漢字。

　　從詞彙的分類來看，編者在手冊最後的索引部分將漢語的詞彙共分爲17個大類和若干小類，按照類別進行了編排收錄。（表4-1裡所錄之法文單詞皆爲編者當時的法文拼寫法，且從手稿轉寫過來，爲尊重歷史文獻之原貌，故未按照現代法文的拼寫法進行調整，特此說明）

表4-1

章節	法文	中文（參考譯文）
1	Elemens	自然力
2	Couleurs	顏色
3	Nombres	數量
4	Arbres et plantes	樹木和植物
5	Animaux	動物
6	Corps humain et maladie	人體與疾病
7	Somme et ses divers états naturels	整體及其各種自然狀態
8	Conditions differ	不同等級

---

[39] 包括129-134頁、138-159頁、166-174頁、184-193頁、198-210頁、224-227頁、229-231頁、236-251頁、253-337頁。

章節	法文	中文（參考譯文）
9	Dignites et jugemens et examens	顯職及判決與考試
10	Batimens et parties de maison et de ville	房屋與城市的建築與構件
11	Meubles habits	傢俱與服裝
12	De ce qui sert a manger et des viandes	關於食物與肉類
13	De la guerre et des armes	關於戰爭與武器
14	la Religion et les sciences	宗教與科學
15	qualités communes à tous les êtres Verbes	眾生共有之特性 動詞
16	Pronoms	代詞
17	Des adverbes	副詞

　　在大類下面，有的收詞較多的又再分列小類，比如第一章「元素」除了基本詞彙外，又另列三小類，分別是「時間、地點、數量」。第十五章「眾生共有之特性」下設的小類更多，包括「學習、說話、身體姿態、沐浴更衣、職能與各部、友誼的標誌、印刷、憤怒與溫和、行動與願望、應酬來往、宴會與裝扮[40]、缺點、味覺與醫學[41]、購物與支付、懷疑及其對象、思考與論證、關於品質的形容詞、美德、聲譽、貴族」等等。第十七章「副詞」又細分為「地點、順序、數量、狀態、確認與否認、時間」幾類。顯然，作者以不同的話題為綱對中國人生活中的常用事物、日常交往、進行了歸納和介紹，也起到了積累漢語詞彙的目的。

　　就目前所轉錄整理的部分詞彙來看，可以初步發現這個詞彙手冊具有這樣一些特點：

---

[40] 該詞存疑，這個譯文為從手稿原詞轉寫並結合上下文推測。

[41] 同上。

㈠收錄的中文詞彙以名物居多，17個大類中前十四類都是名詞，而且多收日常起居、商業貿易、舶來品等相關詞彙

比如，我們知道人體器官詞彙是指表示人體身體各個部位的詞語，如手、口、心、頭等，在任何語言中這類詞彙都是最基本的詞彙。中國古代漢語中表示身體部位的詞語是很豐富的，這對於學習漢語的外國人來說也是要掌握的基本詞。這部詞彙手冊在第四大類「人體與疾病」中就輯錄了大量中文裡面表達人體器官的詞彙，差不多有68個，包括「頭、臉、腑、眼、目、眉、眼毛、耳朵、耳糞[42]、頭髮、鼻子、鼻路、唇中、口、嘴、上唇、牙齒、喉嚨、嗌[43]、肩、臂、肱、膊、手、左手、右手、手掌、指、指頭、大指、食指、中指、無名指、小指、指甲、膝、脊、脾胃、胸（膺）、腹、脘、肚子、肋（脅）、胂[44]、腰、背、臍、小肚、腳、踵、腿、掌、膏、腦、脛、膚、肉、肌、肝、肺、脾、腸、膽（膽）、膈、膀、胱、肚、肛、肢」等等，非常細緻。而且，也可以注意到作者對漢字的構字法有一定了解，在第70頁特別標注漢字「肉」，然後旁邊寫了漢字「月」，下面輯錄的詞大都是從「肉月」旁的，顯然他試圖向讀者介紹漢語中由偏旁「月」所構成的字大多跟人體器官相關，跟肉體有關。

在「服裝」類，羅列了各式各樣的衣衫鞋帽，如「汗衫、褲子、內褲、衫子、袍子、腰帶、外套、膊子白布、白布領、手巾、襪子、鞋子、靴子、皮靴、雨靴、袖子、扣子、扣門、領子、帽尾、帽纓、帽帶、大衣、夾衣、棉衣、手套、圍巾、浴衣、浴帽、龍袍、官袍……」等，品類之細可見一斑，確實關注到了中國人四季日常衣著的方方面面。

再如，在第一大類「元素」下設的第二小類「金屬」中收入了以下這些詞彙：「五金、銀、銅、黃銅、白銅、鐵、鋼、錫、鉛、水銀、白

---

[42] 《正字通‧米部》：「糞者，屎之別名。」耳糞，即耳屎。

[43] 指咽喉。參見「咽，又謂之嗌，氣所流通，厄要之處也。」——《釋名》

[44] 指夾脊肉。

鐵[45]、翁鐵石[46]、硫黃、銅綠、玻璃、金鋼石」等，同時還收入了一些外國輸入中國的各類奢侈物品詞彙，比如寶石，像「琥珀、瑪瑙、珊瑚樹、珍珠、玻璃鏡」等。在元末明初以當時的北京話為標準音而編寫的，專供朝鮮人學漢語的課本《老乞大新釋》中有這樣的例句，其中有多個商品的名稱都可以在詞彙手冊中找到：

我帶著你。買些零碎貨物去罷。紅纓一百斤。燒玻璃珠子五百串。**瑪瑙珠兒**一百串。**琥珀珠兒**一百串。水晶珠兒一百串。**珊瑚珠兒**一百串。犀角一十斤。象牙三十斤。吸**鐵石**二十斤。[47]

另外，在《清史稿》中關於外國的介紹中亦有一些當地土產異物的名稱，也可見於手冊所收錄的詞彙：

義大利即義大利亞，後漢書所稱大秦國也，在歐羅巴洲南境。康熙九年夏六月，義國王遣使奉表，貢**金剛石**、飾金劍、金珀書箱、**珊瑚樹**、**琥珀珠**、伽南香、哆囉絨、象牙、犀角、乳香、蘇合香、丁香、金銀花露、花幔、花氈、**大玻璃鏡**等物。使臣留京九年，始遣歸國。召見於太和殿，賜宴。聖祖以其遠泛重洋，傾誠慕義，錫賚之典，視他國有加。[48]

---

[45] 古代鍍鋅鐵的俗稱。

[46] 原文如此，即「吸鐵石」。

[47] 例文語料來源：北京大學中國語言學研究中心CCL語料庫。

[48] 同上。

㈡詞彙手冊中收入的部分詞彙具有文化負載詞的特點

文化負載詞又稱文化獨特詞、文化內涵詞，它深深打上了某一語言社會的地域和時代烙印，是表示某一種文化所特有的事物和概念的詞（片語）通過初步考察，這部法中詞彙手冊中收入的文化負載詞包括具有中國文化特色、具有民俗文化特色和具有地域文化特色這幾類。

首先，詞彙手冊的編者很注意輯錄有著中國獨特文化特色的詞。比如，在「植物」這類收入了「茶」。茶是中國的特產，也是明清時期對外貿易的重要商品之一，深受歐洲各界人士的喜愛。作者不僅收了「茶」這個詞，還進行了構詞的延伸，包括「茶樹、茶花、茶子、茶葉」，專門寫了一段法文注釋，對茶在中國的主要產區和種植地理條件做了簡要的介紹，同時引出了歐洲人對「茶」這一稱呼的緣起：

> 茶（thè）生長於福建省泉州[49]地區美麗平原的園子裡。這就是「茶」（té），歐洲對其的命名即出自此處。[50]

關於「茶」的名稱介紹，在康熙年間來華法國耶穌會士李明（Louis Le Comte, 1655-1728）神父的名作《中國近事報導》（*Nouveaux mémoires sur l'état présent de la Chine*, 1696）裡找到了相關介紹，他將「茶」歸入中國的草藥中，提到在「草藥中，有兩類特殊的藥，我首先加以介紹。第一類是茶葉（「ché」是福建省一個令人生厭的名稱，必須說「chá」，這是官話的用詞），或最好稱之為「茶」。這裡大家對茶葉的特性可以說是

---

[49] 根據注音推測。

[50] 參考中譯文，原文轉錄如下："sur le thè Dans le jardin de la plate belle de Hisuên Tisio de la province de Fokien (foŭ kiáne). c'est té et c'est de ca que vient la nom que les Europeans luy donnent". *Vocabulaire Chinois*, p. 37. 其中有不少拼寫系舊式法文拼寫，與現代法文正字法有所不同，本文為尊重歷史文獻原貌，未作改動，特此說明。

眾說紛紜……」[51]可知當時歐洲人已經初步了解到「茶」的名稱由來。如果再去對照稍早一些的杜赫德（Jean Baptiste du Halde, 1674-1743）《中華帝國全志》（*Description de l'empire de la Chine*, 1735），裡面也明確提到「茶在中國的用途最大，也最廣泛。『the』的名稱出自福建省泉州和漳州地區的方言，而在中國其他地區的叫法則就像葡萄牙遊記中所說那樣，稱之為『Tcha』」。[52]這部詞彙手冊中對「茶」的注解說明跟這幾段記述極為接近。由於當時西方對漢字的注音沒有統一體系，用西文字母轉寫漢字時有西式注音、葡式注音及法式注音等，所以「茶」這個漢字在不同作品中的注音略有差異；但不管怎樣，無論是十七世紀傳教士的中國報導，或是十八世紀歐洲有關中國的百科全書著作，還是十九世紀供西方人學漢語的一部詞彙手冊，對這種中國特色植物和重要的外銷商品均有所提及，可見通過來華傳教士傳遞回歐洲的資料，當時來自遙遠東方的茶葉及其基本資訊已經逐漸為歐洲人所普遍了解。

　　此外，還有一些收入的詞彙具有濃郁的民俗文化特色，比如在「時間」這一類中收入了一些節氣詞彙，比如「春分」「秋分」「夏節（夏至）」「冬節（冬至）」，還有中國農曆裡面特有的時間詞，如「三旬」「上旬」「中旬」「下旬」「月朔」「月中」「月滿」「閏年」「臘月」等，這些都是中國傳統曆法取月相變化週期即朔望月來計量時間的單位。我們知道農曆的年分為平年和閏年。平年為十二個月；閏年為十三個月。月分還進一步分為大月和小月，大月三十天，小月二十九天。這些知識對使用西曆的歐洲人而言都是新鮮的體驗，比較有意思的是，手冊中還專門整理了一組俗諺短語來清楚地展示中文裡面不同大小的月分：「正月大、二月小、三月大、四月小、五月大、六月小、七月大、八月大、九月小、

---

[51] 〔法〕李明著，郭強、李偉、龍雲譯，《中國近事報導》，鄭州：大象出版社，2004年，第198頁。

[52] Jean Baptiste du Halde, *Description geographique historique chronologique, politique, et physique de l'Empire de la Chine et de la tartarie chinoise*, Paris: P.G. Le Mercier, Imprimeur-Libraire, 1735, vol.II, p.20.

十月大、十一月小、十二月大」。所以說外國人通過積累掌握這樣頗具民間色彩、直白明快的文化負載詞，可以借助這一語言載體深入了解背後的歷史文化內涵，也就有可能從一種單純的語言技能學習變成融合了文化知識的綜合語言學習。

筆者在整理收詞情況的過程中，產生了一個揣測，即該詞彙手冊的編撰者很有可能曾在南中國的廣東福建地區生活過，因為有一些具有鮮明地方特色的詞彙也被收入進來。比如，「植物」類收入了「芥藍菜」，這是福建的特產蔬菜，據查《浪跡三談》（清‧梁章鉅）中特別介紹過：

> 芥藍菜本閩產蔬品中之最佳者，而他省無之，然吾鄉人仕宦所至，率多於廨中隙地種植，近聞京官宅中，亦多種此，他省人亦喜食之。按《群芳譜》載：「擘藍一名芥藍，芥屬，南方人謂之芥藍，葉可擘食，故北人謂之擘藍。葉大於菘，根大於芥苔，苗大於白芥，子大於蔓菁，花淡黃色。」[53]

㈢詞彙手冊中收錄了一些外來詞，特別是跟基督宗教相關的漢語詞彙

在「宗教」類，可以見到這樣一些詞：「天主、額辣濟亞、耶穌基利斯多、聖神、聖三、聖體、聖母、瑪利亞、天神、若瑟、若翰、真福、聖人、聖女、神天、聖方濟各、多明我、傳教會、解罪、天堂、地獄……」等。這些有關天主教教義的詞有的是原來漢語詞彙中所沒有的，在明末清初天主教再度入華後，隨著傳教士翻譯《聖經》、撰寫教理書籍時創造出來的。有的是佛教入華後，在翻譯佛經時所創制的譯詞，天主教亦將該詞借用表達類似的宗教教義，如「地獄」一詞。這些宗教類外來詞進入漢語詞彙系統中以後逐漸為中國人所接受，有的甚至演變成約定俗成的稱呼從

---

53 例文語料來源：北京大學中國語言學研究中心CCL語料庫。

晚明一直沿用到晚清，甚至到今天教會內外仍在使用。

在「時間」類，除了前述收入中國傳統的時間詞以外，還特別收入了基督宗教中的一些詞彙，如「每七日」「主日」「主二日」「主三日」「主四日」「主五日」「主六日」。天主教徒稱星期日爲主日，一星期中除主日以外的六天順序稱爲「瞻禮二」至「瞻禮七」。其中「主日」常見於各種教理書，但「主二日、主三日……主六日」這樣的表達法卻非常罕見，像陽瑪諾神父的《聖經直解》中用的是「第二主日、第三主日……」，據查其他一些天主教的瞻禮單也沒有採用這樣的表述。由於目前筆者還沒有找到更多的資料予以輔證，只能推想也許是當時閩粵地區口語中對天主教禮儀日曆的一種特殊叫法；抑或是編撰者想要特別強調一週七天的計算時間方法是從《聖經》來的。

當然，由於這部漢語詞彙手冊是以手稿形式呈現，極有可能是編者自用，尚未達到爲出版刊刻所精心製作的抄本程度，因此也有一些明顯的不足。比如雖然收詞數量不少，但沒有全部標注中文對應的詞彙是最大的遺憾；在編排方面也能看出略顯粗糙，有時內頁的章節標號跟後面的索引不能完全對應；此外還出現了不少錯別字，可以看出編撰者的漢語水準還並不嫻熟，尤其是在漢字的書寫方面顯見較爲吃力。考慮到當時在西方人在漢語學習教材、工具書和師資的匱乏與艱難，我們也不能作過多苛求。

五、結語

十六世紀末傳教士來華，帶來了西方的書籍，開啓了中國對歐洲的語言文字與知識的初步了解。與此同時，西人也積極學習中國的語言文字，以力圖更全面深入地了解中國文化。而在其學習的過程中，搜集研究中文典籍與編寫用於漢語學習的手冊、辭典，是相互關聯的兩個重要環節。有些手冊、辭典是直接從中文典籍翻譯而來，或大量採用了中文典籍的內容。有些雖然從表面上看起來是獨立編纂的，但其中仍能找到中文典籍對其施加影響的痕跡。如本文舉出的《漢語詞彙手冊》，爲分類編纂，

此種形式在中國古代的字書中很少見。但其在「人體與疾病」類收錄了從「肉」（月）之「肖」、「膠」等不屬於此類的字，還是受到了一些按部首編排的中國傳統字書的影響。而其對漢語詞彙的歸納與分類，也有可能與中國的類書有關。姚小平先生曾言：「晚明西洋傳教士趁歐亞海路開啓之機前來中國，由學說漢話、寫方塊字、讀經籍與小說起步，逐漸認識漢語、進而沉浸探索。從此漢語研究不再是中國人自家的事情，在本土小學的路徑之外添出一條西洋漢語研究的線索。」[54]本文即力圖在西人之漢籍收藏與編纂漢語學習材料之間，建立一種有機的連繫，以闡明其是如何從「讀經籍與小說」到「認識漢語」、「沉浸探索」的具體過程。

語言在接觸中變化，也在變化中接觸。「他山之石可以攻玉」，從這一意義上來看，本文所述的這部由西方人編撰，成書時間大約在十八世紀晚期到十九世紀上半葉的漢語詞彙手冊，爲我們提供了一個微觀的他者視角用於考察這些來源於當時中國人日常生活的各類詞彙，多維度地審視近代漢語系統的細微末節，由遠及近、由小及大、由點及面，從這些平常的詞語入手，從另一側面去探究中國語言生成的來龍去脈，前因後果，進而推演到中國文化的承前啓後與變化發展。儘管由於編者水準有限，難以盡善盡美，然從全書來看亦有頗多特色，所收漢語詞彙按照類別進行了編排收錄，包括時間、數量、顏色、人體、疾病、動植物名稱、自然現象、生活用品、行爲動作、親屬稱謂、職業行當、行政官職、科舉考試、宗教、戰爭等等，內容豐富，有些是我們中國人習而不察但對外國人卻是鮮活有趣的文化體驗，反應了近代漢語白話詞彙的一些歷史面貌和時代特點，而且還收入不少具有南方閩粵地區特色的方言詞彙，以及近代中西文化交流過程中進入到漢語系統的外來詞，成爲當時西方人爲學習漢語詞彙所編撰的一個非常生動具象的文本材料，對十九世紀世界漢語教育史文獻的發掘、整理和研究也是有益的補充。

---

54 姚小平，〈借西學之石，攻中國之玉——談談西洋漢語研究史〉，《中國社會科學報》2020年5月13日，國家社科基金專刊。

參考資料

〔丹麥〕龍伯格。《清代來華傳教士馬若瑟研究》。鄭州：大象出版社，2009年。

〔法〕費賴之著、馮承鈞譯。《在華耶穌會士列傳及書目》。北京：中華書局，1995年。

〔法〕羅棲霞。《法國國家圖書館：漢學圖書的跨文化典藏》。北京：中國大百科全書出版社，2019年

〔法〕榮振華。《16-20世紀入華天主教傳教士列傳》，桂林：廣西師範大學出版社，2010年。

陳恒新。〈法國國家圖書館藏漢籍的來源與文獻價值考略〉，《大學圖書館學報》2018年第2期。

陳恒新。《法國國家圖書館藏漢籍研究》。濟南：山東大學博士論文，2018年

李聲鳳。《中國戲曲在法國的翻譯與接受》。北京：北京大學出版社，2015年。

王力。《漢語史稿》。北京：中華書局，1980年版，2019年第22次印刷。

許明龍。《黃嘉略與早期法國漢學》。北京：商務印書館，2014年。

姚小平。〈借西學之石，攻中國之玉——談談西洋漢語研究史〉，《中國社會科學報》2020年5月13日，國家社科基金專刊。

張世祿。《漢語史講義》（下冊）。北京：東方出版中心，2020年。

張西平主編。《歐洲藏漢籍目錄叢編》。廣州：廣東人民出版社，2019年。

Cécile Leung, *Étienne Fourmont (1683-1745): Oriental and Chinese Languages in Eighteenth-century France.* Leuven, Belgium: Leuven University Press; Ferdinand Verbiest Foundation, 2002.

Louis-Xavier de Ricard. *Catalogue des livres chinois composant la bibliothèque de feu M. G. Pauthier.* Paris, E. Leroux, 1873.

Monique Cohen, "A Point of History: The Chinese Books Presented to the National Library in Paris by Joachim Bouvet S.J., in 1697," *Chinese Culture: A Quarterly Review* 31.4 (1990).

Nicolas Standaert, "Jean-François Foucquet's Contribution to the Establishment of Chinese Book Collections in European Libraries," *Monumenta Serica:Journal of Oriental Studies* 63 (2015).

Vocabulaire Chinois, Biliolthèque nationale, Paris, MSS orient, Chinois 9250.

近代日本之華語教材研究：解讀「華語」一詞所含的意象

林初梅

大阪大學／日本

摘要

　　近代日本之中文學習教材名稱非常多元，例如「清語」、「北京官語」或「支那語」，但也有為數不少的「華語」教材，本文透過分析，探討近代日本之中國語教育科目和中文學習教材之命名取向，並解讀「華語」一詞所含的意象，最後得到以下結論：(1)近代日本之中國語教育的科目名稱，按時代演變，先由「漢語」改為「清語」，再演變為「支那語」，而「華語」用於科目名稱則不普遍，但命名為「華語」的學習教材比例相當高。(2)一部分華語教材的作者，不僅強調「華語」一詞意指當時通行於中國全境的共通語及標準語，他們更欲藉「華語」一詞，為當時脫離中國現實社會的中文教材注入一股新氣象。

關鍵字：近代日本、中國語教育、華語、教材

A Study of Hua2yu3 (Mandarin) Learning Textbooks in Modern Japan: Interpreting the Imagery of the Word "Hua2yu3"

Lin, Chu-mei

Osaka University/Japan

Abstract

In modern Japan, there are many names for Mandarin learning textbooks, such as "language of the Qing", "official language of Beijing" or "language of Zhina", but there is also a large number of teaching material for " Hua2yu3" (Mandarin). Through textual analysis, this article, will explore the trend of naming Chinese language education and Mandarin learning textbooks in modern Japan, and interpret the imagery contained in the word " Hua2yu3". Finally, this article comes to the following two conclusions: (1) In modern Japan the names for subjects in Chinese education have evolved, starting with "language of the Han" to "language of the Qing", and then changing over time into "language of Zhina". Although the usage of " Hua2yu3" for Chinese language is not common, the proportion of learning materials published under the title "Hua2yu3" is quite high. (2) Some authors of Mandarin learning textbooks have not only emphasized that "Hua2yu3" designates the common language and standard language spoken throughout China (at a certain time), but they also sought to use " Hua2yu3" to extract Chinese language education from contemporary Chinese society, thus creating a fresh impetus.

Keywords: modern Japan, Chinese language education, Mandarin/Hua2yu3, textbooks

一、前言

　　近年來，隨著臺灣文化在日本社會能見度的提升，日本出版界也開始出版臺灣華語教材[1]，內容以臺灣所使用的繁體字中文學習為主。然而，眾所周知，說到中文，當代的日本人所聯想到的不外是「中國語」、「北京語」、「マンダリン」等詞彙，「華語」一詞則相當陌生。

　　但日本的國會圖書館[2]卻典藏了為數不少的「華語」教材，意外的是，這些出版品中，除了2000年以後零星出版的臺灣華語教材之外，二戰前或戰爭時期的出版品占絕大多數，例如《華語跬步》（1901）、《華語初階》（1920）、《華語童話讀本》（1925）、《華語文法研究》（1937）、《華語教程》（1939）等。

　　再檢視同一圖書館二戰後到2000年的華語教材，寥寥無幾，偶有談及，也僅止於東南亞華人社會之華語學習者出現所出版的華語教材，例如《中國‧東南亞商業華語及書信必修》（1962），此一時期，「華語」所代表的意象顯然有別於二戰前。

　　1945年以前，日本的中文學習教材為何出現不少的華語教材？事實上，當時的教材名稱非常多元，例如以「清語」、「北京官話」或「支那語」命名的教材也不少。日本學者田野村忠溫曾經針對這些複雜的名稱進行分析，並指出以華語命名的教材大致出現於二十世紀初期～1940年代，這一點與本文後述的分析一致，但該文並未針對華語一詞所含的意象提出說明[3]。因此，為數不少的華語教材的命名取向就格外引人矚目。筆者特別關注的焦點有二，其一是作者採用華語一詞的理念為何？其二是華語教

1　例如孫大川 Pa'labang企劃／林初梅‧古川裕監譯／林初梅編（2019）《日本語と華語の對訳で読む台湾原住民の神話と伝説》三元社。

2　國會圖書館係日本藏書量最豐富的圖書館。

3　田野村忠溫〈中国語を表す言語名の諸相──その多様性、淘汰と変質、用法差〉《待兼山論叢》文化動態論篇，52，2018年12月，pp.67-102。

材產生的時代背景爲何？以下，本文將透過近代日本華語教材的分析，解讀「華語」一詞所含的意象，以期作爲近代日本華語教材發展史之初步探討。

二、概觀近代日本的中國語教育

在分析近代日本出版的中文學習教材名稱之前，本節將回顧日本明治時期到1945年以前的中國語教育[4]。關於此一時期的中國語教育，雖然有不少先行研究，筆者將引用六角恆廣[5]的研究成果，以闡述近代日本中國語教育[6]的概況。

六角恆廣是日本中國語教育史研究的代表性人物，他指出近代日本的中國語教育是以對外擴張主義爲基礎開始的。因此，其特徵並非文化語學，而是實用語學，但與英語的實用教學又不同。英語多爲商業英語、工業英語，中文則是生活會話。無論是教材或是教學內容都以會話爲主[7]，但比較像清末有錢有閒的中國人的對話，而脫離現實中國社會。

這是因爲當時不少日本人因軍事、政治、經濟目的遠赴中國，爲異鄉生活所需而學習中文，所以重視日常會話。教學內容既不重視音韻學等發音教育，也不重視文法解說，所以並非以科學的角度來學習中文或研究中文。

六角還將1945年以前的中國語教育分爲以下三個時期，以特徵來說，第1期和第2期的1871～1895年是基礎創建期，第3期1895～1945年則是大幅擴張的時期，詳細說明如下：

4　關於近代日本之中國語教育，亦請參閱本書所收錄的古川裕論文，該文有精闢深入的解說。

5　六角恆廣（1988）《中国語教育史の研究》東方書店。

6　日本的近代中國語教育不含文言文，文言文稱「漢文」。

7　六角恆廣（1988），同註5，pp.13-14。

㈠草創期的南京官話教育（1871～1876）[8]

　　眾所周知，日本的近代化始於明治維新，近代中國語教育也由此開始。1871（明治四年），日本與中國簽訂「中日修好條約」（日語稱「日清修好條約」），迫切需要中文人材。同年，日本外務省開設了外國語學所（含德語、俄語、漢語），其中的漢語學所是近代日本中國語教育的嚆矢。

　　外國語學所成立後，於1873年（明治六年）與其他兩校合併，成為東京外國語學校（俗稱舊外語，有別於1899年所成立的東京外國語學校），外國語學所之漢語學所則為東京外國語學校（1873～1885）漢語科之前身。在此，特別值得一提的是，這個時期東京外國語學校的中國語教育，其發音採用的是南京官話，原因在於教授者是江戶時期的唐通事（長崎一帶的通譯官）。唐通事皆由中國的渡來民所擔任，子孫世襲，他們應工作需求，所學的是南京官話。之所以選擇南京官話，在於南京官話使用範圍廣，具備共通語[9]的性格。他們沿用傳統中國私塾的教授方法，利用《三字經》、《大學》、《論語》、《孟子》等古典經籍朗讀的方式學習，代代相傳。換言之，是以近世江戶時代唐通事的唐話教授法，進行明治時期的中國語教育，因此即便已經進入明治時期，依然沿用江戶時期的教學內容。

㈡北京官話之轉換期（1876～1895）

　　1876年，日本的中國語教育進入北京官話教育時期，真正的近代中國語教育自此開始，發音從南京官話改為北京官話。前述之南京官話，雖也具備共通語的性格，但使用範圍仍不及北京官話，真正具備共通語功能、廣泛使用於中國全境的是北京官話。北京官話教育對日本的近代化而言，

8　六角恆廣（1988），同註5，本段落引自pp.30-32。

9　南京官話雖不若北京官話的使用範圍，但具中國13省的共通語性格，詳見六角恆廣（1988），同註5，p.385。

無論在正面或負面的意義，都發揮了很大的影響力。

　　前述1871年「中日修好條約」簽訂後，日本迫切需要中文人材。原因是需要派公使赴北京。但當時只有會南京話的學生，情急之下，找了居住北京的日本人充任，直到1876年始有東京外國語學校漢語科的在學學生獲選爲外務省留學生，得以到日本駐北京公使館學習北京官話[10]。

　　此外，1874年發生牡丹社事件，琉球人在臺灣遇害，日本出兵臺灣並與清國交涉，這個原因也讓當時的日本外務省迫切需要中文翻譯人材。因此，基於外交上的考量，具備共通語特性的北京官話，成了中國語教育的首選，東京外國語學校漢語科於1876年9月起，開始聘請北京的中國人進行北京官話教育[11]，該校雖於1885年停辦，但北京官話的教學方向已然確立。

　　這個時期所出版的北京官話學習教材也值得關注。當時的日本，除了上述官立學校之外，另有民間學校，如廣部精所成立的日清社（1876～1885）。廣部精深感北京官話教材之不足，於1879年～1880年期間著手編纂《亞細亞言語集支那官話部》，這套教材共七卷七冊，可以說是近代日本首部北京官話的學習教材[12]。

(三)支那語教育體系奠定時期（1895～1945）

　　1894年發生中日甲午戰爭，日本人不僅贏得了戰爭的勝利，日本國民的國家意識高揚[13]，也讓他們燃起一股學習中文的熱潮，中文學校如雨後春筍般地成立，中文的學校、講習會或私塾的成立幾乎都是在這段時間。在這個基礎上所實施的中國語教育，具有對外擴張主義的色彩，而這個特

---

[10] 六角恆廣（1988），同註5，p.122。

[11] 六角恆廣（1988），同註5，p.125。

[12] 六角恆廣（1988），同註5，pp.164-165。

[13] 佐谷真木人（2009）《日清戦争—「国民」の誕生》講談社現代新書。

徵主導了1945年以前日本的中國語教育的方向[14]。

　　根據六角的考察，當時的中文教學有四大教育系統，前三類在1945年日本敗戰前，擔負重要的功能，在此分述如下：

1. 私塾

　　創校人宮島大八自中國留學歸國後，於1895年成立詠歸舍，這是一所教授漢學及北京官話的私塾，1898年改稱善鄰書院。宮島大八所出版的《官話急就篇》（1904，善鄰書院），不斷再版，1945年以前再版次數達170多次[15]，當時的中文學習者幾乎都使用過，該書之重要性可想而知。此外，該書院畢業生人材濟濟，其中也有不少人畢業後任教於陸軍士官學校、陸軍大學校、東京高等師範學校。總之，善鄰書院影響深遠，可說在近代日本中國語教育界具有舉足輕重的地位[16]。

2. 官立學校

　　1899（明治三十二年）所成立的東京外國語學校（俗稱新外語），有別於1873年成立的東京外國語學校（俗稱舊外語），這是在中日甲午戰爭結束後，著眼於經濟發展，為培養外貿人材所成立的學校，與前述善鄰書院一樣，同是近代日本中國語教育界的重鎮。東京外國語學校自1899年成立後，中文的課程名稱一直都是「清語科」，直到1913（大正二年）9月文部省下達通令，才出現「支那語科」[17]。

3. 進駐上海的教育機構

　　自1884（明治十七年）以來，日本陸陸續續在中國上海成立了幾所中文學校，例如東洋學館（1884年成立，支那語）、日清貿易研究所（1890～1893，清語學）、東亞同文書院（1900～1945，1939年起升格為

---

[14] 六角恆廣（1988），同註5，p.200。

[15] 詳見安藤 太郎（1988）《中国語と近代日本》岩波新書，p.40。

[16] 六角恆廣（1988），同註5，p.200。

[17] 清語科改支那語科之規定，請參照六角恆廣（1988)，同註5，p.247。

東亞同文書院大學，係日本愛知大學之前身）。這些學校都是為培養人材進駐中國所設立的，但歷史都很短，只有東亞同文書院成立時間最長，影響也最深遠。

東亞同文書院於1900年成立，成立當初地點是在中國南京，名為南京同文書院，同年因為發生義和團事變，改遷上海，更名為東亞同文書院。該書院為培養日本青年從事中國相關的商業、政治活動，因此以經貿科目為主，中國語教育也是其中重要的一環。至於教學模式，則是從日本招生，再讓學生赴上海學習，期間還必須深入中國各地旅行考察[18]。

每週的中文授課時間數遠比其他科目多，成立之初，科目名稱叫「清語」[19]，1913年改為「支那語」，1940年的資料還曾出現過「華語」。畢業生回憶當時的教學內容時，也常出現「華語」一詞，相較於當時日本普遍稱中文為支那語的情況來看，華語算是一個罕見的用語[20]。此外，東亞同文書院1928年創刊的雜誌名為《華語月刊》（1943年停刊），還曾出版過《華語萃編》（共四集，初集1916年出版，二集1924年出版，三集1925年出版，四集1933年出版）[21]，由此也可以看出東亞同文書院使用華語一詞的頻率高過其他的教育機構。

4. 舊制高等商業學校[22]

高等商業學校成立第二外國語教授中文，也是這個時期的特徵之一，東京、神戶、長崎、山口等地都有同性質的高等商業學校，可以說結合了外語和商業教學。惟六角認為商業學校的重要性不若前三項[23]，其著作並未深入探討，本文也因此省略不談。

---

18 六角恆廣（1988），同註5，pp.266-271，p.313，p.337。

19 六角恆廣（1988），同註5，p.329。

20 六角恆廣（1988），同註5，p.350。

21 六角恆廣編（1985）《中国語関係書書目1867～1945》不二出版，pp.29-30。至於教材內容，請參閱六角恆廣（1988），同註5，pp.332-337。

22 有別於舊制高等商業學校，舊制高等學校始終未出現中文教學。

23 六角恆廣（1988），同註5，p.203。

三、科目名稱與教材名稱之命名取向

在概觀了近代日本的中國語教育後，本節將分析當時日本的中國語教育科目名稱及中文學習教材名稱的命名取向。在此，筆者先根據第二節的論述，將各個時期、各個學校名稱之演變及實際出現的科目名稱進行整理，列表如表4-2。

表4-2　近代日本之中文學校及其教學概況

	學校名稱	創辦時期	科目名稱（教授內容）	出版品
私塾	詠歸舍	1895～1898	北京官話及漢學	
	善鄰書院	1898～（不詳）	北京官話及漢學	官話急就篇
官立學校	外務省漢語學所	1871～1873	南京官話	
	東京外國語學校（舊外語）	1873～1876	漢語科（南京官話）	
		1876～1885	漢語科（北京官話）	
	東京外國語學校（新外語）	1899～1913	清語科（北京官話）	
		1913～1945	支那語科（北京官話）	
上海的教育機構	東洋學館	1884～1885	支那語	
	日清貿易研究所	1890～1893	清語學	
	南京同文書院	1900～1901	清語	
	東亞同文書院	1901～1945	清語、支那語、華語	華語月刊、華語萃編

由上述內容，可以歸納出以下特徵。近代日本的中國語教育（含私立或公立學校）之科目名稱，起初以「漢語」「清語」為主，但滿清被推翻之後，「支那語」成為最普遍的用法。至於「華語」，日本國內學校並未出現華語課程的名稱，「華語」此一名稱，僅出現於上海的東亞同文書院。

此外，如下所述，當時也有「滿洲語」的用法。1931年發生九一八事

變（日語稱滿洲事變）後，不少日本人進駐東北，因此也有人將中國語稱為「滿洲國語」或「滿洲語」，可以看出近代日本對中文的稱呼相當複雜而且多元。

　　那麼，華語教材與其他名稱的教材相比，其出版數量大約占多少比例呢？以下，筆者將透過日本國會圖書館的藏書（如表4-3），來分析當時中文學習教材名稱的時代變遷及命名取向。在此必須說明的是，重覆計算是難以避免的，例如《支那語北京官話教範》（1921），就可能同時出現在支那語、北京官話的欄位裡，但仍可透過下表所示數據了解當時教材命名的特徵。

表4-3　日本國會圖書館所藏近代日本之中文學習教材數量（言語類，日本所出版之圖書、辭典等）

檢索語（合計冊數）言語類	1870~	1890~	1900~	1910~	1920~	1930~	1940~1945	備考
華語（65）			6	3	14	19	23	附錄資料
支那語（265）	2	10	16	21	22	120	74	
北京語（4）			1			1	2	
清語（20）			18	2				
清國語（2）		1	1					
洲語（22）			1		4	16	1	
北京官話（28）	1	2	10	7	4	4		
官話（68）	5	4	27	11	9	10	2	
中國語（5）			1			3	1	

（2020年5月28日檢索、2021年7月20日確認）　　　　　　　製表：林初梅

　　表4-3是日本國會圖書館典藏的記錄，全數是語言類的中文學習教

材，同時也是日本國內出版社所出版的[24]。從中可以看出，名為支那語的教材為數最多，高達265筆，其次是官話及華語，分別有68筆和65筆。清語或滿洲語也有一定的數量。

如前所述，中國語教育的科目名稱，按時代演變，先由漢語演變為清語，再演變為支那語，華語則不普遍，即便有，也僅止於東亞同文書院晚期的科目名稱。但命名為華語的教科書比例卻高達65筆（詳見卷尾附錄資料）[25]，特別是進入1940年代之後，雖仍不及支那語教科書的數量，但有增多的**趨勢**，相對來說，以支那語和官話命名的教材則逐漸減少。

換言之，教科書名稱使用華語的頻率，遠遠超過科目名稱，這是一個很耐人尋味的現象，究竟這樣的命名意味著什麼？下一節，筆者擬進一步探討「華語」一詞所含的意象。

四、「華語」一詞所含的意象

六角曾指出，東亞同文書院之中文科目名稱一直以來都是「支那語」，但1940年的資料則記載為「華語」。他並說明當時一般日本國內皆稱中文為「支那語」，「華語」是非常少見的現象，相對而言，位於上海的東亞同文學院則經常使用「華語」一詞，然為何使用則不詳。六角推測：「學校位於上海，中國境內當時反日、排日、抗日的情緒高漲，或許是為了不要激發更強烈的反彈，才潛意識地避開支那之用語。」（筆者譯）[26]，但筆者認為這樣的說明顯然無法解釋日本國內華語教科書數量增多的原因，以下將透過兩個部分來探討。

---

[24] 田野村忠溫之論文有類似的統計，詳見田野村忠溫（2018），同註3，p.89。但本文以國會圖書館言語類之數位檔為主進行分析。

[25] 惟華語的使用早在1900年就出現，較中華民國的誕生來得早，原因尚未得到檢證，筆者擬另稿再論。

[26] 六角恆廣（1988），同註5，p.350。

㈠尋找「支那」的代用詞

　　前述第三節提及以支那語命名的教材比例最高，由表4-3可以看出1930年代是使用頻率最高的時期，1940年代則逐漸減少，反之，命名爲華語的教材則有增加的趨勢。從支那語改換爲華語，究竟是在什麼樣的時代背景下所發生的？透過以下論述，可以發現當時日本國內也出現了以不同語彙取代「支那」的聲浪。

　　在此，先說明「支那」一詞所代表的含意。日本使用「支那」一詞稱中國，其實很早就有，但直到江戶時期，才開始廣爲使用，二戰結束前，可以說是最廣泛使用的用語，二戰後則不再使用。以當代的視角來看支那一詞，幾乎只是蔑稱，並帶有嚴重負面的意象，但一開始並非如此。

　　明治政府成立之初，與清朝建交，稱其爲清國，人民爲清國人，學術領域則維持「漢」的用法，例如漢學，漢文。但在進入明治中葉之後，無論國號或文化皆統稱爲「支那」，中文則稱爲「支那語」。特別是滿清被推翻後，「支那」及「支那語」更是取代了「清國」「清語」，成了最普遍的用詞，就連孫文在中華民國建國後，給大隈重信的信函中[27]，也多次使用，由此可以看出，「支那」一詞在當時並非貶義詞。

　　也因爲如此，中華民國建國後，日本依然使用支那一詞[28]，兩國之間的公文書，中文版雖稱「中華民國」，日文版則沿用英文直譯方式，採「支那共和國」。此舉引發中華民國政府的嚴重抗議，1930年正式行文要求日本政府改稱中華民國。日本也於同年10月31日閣議決定接受此一要求，外交文書開始使用「中華民國」[29]，但卻引起部分日本知識份子的不

---

[27] 例如1914年5月11日孫文〈書簡〉（早稻田大学図書館所藏）。信函內容另可參照安藤彥太郎（2002）〈大隈重信と孫文「書簡」〉《未来にかける橋—早稲田大学と中国》成文堂，pp.95-121。

[28] 渡會貞輔（1918）《支那語叢談》大阪屋号書店，pp.66。

[29] 「公文上支那国号ノ呼称ニ関スル件ヲ定ム」（国立公文書館デジタルアーカイブ（archives.go.jp））。

滿。他們認爲「中華」代表中華思想[30]，若同意接受，則是自我矮化，因此，反對者眾，並認爲這是一種軟弱外交。在那之後，中日戰爭期間，支那逐漸變成日本人矮化中國的代名詞，當時日本稱「中日戰爭」爲「支那事變」。

　　然而，撇開負面的含意不說，日本使用「支那」一詞，其普遍之程度，早已滲透到民間社會，這一點可由《仏印・泰支那言語の交流》（1942）一書作者後藤朝太郎的描述得知，他說：「中國當地普遍使用中國話這個用法，但日本人不熟悉。日本社會雖認爲支那一詞最好別用，但對日本人來說，不用支那這個用語大概反應不來，因爲太多的名稱都用到支那，例如支那料理、支那蕎麥、支那饅頭等等⋯⋯」（筆者譯）[31]，顯見民間社會積習難改。但透過這段說明也可以發現，日本的知識份子已經有人開始提倡盡量避開支那一詞。不待言，尋找支那的代用詞，也有其必然性。

(二)藉「華語」展現「共通語」「標準語」之時代意義

　　以上是近代日本「支那」一詞的使用狀況。那麼，從事中國語教育的知識份子又如何看待中文名稱的問題？在此引述幾位華語教材作者的看法[32]。

　　在日本教授中文的教師張廷彥，於《普通官話 新華言集》（1919）一書中，爲中文的選用做了說明，序文提及該書有五大特色，其中三個特色爲：

> 書中語言。爲中國各省大多數能彼此通曉。一種普通話。
> 與原有之各種語學書。略有不同。因凡屬北京方言土語皆

---

[30] 華夷思想導致「華」帶有領土的中心及支配性含意之故。

[31] 後藤朝太郎（1942）《仏印・泰支那言語の交流》大東出版社，p.108。

[32] 1945年以前的華語教材雖然不少，但在序言中說明命名原因的教材並不多。

刪除不用。此其特色一也。

此書內容。不外語言政治風俗人情。皆上等社會吐屬。不
惟外邦人士可讀。即我國青年學子讀之。亦可增長學問見
識。此其特色二也。

此書選錄名人論說。專擇其有益於登壇講演。與體裁可作
他日國語標準者。……[33]

　　書中雖未言明華語的含意，卻明確指出該書不用北京土語或方言，
採用的是中國的共通語，且是南北互通的上流社會用語，可視爲一種標準
語。從該書書名，亦可推論作者欲推廣當時中國正在使用的共通語，而非
特定一個區域的官話，該書雖不用華語命名，但書名選用《普通官話 新
華言集》，也可看出作者對「華」一詞的期許。
　　翌年，張廷彥又出版了新教材《華語初階》（1920），他在〈例言〉
中如此說明：

近日我國語學已由一般學者公認爲國家統一及教育普及最
要機關，是以北京大學所出雜誌多略文言而趨重白話，選
用之語以通國大多數易解者爲標準，較向有之京話報及官
話教科書，其用途之廣狹，誠不可同日語也，現我國語學
既有此趨勢，則對於研究我國語學之教科書，自應推陳出
新稍事變通期於適用，是以不揣譾陋而有此華語初階之作
也[34]（原文無標點符號，標點符號係筆者所追加）。

---

[33] 張廷彥（1919）《普通官話 新華言集》文求堂，p.1。
[34] 張廷彥（1920）《華語初階》文求堂，p.1。

　　由上文，顯見國家統一及教育普及是當時中國語學的首要目標，因此，張廷彥認爲 1.略文言趨白話、 2.全國通行易解的語言選用是必須的，但日本的教材內容顯然跟不上中國社會的變化，因此，因應時代潮流推出《華語初階》。以華語命名，顯然帶有推陳出新的含意。

　　在彥根高等商業學校任教的白廷賚則於《現代最新華語叢談》（1927）中提出以下說明：

　　是書之宗旨。以期造成高級華語人材之需。

　　是書完全蒐羅現代中國上流人最流行之語。雅俗兼賅。非
　　他書僅囿於北京一隅之方言也[35]。

　　由此可以看出，作者對華語的認知是中國上流社會用語，而非北京方言。此外，該書另提及所謂官話就是北京雅馴之言，有別土俗之語，還提到近十年來的中國，交通發達，南風北漸，官話已經有所變化。他說：「故今之華語。迥異疇音。鄙人受聘扶桑。謬厝講席。所用課程，多係舊本。容有過渡之言。雖經妄加改竄。以供教授。猶恐未饜學者之求。乃於課餘之暇。綴輯現代風行之語。藉資教科之需。」[36]顯見受邀在日講學的白廷賚和前述的張廷彥一樣，同爲日本教科書未能採當時較爲風行的中文，感到遺憾，也因此常常修改舊書內容教授，而這本書也是他課餘所編之教材。採「華語」一詞，毋寧是一種推陳出新、與時俱進的想法。

　　在第二早稻田高等學院巢鴨高等商業學校任教的吳主惠，則於《華語文法研究》（1935）中另闢〈華語の概念〉一文說明華語的含意。就筆者目前的調查而言，該文可以說是近代日本中文教材中對中文名稱說明最詳

---

[35] 白廷賚（1927）《現代最新華語叢談》村下印刷所，「例言」p.1。
[36] 白廷賚（1927），同註35，p.2。

細的，故全文引用。

> 華語是中華民國所稱的中國語的一個世界性的稱號。英語
> 將其稱之爲Chinese，德語稱其爲Chinesisch，和日本慣稱
> 的支那語是同樣的意思，並無差別。

> 華語是指中華民國各省及滿洲使用的標準語（相當於日本
> 的東京腔），現在是一般知識階級日常所用的共通語言。
> 但也稱北京話，這是因爲華語的基本結構來自北京官話。
> 也稱爲普通話，這是因爲華語爲一般人，特別是知識階級
> 所常用。又最近亦稱滿洲話，但這不是指滿洲固有的語
> 言，而是指華語。

> 無論出現什麼新名稱，簡而言之，若以北京官話的四聲及
> 單詞爲基礎，並依其語法來看，所謂的華語，與日本慣稱
> 的支那語並無不同。因此，本書，將正確記錄以北京官話
> 爲基礎的華語語法規則，這是以日本的支那語，即華語之
> 文法爲書名之故[37]（原文日語，筆者譯）。

上述內容，不僅爲當時日本分歧的中文名稱做了詳細的說明，也網羅
了當時日本所有的中文名稱，如北京官話、滿洲語、支那語等，這一點和
其他中文語學書相較，顯然獨樹一格。此外，也可以看出作者爲推廣「華
語」一詞的企圖心，作者稱華語爲中國的標準語，且是知識階級所常用的
共通語，意味著「華語」等同中國社會正在建構規範中的標準語和共通
語，從中可以解讀「華語」被賦予的新時代意象，這一點與前述張廷彥、

---

[37] 吳主惠（1937）《華語文法研究：會話応用発音添附》文求堂書店，p.1。

白廷賚的理念不謀而合。

　　如上所述，本文分析了在日教學的中國教師的理念，然而對一般日本人來說，華語仍是一個陌生的語彙。1942年後藤朝太郎在著作中，提出了以下說明：「支那語在當地（中國）稱爲華語，就如華語教學、華語講習所，遍及上海各地。不待言，華語的華是來自中華的華，但叫中華語，太長，叫中華民國語，更冗長。略稱華語，既容易理解，發音也響亮。只是日本人不習慣，使用上並未普及，尚難接受。今日，華北交通、華中水電等華字的使用，到處可見，所以華語是一個帶有新式語感的用語，在青年階層非常受歡迎。或許其使用的範圍仍不太廣，但上海的報紙廣告經常可見。或許有人以爲這是標新立異的語彙，但其實不然。……」[38]（筆者譯）。

　　由這段說明，可以看出部分日本知識份子並不排斥「華語」一詞，相反地，他們願意跟上時代的腳步，宣導並推廣「華語」。再透過本文卷尾所整理的華語教材一覽表，也可以看出不少教材作者對「華語」一詞的接受度，其中不少是日本人。而他們接受華語一詞的理由，經過本文的分析，可以推論主要原因是來自「華語」所被賦予的時代意義。

五、結語

　　本文透過近代日本之中國語教育科目和中文學習教材之命名取向，解讀「華語」一詞所含的意象。

　　綜合以上分析，可以發現，中國語教育的科目名稱，依時代演變，先由漢語改爲清語，再演變爲支那語，華語的使用則不普遍，即便有，也僅止於東亞同文書院晚期的科目名稱。

　　至於教科書，命名爲華語的教科書比例相當高。日本國會圖書館所典藏之中文學習教材中，以支那語命名的教科書最多，高達265筆，其次是

---

[38] 後藤朝太郎（1942），同註33，pp.112-123。

官話（68筆）和華語（65筆）。換言之，華語教科書所占的比例相當高，與官話幾乎不相上下，但比較一九○○年代～一九四○年代兩者之間出版數量的變化，則明顯可以看出官話遞減、華語遞增的現象。本文最後指出華語教材作者選用「華語」命名的原因如下：

1. 較北京官話適用範圍廣，是全中國通用的「共通語」。
2. 代表中國上流社會知識階層的用語，起「標準語」的作用。
3. 配合中國社會時代潮流的變化，推陳出新。

　　換言之，在日本教授中文的教師，懷有推廣中國社會建構中之共通語及標準語的理想，希望藉由新詞取代「支那語」，為中國語教育注入新氣象，「華語」一詞顯然是當時知識份子的首選。惟本文對「華語」一詞在中國本土的使用情況尚未進行比對，因此無法說明兩地之間的相關性，筆者將此視為今後的研究課題，期待以更宏觀的視野解讀「華語」一詞所含的意象。

參考資料

六角恆廣（1988），《中國語教育史の研究》，東方書店。

六角恆廣編（1985），《中國語關係書書目1867～1945》，不二出版。

安藤彥太郎（1988），《中國語と近代日本》，岩波新書。

田野村忠溫，〈中國語を表す言語名の諸相──その多樣性、淘汰と變質、用法差〉，《待兼山論叢》文化動態論篇，52，2018年12月，pp.67-102。

佐谷真木人（2009），《日清戰爭─「國民」の誕生》，講談社現代新書。

附錄資料

日本國會圖書館所藏1900年～1945年日本出版之華語教材一覽（言語類）

東亞同文會	《華語跬步》	東亞同文會	1901
御幡雅文編	《華語跬步》	文求堂	1903
伴直之助編	《華語跬步総訳》	裕隣館	1904
井上翠編	《日華語学辞林》	東亞公司	1906
伴直之助編	《華語跬步総訳》	裕隣館	1907
御幡雅文編	《華語跬步》	文求堂	1908
御幡雅文編	《華語跬步総訳》	文求堂	1910
李俊漳著	《華語入門》	文求堂書店	1915
田中定吉著	《華語新篇：四民須知》	平凡社	1918
張廷彦編	《華語初階》	文求堂書店	1920
張廷彦著	《華語啓蒙：附・華語初階小問答発音表》	文求堂書店	1921
石山福治訳	《華語啓蒙華語初階訳本》	文求堂書店	1921
佐藤留雄著	《華語教程》	同文社	1922
張毓霊編	《最新華語読卷上》	文求堂書店	1923
佐藤留雄著，井德兵衛訳	《華語教程詳註》	同文社	1924
文求堂編輯局編	《華語教科書》	文求堂書店	1924
佐藤留雄著	《華語論抄》	同文社	1924
矢野藤助編	《華語童話読本》	小林三林堂	1925
白廷賷編，奧村義盛校訂　白廷賷	《華語津逮：現代風行初中適用》		1926
宮越健太郎編	《華語発音提要》	車前堂	1926
白廷賷編，奧村義盛校訂	《現代最新華語叢談》	村下印刷所	1927
倉野文雄，桜井德兵衛共編	《華語萃集》	同文社	1928
宮脇賢之介著	《新体華語階梯》	大阪屋號書店	1928
恩霖，上野巍共著	《最近分類華語新篇》	大阪屋號書店	1931
權寧世編	《華語発音字典》	大阪屋號書店	1933

權寧世編　《華語大辞典》　大阪屋號　1933
岡田博編　《最新華語中級編》　平野書店　1934
山名正孝編　《華語叢編》　川瀬日進堂　1934
白廷薁，土屋明治共著　《最新華語會話教程》　白廷薁　1934
常靜仁著　《華語発音法》　文求堂書店　1934
桜井德兵衛編　《華語時文捷徑：註解》　同文社　1935
包翰華，宮島吉敏共著　《華語教本》　奎光書院　1935
東方学院編　《日語文典：華語註釈口語文語對照》　東方学院　1936
王峰著　《華語會話教本》　文求堂　1936
吳主惠著　《會話応用発音添附華語文法研究》　文求堂　1936
吳主惠著　《華語文法研究：會話応用発音添附》　文求堂書店　1937
張源祥編　《華語教本》　東方学芸社　1938
宮島吉敏，包翰華共著　《日常華語會話》　東京開成館　1939
吉野美彌雄著　《華語教程》　平野書店　1939
葉孝章編　《華語新教本》　岡崎屋書店　1939
金邦彦著　《最新會話華語初階》　熊本県支那語学校　1939
宮島貞亮編　《華語教程》　金文堂書店　1939
諏訪広太郎著　《基礎支那語の研究：華文和訳・和文華訳・華語文法》　太陽堂書店　1940
奧村義盛著　《華語教科書》　晃文社　1940
香坂順一著　《華語自修：卷1》　外語学院出版部　1941
魚返善雄著　《華語基礎読本》　三省堂　1941
香坂順一著　《華語自修：教科書式4卷》　外語学院出版部　1941
宮越健太郎編著　《華語文法提要》　外語学院出版部　1941
葉孝章著　《實用華語會話獨習書》　岡崎屋書店　1941
王化，王之淳共編　《現代華語新編》　目黑書店　1941
宮原民平著　《華語海外播音録》　蛍雪書院　1941
香坂順一著　《華語自修：教科書式5卷》　外語学院出版部　1941

宮島貞亮編	《中等華語教程》	金文堂書店	1941
本田清人著	《華語軌範上卷》	同文館出版部	1941
本田清人著	《華語軌範下卷》	同文館出版部	1941
井田啓勝編著	《華語文法教程》	開隆堂	1942
神谷衡平〔ほか〕編纂	《華語集編》	蛍雪書院	1942
宮原民平著	《華語海外播音錄第2集》	蛍雪書院	1942
永井次勝著	《綜合華語教程》	兆文館	1942
岩井武男編著	《華語学生辞典》	外語学院出版部	1942
鈴木正蔵，千田九一共著	《華語會話便覧》	同文書院	1942
*鈴木正蔵，千田九一共著　《華語會話便覧》　同文書院　1942（與前項同，但該館登錄為兩筆資料）			
王化訳	《現代華語新編全訳》	目黑書店	1943
木村愛香撰，鮑翼校訂	《現代華語修練》	文求堂書店	1943
張英符，辻章吉 共著	《註訳華語會話捷徑》	東京開成館	1943

製表：林初梅

試論近代來華傳教士來會理對西洋人漢語學習之貢獻 —— 以英文期刊《教務雜誌》為中心

鄒王番[1]、施正宇

關西大學中亞學術研究所、關西大學文學部／
日本、北京大學對外漢語教育學院／中國大陸

摘要

美國傳教士來會理（David Willard Lyon, 1870~1949）出生於中國，10歲時隨父母回到美國。除在美求學外，來會理畢生精力致力於來華傳教工作。作為一位出生成長於中國，兼具母國生活經歷的來華傳教士，來會理在西洋人漢語學習領域取得了一些成果。《教務雜誌》（*The Chinese Recorder*）作為一份由晚清來華傳教士創辦的英文期刊，曾刊載來氏整理的官話頻率最高之500個漢字。總體來看，來會理《常用漢字表》具有較高的科學性、時代性及實用性。此外，來會理提出的漢字學習理念及給漢語初學者的準則等，對當今漢語第二語言學習領域依然具有重要意義。

關鍵詞：來華傳教士、來會理、漢語學習、漢字、教務雜誌、文化交涉

---

1 鄒王番，男，關西大學東西學術研究所非常勤研究員，關西大學文學部非常勤講師；施正宇，女，北京大學對外漢語教育學院教授。通訊地址：kuan@pku.edu.cn。

感謝關西大學內田慶市教授、關西大學石崎博志教授、北京大學施正宇教授為本文提出的寶貴意見。感謝陳旭博士、葛松博士、張天皓博士在組會上的提問與建議。對本文的匿名審稿專家，謹致謝忱。

On the Contribution of Modern Missionaries to Chinese Language Learning by David Willard Lyon: Centering on *The Chinese Recorder*

Wangfan Zou

Institute of Oriental and Occidental Studies, Kansai University

Faculty of Letters, Kansai University

Zhengyu Shi

School of Chinese as a Second Language, Peking University

Abstract

David Willard Lyon (1870-1949), an American missionary, was born in China and returned to the United States with his parents at the age of 10. In addition to studying in the United States, David Willard Lyon devoted his life to missionary work in China. As a missionary born and raised in China and with experiences living in his home country, David Willard Lyon had had many accomplishments in the field of Chinese language learning for Westerners. *The Chinese Recorder*, an English periodical founded by missionaries from the late Qing Dynasty, once published 500 most frequently used Chinese characters. Overall, David Willard Lyon's "List of Commonly Used Chinese Characters" had a high degree of scientificity, was epoch-making and practical. In addition, the concepts on how to learn Chinese characters and guidelines for beginners of Chinese are still of great significance to the field of Chinese second language learning now.

Keywords: missionaries to China, David Willard Lyon, Chinese language learning, Chinese characters, *The Chinese Recorder*, Cultural Interaction

一、引言

　　當前的漢語教學發展史研究中，對出生成長於中國之來華傳教士子女的漢語學習研究尚未引起廣泛關注。來會理〔David Willard Lyon, 1870~1949〕即是這樣一位亟待引起學界關注的晚清來華傳教士子女。來會理1870年5月13日出生於浙江省餘姚縣的一個基督教長老會傳教士家庭，10歲時隨其父母回到美國。後於1895年來華，1934年回國。除在美求學外，來會理畢生精力都致力於來華傳教事業，先後在中國各地工作了30餘年。

　　目前圍繞來會理開展的研究，多集中在其創立的天津基督教青年會[2]，另有文章圍繞來會理的突出貢獻——首次將籃球運動介紹到中國展開，分析籃球在中國的發展情況[3]。關於來氏在傳教士漢語學習領域所做工作，筆者目力所及，僅見卞浩宇[4]2019年的研究圍繞來會理在華發起的一次問卷調查展開分析，該調查旨在了解來華傳教士漢語學習情況。

　　事實上，來會理不僅編制出《官話常用500漢字表》，亦專文介紹了其漢字學習經驗，同時對於漢語初學者提出了學習準則。筆者梳理、分析相關內容，以期客觀認識來會理在近代西洋人漢語學習方面所做貢獻，亦為當今的漢語教學提供一定的參考及借鑑，同時求教於方家。

二、來會理及《教務雜誌》相關篇目

　　關於來會理其人，筆者首先將其生平梳理如表4-4。

---

[2]　李方，〈天津基督教青年會成立的歷程——以基督教青年會檔案為依托〉。《遵義師範學院學報》6（2019年）：頁37-40。

[3]　林友標等，〈籃球史鉤沈〉。《體育文化導刊》7（2016年）：頁184-186。

[4]　卞浩宇，〈20世紀初來華傳教士漢語學習情況分析——基於來華傳教士來會理的一次問卷調查〉。《國際漢學》04（2019年）：頁64-69。

表4-4 來會理之生平梳理[5]

時間	年齡	事件
1870年	0歲	出生於浙江省餘姚縣
1880年	10歲	隨父母回美
1891年	21歲	大學畢業於俄亥俄伍斯特學院
1894年	24歲	碩士畢業於芝加哥麥考密克神學院
1895年	25歲	受美國基督教青年會派遣來華
1898年	28歲	赴通州學習漢語
1916年	46歲	博士畢業於芝加哥伍斯特學院
1934年	64歲	回美
1949年	79歲	於美國去世

　　《教務雜誌》（如圖4-3），又稱《中國紀事》、《中國紀事報》，是晚清西方來華基督教新教傳教士創辦的英文期刊。1867年，新教傳教士們為了讓同工隨時知道彼此的活動，便在福州衛理公會書局（Methodist Press）創辦了《傳教士記錄》（*The Missionary Recorder*），此刊物僅維持了一年。1868年5月，該刊[6]正式創刊，同樣也是在福州衛理公會書局，創辦人是傳教士保靈[7]。隨後，《教務雜誌》刊名幾度更改，主編幾度更換，出版周期不定，季刊、雙月刊、月刊均有出版。自1915年開始，刊物正式帶有漢語標題「教務雜誌」且更改英文名為〈*The Chinese Recorder*〉。至1941年終刊，除1872年5月至1873年12月短暫停刊，《教務雜誌》前後歷經七十餘年。

---

[5] 羅時銘等主編，《中國體育通史》（北京：人民體育出版社，2008年），頁339。https://archives. lib.umn.edu/repositories/7/archival_objects/1261151，最後訪問日期：2021年7月12日。

[6] 創刊時刊名為*The Chinese Recorder and Missionary Journal*。

[7] 保靈（Stephen Livingstone Baldwin, 1835~1902），美國美以美會教士，1858年來華。參見中國社會科學院近代史研究所翻譯室，《近代來華外國人名辭典》（北京：中國社會科學出版社，1981年），頁24。

圖4-3　1915年《教務雜誌》扉頁

　　西方傳教士來華，傳教無疑是其首要任務。然而，要成功完成這項任務，沒有一定的漢語基礎是無從下手的。《教務雜誌》作爲來華傳教士相互傳遞信息之極爲重要的陣地，在刊物發行的70餘年間，刊登了不少探討漢語學習的篇目，這其中就有來會理的文章。據筆者統計[8]，自1897年至1940年，來會理先後在《教務雜誌》發表署名文章40餘篇。這些文章內容豐富，探討《聖經》學習、記錄傳教士會議、評介書目、討論中國教育、總結漢語學習有關內容等。其中，主要探討漢語學習的文章共有兩篇，見表4-5。

---

[8] 根據筆者個人爬梳文獻，同時參考Kathleen Lodwick: *The Chinese Recorder Index: A Guide to Christian Missions in Asia (1867~1941) (Reprint Edition)*, Taipei: National Taiwan University Press & Christianity and China Research Center, 2011。

表4-5 《教務雜誌》所刊來會理之漢語學習篇目

發表時間	題目	漢語翻譯
1906.8	The Study of the Chinese Language	漢語研究
1908.7	On Mastering the Form and Use of the Most Frequent Words in the Mandarin Language	掌握官話頻率最高漢字的形式及用法

三、爲漢語初學者提供學習準則

　　發表於1906年8月的《The Study of the Chinese Language》一文，實爲來會理受邀整理的傳教士會議紀要。1906年3月，上海傳教士協會會議召開，眾多傳教士就漢語學習課程在會議上發言，內容主要圍繞語言課程之目標、內容設置、如何使課程行之有效展開。會後，《教務雜誌》編輯邀請來會理整理本次會議的論文，同時添加評論。來會理作爲參會者，受邀總結會議之內容，可見其在當時的漢語學習領域是受到認可的。文末，來會理結合自身漢語學習經驗及觀察思考，爲漢語初學者總結了10條建議。筆者將其整理爲表4-6。

表4-6 來會理爲初學者提供的準則[9]

序號	内容
1	不斷觀察老師的口型，除了你的耳朵，這是準確發音的最佳向導。
2	立刻運用所學的單詞和短語，只有這樣你才能成爲它們的主人。
3	留意新的單詞和短語，並且把它們記錄下來，否則你很快就聽不到它們了。
4	不要害怕說話，中國人現在會寬容你們的錯誤，五年後就不是這樣了。
5	做一個行走的問號，否則你將什麼都不是。
6	從你遇到的每一個中國人那裡學點什麼，某天你將可以教別人一點東西。

---

[9] D. W. Lyon. The Study of the Chinese Language. *The Chinese Recorder*. 1906(08). 37: 424. 注：標題爲筆者自擬。

序號	內容
7	盡力掌握每一個動詞，比起20個名詞，那將使你學會更多熟語。
8	注意同義詞，不要滿足於僅用一種方式說一件事情。
9	每週學習一則新的漢語熟語，並且每天都使用它。
10	每週都要進行原創性的漢語寫作，並且請有能力的批評者修改。

筆者概括如下，第一，觀察口型；第二，立刻運用；第三，勤於記錄；第四，大膽開口；第五，勤於提問；第六，向中國人學習；第七，重視動詞；第八，留意不同的表達方式；第九，學習熟語；第十，練習寫作。

來氏之所以能爲漢語初學者總結準則，這與其漢語教學方面的經驗密不可分。1907年夏季，來會理和巴樂滿（Fletcher Sims Brockman, 1867-1944）[10]共同在江西牯嶺創辦了牯嶺語言學校，來氏曾任校長，從事管理工作。《教務雜誌》1908年7月刊載的《牯嶺語言學校——其方法和結果》（The Kuling Language School-Its Methods and Results）一文詳細介紹了該校的課程設置、教學理念、教學方法及教學效果等[11]。此後，來氏亦擔任過上海臨時漢語學校（Emergency School of Chinese Studies in Shanghai）的固定教職。

四、分享漢字學習經驗

來會理作爲牯嶺語言學校的負責人，總結了其漢字學習經驗，並在1908年7月發表於《教務雜誌》上的文章中做了集中闡述。來氏共將其漢

---

[10] 巴樂滿（Fletcher Sims Brockman, 1867-1944），美國人，1898年來華，任中華基督教青年會第一任幹事。參見中國社會科學院近代史研究所翻譯室：《近代來華外國人名辭典》，北京：中國社會科學出版社，1981年，第59頁。

[11] W. E. Taylor. The Kuling Language School-Its Methods and Results. *The Chinese Recorder*. 1908(07). 39: 384-390.

字學習經驗總結爲8條，筆者將其整理爲表4-7。

表4-7　來會理總結的漢字學習經驗[12]

序號	內容
1	從漢語老師那學習每個漢字的筆順及其變體形式。
2	注意每個漢字的構造並嘗試發現其形成原因，即使是自己隨意找出的原因也比沒有好，因爲這對於記憶漢字幫助頗大。
3	注意漢字的哪一部分是其偏旁，並在偏旁表中標註出來。若記不住數字，就記住其位置。
4	注意漢字間的相似性和不同。
5	出現單個漢字時註明其意思。
6	在老師的幫助下，列一張漢字所構成詞語的列表，然後學習其意思。
7	用漢字寫句子，使用學習過的短語，並且請老師仔細修改。
8	複習時把漢字組合成一系列句子。這些練習可以包括描述圖片或者真實的場景地點、個人敘述或者自傳性的經歷、講述軼事或者故事情節、報紙或者書籍上的段落翻譯、聖經或者通史中的選段釋義等。每一次嘗試都應該提交給關係親近的人仔細審閱，不僅是漢語老師，如若可能，也可以給有能力的外國人審閱。

　　來會理作爲漢語第二語言學習者，能夠總結出近10條漢字學習經驗，實屬難能可貴。從中我們不難發現，來氏十分重視漢字的筆順、構造、偏旁及意思。來氏對漢字的認識較爲全面，甚至建議漢字學習者自己探究漢字構成的原因，這對漢語初學者來說無疑具有挑戰性，但學習者若通過這項練習發現漢字的內在關聯，或者形成自己記憶漢字的方法，效果一定是顯著的。此外，來會理亦十分重視詞語的學習，他總結的「列詞語表」的方法與當今漢語第二語言學習界提倡的「以字帶詞」的教學理念有異曲同

---

[12] D. W. Lyon. On Mastering the Form and Use of the Most Frequent Words in the Mandarin Language. *The Chinese Recorder.* 1908(07). 39: 393. 注：標題爲筆者自擬。

工之妙。將漢字放在詞語中學習，一方面學習者更容易理解漢字本身的涵義，另一方面對詞彙量的擴充亦有相當的益處。除了「以字帶詞」，來會理亦提出「以詞組句」，強調學習者的造句能力。只有習慣於說完整的句子，學習者的漢語才可能說得流利。特別需要指出，來會理強調學習者要把寫好的句子交由母語者修改，這就大大降低了學習者寫出「中西結合」，具有濃郁異域色彩的漢語句子的可能性。

五、研製《常用漢字表》

　　除了總結漢字學習經驗，尤為值得一提的是，來會理亦整理出了官話中頻率最高的500個漢字。來氏首先挑選了若干篇簡單的漢語文章，這些文章摘自《聖諭廣訓官話注釋》（*The Mandarin Commentary on the Sacred Edict*）、《官話指南》（*the Guide to Mandarin*）、狄考文《官話類編》（*Mateer's Mandarin Lessons*）、《官話福音》（*St. Marks's Gospel in Mandarin*）、《京話報》（*the Pekingese Daily*）等。然後，來準確清點每一個漢字出現的次數，刪掉不常用的漢字，按照每個漢字出現的總次數對2000個漢字排序。需要說明的是，這500個漢字並非直接選取排在前500位的漢字。來會理強調，還需重新排列順序。一方面要考慮學生們開始學習時需要充分掌握的漢字，另一方面也要看漢字在常用短語中與其它漢字的結合能力，即構詞能力。

　　我們由此看到，來會理歸納出的500個常用漢字，兼顧了字頻及常用度，與學習者的實際學習結合較為緊密。由於這份字表並非完全由字頻決定，而是結合了來氏個人之判斷，來會理本人亦表示字表或多或少有些武斷。不過，考慮到來會理編纂字表的時代，既無法藉助計算機處理，且來會理本人也並非漢語母語者，能夠在考慮字頻的基礎上兼顧構詞能力，已屬難得。

　　下面，我們談一下來氏《官話常用500漢字》的架構。來會理將這500個漢字分為5組，每組100個漢字。各組又劃分為20課，每課6個漢字，最

後一課4個漢字。每4至5課安排1個複習部分，以作文的形式展開。根據來
會理的建議，每課約需花費1小時的時間學習，平均每週複習1次。除此之
外，來會理在設計字表的時候，突出了動詞的地位，使其占據主要位置，
這也與其總結的漢字學習經驗相符。筆者將其字表整理如表4-8。

表4-8　來會理整理《官話頻率最高500漢字》[13]

課數	漢字	課數	漢字
1	是，不，這，那，你，的	2	有，沒，人，個，他，我
3	要，麼，東，西，好，們	4	來，生，先，末，裏，甚
5	複習：作文	6	去，出，了，一，樣，就
7	叫，到，請，事，情，上	8	作，開，頭，外，多，下
9	可，以，子，前，少，在	10	能，地，方，後，大，比
11	複習：作文	12	看，見，呢，名，小，還
13	聽，明，白，說，話，句	14	會，時，候，已，經，對
15	曉，得，很，太，所，從	16	拿，過，回，把，此，些
17	複習：作文	18	必，也，意，思，兩，怎
19	應，當，點，別，自，己	20	用，做，工，夫
21	住，往，等，如，同，和	22	打，發，送，今，日，天
23	拉，動，坐，月，昨，現	24	早，問，或，無，邊，半
25	複習：作文	26	該，許，分，中，本，幾
27	告，訴，因，為，再，若	28	行，走，進，快，慢，着
29	起，罷，却，都，誰，十	30	差，被，彼，知，道，底
31	複習：作文	32	給，錢，二，三，八，百
33	正，四，五，六，七，九	34	恐，怕，殼，千，萬，零
35	買，賣，角，塊，第，年	36	想，間，兒，哥，兄，弟

---

[13] D. W. Lyon. On Mastering the Form and Use of the Most Frequent Words in the Mandarin Language. *The Chinese Recorder*. 1908(07). 39: 393-394. 注：標題為筆者自擬。

課數	漢字	課數	漢字
37	複習：作文	38	親，愛，母，父，肯，答
39	論，寫，字，學，講，書	40	跟，緊，實，件
41	借，散，錯，心，力，身	42	費，吃，信，封，飯，法
43	敢，靠，豈，口，貴，姓	44	領，教，受，收，賤，各
45	複習：作文	46	立，站，又，古，左，友
47	接，待，使，反，倒，高	48	放，擱，朋，友，苦，難
49	設，擺，容，易，長，短	50	至，於，男，女，老，眾
51	複習：作文	52	連，合，相，向，輕，經
53	重，拾，掉，擦，乾，靜	54	懂，近，遠，初，更，便
55	預，備，頂，直，新，舊	56	幫，助，真，假，希，奇
57	複習：作文	58	求，救，主，耶，穌，纔
59	記，念，忘，國，英，美	60	認，識，怪，物
61	完，者，諸，全，切，像	62	安，按，公，平，只，但
63	照，並，且，雖，然，而	64	破，壞，強，處，既，理
65	複習：作文	66	定，守，規，矩，約，內
67	賜，犯，罪，恩，典，王	68	變，化，改，悔，緣，故
69	服，離，報，南，北，末	70	感，謝，皇，帝，京，仍
71	複習：作文	72	保，存，護，算，善，惡
73	盼，望，指，常，堂，非	74	數，量，官，文，姐，妹
75	聚，集，每，海，牧，師	76	專，傳，轉，福，音，門
77	複習：作文	78	止，訓，成，盡，德，民
79	拜，禮，體，禱，聖，靈	80	死，活，復，徒
81	降，臨，落，漸，何，其	82	辦，辨，辯，之，言，總
83	通，達，青，清，楚，凡	84	遇，越，忽，乎，似，況
85	複習：作文	86	養，結，解，果，交，效
87	抱，跑，路，趕，退，條	88	使，隨，恤，惜，憐，次
89	喜，歡，竟，最，水，土	90	勸，免，晚，留，概，久

課數	漢字	課數	漢字
91	複習：作文	92	傷，害，損，利，刀，夜
93	加，樂，極，齊，吩，咐	94	帶，抬，敬，畏，孝，命
95	義，議，商，誠，談，讀	96	省，查，除，良，章，節
97	複習：作文	98	願，旨，由，入，淺，深
99	勝，負，急，忙，俄，聲	100	懼，興，旺，步

　　來會理精心編纂的《常用漢字表》，其應用狀況及科學性如何？我們嘗試從歷史及當代兩個角度做分析。先看字表在歷史上的應用情況。1913年，《教務雜誌》曾刊載《南京華言學堂》（The Nanking Language School）一文，提及「他們能夠寫出來會理《漢字表》（Lyon's list）中500個漢字的拉丁化拼寫、語調、意思、偏旁編號順序（the radical with its number）以及《英華合璧》中的另外200個字」[14]。南京華言學堂是二十世紀初來華基督教傳教士在華創辦漢語教學機構的典型[15]，該校有專業的漢語教師及管理人員，亦有專人編寫的教材《南京華言學堂課本》[16]。該校使用來會理編纂的《常用漢字表》作爲教材，應該是精心挑選後所做的決定。

　　1938年10月，《教務雜誌》又刊登了一個新的漢字表，即《兩千個漢字：一個參考列表》（Two Thousand Chinese Characters: A Reference

---

[14] A. P. Parker. The Nanking Language School. *The Chinese Recorder*. 1913(08). 44: 472.

[15] 關於南京華言學堂，參考：

劉家峰，〈近代來華傳教士的中文學習——以金陵大學華言科爲中心〉，《上海大學學報（社會科學版）》6（2008年）：頁112-117。

鄒王番，〈清末民初新教漢語教學機構研究——以英文期刊<教務雜誌>爲中心〉，《東亞文化交涉研究》14，（2021年3月）：頁305-315。

[16] 關於《南京華言學堂課本》，參考葛松，〈近代西洋人南京官話研究〉（關西大學博士學位論文，2021年）。

List）[17]。作者列出了2000個常用漢字，前20個漢字分別爲：是、有、一、不、個、的、要、這、麼、人、好、我、沒、那、他、們、來、在、說、了。筆者將其與來會理編纂的字表對比後發現，共有以下字重合，即：是、不、這、那、的、有、沒、人、個、他、我、要、好、們、來，共計15個字，重合率75%。該字表距來會理之《常用漢字表》已有30年，也側面反應了來氏《漢字表》的科學性。

以歷史的眼光審視來氏《常用漢字表》，我們對其科學性已有初步判斷。將其置於當代，與當代的常用漢字進行對比，會是怎樣的結果？帶著這一問題，筆者以最新版《國際中文教育中文水平等級標準》[18]作爲參照係，《等級標準》將需掌握的漢字分爲9級，初等1-3級，中等4-6級，高等7-9級，總計3000個漢字。其中，1、2級漢字分別爲300個，合計600個。筆者以這600個漢字爲參照，統計了來氏《字表》500個[19]漢字中與其重合的漢字。結果顯示：來氏《字表》與《等級標準》重合之漢字共有336個，占來氏《字表》的比例約爲67.6%[20]。

筆者將兩字表重合之漢字按音序排列如下：

愛、安、八、白、百、辦、半、幫、報、北、備、本、比、必、邊、變、便、別、不、才、查、差、長、常、成、吃、出、楚、處、次、從、錯、答、打、大、帶、但、當、倒、到、道、得、的、等、地、弟、第、典、點、掉、定、東、懂、動、都、讀、短、對、多、兒、而、二、發、

---

[17] J. E. Moncrieff. Two Thousand Chinese Characters: A Reference List. The Chinese Recorder. 1938(10). 69: 487-494.

[18] 《國際中文教育中文水平等級標準》由中華人民共和國教育部、國家語言文字工作委員會發布。後文簡稱為《等級標準》。

[19] 筆者統計過程中發現：來氏《字表》第14課、52課出現兩次「經」，第46課、48課出現兩次「友」，第47、88課出現兩次「使」，無法確定是印刷錯誤還是《字表》本身的紕漏，故實際共計497個漢字。

[20] 計算時來氏《字表》的基數為497。

法、飯、方、放、非、分、封、服、復、該、改、感、幹、高、告、哥、
個、給、跟、更、工、公、故、貴、國、果、過、還、海、好、合、和、
很、後、候、忽、護、話、壞、歡、回、會、活、或、急、幾、己、記、
加、假、間、見、件、講、交、角、叫、教、接、節、結、姐、借、今、
進、近、京、經、靜、九、久、就、句、開、看、靠、可、口、塊、快、
拉、來、老、樂、了、離、禮、裡、理、力、利、兩、量、零、留、六、
路、論、買、賣、慢、忙、麼、沒、妹、門、們、名、明、拿、那、男、
南、難、呢、能、你、年、女、怕、跑、朋、平、七、其、起、千、前、
錢、且、青、輕、清、情、請、求、去、全、然、人、認、日、如、入、
三、商、上、少、身、生、聲、省、師、十、時、識、實、使、事、是、
收、受、書、數、誰、水、說、思、四、送、訴、算、雖、隨、所、他、
太、堂、體、天、條、聽、通、同、頭、外、完、晚、萬、王、往、忘、
為、位、文、問、我、五、物、西、喜、下、先、現、相、想、向、像、
小、些、寫、謝、心、新、信、行、興、姓、許、學、言、養、樣、要、
也、夜、一、已、以、意、因、音、英、應、用、由、友、有、又、於、
遠、願、月、越、再、在、早、怎、站、照、者、這、着[21]、真、正、
只、知、直、中、重、主、助、住、子、自、字、走、最、昨、左、作、
坐、做。

　　我們看到，整體而言，來氏《字表》與當代的常用漢字有較高的重
合率，考慮到語言變遷、雙音節化等影響因素，我們可以說這份《字表》
具有較高的科學性。同時我們也應意識到，來氏編排該《字表》時，尚無
法藉助語料庫、計算機等工具，基本是完全憑藉個人的腦力勞動所編，作
為後人我們不能過於苛責。鑑於傳教需要及時代背景，《字表》中收錄了
部分具有較強目的性及時代性的漢字，諸如「耶、穌、禮、拜、聖、靈、
禱、恩、典、豈、罷、皇、帝」等，這些漢字放在當下的國際中文教育中

---

[21] 字表中字形為「着」。

顯然是冷門生僻的，然而以來氏之眼光審視，卻是必不可少的，這也體現了來氏《字表》的時代性及實用性特徵。

　　前文我們主要分析了來氏《字表》的科學性，下面我們再從編排的角度嘗試分析。我們以前20課，即官話頻率最高的前100個漢字爲中心考察其編排體例。依筆者所見，有以下幾個突出特點：

1. 編寫具有邏輯性，有利於學習者形成體系。來氏編寫時考慮到了近義詞、反義詞、同類詞等，且有意識地將其編寫在同一課。例如第1課的「這、那」均爲指示代詞，第2課的「有、沒」互爲反義詞，第12課的「看、見」爲一組近義詞。

2. 編寫體現了「以字組詞」的思路，盡可能按照詞語呈現，每一課的漢字均可以組成詞語。筆者分課統計了常用詞語，主要有：不是、這那、你的、沒有、個人、要麼、東西、來生、生來、先生、出去、一樣、叫到、請到、事情、情事、上到、叫上、開頭、外頭、下頭、可以、以前、地方、後方、大方、看見、小名、還小、明白、聽明白、說明白、說話、說句話、時候、已經、曉得、所得、拿過、拿回、拿些、意思、應當、自己、工夫、用工、做工、用做。

3. 編寫有利於漢語學習者聯想記憶，且體現了循序漸進的原則。例如第1課的「是、不、這、那、你、的」首先可拓展爲詞語「不是」、「這那」、「你的」，然後可組合爲「不是你的」、「這不是你的」、「那不是你的」、「是你的不」、「這是你的不」、「那是你的不」等，如此可保證由漢字到詞語再到句子，鍛鍊學習者「以字組詞、以詞組句」的能力。

　　綜上，來會理《漢字表》的編排無疑爲漢語學習者提供了便利，亦反應出來會理對漢語常用漢字的準確把握，尤其是站在漢語第二語言學習的角度。可以說，來氏已不單純是一位漢語學習者，亦是一位漢語教育者。

六、餘論

　　來會理作爲晚清來華傳教士子女，在華30餘年，創立天津基督教青年會，首次將籃球介紹到中國。除此之外，來會理在漢語學習領域所取得的成果同樣值得我們關注。通過上文的梳理分析，我們可以將來會理在來華傳教士漢語學習領域所作出的貢獻大致總結爲四個方面。一是爲漢語初學者提出了學習準則，二是分享了其漢字學習經驗，三是研製了《常用漢字表》，四是在漢語教學機構中擔任教職及管理者。來會理憑藉自己的不懈堅持，在漢語教學發展史上留下了重要的一筆。我們希望通過對史料的鉤沉分析，使這些智慧的結晶不至湮沒，同時亦期待進一步挖掘史料，豐富來會理的個案研究，亦進一步豐富漢語教學發展史研究。

參考資料

Kathleen Lodwick. The Chinese Recorder Index: A Guide to Christian Missions in Asia (1867-1941)(Reprint Edition). Taipei: National Taiwan University Press & Christianity and China Research Center. 2011.

D. W. Lyon. The Study Of The Chinese Language. *The Chinese Recorder*. 1906(08). 37: 415-424.

D. W. Lyon. On Mastering The Form And Use Of The Most Frequent Words in the Mandarin Language. *The Chinese Recorder*. 1908(07). 39: 390-395.

J. E. Moncrieff. Two Thousand Chinese Characters: A Reference List. *The Chinese Recorder*. 1938(10). 69: 487-494.

A. P. Parker. The Nanking Language School. *The Chinese Recorder*. 1913(08). 44: 471-475.

W. E. Taylor. The Kuling Language School-Its Methods and Results. *The Chinese Recorder*. 1908(7). 39: 384-390.

中國社會科學院近代史研究所翻譯室主編。《近代來華外國人名辭典》。北京：中國社會科學出版社，1981年。

中華人民共和國教育部中外語言交流合作中心。《國際中文教育中文水平等級標準》。北京：北京語言大學出版社，2021年。

卞浩宇。〈20世紀初來華傳教士漢語學習情況分析——基於來華傳教士來會理的一

次問卷調查〉。《國際漢學》04（2019年）：頁64-69。

李方。〈天津基督教青年會成立的歷程——以基督教青年會檔案為依托〉。《遵義師範學院學報》06（2019年）：頁37-40。

林友標、章舜嬌。〈籃球史鉤沈〉。《體育文化導刊》07（2016年）：頁184-186。

葛松。〈近代西洋人南京官話研究〉，關西大學博士學位論文，2021年。

鄒王番。〈清末民初新教漢語教學機構研究——以英文期刊〈教務雜誌〉為中心〉。《東亞文化交涉研究》14（2021年3月）：頁305-315。

劉家峰。〈近代來華傳教士的中文學習——以金陵大學華言科為中心〉。《上海大學學報（社會科學版）》6（2008年）：頁112-117。

羅時銘等主編。《中國體育通史》。北京：人民體育出版社，2008年。

《漢字筆劃系統──首部漢俄辭典試編》分析[1]

李劍影

吉林大學/中國大陸

摘要

　　瓦西里耶夫（В. П. Васильев）作為十九世紀下半葉俄羅斯漢學的代表人物，在組織教學的過程中，開創了用筆劃系統編寫漢語辭典的先河，一改部首檢字法的弊端，使檢索更方便快捷，並且有利於識記漢字。這一系統在今天看來仍有深入研究的意義。

關鍵字：瓦西里耶夫、漢字筆劃系統、辭典編纂

---

[1] 本文得到國家漢辦國際漢語教育東北基地一帶一路沿線國家國際漢語教育國情調研計畫研究課題資助（課題名稱：烏克蘭本土漢語教學情況調研及孔子學院現狀考察，課題編號：2019DBJDPX03）。

The Chinese Character Stroke System: An Analysis of the Trial Version of the First Chinese-Russian Dictionary

Jianying Li

Jilin University/China

Abstract

As a representative figure of Russian sinology in the second half of the nineteenth century, Vasiliev (В.П.Всильев), in the process of organizing teaching, pioneered the use of stroke system to write Chinese dictionaries. This stroke system changed the drawbacks of the first radical checking method and made the retrieval of characters more convenient and faster. It was also conducive to the recognition of Chinese characters. This system still deserves to be researched in-depth today.

Keywords: Vasiliev, Chinese character stroke system, lexicography

一、前言

　　俄羅斯漢學發端於東正教駐北京傳教團，傳教團自1715年始，1956年止，共換屆20次。使團中誕生了不少彪炳史冊的漢學家：羅梭欣[2]（И. К. Россохин, 1717~1761），比丘林[3]（Н. Я. Бичурин, 1777~1853），加緬斯基[4]（П. И. Каменский, 1765~1845），黎哈羅夫[5]（З. Ф. Леонтьевский, 1799~1874），巴拉第[6]（П. И. Кафаров, 1817~1878）等等，還有本文的瓦西里耶夫（В. П. Васильев, 1818~1900）。如果說前面幾位漢學家無論生活軌跡還是學術成就，均與傳教團有著千絲萬縷的連繫，瓦西里耶夫則有不同，雖然是使團成員，但他更多的漢學活動是在大學展開的。他的不懈努力與豐碩成果推動了俄羅斯漢學由教會轉向大學，使俄羅斯漢學科學化、學科化，從而獲得了與歐洲漢學比肩的可能。

二、瓦西里耶夫生平及活動

　　瓦西里·巴甫洛維奇·瓦西里耶夫（中文名王西里，自稱王書生），1818年生於下諾夫格羅德（Новгород），中學畢業後做過家庭教師，1834年考入喀山大學語文系東方專業學習蒙古語，1839年畢業，成為俄國第一個蒙古學碩士。畢業時適逢喀山大學建立漢語教研室，便加修了漢語。同年，喀山大學為開辦藏學教研室[7]，派瓦西里耶夫以派出碩士身分隨第十二屆傳教士團（1840～1849）趕赴中國。1850年，瓦西里耶夫離開

2　第二屆傳教團隨團學生。

3　第九屆傳教團團長。

4　第十屆傳教團團長。

5　第十屆傳教團隨團學生。

6　第十二屆傳教團輔祭，第十三屆傳教團團長，被蘇聯漢學家В.М.Алексеев院士稱為「俄羅斯和十九世紀整個歐洲最大的漢學家」。

7　1850年漢滿語教研室主任О.П.Войцеховский去世，瓦西里耶夫繼任，教研室主任任務繁雜，因此創建藏學教研室並沒有成功。（Успенский В. Л. 2019: 109）

中國，回到喀山大學，任東方系漢滿語教授兼教研室主任。1855年喀山大學東方系關閉，教員轉入聖彼德堡大學東方系，瓦西里耶夫繼續任東方系漢語教研室的主任、教授。1866年當選爲聖彼德堡科學院通訊院士，1886年升爲院士，是俄國文學方面漢學家中第一個科學院院士[8]。

瓦西里耶夫培養了大批漢學和東方學人才，В. М. Алексеев院士稱：俄國漢學「這個學派有百分之九十的內容是由他創立的。」（李明濱，2008）同時，從他的教學活動來看，幾乎是憑一己之力建立起整個漢語教學體系，對俄羅斯漢學、蘇聯漢學影響不可謂不深遠。

三、瓦西里耶夫的漢學著述及國內研究現狀

特殊的歷史背景和地緣因素使俄羅斯早期漢學大大區別於歐洲漢學，非常重視實用性，講究「經世致用」。因此，俄羅斯漢學家普遍重視實地考察，重視中文典籍，熱衷於翻譯、評介、研究中文典籍，涉及領域廣泛，他們中的很多位都可以當之無愧地被稱爲「中國通」。瓦西里耶夫更是其中的佼佼者。他主張「全面觀察」的漢學研究方法，因此，他不僅通曉漢、滿、蒙、藏語，還懂得梵文，他的研究興趣非常廣泛，除佛教外，在中國的歷史、地理、語言學、歷史、文學等領域也著述頗豐[9]。

除了已發表的以外，瓦西里耶夫身後還留下了大量的手稿遺產[10]，內容涉及中國歷史、民族、哲學、地理、政治、文學、語言文字等幾乎全部漢學領域，有的尚未完成。

和本文最爲相關的是瓦西里耶夫對於漢字的認識，他提出了漢字的「筆劃系統」概念。1856年，《漢字的筆劃系統》一文首次刊發在俄國教育部雜誌上（Попова И. Ф., 2014），而對這一概念的詳

---

[8] 此處內容詳見李明濱（2008）、斯卡奇科夫（1977）。後者的介紹更加豐富生動一些，有傳記的色彩。

[9] 已出版著作見趙春梅（2007）。

[10] 見П.Е.斯卡奇科夫（2011），頁516-522。

細闡述和實踐集中體現在他的三本著作中：《漢字解析》（Анализ китайских иероглифов, 1866、1898），《漢字要素》（Элементы китайской письменности,1884）以及本文的研究物件──工具書《漢字字形系統──首部漢俄辭典試編》（Графическая система китайских иероглифов, Опыт первого китайско-русского словаря, 1867）（以下簡稱《試編》）。

　　《漢字解析》和《漢字要素》是相互關聯的兩本書，封面書名下面分別標有「第一部分」和「第二部分」的字樣，和《試編》相比，兩部書對後人來說最大的優點是以列印體、而非手寫體出版（除了漢字以外），方便認讀。但國內相關研究資料並不多，我們只看到以下論文：EVCHENKO VALERII（2016），吳賀（2007、2008），從中可知瓦西里耶夫對漢字大體的觀念。首先，漢字是用來「看」的，不是用來「聽」的，這是瓦西里耶夫重視「形」的根源。對傳統「六書」，瓦西里耶夫重新分為三大類六小類，即象形字、會意字和形聲字。象形字包括傳統的象形字與指事字，會意字包括傳統的會意字和轉注字，形聲字包含傳統的形聲字與假借字。他認為，漢字起源之初，有四種造字法：象形、指事、會意、轉注，這四種造字法體現了中國人的智慧，而形聲和假借體現的是語言的邏輯或科學性，是後起的造字法。形聲字在漢字中占有大多數，形聲是最為能產的造字法，對形聲字的看法，直接影響瓦西里耶夫如何看待整個漢字系統及漢字本質。因此，他認為形聲字才是「真正的漢字」：「不是ключи[11]，而是聲旁構成漢字的實質。」（Васильев1898，轉引自Кожа К. А. 2019: 262）重視形聲字、重視聲旁，這個觀點似乎有傳統語言學「聲訓」、「右文說」的痕跡，但從《試編》本身來看，瓦西里耶夫在這種看法上並未繼續走遠。

　　國內對瓦西里耶夫的了解和研究，大體上可分為三個階段。第二次

---

11 俄語「鑰匙」，在漢學中解為「部首」。

鴉片戰爭後，清朝便不得不修改了「夷務」政策，派出官員到各國遊歷，其中就包括俄羅斯。這些官員考察回來均做了出使筆記，在筆記中可以看到瓦西里耶夫的身影[12]。但瓦西里耶夫沒有官員榮譽加身，這些記述大多寥寥幾筆，偏於簡單印象，只把瓦西里耶夫看作水準高的「華文塾師」，而不是影響俄羅斯漢學界的舉足輕重的宗師。如在張德彝的旅俄遊記中有這樣的記載，「善華言，中土情形知之甚詳，並能翻寫滿漢文字，極其精通。」如果說這是母語者對外國人會漢語稍顯意外的感嘆，那麼，對K.A.斯卡奇科夫[13]的不客氣的論斷「能華言而不甚精」，則能看出張德彝的評價是比較客觀的。這是第一階段，我們不妨稱為「直接接觸」階段。

　　第二階段和第三階段均為「間接研究」階段。瓦西里耶夫在學界被頻繁提起，是在上個世紀六七〇年代，不必深讀，只看題目便可了解那個特殊時代在這個漢學家身上打下的深深烙印：〈從馬家窯類型駁瓦西里耶夫的「中國文化西來說」〉[14]，〈老沙皇尊孔侵華的吹鼓手——評瓦西里耶夫學派的政治傾向〉[15]，〈漢字是獨立起源的文字——駁瓦西里耶夫的謬論〉[16]，〈「仰韶文化西來說」舊調的重彈——評瓦西里耶夫的兩篇反華文章〉[17]。

　　第三階段才是真正意義的學術研究。國內學者李明濱，柳若梅（2009、2010、2010b、2013），吳賀（2007、2008、2010），趙春梅（2007）等均發表了高品質的論文和專著。但這些研究多集中於瓦西里耶夫的文學、宗教等成果，對文字學成果關注不多。比如正在編纂的「俄羅

---

[12] 見蔡鴻生（2006）。

[13] 漢語名作「孔氣」、「孔琪庭」，是第十三屆傳教團的隨團學生，歷任俄國駐塔城領事，俄國外交部亞洲司翻譯官，俄國駐天津領事，1870年升任總領事，1879年卸任返俄，可謂「赫赫有名」。

[14] 甘肅省博物館連城考古發掘隊 北京大學歷史系考古專業連城發掘隊，《文物》1976年第3期

[15] 蔡鴻生，《文物》1977年第8期。

[16] 陳漢平，《人文雜誌》1983年第2期。

[17] 楊建芳，《四川大學學報》（哲學社會科學版）1977年第1期。

斯漢學文庫」，也只是收入了瓦西里耶夫的論集《儒釋道與古典文學》。

四、《漢字筆劃系統——首部漢俄辭典試編》分析

查詢詞語要選擇文字的形、音、義之一作爲檢索依據。表音文字自然會傾向於選擇「音」，涉及到漢字，這個問題就複雜了。形、音、義檢字在漢語辭書史上都曾經出現過，胡適在1926年總結過歷史上出現的分類法：一、依古文來源分類；二、依韻分類；三、依部首及筆劃分類；四、依字的筆劃數分類；五、依起筆分類排序，即所謂「江山千古」（四個漢字的起筆筆劃）——「、」「｜」「ノ」「一」。

在當時的環境下，對於剛剛接觸漢語的傳教士來說，最鮮明的體驗便是漢語中的「字母」與發音沒有關係，反而是交錯複雜的筆形成了他們學習漢語的第一關，這一點早早便在歐洲傳教士中達成了共識。結合當時中國語文學的發展情況，對他們影響較大的是第三種，214部[18]在當時的歐洲漢學界幾乎成爲常識，這是《試編》所處的學術背景。

(一)辭典概況

1. 檢字線索

從辭典的名字就可以看出，《試編》的突出特點就是筆劃檢索，但與其他辭典不同，不取第一筆，不查總筆劃，不用關注筆順，只需取筆漢字的右下角[19]。右下角的筆劃再按照19個主要線條去查找：

由8個基本線條 一 丨 丶 亅 ノ 乀 乛 亅[20] 構成的19個主要線條：

一 丨 乚 乛 ノ 乛 ㇀ 丨 一 丶 乀 乚 乀 乚 乁 亅

19個主要線條再按照次序，由單筆到複筆，再到獨體字，合體字。即

---

[18] 《字彙》將《說文解字》的540部首簡化為214部。《康熙字典》仿照《字彙》將214部欽定下來。

[19] 李明濱（2008）稱之為「部尾檢字法」，認為「查起來倒也快速方便」。

[20] 這些筆劃直接截圖於《試編》。

以筆劃排簡單字，以簡單的字排複雜的字，層層遞進。例如：

線條 一 下有 丁 工 土 王 圭 催，工 下有「功」「攻」「貢」「虹」……「江」等，而「江」下又有「茳」「鴻」等，一般可達到四層，第五層很少見。

同時，有一些漢字可以發現並不是從右下角取筆，比如「巠」下，聚合了「經」、「涇」、「徑」，也有「勁」、「到」、「頸」，可見，漢字到底哪個部分或者筆劃可以成為基礎（作為檢索的線索），答案並不是唯一的。這樣處理以後，從視覺上來看，我們發現，雖然漢字不是表音文字，但聚合成類的一組字和表音文字音序檢字的結果一樣，距離近的形體相關、讀音近似，非常有利於記憶和學習。

可見，《試編》從形出發，最終的著眼點是形聲字，實踐了瓦西里耶夫關於漢字的認識。有學者提出，這種體例應該是受俄語辭典編纂方式的影響——以「詞根」為序，盡可能收入同一「詞族」或「派生詞群」。但不可否認的是，詞根在俄語中是很容易辨認出來的，瓦西里耶夫能夠從方塊漢字中分離出「字根」，並建立起字形與發音之間的相互關係，得益于他深厚的漢語、中華文化知識素養。正如B. M. Алексеев所說，「瓦西里耶夫提出的漢字體系，是記憶和邏輯的傑作，此後很久，辭典中新的漢字排列體系的發明者才大量地在歐洲和中國出現：瓦西里耶夫的漢字體系培養了很多人……催生了現在我們的青年學習還在使用的新辭典。」（李明濱，2008）

需要注意的是，《試編》雖從筆劃出發，但與《現代漢語辭典》的筆劃檢字法有根本區別。《現代漢語辭典》筆劃檢字法的單筆和複筆是同級關係，不是上下級關係；確定漢字應該在哪一部查詢，不是依據首筆，也不是依據末筆，而是對漢字形體的直覺劃分，尤其是複筆，帶有很強的偏旁意味。就筆者的使用經驗來說，除非實在沒有查詢線索，否則一般不會使用這一檢字法。

2. 描寫漢字的體例

　　《試編》對常見漢字的描寫基本上包括發音、意義和組詞，及組成詞語的發音和意義，如「上」，發音是шáнъ[21]，然後是俄文的意義解釋，組詞為「上來」（шанъ лаи[22]），「上來」的俄文意義解釋；「上坐」及俄文的意義解釋，還有「上油」、「上表」、「上當」、「皇上」、「上帝」、「天上」等等，還有「師傅上下」這樣的短語。對於所組成的詞，有的標音，有的沒有標音，標音的也不全有調號。

　　辭典對不常見的漢字，一般只列出發音和意義，如「閂」，注音為шуянь[23]，然後是俄文釋義。有的漢字沒有標音，比如「工」（標音гунъ[24]），下面的第一個字是「矼」沒有標音，只有五個注釋簡單的義項，第二個字「功」，也沒有標音，但在後面的組詞裡面有整個詞的發音：功夫гунъ фу，沒有調號。和「功」一樣，第三個字「攻」也沒標音，在組詞中標音。第四個字「貢」標注了發音，辭典中分辨不清是哪個字母，但與「工」標注的發音不同，第五個字是「𧿒」，標了發音：хунъ[25]，第六個字「虹」，又沒有標音，但在組詞中標音與「𧿒」相同。從現代漢語發音來看，「功」「攻」和「工」的發音是一樣的，「貢」不一樣，而「矼」和「𧿒」在《現代漢語辭典》中沒有，「矼」在《廣韻》中為「古紅切」，在《集韻》中為「胡公切」，「𧿒」在《廣韻》中為「古送切」[26]，雖然與《試編》發音並不一致，但從辭典是否標音的規律

---

[21] 注音使用的是比丘林的語音系統。比丘林的《漢文啓蒙》（1838）描述了漢語的20個輔音聲母和12個韻（不是韻母，俄語為окончание），首次確立了漢字的俄文注音。在《漢文啓蒙》的附錄中，用俄語列舉了漢字所有讀音和聲調（共446種）。

[22] 原文и的上方有一個 ⌒ 形調號。

[23] 原文я的上方有 ➡ 形調號。

[24] 原文у的上方有一個 ➡ 形調號。

[25] 原文у的上方有一個 ⌒ 形調號。

[26] 有關「矼」和「𧿒」的發音為諮詢吉林大學秦曰龍教授獲知，在此感謝。

來看，可以這樣推測，如果語音沒有變化，就沿用上一個漢字的發音，如果有變化，就進行標注。

　　總體來看，《試編》只關注漢字，不及其餘，和《漢俄合璧韻編》（Китайско-русский словарь，П. И. Кафаров編纂）不同，沒有百科全書的性質，所以把這部辭典視為漢字課本也未嘗不可。

(二)評價

　　對於辭典來說，編寫目的和一以貫之的編排原則是最重要的。

　　瓦西里耶夫發現一個顯而易見、卻無人意識到的問題：中國人不用字典學習，而在俄的漢語學習者正好相反，書面的系統學習是主要、甚至是唯一的學習方法，這一點從瓦西里耶夫的教學活動中可以看出來。因此《試編》的目的就是為了說明學生識記漢字。他自己將這個筆劃系統很有信心地評價為「……全新的……唯一的減輕漢語學習難度的系統」。（Успенский В. Л. 2019：110）這種實用需求可以使瓦西里耶夫擺脫理論困擾。因此，當歐洲漢學在漢字問題上執著於「中文之鑰」「八卦」的時候，瓦西里耶夫能夠從學習漢字出發，而不是致力於建立某種理論體系。從實際使用的便利性來看，胡適（1926）提出四角號碼檢字法有六個優點，其中三點也可用在此處：一、不用部首，使不懂部首的人也可以用這種檢字法；二、不用計算筆劃，省時省力；三、不問筆順，不會有主觀上的先後不同。實踐證明，《試編》易於上手，對學生學習漢字大有幫助。

　　從當時的辭典編排原則來看，以部首為綱是比較多見的，尤以214部對海外漢學家影響最大。但從操作角度，部首檢字法涉及部首確定、筆劃數、筆順等基礎知識，聖彼德堡國立大學東方系教授А. Г. Сторожук認為，即使是中國人，也需要「專門教學，記憶訓練和大量練習」，對外國人來說，這樣的檢索更是難上加難，不易操作。

　　從學習漢字的實用性來看，部首為綱的辭典，雖然部首有提示漢字大概意義的作用，但有的同部字太多，這便失去了聚為一類的意義。比如

《康熙字典》的「手」或者「扌」下列很多漢字，能夠看到「手」的豐富含義，但僅此而已，具體到某一個漢字的發音和意義，部首無能為力，因此對學習和記憶漢字幾乎毫無幫助。

由此可見，單純的部首系統對外國人來說不利於使用，更無助於學習和記憶，因此，基於使用目的，《試編》完全擺脫了部首系統的束縛；同樣，單純的語音系統也是這樣，因為不會讀的人就不能使用這樣的辭典。瓦西里耶夫的辭典綜合了部首系統和語音系統，一目了然，方便檢索，通過檢索還能對意義相關、發音近似的一組字有所了解，對學習漢字也有好處。

當然，從現在的各類辭典來看，由於中文拼音方案的實施和部首規範相關檔的出臺，拼音和部首是首選且比較普及的編排體例。甚至是，隨著網路科技的發展，線上或App查詢是更快捷更實用的方式，無論是音、義，還是形，只要知其一，便可查詢，檢索已經不成問題，所以，《試編》的檢索優勢已經不存在了。但回到前文所說的辭典的編寫目的，瓦西里耶夫的編排體例在學習漢字的功能上卻不失現代意義。在對外漢語教學中，我們否認也好，積極應對也罷，漢字始終是一道讓外國人望而生畏的門檻，所以，在漢語熱的今天，認真研究這部辭典對我們的漢語國際推廣將非常有意義。

(三)辭典的使用與繼承、發展

《試編》在產生之初和之後都對當時的俄羅斯／蘇聯辭典編寫產生了很大的影響，催生了二十世紀下半葉一系列應用筆劃系統的漢俄辭典。斯卡奇科夫（1977）列舉了《試編》影響下的幾部辭典：《Китайско-русский словарь（По графической системе）》（1891）[27]；《Arrangement of the Chinese Characters according to an Alphabetical System》（1916）[28]；

---

[27] 作者Д. А. Пещуров。

[28] 作者O. Rosenberg。

《Краткий Китайско-русский лексикон》（1927）[29]：《Краткий Китайско-русский словарь по графической системе》（1935）[30]；《Китайско-русский словарь》（1952）[31]；《Краткий Китайско-русский словарь》（1962）[32]。後兩部的編者中文名為鄂山蔭，筆者手頭有他1959年版的《華俄辭典》，1100頁，七萬詞條，首頁便是筆劃檢字索引，很明顯也是筆劃體系的。

但同時，這一體系也有另外一種際遇。1888年，П. С. Попов整理出版了П. И. Кафаров（卡法羅夫）編纂的《漢俄合璧韻編》，這本辭典享譽國際漢學界，可以說是卡法羅夫漢學知識的集大成之作。而在1886年，瓦西里耶夫得知波波夫用偏旁排列辭典時，對身為自己學生的波波夫不無遺憾地說：「我一直希望我的學生能夠完善我的排列體例，但他們各有各的主意。我一離開大學，我的排列體例同我的歷史觀和文學觀一樣，以後就沒人理會了。」（李明濱，2008）甚至於早在1869年，由瓦西里耶夫本人推薦的聖彼德堡大學東方系主任Д. А. Пещуров在制定教學大綱的時候，就放棄了瓦西里耶夫曾在教學大綱中重視漢字聲旁的觀念，只將部首作為教學重點（Н. В. Петухова, 2014: 19）。

並且，由於《試編》的筆劃系統在當時的印刷水準下是不能列印的，所以這本辭典一直以手寫體存世[33]。同時，《試編》還是舊俄文字書寫，不僅對外國人，即使是在俄羅斯，也「幾乎沒有編輯的可能性」（С. А. Козин, 1931，轉自Успенский В. Л, 2019），嚴重影響了海內外漢學界對

---

[29] 作者В. С. Колоколов。

[30] 作者В. С. Колоколов。

[31] И. М. Ошанин主編，1955年又出第二版。

[32] Г. М. Григорьев編寫，И. М. Ошанин主編。

[33] 李明濱（2008）談到著名漢學家羅梭欣時指出，「……俄國漢學從產生之初就遭到冷遇，大量譯作僅以手稿形式存在而不能及時出版，不能為俄國和其他國家的漢學界所使用。」這種情況可以說不是一家之言，從斯卡奇科夫（1977）的梳理可以看到散落各處的大量手稿。

其的研究和利用，因此，《試編》從問世到現在只於2010年再版過一次。

　　對瓦西里耶夫的辭典體系在中國的繼承問題，俄羅斯和中國學界觀點不甚一致。俄羅斯學界認爲中國的四角號碼檢字法源於瓦氏。A. Г. Сторожук直言《試編》的體例在中國不被重視，「很少有人知道，這個編碼系統的作者是俄羅斯東方學家О. О. Розенберг，他補充和發展了瓦西里耶夫1867年辭典中形成和提出的系統。」

　　但這個觀點在國內學界並不爲人所知。孰是孰非？我們不妨從四角號碼檢字法的產生過程推測一下。1928年王雲五在第二次改訂四角號碼檢字法的自序中提到了日本等海外的檢字法，其中就有瓦西里耶夫的檢字法，「華胥留氏，俄人，著有《中俄字典》（一八四四年出版）及《中國文字之分析》（一八九八年出版）兩書。主張按各字的右旁或最低或最顯著的筆劃而排列。這主張卻很有研究的價值。……可算爲一種研究的先驅……」瓦西里耶夫1844年出版的《中俄字典》我們沒有見到，據王雲五言，系「先按音符排列，那同音符的字才按著右旁或最顯著的部分排列。」可見，並不是完全的筆劃檢字法。而涉及筆劃檢字的，王在自序中提到的是晚於瓦西里耶夫的俄羅斯漢學家羅森柏格（О. О. Розенберг, 1888~1919），「於一九一六年在日本出版有《五段排列漢字典》一書」。方法與瓦西里耶夫不完全相同，但從母筆到子筆、檢字時著眼字形右下角，又可見到瓦氏檢字法的影子。儘管王雲五對這些檢字法都不十分滿意，但我們也不可斷言他未受到前人的影響。但若說完全繼承，又言過其實了，從蔡元培（1926）的序中，「完全拋棄字原的關係，純從楷書的筆劃上分析，作根本改革，始于願學華文的西人。但是他們創設的方法，還沒有輸入中國的。」可以知道，王雲五並沒有看到《試編》，並且，從王雲五孜孜不倦、幾番修改、苦思冥想、測試檢驗的過程來看，四角號碼檢字法的創立之功非他莫屬。

五、結語

　　瓦西里耶夫從實際教學出發，擺脫了當時部首檢索的束縛，將形近、音似的字層層聚合在一起，使學習者見字便能查找，查找一個字便能獲得更多相關字的知識，使字典兼具了學習的功能，這符合當時以書面學習為主的漢語學習環境。今天的辭典大多以音序排列，雖然勝在科學統一，但需要學習者知道漢字發音才能查找，比據形檢索多了一道程式；今天的對外漢語教學也不再以書面學習為主，但漢字仍是外國人學習漢語的必經之路，國內的對外漢語教材大多是詞本位，漢字是否出現、如何出現，尚沒有共識的、有效的方法，國外的漢語教材相對來說更重視漢字，有的國家還有單行的漢字教材。因此，雖然《試編》還未得到很好的利用，但這並不能抹殺它的實際意義。

　　在西方語言中，大量的同音不同義是不可想像的，漢語正好相反，漢字在書面上起到了重要的區別作用，在口語中，只能用雙音節化進行區別。這證明漢字絕非書面紀錄工具那麼簡單。烏克蘭中國商會執行主席魯斯蘭・奧西邊科說，「研究漢字，就像用放大鏡來看中國積澱了五千年的厚重文化。」瓦西里耶夫憑藉深厚的漢學素養、天才一般的智慧創造了這一漢字體系，對其進行研究挖掘不僅事關漢字、漢語，更事關中華文化。

參考資料

〔蘇〕П. Е・斯卡切科夫（1995）。俄國著名漢學家瓦・巴・瓦西里耶夫，《龍江社會科學》第3期。

中華人民共和國教育部國家語言文字工作委員會（2009）。《GB13000.1字元集漢字部首歸部規範》。

王雲五（2015）。《四角號碼檢字法》，《王雲五文集》（1），江西教育出版社。

瓦烈力EVCHENKO VALERII（2016）。《漢字解析》研究，大連理工大學碩士畢業論文。

白樂桑（2018）。一元論抑或二元論：漢語二語教學本體認識論的根本分歧與障礙，《華文教學與研究》第4期。

吳賀（2007）。從「三書」說到「真正的漢字」──談19世紀俄國漢學家王西裡對漢字構造的研究，《國際漢語教學動態與研究》第4期。

吳賀（2008）。俄羅斯首例漢字科學化教學方案──19世紀王西裡的漢字識記體系分析，《世界漢語教學》第1期。

吳賀（2010）。18-19世紀末俄國漢學的崛起與漢字研究，《史學集刊》第2期。

李明濱（2008）。《俄羅斯漢學史》，大象出版社。

柳若梅（2009）。19世紀俄國在中俄邊界地區組織的漢語教學，《國際漢學》第2期。

柳若梅（2010）。俄國漢學史上第一部漢語語法書──《漢文啓蒙》，《福建師範大學學報》（哲學社會科學版）第2期。

柳若梅（2010）。清代入華俄羅斯漢學家的滿漢語辭典手稿散論，《辭書研究》第4期。

柳若梅（2013）。俄羅斯漢學家出版的早期漢語辭典，《辭書研究》第1期。

徐文堪（2004）。談早期西方傳教士與辭書編纂，《辭書研究》第5期。

徐時儀（2016）。明清傳教士與辭書編纂，《辭書研究》第1期。

〔清〕張玉書等編撰，王引之等校訂（1996）。《康熙字典》，上海古籍出版社。

張書岩（2009）。《漢字部首表》的內容與應用，《語文建設》第6期。

〔清〕張德彝（2018）。《清末民初文獻叢刊・四述奇》，朝華出版社。

閆華（2015）。《〈漢文啓蒙〉研究》，人民出版社。

陳治國、袁新華（2006）。19世紀俄國東正教來華傳教使團的漢學研究及其特點，《俄羅斯研究》第4期。

董海櫻（2004）。超越虛幻的想像──17-18世紀西方漢字觀念的演變，《國外漢語教學動態》第1期。

董海櫻（2005）。西人漢語研究論述──16-19世紀初期，浙江大學博士學位論文。

趙春梅（2007）。《瓦西里耶夫與中國》，學苑出版社。

蘇寶榮（1995）。漢字部首排檢法規範化試探──「論切分、定位（定序）」歸部法，《辭書研究》第5期。

Васильев. В. П. Графическая система китайских иероглифов, Опыт первого китайско-русского словаря, Институт Конфуция, Восточный факультет Санкт-Петербургского государственного университета（1867年版，2010年善本再版）

Кожа К. А. Ранние описания китайского языкового строя в российской академической традиции: принципы и инструменты //Труды института востоковедения РАН. Вып. 19: Проблемы общей и востоковедной лингвистики: Лексикология и лексикография / отв. ред. З. М. Шаляпина; сост., ред. А. С. Панина. -М.: ИВ РАН, 2018. -С. 43-54.

Кожа К. А. Голосовая система китайской письменности Ж. -М. Каллери, замечания к ней о. Иакинфа (Бичурина), критическая переоценка В. П. Васильевым: три грани одного вопроса» // Вестник ИВ РАН, №3(9) 2019. -С. 258-266.

Петухова Н. В. Развитие китаеведения как науки в России в середине-второй половине XIX века // Вестник СПбГУ.Востоковедение. Африканистика. 2014. №4. -С. 15-22.

Попова И. Ф. Становление лексикографии китайского языка в России //Страны и народы Востока. Вып. XXXV: коллекции, тексты и их«биографии». М., 2014. С. 291-304.

Успенский В. Л. Жизнь и труды академика Василия Павловича Васильева: размышления по поводу 200-летнего юбилея // Новый исторический вестник. 2019. №2 (60). -С. 108-120.

Teaching and Learning of the Chinese Language with Technologies Prior to the Computer Era: A Review of the History Before 1970s

Shijuan Liu

Indiana University of Pennsylvania/U.S.

Abstract

The history of using technology for language teaching and learning in the early decades of the last century has been sparsely documented. This paper reviewed the history of using technology in teaching Chinese as a foreign/ second language before the computer era in 1970s. Its history can be traced back to 1900 when phonograph technology was used to help teach Chinese to students at a distance. This review shows that many findings in the last century are still applicable today.

Keywords: History, Chinese language teaching and learning, Audio, Video

1970年電腦時代前之科技運用於漢語教學的歷史回顧

劉士娟

賓汐法尼亞印第安那大學／美國

摘要

　　研究上世紀早期利用科技進行語言教學的文獻很少，只有零星紀錄。本文回顧了在二十世紀七〇年代使用計算機之前，使用科技教授漢語作為外語／第二語言的歷史。其歷史可追溯到1900年用留聲機技術幫助遠距學生學習漢語。本文發現上世紀有關科技運用於語言教學的很多論述今天仍然適用。

關鍵字：歷史、漢語教學、錄音、錄像

Introduction

The beginning of the history of teaching Chinese language to speakers of other languages (TCLSOL) can be arguably traced back to Han Dynasty, two thousand years ago (Lu, 1998). Zhang (2009) reviewed the history of TCLSOL chronically (from Han Dynasty to present) and geographically (in China and other countries/regions across five continents). In 1814, The College of France (The Collège de *France*) created the first Chinese Chair position and awarded it to Jean-Pierre Abel-Rémusat, which marked the beginning of the formal teaching of Chinese in higher education in France and the Europe (Bellassen, 2017). In 1877, Yale University appointed Samuel Wells Williams to teach Chinese, and for this reason it has been credited as the first American institution to offer Chinese courses (Ling, 2018a). There were also textbooks written for Chinese learning in nineteenth century or even earlier, such as the textbook Progressive Lessons by Joseph Edkins in 1864 and other three textbooks analyzed by Pearson (2014). However, as He and Xu (2002) pointed out, even though Chinese studies was recognized as a field of academic endeavor in the West in nineteenth century, it did not make true development until the late nineteenth or early twentieth century.

Similarly, depending on the definition of technology, as Bates (2015) points out, the arguments about the role of technology in education can go back "at least 2,500 years" (p. 226). In a popular online video titled *The history of technology in education* (SMARTEduEMEA, 2011), the origin of using technology in education was even dated back to 30,000BCE when human beings lived in caves and elders used cave drawings to teach younger generations. On the other hand, when discussing the history of technology use in language teaching and learning, many retrospective publications only trace back to the beginning use of computers. One shortcoming of narrowing discussions on technology to computer related technology, as stated by Chun, Kern and Smith (2016), is that "it is easy to forget the great extent to which language teachers rely on many other forms of technology, ranging from writing to audio recordings, images, and film" (p.64).

Although there are excellent publications that have discussed the history of computer assisted language learning, "the history of the use of technology for language learning in the early decades of the twentieth century is sparsely documented" (Otto, 2017, p. 33). The same case is true with Chinese language teaching and learning. Nearly all available articles (e.g., Da & Zheng, 2018; Wu, 2015) addressing the history of technology in Chinese language teaching dated back to the early 1970 when Dr. Chin-Chuan Cheng (鄭錦全) experimented PLATO (the Programed Logic for Automated Teaching Operations) project in his Chinese classes in the University of Illinois at Urbana Champaign. Based on these considerations, this paper focuses on examination of using technologies in TCLSOL prior to 1970s.

Phonograph and Gramophone Records

According to the timeline outlined by the Library of Congress (2019), the phonograph was invented in 1877. The first actual mention of the use of a phonograph in foreign language teaching at the college level was in the first issue of *Phonogram* in 1891, in which the phonograph was used as "an aid to the Professor of Languages" at the College of Milwaukee in teaching French and other foreign languages and it could "be made to repeat the same phrase or the same word hundreds of times. The teacher, while addressing the class, speaks into the phonograph, which in turn, repeats the lesson as often as desired" (as cited by Peterson, 1974, p. 7).

According to one report published in the May issue of *Phonoscope* in 1900, Dr. John Enicott Gardner of the Chinese Bureau of San Francisco gave two Chinese language classes: one at the University of California and the other at the University of Pennsylvania. He did not travel between the two places but recorded his lectures with phonograph cylinders in San Francisco and then sent them to his students in Philadelphia. Thirty students enrolled in the class at University of Pennsylvania reported that they did not have difficulty with using the phonographic lectures. This anecdotal record of using phonograph cylinders can also be considered as the earliest example of distance education in Chinese language learning and teaching.

Chien-Chun Shu (舒慶春), known as Lao She (老舍), recorded his voice in gramophone records, to accompany with the Chinese learning materials during his employment of teaching Chinese language and literature at School of Oriental Studies, University of London in 1920s. Total 16 gramophone records (Linguaphone together with two volumes of textbooks, titled *Linguaphone Oriental Language Courses: Chinese* (言語聲片), were published by the Linguaphone Institute London, in 1924 (See more introduction from the website of Lao She Museum (老舍紀念館)[1]. The records were digitalized by China Digital Culture Group Co.(中數集團) and made available online[2]. These gramophone records can be considered as the early example of using multimedia for Chinese language teaching and learning.

During the same time period, Dr. Yuen-Ren Chao (趙元任) published the book *A Phonoscope Course in the Chinese National Language* through

---

[1]   The webpage of the Lao She Museum is at http://www.bjlsjng.com/html/content/2011118213.html

[2]   See more introduction from the Digital Culture Group website: http://www.cdcgc.com.cn/detail/713 . The digitalized recordings can also be found from Bilibili: https://www.bilibili.com/s/video/BV1PK4y1D7Jc

Commercial Press of Shanghai in 1925. According to Bruce (1926), the book, accompanied with gramophone records, would be of great value to foreign students of the Chinese spoken language. The gramophone records, which "are remarkably clear, especially in the tones", add "immeasurably to the usefulness of the work", which support students to study with and without a Chinese teacher (p. 197).

Audio Recorders and Cassettes

According to the history and evolution of audio recorders described by Ralph Thomas (2011), the popular audio recorders in 1950s and 1960s were still reel-to-reel recorders, and the cassette tape recorders did not flourish in the market until late 1960s and 1970s. Jeanes (1957) and Schueler (1961) both commented on the advantages of using tape recorders over phonographs in language teaching and learning. According to Jeanes (1957), its advantages included the length of playing time offered, being more versatile and cheaper, and easier for instructors to record new material and make adaption for classroom use. According to Schueler (1961), the tape recorder, as an instrument of pre-recorded sound, "does everything that a good phonograph can do," but its greatest advantage over the phonograph "lies in its ability to record sound material and pay it back immediately" (p. 289).

It is commendable that Schueler (1961) analyzed the capacities and limitation of tape recorder audio in depth, and many of his comments are applicable to the general audio recording technology including today's digital audio technology. For instance, he insightfully noted that tape recorder allowed one to record and listen to one's own voice, and he further analyzed the pedagogical advantages and disadvantages of this function. One advantage was that "The individual hears himself as others hear him, and therefore he can perceive critically his effect on others." One disadvantage was that "he can achieve little kinship with his own recorded voice, and therefore may find it difficult to transfer lessons learned in listening to himself as recorded" to the actual situation "in which he again is prevented from hearing himself as others hear him" (p. 289). In addition, he concisely summarized that in the recorder-learner situation, the recorder can "only reproduce, it cannot produce; it can repeat, but it cannot react; it can communicate *to* but not *with,* and what it does communicate is only what has been fed into it" (p. 290).

Schueler (1961) further argued that the function of the tape recorder gave birth to the language laboratory and provided "the electronic buttress" of the audio-lingual method of language teaching (p. 289). Roby (2004) concurred and further pointed out that the audio-lingual method, on the other hand, helped the widespread use of the audio recorder. According to him, reading and writing skills were emphasized before the war, but listening and speaking skills gained more preference after the war partly thanks to the Army Specialized Training Program (ASTP). ASTP emphasized the "small-group practice to develop the learners' aural and oral abilities," "the preponderate use of native speakers," "mimicry of target language," and "the memorization of dialogues" (p.525). There are several articles (e.g., Barrutia, 1967; Kitao, 1995; Peterson, 1974; Roby, 2004; Tripp & Roby, 1996) that have provided excellent accounts of language laboratories. As reported by Roby (2004) and others, 1960s were the golden years of language labs and the federal supported $76 million matching funds before 1963. By 1962, there were 5000 language labs installed in secondary schools and 900 labs in higher education.

Ling (2018b) described what ASTP was and how ASTP affected Chinese language learning in the United States. According to her, ASTP, which took off in 1943, was created by the U.S. government in response to a national emergency during World War II. The military contracted with colleges and universities "to train military personnel in a wide range of technical skills, including foreign languages" (p.67), The program involved 227 colleges and universities, of which 55 offered training in foreign languages, and Chinese language training was contracted to seven universities including Harvard and Yale. The programs at the seven sites all focused on spoken language, which was "a departure from the prevailing focus on the written language" (p. 67). While the program only lasted less than two years, it produced fruitful outcomes and made lasting impact on Chinese language teaching in the United States. Effective teaching methods and materials including audio recordings for teaching and learning of the Chinese language were developed in mid-1940s. According to Ling (2018b), Robert Tharp played an important role in the Chinese teaching team of Institute of Far Eastern Languages (IFEL) at Yale University. He was chair of the Audio-Visual program and director of the Air Force course of IEEL during that time, acquired the variety of audio/visual equipment and used the equipment in assisting his teaching.

Historic documents from lesson plans dated 1951 for teaching the exchange students from East Europe who studied Chinese in Beijing showed that each lesson was recorded to help students with their review of what they learned (Cheng 2005). According to Hsin et al. (2018), in 1955 the Chabanel language Institute, a Catholic Jesuit Institution in Hsinchu, Taiwan, already established language lab to help Chinese language learners to study Chinese with audio equipment. Kubler (2020) reviewed the history of the Chinese language training of the U.S. Department of State in Tai Chung city, Taiwan, in 1949-1955 and shared pictures showing audio recorders were used for helping students with their Chinese learning.

Audio recorders are also used to record radio broadcasting programs, which produce richer materials for language teaching and learning (see more discussions in the section on radio broadcasting). The low price and small size of cassette tapes (mass production began in 1969), help make the language learning more affordable. Many published language learning books are accompanied with audio recordings, such as the audio cassettes made for the textbooks *Practical Chinese Reader* and *Modern Chinese-Beginner's Course* in early 1980s. The advent of Sony's Walkman, the affordable and convenient portable audio player, helps make language learning take place at any time and at any place. According to Franzen (2004), it is estimated that 200 million of them cassette players were sold between 1979 (the first appearance of Sony's Walkman) and 2010 (when Sony retired its cassette tape Walkman).

Radio Broadcasting

According to California Historical Radio Society (2019), KDKA of Pittsburgh was the first radio station in receiving government license and announced the presidential election result on air in 1920, which was considered the birth of a new industry (UShistory.org, 2008). During 1920-30 hundreds of radio stations were established in the United States (California Historical Radio Society, 2019; UShistory, 2008) and a number of articles were published to address the use of radio in language teaching and learning. For example, Young (1932) listed a few resources that addressed the use of radio in language teaching and learning. Koon (1933) stated that American language teachers could benefit from the modern language instruction on the air developed in Europe. Meiden (1937) made similar statements on French instruction. According to Bolinger (1934), the University of Wisconsin sponsored semi-weekly broadcasts of Spanish lessons and weekly lectures on topics of general interests related to Spanish; Cabarga (1937) discussed issues concerning teaching a radio course in Spanish over the radio station of Ohio State University.

The Voice of America (VOA)'s Mandarin Service was established in 1942. Its audience was Chinese speaking population abroad and its language program aimed to help Chinese speakers to learn English. Even though there is a possibility that a few learners and instructors occasionally used it for Chinese language learning and teaching, it would be very rare given the low number of Chinese language learners and instructors during that period.

China Radio International (CRI) started to include Chinese language learning programs in its English and Japanese channels in 1962 but discontinued in 1966 due to the Culture Revolution in China (Xu, 1989; Zheng, 2012). Its Japanese channel restored the Chinese language learning program soon after China and Japan resumed their diplomatic ties in 1972. According to Xu (1989), from 1973 to 1989, the CRI's Japanese channel offered series of broadcasts concerning Chinese language learning at the beginner and intermediate level, which were well received in Japan.

Research on use of broadcasting in teaching and learning of the Chinese language started from 1970s or even earlier. For instance, Kuo (1982) reported that University of Kansas started to introduce news segments into Chinese classrooms in 1975 and used them intensively in its advanced level classes.

Television Broadcasting and VCR

Germany began broadcasting its national television service in 1935, while Britain began broadcasting the next year. The first U.S. commercial television licenses were issued in 1941, and by 1948, almost one million homes had televisions, and there were 108 licensed television stations (Encyclopedia, 2019).

Using television broadcasts for pedagogical purpose is perceived "as a natural extension" of the use of radio broadcast (Salaberry, 2001, p. 41). The use of television broadcasts for educational purposes was often discussed together with the educational use of radio broadcasts in the literature (e.g., European Broadcasting Union, 1967; Lynch, 1966; Sparks, 1971). Kern (1959) listed the following benefits of using television for formal and informal language learning: television could help learners get visual associations that were virtually excluded from traditional classroom teaching for the new vocabulary, and help stimulate appropriate "cultural environment for the language taught" (p. 264). Fallahkhair and coauthors (2004) state that TV offers a rich multimedia experience, where learners can immerse themselves in authentic materials from the target language and culture.

As summarized at the webpage of Sound & Vision[3], the invention of videocassettes recorder (VCR) in mid-1970s was revolutionary. It allowed TV viewers to record shows for later viewing when they have time and for rewatching as many times as they wish.

Buck (1974) shared how the Inter-University Program (IUP) for Chinese Language Studies used news broadcasts and TV broadcasts in advanced conversational classes to help advanced students improve their Chinese language proficiency. According to him, the IUP recorded selected regular TV broadcasts in Taiwan with the equipment (including a video-tape recorder, two TV monitors and a TV camera) from 1970 and developed instructional aids and methods for using these sources in classrooms. Students were able to study the materials line-by-line because of the video tapes.

---

[3] https://www.soundandvision.com/content/flashback-1975-vcr-born

Film, Video, and Camcorders

The 1927 American movie *Jazz Singer* was the first feature-length movie incorporating synchronized dialogue, and by the early 1930s, nearly all feature-length movies were presented with synchronized sound (The National Science and Media Museum, 2011). There were also papers published on the use of movies in foreign language instruction in the United States in the 1930s. For example, as the International Cinema League director, Ginsburgh (1935) listed some of the imported French, German and Spanish movies favored by students and discussed benefits he observed for language learning, such as serving as models for pronunciation and helping with studying people and their customs of a foreign country. He proposed to make travel films specially for foreign language instruction. Herdrix (1939) mentioned similar benefits of using films in the learning of foreign languages. Palomo (1940) further detailed the advantages of sound films over radio and other media, such as presenting the target language "in organic context"; the foreign language and foreign scene "are in harmony" (p.284); the film simulates learners to approach the language in two channels simultaneously (audio and video). He also pointed out the limitation of existing films, such as being made for entertainment purpose and lack of pedagogical elements, and instructor hence had to make some adaption for classroom use.

It was estimated over six hundred Chinese movies were made in the 1920s and 1930s in China (Cheng, 1963). However, no documented record was found on using Chinese films in Chinese language teaching and learning during that period. This can be explained with several possible reasons, such as the high cost of equipment and inconvenience for movie showing in classrooms and the small number of Chinese learners and instructors.

In addition to using authentic TV programs and film made by media professionals for general users, some instructors also made videos specifically for Chinese language classes. As Dr. Perry Link (2018) recalled, Professor Ch'en Ta-Tuan (陳大端)at Princeton University recruited him and several others to play roles in making videotapes for the textbook *Chinese Primer* in 1970s, and they had to go to Princeton Theological Seminary who owned video equipment to shoot scenes there because Princeton University did not have any back then.

Summary and Concluding Remarks

This paper reviewed the history of using technologies in teaching Chinese language as a second/foreign language prior to the computer era. The review traced the history back to 1900 when phonograph was used, and discussed the use of following technologies in Chinese language teaching and learning before 1970s: phonograph and gramophone records, audio recorders and cassettes, radio broadcasting, television broadcasting and VCR, film, video, and camcorders. Some of the technologies have been replaced by newer technologies. For instance, phonograph, gramophone records, and audio cassettes which have been taken place by digital media players (later by smart phones). Some coexist with later technologies. For example television broadcasting services coexist with the internet technology and provide people with additional options. Evolution of technology in Chinese language teaching and learning after 1970s are further discussed in Liu (2021).

While the review focuses on the technology use in the first 70 years of the last century, many of the findings have implications for today. First, undoubtedly, technologies have evolved dramatically over the years, especially as computers and mobile devices are becoming more versatile, and internet technologies have been making impacts on nearly every aspect of human society in the twenty-first century. Nonetheless, this review revealed that the essence of practice and research on the use of technologies for language teaching and learning in the last century has been similar to that of today. For example, audios have been used to enhance student listening, and videos for more contextualizing and multimedia input. In addition to using audio and video materials made by others, such as the authentic radio and television broadcasting programs, instructors in the past century also developed audio and video materials themselves for teaching and learning of the Chinese language before the computer was used. Similarly, the advantages and limitations of using audio recordings and films found by scholars in the past are also applicable today. Finally, while discussions on remote teaching and learning of the Chinese language have become heated since March 2020 due to the COVID-19 pandemic, the topic is not completely new and its origin can be dated to 120 years ago. With so many tools and resources available, and unprecedented convenience to connect with any people, Chinese language instructors and other practitioners should feel more empowered and confident in meeting challenges in the third decade of the twenty-first century, when thinking of what Dr. John Enicott Gardner had access to in 1900.

References

Adams, Mike (1985). 100 Years of Radio. https://californiahistoricalradio.com/radio-history/100years/

Barrutia, Richard (1967). The Past, Present, and Future of Language Laboratories. *Hispania, 50*(4). 888-899

Bates, A. W. Tony. (2015). Teaching in a Digital Age: *Guidelines for designing teaching and learning*. https://www.tonybates.ca/teaching-in-a-digital-age/

Bellassen, Joël (2017). Preface. In Lu Y (ed.). Teaching and learning Chinese in higher education: Theoretical and practical issues (pp.x-xi). London, UK: Routledge.

Bolinger, Dwight Le. (1934). Spanish on the Air in Wisconsin *The Modern Language Journal 18*(4), 217-221

Bruce, Joseph Percy (1926). A Phonograph Course in the Chinese National Language. By Yuen Ren Chao, Ph.D. Commercial Press, Shanghai, China. Bulletin of the School of Oriental and African Studies, 4(1), 197-200. doi:10.1017/S0041977X00102836

Buck, David. 1974. The use of broadcast television programs as a means of advanced conversational instruction in Chinese. *Journal of Chinese Language Teachers Association. 9*(2), 93-67

Cabarga, Demetrio A. (1937). Teaching Spanish by Radio, The Modern Language Journal, 22(3), 189-200. https://doi.org/10.1111/j.1540-4781.1937.tb00585.x

Cheng,Yuzhen (2005). The history of teaching Chinese as a foreign language in new China. Beijing: Beijing University Publisher. 〔程裕禎，2005年01月。《新中國對外漢語教學發展史》。北京大學出版社〕

Chun, Dorothy., Kern Richard. & Smith, Bryan. (2016). Technology in language use, language teaching, and language learning. Modern Language Journal, 100 (s1), 64-80. Supplement issue for Celebrating 100 years of the Modern Language Journal. Retrieved from https://onlinelibrary.wiley.com/doi/epdf/10.1111/modl.12302

Da, Jun and Zheng, Yanqun (2018). Technology and the Teaching and Learning of Chinese as a Foreign Language. In Ke, Chuanren (Ed.) *The Routledge Handbook of Chinese Second Language Acquisition* (pp.432-447). Routledge: New York

Encyclopedia (2019). History of Television Broadcasting, https://www.encyclopedia.com/media/encyclopedias-almanacs-transcripts-and-maps/television-broadcasting-history

European Broadcasting Union (1967). European Broadcasting Union International Conference on Educational Radio and Television, Paris, https://files.eric.ed.gov/fulltext/ED028641.pdf

Fallahkhair, Sanaz. Masthoff, Judith. Pemberton, Lyn (2004). *Learning Languages from Interactive Television: Language Learners reflect on Techniques and Technologies.* http://citeseerx.ist.psu.edu/viewdoc/download?doi=10.1.1.141.1794&rep=rep1&type=pdf

Franzen, Carl (2014). *The history of the Walkman: 35 years of iconic music players.* https://www.theverge.com/2014/7/1/5861062/sony-walkman-at-35

He, Yin, and Xu Guanghua (2002). The history of Sinology outside China. Shanghai, China.

Shanghai Foreign Language Education Publisher. 〔何寅，許光華（2002）。國外漢學史。上海：上海外語教育出版社〕

Hendix, William. (1939). Films in the learning of modern languages. *The Journal of Higher Education, 10*(6), 308-311. doi:10.2307/1973853

Hsin, S., Chen, Y., Lee, T., and Jen, H. (2018). The earliest L2 Chinese teaching in Taiwan-Chabanel Language Institute, a Catholic Jesuit Institution in Hsinchu 〔信世昌、陳雅湞、李黛顰、任心慈（2018）。臺灣最早期的華語教學探究──新竹天主教耶穌會華語學院（Chabanel language Institute）。華語學刊TCSL。2018年第2期，60-76〕

Ginsburg, Edward B. (1935). Foreign Talking Pictures in Modern Language Instruction. Volume19, Issue6. 433-438. https://doi.org/10.1111/j.1540-4781.1935.tb05848.x

Jeanes, R. W. (1957). The Tape Recorder in the Classroom. *The Canadian Modern Language Review.13* (4), 3-9.

John, Cheryl. (2018). The evolution and impact of technology in language education. https://techandcurriculum.pressbooks.com/chapter/technology-assisted-language-learning/

Kern, Edith. (1959). Language Learning and Television, *The Modern Language Journal*. 43(6), 264-265.

Kitao, Kenji (1995). The History of Language Laboratories--Origin and Establishment. https://eric.cd.gov/?id=ED381020

Kubler, Cornelius. (2020). History of Chinese language teaching and learning of U.S. Department of State. Keynote speech given at the *First International Conference on the Developmental History of Chinese as a Second/ Foreign Language.* National Tsinghua University, Taiwan, December 18-19, 2020.

Koon, Cline M. (1933). "Modern Language Instruction by Radio." *The Modern Language Journal*, 17(7), 503–505. DOI:10.1111/j.15404781.1933.tb05781.x

Kuo, Joseph. University of Kansas radio broadcast research. 1982 Volume: 17 No: 1 Pages: 67-76

Library of Congress (2019). History of the Cylinder Phonograph. https://www.loc.gov/collections/edison-company-motion-pictures-and-sound-recordings/articles-and-essays/history-of-edison-sound-recordings/history-of-the-cylinder-phonograph/

Ling, Vivian. (2018a). A new calling for former missionaries in the secular world. In V. Ling (ed.) *The Field of Chinese Language Education in the U.S.: A Retrospective of the 20th Century* (pp.21-38). UK: Routledge.

Ling, Vivian. (2018b). Institute of Far Eastern Languages at Yale University. In V. Ling (ed.). *The Field of Chinese Language Education in the U.S.: A Retrospective of the 20th Century* (pp. 67-80). UK: Routledge.

Link, Perry. (2018). He took the road less travelled by historians: The story of T.T. Ch'en. In Ling, V. (ed.). The Field of Chinese Language Education in the U.S.: A Retrospective of the 20th Century (pp. 424-430). Routledge.

Liu, Shijuan (2021). *Technology and Chinese language teaching since 1900.* Invited plenary speech given at the 11th International Conference and Workshops on Technology and Chinese Language Teaching, held by Yale University, via Zoom, May 28-30, 2021

Lu, Jianji (1998). Research on the history of teaching Chinese as a foreign language. *Yuyan Wenzi Yingyong.* 4, 30-35. 〔魯健驥（1998）。談對外漢語教學歷史的研究，《語言文字應用》第4期，第30-35頁〕

Lynch, James. E. (1966). Radio and Television in the Secondary School. National Association of Secondary School Principals: Washington, D. C.

Meiden, Walter E. (1937). "A Technique of Radio French Instruction." *The Modern Language Journal*, 22, no. 2: 115–125. DOI:10.1111/j.15404781.1937.tb00568.x

Otto, Sue. E.K. (2017). From Past to Present: A Hundred Years of Technology for L2 Learning. In: Chapelle, C.& Sauro, S. (eds.). The Handbook of Technology and Second Language Teaching and Learning (pp.33-49). Hoboken, NJ: Wiley-Blackwell

Palomo, Jose. R. (1940), A Desired Technique for the Use of Sound Films in the Teaching of Foreign Languages, Modern Language Journal, 24 (4) 282-288. https://doi.org/10.1111/j.1540-4781.1940.tb02915.x

Pearson, Lena (2014). The Foundations of Teaching Chinese as a Foreign Language: An Investigation of Late 19th Century Textbooks. Available https://scholarworks.umass.edu/cgi/viewcontent.cgi?article=2187&context=theses

Peterson, Phillip. (1974). Origins of the language laboratory. *NALLD Journal, 8*(4), 5–17

Roby, Warren B. (2004).Technology in the service of foreign language learning: The case of the language laboratory. Handbook of Research for Educational Communications and Technology. A Project of the Association for Educational Communications and Technology (2nd). http://citeseerx.ist.psu.edu/viewdoc/summary?doi=10.1.1.565.6946

Salaberry, Rafael. (2001). The Use of Technology for Second Language Learning and Teaching: A Retrospective. *The Modern Language Journal.* 85(1). 9-56.

Schueler, Herbert, 1961. Audio lingual aids to language training uses and limitations.

Quarterly Journal of Speech, 47 (3). 288-292

SMARTEduEMEA (2011). The history of technology in education. https://www.youtube.com/watch?v=UFwWWsz_X9s

Sparks, Kenneth. R. (1971). A Bibliography of Doctoral Dissertations in Television and Radio. Newhouse Communications Research Center, Syracuse(New York) University.

The National Science and Media Museum (2011). *a very short history of cinema* https://blog.scienceandmediamuseum.org.uk/very-short-history-of-cinema/

Thomas, Ralph (2011). the history and evolution of audio recorder. Retrieved from http://www.pimall.com/nais/nl/audiohistory.html

Tripp, Steven D. and Roby, Warren B. (1996). Auditory Presentations and Language Laboratories in D. Jonassen (ed.). Handbook of Research for Educational Communications and Technology (pp. 821-850). New York: Simon & Schuster Macmillan

UShistory.org (2008). Radio Fever. https://www.ushistory.org/us/46g.asp

Young, Grace P.(1932). Bibliography of Modern Language Methodology in America for 1931. *The Modern Language Journal. 16* (8), 667-677

Walker, Galal L.R. (1982). *Videotext--A course in intermediate to advanced Chinese.17*(2), 109-122

Wu, Yongan. (2016). Technology in CFL education. in J. Ruan, J. Zhang & C. B. Leung (Eds.), *Chinese language education in the United States* (pp. 97-122). New York, NY: Springer.

Xu, Yongxiu. (1989). The Chinese broadcasting of teaching Chinese as a foreign language. *Shijie Hanyu Jiaoxue, 4,* 225-230. 〔徐永秀，中國的對外廣播漢語教學，世界漢語教學，1989年第四期（總第10期）225-230。〕

Zhang, Yajun (1989). The History of Teaching Chinese as a foreign language. *Yuyan Jiaoxue yu Yanjiu, 3,* 77-95. 〔張亞軍（1989）歷史上的對外漢語教學。《語言教學與研究》，第3期，77-95〕

Zhang, Xiping (2009). History of International Chinese Education. Beijing: Commercial Press of China 〔張西平（2009）《世界漢語教育史》商務印書館〕

早期西方傳教士¹的華語學習對中國近代語言與文化發展的影響

李黛顰

國立臺灣師範大學華語系博士班／臺灣

摘要

　　在華語教學史的研究上，早期西方傳教士的華語學習是進入專業化華語學習的開始。對於早期西方傳教士的研究，學者多側重在其來華歷史或對中國的影響；至於傳教士的華語學習研究，也多僅針對單一面向做論述分析。然而針對從「傳教士華語學習所發展出的教材、漢語研究、語言觀點等，如何對於目標語地中國造成了語言和思想上的自覺與革新」這個角度的研究則付之闕如。本文即以文獻分析法，爬梳這些早期傳教士所留下的著作與學者們的研究分析，探討與中國近代語言與文化發展的關連並探討其影響。根據本文目前的研究，針對早期西方傳教士華語學習對中國本土語言文化發展的影響，歸約為以下六點：1.促使華語二語學習成為新的學科領域；2.促成漢語語言學的發展；3.以西式拼音取代傳統反切，促進拼音符號的產生；4.以俗文學為華語教材，提升俗文學的地位；5.重視民間習俗文化，開啓對民俗學的研究；6.重視白話文的學習，間接促成白話文學運動。

關鍵詞：傳教士語言學、華語（漢語）教學史、中國語言

1　本文所謂西方傳教士是指一般語意理解的「西方」，指從歐洲及美洲來華的傳教人士，宣揚泛基督宗教，包括羅馬大公教，也就是所謂的天主教（Catholic）；以及基督新教，也就是所謂的基督教（Christianity）。文中除了討論這些早期傳教士外，也包含少數非神職身份的西方漢學家或外交官的討論。華語開始大量系統化學習的確是由歐洲傳教士開啓，影響也最大，不過3、400年間仍有不少的漢學家與外交官參與華語學習以及研究，所以也在本文討論中。

Chinese Language Learning: Early Missionaries' Influence and Impact on Modern Chinese Language and Culture

Tai-Ping Lee

Ph.D. Student, National Taiwan Normal University/Taiwan

Abstract

In the history of Chinese language teaching, the study of Chinese by early Western missionaries can be deemed the beginning of professional Chinese language learning. In research on early Western missionaries, scholars mostly focused on their history of migration to China or their influence on China. As for the Chinese learning materials developed by the missionaries, previous research focused on the side of missionaries only. However, missionaries' learning materials, their studies on the Chinese language, and their perspective on Chinese have inspired linguistic and ideological awareness and innovation in the target language country, China, very much. Therefore, the research on this topic has been found wanting. This article uses the method of literary analysis to review the works left by early missionaries and the research by scholars to discuss the impact and influence on the development of the modern Chinese language and culture. According to current research presented in the paper, the influence and impact can be summarized as follows:

1. Promoting learning Mandarin as a second language as a new subject area;
2. Promoting the development of Chinese linguistics;
3. Replacing the traditional way of Fanqie反切 (resection) to indicate a character's pronunciation with a Western-style romanization system to promote Chinese phonetic writing systems;

4. Using popular literature as Chinese teaching materials to enhance the status of popular literature;
5. Emphasizing folk customs and culture to start the study of folklore;
6. Emphasizing the study of vernacular literature to indirectly contribute to the vernacular literature movement.

Keywords: missionaries, history of Chinese as a second/ foreign language learning, the Chinese language

一、前言

　　由於商業交易、戰爭、人類遷徙等等原因造成不同語言的交流與學習，其中宗教傳播亦是重要的因素。在中國歷史上，因爲宗教傳播因素而造成語言的交流學習，而與本國語言產生了對比了解（Contrastive study），甚至近一步拓展或啓發了對本國語言的研究。爲人所熟知的例子是東漢末年的佛教傳入，造成了中國音韻學研究的開始[2]。

　　在中國近代歷史上，西方最早開始有系統學習漢語的族群當屬天主教的傳教士。雖然基督宗教在唐代就已傳入，以大秦景教之名在長安城興建教堂寺廟盛極一時，但其後歷經中國多次的滅教，始終沒有持續性地發展。眞正建立起規模化的傳教事業並長期派遣傳教士來華，當始於明萬曆年間的天主教耶穌會（Society of Jesus）范禮安（Alexander Valignani, S. J., 1539~1606）和羅明堅（Michele Ruggieri, S. J., 1543~1607）與利瑪竇（Matteo RICCI, S. J. 1552~1610），此外還有天主教道明會（Dominican Order，或譯爲多明我會）的神父，高琦神父（Angel Cocchi）和黎玉范神父（Juan Bautista Morales或Jean-Baptiste Moralès, 1597~1664）等，當時在教皇派遣下他們重新開啓了在中國長期的宣教事業，亦展開了最早期系統化的華語學習之路。雖然在清代，天主教的宣教事業歷經了許多的波折與阻撓，但梵諦岡仍然不斷的派遣不同修會的神父以及修女來華，在當時遠東地區的傳教事業可以說是歐洲傳教士心中最神聖的使命。

　　而新教（基督教）的派遣雖然較晚，遲自1807年英國倫敦會（London Missionary Society）的馬禮遜（Robert Morrison, 1782~1834）才抵華。但在鴉片戰爭後，隨著條約的簽訂，大量英、荷、美新教傳教士抵華，使傳教事業更加興盛[3]。如美籍的裨治文（Elijah Coleman Bridgman,

---

[2] 根據竺家寧的研究，包括聲韻調與反切等標音方式，皆是因爲於對佛經與梵文的研究學習（251-262頁）。

[3] 南京條約中准許英國人攜眷居住：廣州、福州、廈門、寧波、上海五處港口貿易，亦促使了傳教人士攜眷來華定居宣教。

1801~1861）和衛三畏（Samuel Wells Williams, 1812~1884）等陸續來華，並出版許多辭典、華語學習以及對於中國語言文化研究的論文專書，亦對當時鎖國已久的中國，產生了許多刺激和影響。

　　過往的文獻探討，學者們多半側重在數百年來西方傳教士來華的歷史研究，包括殖民或文化侵占的角度、相互交流的角度與其對中國在教育制度、文化、思想、現代化的影響（劉章才、李君芳，2007）；至於傳教士所發展出來的傳教士語言學missionary linguistics，近年來雖漸引起學者注意，歐美也舉行過相關研討會，探討的方向多半是從歷史語言學、後設（元）語言（meta language）以及社會語言學（sociolinguistics）的角度探討（Klöter, 2006），從華語學習的角度來探討對中國語言與文化發展的影響，則未多見。

　　語言知識和思想文化並非單向的從目標語國家輸出而已，傳教士的學習不僅是目標語言與目標語文化的習得，傳教士本身所發展出的華語學習的策略、教材、漢語語言學的研究，以及兩種語言文化接觸時產生的對比性、衝突性和衍生的新觀點與建議，也對於目標語地中國，產生了刺激和影響，甚至造成了語言和思想上的自覺與革新。隨著華語二語學習的蓬勃發展，華語教學史的研究也漸為人重視，本研究乃針對此議題以文獻分析法，爬梳這些早期傳教士所留下的華語學習著作與歷來學者們的研究分析，探討與中國近代發展的關連，如何反向輸出影響目標語中國的近代語言文化發展，促成了新思潮與新文化。

二、促使華語二語學習成為新的學科領域

　　漢學Sinology在歐洲有著悠久的歷史傳統，十六至十八世紀啟蒙時期中的中國熱，掀起了一股中國熱，隨者耶穌會傳教士所翻譯的儒家思想經典，傳回歐洲造成影響與轟動，展開了近代歐洲對中國的研究，使漢學正式成為一門學科。不過此時乃對中國的文明、思想、史地做出研究，雖然亦有中國語言的研究，但是以中國經典為教材，並採用翻譯教學法的方式

學習。因爲欠缺實際交際的需求，所以學習的並非是眞正的口說交際語言，而僅是書面語言。根據許光華（2009）的研究，1814年法國法蘭西學院首先設置了漢學講座，使漢學正式成爲一門學科講座。1844年巴黎東方語言學校開設漢語課，才開始正式漢語語言的教授，不過此時的漢語往往指的是滿語而非北京官話，同時也欠缺相關的師資和教材（5-6頁）。

　　學界認爲最早眞正出版的華語語法書是由道明會的萬濟國神父（Francisco Varo，或譯爲瓦羅，1627～1687）以西班牙文撰寫《華語官話語法》（Arte de la Lengua Mandarin）。這本書在他過世後十多年，於1703年出版。這本書雖標名爲語法書，但亦成爲當時西方傳教士學習華語的教材。

　　此書的一大特色是注意到語言的實際交際情形，例如談論到語言雅俗的問題。傳統的士人階級深受文化價值觀影響，非常重視高雅的書面語，對於口語體的作品既加以輕視，更遑論對一般的對話的研究了。然而傳教士須學會一般人使用的口語體，才能與民眾交流宣教，因此萬濟國注意到此點，討論了語言的雅俗與書面口語體的問題，以華語二語學習的需求角度出發，呈現眞實的漢語交際面貌。黃建濱、周倬穎也提到此書的內容與編寫方法，認爲：《華語官話語法》不僅具有漢學史、漢語音韻學、社會文化學、語言學等方面的研究價值，也對於日後的華語教材編寫方法的研究提供了珍貴的原始資料（150-162頁）。

　　對於華語學習展開全面性的研究與學習，肇始於十九世紀中葉1842年，天主教耶穌會開始大量派遣傳教士來華。基於在地傳教的需求，傳教士們逐漸發展出以交際目的爲主的華語學習方向。在傳教士中，最著名的幾位華語專家與漢學家，如耶穌會的神父：顧賽芬（Séraphin Couvreur, 1835~1919）和戴遂良（Léon Wieger, 1856~1933）等，開始撰寫專業的華語教材。例如1895年在河間府（今河北一帶）出版了戴遂良所編寫的《漢語入門》（或稱爲《漢語漢文入門》）。此書共分爲兩部，各爲六卷。其中第一部，一到四卷是關於語言：介紹和分析語音、語言結構和成語等有

關語言知識和技能，五、六卷則是白話體的短文，改編改寫自當時明代流行的白話小說；第二部則著重在地文化習俗的介紹（許光華，141頁；宋莉華，174頁），這是一部完全針對來華的華語學習者所編寫的教材，而非漢學研究專書。其內容涵蓋了學習華語語言本體、篇章閱讀和文化學習。這本華語教材書的出版，突顯出華語學習的獨特需求性，華語學習與歐洲傳統漢學的分野更加清楚。

　　另外一部耶穌會內部成書更早的著作——《拜客訓示》，近幾年因為清華大學歷史研究所李毓中博士等學人發現經點校並出版。目前推測最初該書是從利瑪竇抵華（1582年）後所寫的作品，但歷經多時多地的來華耶穌會傳教士不斷增寫，一直持續到十七世紀初期。這本書以語體文加上拉丁拼音寫成，內容是向來華的傳教士介紹日常生活的須知，尤其是與華人交際時應注意的應對進退，這可謂是華語教學中第一本跨文化適應與溝通的教材了。張鎧（2015）指出：此書是為培訓新來傳教士的實用手冊，更是推行「適應」策略的重要舉措（126頁）。很顯然的，這樣的取材內容與傳統重思想義理的漢學是截然不同的。

　　在新教傳教士部分，美國傳教士約在鴉片戰爭後來華，對華的心態上與歷經過啟蒙運動中國熱的歐陸非常不同。美國所接觸的中國是已國力衰微、思想落後的清代中末葉，所以他們對於中國沒有太多美好的想像與文化崇拜。因此他們並未如歐洲早期先從漢學發展，而是務實地致力於與華人交際溝通，宣揚基督教義，因此此時期的新教傳教士著重在語言學習，而非漢學。

　　根據Chao的研究（2007），在華語語言學習領域中，以1833年來華，1877年才返回母國的美部會（ABCFM, American Board of Commissioners for Foreign Missions）傳教士衛三畏最為斐然有成。衛三畏（Samuel Wells Williams, 1812~1884）長期致力於編寫各種華語學習的工具書與教材，例如1842出版，以英文撰寫的華語二語學習教科書Easy Lessons in Chinese《拾級大成》，內容便以日常簡短的華語對話為主，此

書是爲了交際目的的編寫，切合日用，並依照難易度將內容分爲十級。這是第一本清楚的將程度分級的華語教材。很顯然的，華語二語學習已然已成爲一門專業的新興學科。

基於傳教的需求，歐美傳教士需與中國在地民眾進行更細膩地道的語言溝通，對學習華語的要求已非簡單的表達意義而已，還需重視實際交際語言的習得與對在地文化習俗的了解（李黛顰，2020），因此華語教學逐漸從傳統漢學中區分出來，成爲新的學習領域，成爲今日華語二語學習 Learning Chinese as the Second Language 的鼻祖與奠基者。

三、促成漢語語言學的發展

中國傳統語言學的研究，也就是所謂的「小學」，僅就文字學、聲韻學及訓詁學做研究。文字學研究漢字字形，聲韻學研究漢語語音的聲、韻、調，訓詁學則是詞義的研究，然而卻獨缺漢語語法的研究。然而長期以來在語法學上研究的空白，對於母語者來說的感知並不深刻，但對華語二語學習者來說，卻難以找到語言的規律，以至於學習華語益發困難，甚至造成早期的西方學者誤以爲漢語是沒有語法規則的。

根據姚小平的研究，最早介紹漢語語法的作品，應該是十六世紀末歐洲道明會派遣來華的傳教士，高母羨（Juan Cobo，或譯爲胡安・柯伯，1546～1592）在1592～1593年間以西班牙文撰寫了一本《漢語語》（Arte de la Lengua China 或譯爲《漢語文法》）的語法書，迄今已有四百年的歷史，可惜這本書如今已經亡佚，目前僅在天主教會早期信件中發現對這本書的談論（姚小平，2001）。其後，耶穌會義大利傳教士衛匡國（Martino Martini, 1614~1661）爲了學習華語所撰寫的《中國文法》（Grammatica Linguae Sinensis）應是的現存最早的漢語語法書。本書大約寫成於1651～1652年間，然而這本書並未眞正出版，而是以抄本流傳，長期以來未能正式推廣。根據李眞以白佐良所整理的抄本 Grammaticam Sinicam 所做的研究，《中國文法》由拉丁文和中文寫成，正文共有26頁，分爲三個章節，

另有兩個附錄。第一章包括漢字字表及其釋義，總數為318個漢字；另外還專文介紹漢字聲調。第二、三章是語法部分，分別介紹了名詞、代詞、動詞、介詞、副詞、感歎詞、罕用連詞、名詞的原級（及比較級和最高級）、附錄的代詞、數量詞（李真，2011）。這是第一本將西方語法中的詞性屬性分類，帶入中國語言學中的研究，這種從詞性分析的角度探討漢語語法，也成為日後漢語語法書撰寫的模式。此外，魏匡國已經注意到漢語中特有的感嘆詞和數量詞。

　　在《中國文法》後出現的重要語法書是萬濟國所著的《華語官話語法》，這本語法書以同樣是從歐語詞性分類來分析漢語。萬濟國的詞性分析比衛匡國更為細膩，他注意到漢語中的動詞的被動語態以及否定詞、疑問詞、條件詞等。此外，他也特別討論了構句和小詞。本書的另一特點是萬濟國還注意到漢語獨特的語用現象，與不同對象交際時的用語差異，例如文中提到官話的禮貌用語，以及如何稱呼官員及其親屬以及其他人。

　　其後註明的語法書是耶穌會的法國神父馬若瑟（Joseph Henry Marie de Premare, 1666~1736）在1728年以拉丁文撰寫的《漢語劄記》（Notitia Linguae Sinicae），這本書直到1831年才出版[4]，這是第一本將文言語法與白話語法分開研究的語法書。傳教士須深入民間與民眾交談以宣揚宗教，因此馬若瑟在白話語法的部分，首次引用大量的白話章回小說內容作為舉例，呈現了許多方言和當代的口語用法，成為漢語語法書中的創舉。本書的另一特點是首次參考了中國傳統實詞與詞性分類虛詞的觀念。根據方環海等研究，實詞虛詞也就是馬氏所說的「實字」（solid real characters）和「虛字」（empty characters），根據馬若瑟的說法：「不能充當句子基本成分的就是虛字，能夠充當句子基本成分的就是實字。實字又可分為活字（living characters）和死字（dead characters），例如動詞就是活字，名詞就是死字。虛字則表現為虛詞（particles）。」（方環海、胡榮、崔丹丹、

4　關於此書詳細的撰寫、版本以及出版經過主要參考柯保羅的說法。

林文琪，2013）張秀麗指出，馬若瑟是首位歐洲傳教士，將過往根據拉丁語法訓練所研究出的漢語詞性分類，結合了中國的傳統詞性觀點。因此《漢語劄記》對漢語的特色分析更為清楚（2011）。

　　李真認為這些從明末一直到清代的早期傳教士，針對對漢語語言的詞性特點以及語法規則進行系統化的研究整理，啟發著後來學者進一步研究，開闢了一個新的中國語言學的研究領域（2011）。其中最直接明顯的例子，就是《馬氏文通》。本書原名《文通》，被認為是第一部中國的現代語言學著作，約在1898年出版，由馬建忠（1845～1900）所著。作者年少時學習舊學，後來在法國籍耶穌會士所創立的上海徐匯公學5學習，他也曾一度成為耶穌會士。在教會栽培下，他學習了法、英、拉丁與希臘文。馬建忠的語言和語言學知識是受耶穌會的陶成，《馬氏文通》是他參照了西方傳教士以拉丁語法體系分析漢語的傳統，同時也承繼馬若瑟《漢語劄記》參照中國虛字的看法，經過廣泛的整理搜集，而編寫成了一套更為完整且系統性的漢語語法體系。馬建忠在書前序中便直言：「斯書也，因西文已有之規矩，於經籍中求其所同所不同者，曲證繁引，以確知華文義例之所在。」可見其上承西方已有之研究。姚小平認為《馬氏文通》在中國語法學的貢獻有下：

> 《文通》的歷史功績在於，它創立了中國人自己的語法
> 學，打破了文字、音韻、訓詁的三分天下，使傳統語言文
> 字學向著現代語言學邁出了堅實的第一步；它將西方語法
> 概念系統地運用於漢語，並可能是獨立地作出了一系列發

5　徐匯公學即今日位於臺灣新北市蘆洲區的天主教徐匯高中前身，根據該校網頁資訊：「1850年（清道光30年）天主教耶穌會，於明相國徐文定公光啟故居——上海西郊徐家匯，創設一所新制學校，名為『徐匯公學』（學院）」。首屆畢業生，雖僅十人，然其中馬相伯先生，為日後上海震旦與復旦兩大學之創辦人，其弟馬建忠先生為名著『馬氏文通』之作者。」

現。（1999）

　　《馬氏文通》的確是中國人自己所編寫的第一部漢語語法書，在漢語語法學具有獨特的意義，不過，顯然其中許多看法是傳承自西方傳教士，例如詞性的分類以及漢語實詞虛詞的看法。《文通》對之後的漢語語法著作產生了很大影響，例如章士釗的《中等國文典》、黎錦熙的《新著國語文法》都是因襲《文通》的體系。甚至後來的呂叔湘的《中國文法要略》、王力的《中國現代語法》也受到它的影響。

　　以下便根據上列學者對《中國文法》、《漢語官話語法》、《漢語劄記》的詞性分類整理，將從十七世紀《中國文法》一直到近代漢語語法的代表著作呂叔湘的《漢語八百詞》其中的詞性分類一一列表。比較分析後可發現，歷代對於漢語有而拉丁語法中所沒有的數量詞、虛詞和形容詞的看法稍有爭議，但基本上於名、代、動、副、介的詞類分法已固定了，從表4-9中可以很清楚的發現現代漢語語言學與這三、四百年來傳教士華語研究一脈相承的關係。

表4-9　早期西方傳教士與近代學者華語詞性分類比較

中國文法 1651～52年	名詞含 形容詞	數詞	量詞	代詞	動詞	副詞	介詞	罕用 連詞	感嘆 詞			
漢語官話語法 1703年	名詞 含形容 詞與比 較級	數詞	量詞	代詞	動詞 含被 動詞	副詞	介詞	連詞	嘆詞	抽象 動名 詞	否定 詞	疑問 詞
漢語劄記 1728年	實詞			實詞	實詞	實詞		虛詞				
	名詞含 形量詞			代詞	動詞	副詞	介詞					
馬氏文通 1898年	實詞			實詞	實詞	實詞	虛詞	虛詞	虛詞	實詞	虛詞	
	名詞含 量詞			代詞	動詞	狀詞 副詞	介詞	連詞	嘆詞	靜詞 形容 詞	助詞	
漢語八百詞 1980年	名詞	數詞	量詞	代詞	動詞	副詞	介詞	連詞	嘆詞	形容 詞		方位 詞	象聲 詞

四、以西式拼音取代傳統反切，促進拼音符號的產生

中國傳統以反切的方式標音，這種「上字取其聲，下字取其韻調」的方式，成為魏晉以來傳統中國的標音記號。然而這種以字切音、標音的方式是相當困難學習的。作為反切的標音字非常多，作為聲母的上字共有400多個，而作為韻母和聲調的下字則高達1000多個。這對於本國人士來說，尚且需要經過專業的學習，更何況對於初來中國，識字不多的傳教士。因此，利瑪竇來華後，嘗試以羅馬拼音的方式為中文標音，到了另一位同屬耶穌會法籍傳教士金尼閣（Nicolas Trigault, S.J., 1577~1628）更是以羅馬拼音和傳統反切對照，寫成了《西儒耳目資》一書，這本明末重要研究中國語音的書籍，正式開啟了西方拼音字母為漢字標音的先河。

㈠金尼閣的以羅馬字拼音取代傳統反切

金尼閣於明萬曆三十八年（A.D. 1610）來到中國。他於1626年在杭州出版了《西儒耳目資》一書，這本書主要是把利瑪竇等人的羅馬字注音方案加以修改補充，寫成一部完整的羅馬字注音專書。全書共分為三編：第一編《譯引首譜》是總論，第二編《列音韻譜》是以羅馬拼音查找漢字，第三編《列邊正譜》則是是以傳統反切查找拼音，所以能夠將羅馬拼音與漢字拼音兩相對照。

金尼閣的羅馬字注音方案只用了25個字母：5個母音字母，也就是反切中的韻母；20個輔音字母，也就是聲母和5個表示聲調的符號[6]，就可以拼出當時明末南京官話的全部音節。這種方法比反切簡單容易得多，遂引起了當時中國音韻學者極大的注意。在其序言中，中國學者張問達便大大

---

[6]　當時的聲調為中古聲調標音，也就是平上（國音三聲）去（國音四聲）入（入聲，消失在北京官話，但方言中保留此發音）四聲，其中平聲再分陰平（國音一聲）陽平（國音二聲），共五個聲調。

讚許這是一部前所未聞的奇書，切音正確清楚，且僅以25字母便能統攝所有字音：（如圖4-4）

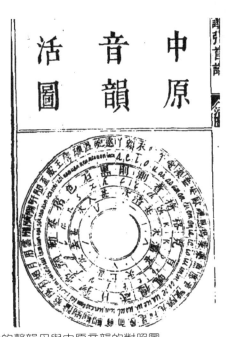

圖4-4　西儒耳目資中的聲韻母與中原音韻的對照圖
（資料來源：https://ctext.org/library.pl?if=gb&file=13836&page=62）

> 此新訂西儒耳目資也蓋泰西金四表（金尼閣，字四表）先生所著其學淵而邃博大而有要僅僅以二十五字母衍而成文葉韻直截簡易絕無一毫勉強拘礙之獘立總立全分經分緯才一縱橫交羅而萬字萬韻無不悉備于其中……。（《西儒耳目資》前序）

這本音韻之書的出版，對於中國傳統音韻學產生了重大的影響，學者從中受到很大啟發，開始對西方拼音字母的研究。如其書的序言：「其裨益我字韻之學豈淺鮮哉如曰此雕蟲藝耳而薄視之」。近代學者羅常培便指出：

《西儒耳目資》的重要意義，首先在於用拉丁字母分析漢字的音素，使向來被人看成繁難的反切，變成簡易的東西；其次，用拉丁字母標注明季的字音，使現在對於當時的普遍音，仍可推知大概；再有，給中國音韻學的研究，開出一條新路，使其後的音韻學者如方以智、楊選杞、劉獻廷等，受到一定的影響。（羅，268頁）

㈡以拼音文字取代漢字

　　除了西方拼音字母的傳入，逐漸取代了傳統反切外，新教傳教士帝禮士（Ira Tracy, 1806~1875）有鑑於漢字難學，1835年他在《中國叢報》中刊載論文，主張以拼音文字取代漢字。根據Chao對《中國叢報》的研究資料，帝禮士主張的理由有以下幾點：

1. 進步的書寫系統應該能記錄語音。

2. 漢字難學，而羅馬拼音相對容易，不論對於母語者與非母語者都更便於學習，因此有利於閱讀推廣以羅馬拼音書寫的聖經。

3. 學習較為容易的拼音文字，亦有助於削減中國的文盲，幫助國家進步，帝禮士甚至激烈的認為難學的漢字不僅迫害兒童身心，更是中國無知和落後的原因。（Chao, 2001, p126）

　　帝禮士的呼籲獲得了其他美籍傳教士的響應，1835～1842年間，西方學者致力於研究出最好的拼音符號體系。1842年由衛三畏在《中國叢報》上發表了最終的三種語音版本：粵語、福建、普通話。共計140個音節，含聲調共1600個讀音。裨治文在《中國叢報》中報導：1843年新加坡出版的《伊索寓言》，即採羅馬拼音的粵語與福建話的拼音版本，而《叢報》本身從第十一冊開始，也改以羅馬拼音版本刊行（1842～1851年）。（Chao, Der-lin 2001, p127~128）

　　美籍新教傳教士們呼籲以羅馬拼音文字全面取代漢字的呼籲，引起

了本國籍學者的注意並產生了類似的主張。《新青年》（La Jeunesse）中就有許多當時先進派的學者廢除漢字的主張，例如：1918年4月錢玄同在《新青年》四卷四期上發表《中國今後的文字問題》一文指出：

> 中國文字，論其字形，則非拼音而為象形文字之末流，不便於識，不便於寫；論其字義，則意義含糊，文法極不精密；論其在今日學問上之應用，則新理新事新物之名詞，一無所有；論其過去之歷史，則千分之九百九十九為記載孔門學說及道教妖言之記號。此種文字，斷斷不能適用於二十世紀之新時代。

　　其他如陳獨秀、蔡元培、魯迅也有類似主張，甚至胡適也說過：「必須先用白話文字來代替文言的文字，然後把白話的文字變成拼音的文字。」而形成了民初時的漢字拉丁化等運動。

　　根據黃溫良的研究，繼美籍傳教士之後，接續從事漢字拼音化工作者，是幾位與傳教士有緊密關係的文人：盧戇章、沈學、王炳耀等人，除了仿效傳教士的羅馬字或是西方速記符號創制漢字拼音方案，他們也是最早本國人士對漢字提出形體繁難，以及中國言文分離導致識字困難的批評。於是他們籍由撰文投書報刊鼓吹漢字拼音的行動，塑造出漢字拼音的輿論，使漢字拼音化運動逐漸為中國傳統文人所重視。（49-88頁）但不論外籍傳教士或本國人士提倡以拼音文字取代漢字，基於中國同音字太多且各地方言語音差異太大，難僅以標音的方式表意完整，所以終究未盡其功，但是西式拼音的簡單便利的確促成了新的拼音方式產生。

　　到了二十世紀初期，中文主要的音譯系統是由十九世紀中葉時英國人威妥瑪（Thomas F. Wade, 1818~1895）和翟里斯（Herbert A Giles, 1845~1935）所建立的威妥瑪拼音系統（Wade-Giles system），該系統是一套用於拼寫中文官話或普通話的羅馬拼音系統。而在中國採用拉丁字母

設計漢語的注音最早可以追溯到1906年朱文熊的《江蘇新字母》和1908年劉孟揚的《中國音標字書》，還有1926年的趙元任發明了國語羅馬字和1931年的拉丁化新文字，當然其中影響最鉅的就是1958年中國大陸地區所實行的漢語拼音。因此這些早期傳教士的西方拼音體系可謂爲漢語的西式拼音化提供了基礎。

五、以俗文學爲華語教材，提升俗文學的地位

中國傳統的文論觀，有所謂雅俗之分，重視文以載道的士大夫文學或言志的詩歌，輕視民間的俗文學，如：章回小說、戲劇。不過，小說和戲劇在法國文學中非常受到重視，這與中國傳統的文論觀不同，且小說和戲劇不僅在民間盛行，其內容取材生動地記載了一般人的思想與生活日常，書寫的語言是更眞實語境中的語體文與對話，故傳教士也常常以章回小說、戲曲等俗文學作爲華語學習的教材，進而間接的提升了長期在中國傳統文學觀中備受輕視的小說、戲曲等民間通俗文學的價值。

㈠中國傳統的小說觀

中國文學中對於小說一向評價不高，《漢書·藝文志·諸子略序》是這樣評價小說家的：

> 小說家者流，蓋出於稗官。街談巷語，道聽塗說者之所造也。孔子曰：「雖小道，必有可觀者焉，致遠恐泥，是以君子弗爲也。」然亦弗滅也。閭里小知者之所及，亦使綴而不忘。如或一言可采，此亦芻蕘狂夫之議也。

雖然此時的小說家是指地方民間具有見識的人而非文學類別，但認爲小說家所言不過是街談巷語、道聽塗說的市井小民之言，並非什麼經世濟民的大道理，是以「君子弗爲」也。

　　魯迅在《中國小說史略》中將歷代的小說一一整理，從戰國時代莊子中首先出現「小說」之名，一直討論到清代紀昀所編的《四庫全書》的收錄原則。從他的文獻探討中可看出小說如何從列在「子部」諸子百家中的一家，發展到唐代的傳奇漸漸轉變爲一種士人熱衷的文學文類；到了宋代話本、元明清的章回小說漸成爲題材豐富、流傳極廣的市井之作，然而根據魯迅的研究，白話章回小說的地位始終不高。例如，明胡應麟的《少室山房筆叢》雖言小說繁夥，派別滋多，將內容主題區分爲六類，但卻未討論到章回小說。至於《四庫全書》的編者紀昀亦云：「唐宋而後，作者彌繁，中間誣謾失眞，妖妄熒聽者，固爲不少，……今甄錄其近雅馴者，以廣見聞，惟猥鄙荒誕，徒亂耳目者，則黜不載焉。」（魯迅，1923）。而元以後所發展的民間戲劇，也落得相似的看法和地位，「俗」「雅」判然，是以清初編纂的四庫全書，子部不收錄章回小說，集部不收戲劇，正是因其俗而不入流。不過這些不入大雅之堂的通俗文學，卻在民間流傳極廣，加上明代以後出版業發達的推波助瀾下，成爲民間膾炙人口的讀物。

㈡傳教士改寫章回小說作為華語學習教材

　　來華的傳教士們很快的注意到通俗小說的熱門普及以及語言和內容的在地性。最早將之翻譯改寫爲華語閱讀教材的是天主教耶穌會的神父昂特爾柯爾（Pere d'Entrecolles, 1662~1741），他翻譯明代白話短篇小說《古今奇觀》。1732年來華的馬若瑟（Joseph de Prémare, 1666~1736）首譯元雜劇《趙氏孤兒》爲法文，刊載在1735年另一位法國耶穌會士杜赫德（Du Halde, 1674~1743）出版的《中國通志》第三卷，並正式在法國發行（陳奕廷，81頁）。馬若瑟《趙氏孤兒》改編自元代紀君祥的雜劇，試圖以白話小說或戲劇來觀察了解中國文化。其後的法國漢學家儒蓮（Stanislas Aignan Julien, 1797~1873）甚至在《新編漢語句法結構》一書中加上了元曲《趙氏孤兒》以及明清才子佳人章回小說《玉嬌梨》，並加上分析和注釋，將劇中人物對話的部分採用逐句翻譯的翻譯教學法，作爲

語言學習的教材。威妥瑪1867年出版的《語言自邇集》中以口語北京話改寫的〈踐約記〉便是改編自〈西廂記〉。1897年耶穌會在上海徐家匯的印刷廠出版的文化教材：德・比西（De Bussy）的《中國文化教程》中便再收錄了《三國演義》、《水滸傳》、《好逑傳》、《殺狗功夫》等章回小說與戲劇的部分章節（許光華，140-141頁）。由此可見，將白話章回小說與民間戲劇作為華語教材的取材，在十九世紀已是十分常見的事。

㈢傳教士創作宗教小說

　　除了因為學習華語了解文化而大量翻譯或改寫小說作為教材外，在此也另外分析西方傳教士們的小說創作。馬若瑟除了翻譯了中國民間小說與戲劇外，這位語言天才也曾嘗試以文言文撰寫宗教小說〈夢美土記〉。根據李奭學的研究：「〈夢美土記〉是文言短篇小說，乃天主教耶穌會士在華創作的首篇「夢境文學」（dream literature），完成時間為一七〇九年。」（李奭學，2017）不過，馬若瑟原本承襲利瑪竇務與中國儒士看齊以文言文為唯一寫作文體的策略，卻很快的改變了。因為馬若瑟的創作目的是為了宣教，而非為己立言，文言文雖然能在士人階級流通，但對於僅是識字程度的民眾，卻有相當的閱讀困難。所以在〈夢美土記〉完成後一、二年，他便又將此文改寫為中篇白話章回體的〈儒交信〉。

　　這篇小說，以楊員外和司馬慎和李光為主角，內容就儒耶的思想辯論，經由人物的對話，澄清了許多外人對傳教士和天主教的誤解，也藉由舉人李光的分析，讓人了解天主教並不詆毀儒家，反而還有相輔相成之意。整篇小說的宣教目的非常清楚，但情節生動，論辯內容也十分精彩，較一般宣揚教義的書籍，真是適讀許多。以民間流行的白話小說形式來宣傳教義，不失為高明的傳教策略。

　　這不禁讓人聯想的唐代變文的佛經講唱，最初也是因為傳教目的而產生的創作，卻意外促成了中國本土長篇小說的產生。這些清代傳教士的章回創作，雖然不似變文的流傳甚廣，不過，這些「西儒」傳教士以中國士

大夫不屑爲之的小說爲宣教的瑰寶，將章回小說和戲劇視爲認識中國風土文化的重要華語教材，這的確是一項創舉。這樣重視小說的觀點，也體現在更後期十九、二十世紀西方學者在中國文學史的相關研究上，他們將小說納入中國文學史中討論，提升小說的地位。反觀中國本土的士族階級，由於對於小說的評價不高，始終缺乏相關研究，一直要到近代魯迅的《中國小說史略》，才開始全面性的整理研究中國小說的發展。此書原是魯迅在北京大學講中國小說史的講義，共二十八篇，1924年成書，1925年由北京北新書局出版。不過他在序中，特別說明對於小說的研究起於「外國人」：「中國之小說自來無史；有之，則先見於外國人所作之中國文學史〔1〕中。」在文末的注釋〔1〕中他如此說明：

> 外國人所作之中國文學史最早有英國翟理斯《中國文學史》（一九〇一年倫敦出版）、德國葛魯貝《中國文學史》（一九〇二年萊比錫出版）等。中國人所作者，有林傳甲《中國文學史》（一九〇四年出版）、謝無量《中國大文學史》（一九一八年出版）等。林著排斥小說，謝著全書六十三章，僅有四個章節論及小說。

西人對小說的研究，在當時西風東漸的清末民初引起了注意。胡適在1920年時曾說：「在這五十年之中[7]，勢力最大，流行最廣的文學，——說也奇怪，——並不是梁啓超的文章，也不是林紓的小說，乃是許多白話的小說。」（67頁）白話小說一掃千年來的惡名，成爲民國初年的重要文學文體。西方傳教士的貢獻，不得不記上一筆。

---

[7]　指從1872年以來的五十年。

六、重視民間習俗文化，開啓對民俗文化的研究

㈠傳統儒學對民間習俗的看法

中國的歷史悠久，十三經中的《詩經》、《易經》、《三禮》，保存了許多中國原始神話的《山海經》、《穆天子傳》，漢代的《史記》、《漢書》等，無不記載了非常豐富的風土習俗。《漢書‧卷三〇‧藝文志》：「故古有采詩之官，王者所以觀風俗，知得失，自考正也。」可見古時官府定期派人到民間採集各地詩歌，其目的是爲了觀察民情風俗，以作爲施政的參考，這是爲了政治的目的，而非將風土民俗作爲獨立研究的學科。所以雖然歷朝歷代有許多記載風俗民情的書籍，自古中國自古以來受到儒家的影響，認爲民間習俗神鬼之事是君子不應言及之事。《論語》中孔子對於神鬼之事多所評論，季路問事鬼神。子曰：「未能事人，爲能事鬼？」、「子不語：怪力亂神。」、「子曰：敬鬼神而遠之。」這些耳熟能詳的儒家經典說法，後世儒生奉若圭臬，輕視神鬼之說也由此而生，因此民間的習俗長期以來備受士人冷落。

㈡耶穌會傳教士對中國風土習俗的研究

耶穌會創會的教育精神──去成爲「爲了他人並與他人同在的人」（A man for other, and with others）。（姜有國，265）因此耶穌會的華語學習除了語言能力的訓練外，特別重視對在地文化的理解，特別是固有的宗教風俗習慣等。義籍的耶穌會神父晁德蒞（Angelo Zottoli, 1826~1902）於1848年來華，他抵華後致力於對中國語言、民間文學、風土民俗的研究。他所編撰的《中國文化教程》於1879年出版，這部書一共有五卷，這是一部依照語言程度設計規劃的中國語言及文化的教材。圖4-5爲第二卷的封面，上面載明這是爲了適應需求的教材，供較低程度的學生使用。這套書採用漢語與拉丁語雙語對照排印，內容涵蓋內容廣泛。包括俗文學的元雜劇、小說、民間詩歌，還有生活散文、碑銘、官職、歇後語、歷史名人、

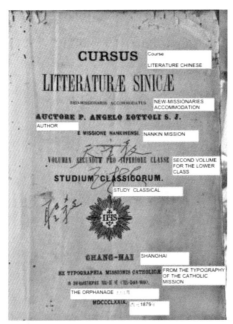

圖4-5　《中國文化教程》第二卷封面

典故等。收錄的原則是作品中展現的民間風土習俗，而非其文學價值。

　　在晁德蒞之後致力於對中國民間習俗與信仰研究的是1884年來華的法國傳教士祿是遒（Henri Doré, 1859~1931）。他花了長達三十年的時間，在上海、江蘇、安徽等地考察當地的風土民情與宗教信仰，並研究了大量的歷史文獻和地方府志，最終完成了《中國迷信研究》，即《中國民間崇拜》等系列著述。根據高有鵬的研究，他認為祿是遒是來華傳教士中「最有意識地認識中國、研究中國、記錄中國社會風俗生活的一個典型」。至今他的作品仍然繼續被出版刊行，可見他對於中國習俗信仰的研究是多麼精深。[8]

　　法國耶穌會的傳教士戴遂良來華後，對於這些流傳甚廣的中國民間習俗深感興趣，他大量收集各地的民間傳奇故事，編成了一本《中國民間故

8　上海科學技術文獻出版社於2009年出版了一套祿是遒的中國民間崇拜系列書籍，共計八本。

事集》（Folk-lore Chinois Moderne）於1909年出版，做為當時給來華傳教士的文化教材，這也是Folk-lore這個詞彙第一次從西方傳入用以命名。戴遂良在華共傳教三十年，他另編著有《中國宗教信仰與哲學思想史》、《中國的哲學與宗教》以及十卷本《現代中國》等書。他不僅是一位耶穌會神父，也是一位漢學家和中國民俗學家。

　　根據盧夢雅、劉宗迪的研究，戴遂良《中國民間故事集》的一大特色是依照當時興起的西方母題分類索引法編寫。對於中國版本目錄史而言，這是史上第一次大規模的蒐集編纂民間習俗故事，並以當時西方民俗學母題索引形式來彙編的專書。儘管戴遂良的主要目的是為了更深入了解中國民眾的風土習俗，以利傳教服務，但他的這項工作卻意義重大，這意味著中國民間故事第一次被納入了現代學術的版圖，這是中國民俗學的創舉（盧夢雅、劉宗迪，127頁）。

　　根據的Wei-Pang Chao（1942）、王文寶（1995）、陳勤建（2007）研究，中國民俗學的學術研究應在「新文化運動」（1915年）時才展開。1917年北京大學為慶祝建校20周年，校長蔡元培在劉半農、沈尹默等人的提議下，於1918年2月1日《北京大學日刊》，刊登了《北京大學征集近世歌謠簡章》，引起眾人矚目。這是北大歌謠運動之始，也是近代學者公認為中國民俗學研究的開始。而北大的民俗研究此時僅限於民間歌謠的收集整理，對於其他民間習俗研究尚未著手。而來華傳教士對中國民俗學的研究，可謂是中國民俗學的先聲。

七、重視白話文的學習，間接促成白話文學運動

　　周作人在1921年發表的〈聖書與中國文學〉曾說：

　　　　我記得從前有人反對新文學，說這些文章並不能算新，因
　　　　為都是從《馬太福音》出來的；當時覺得他的話很是可

笑，現在想起來反要佩服他的先覺：《馬太福音》的確是
中國最早的歐化的文學的國語，我又預計他與中國新文學
的前途有極深的關係。

這番話中巧妙的點出了白話聖經翻譯與白話文學運動中的巧妙關聯
性。

(一)傳教士撰寫華語教材中的的歐化白話文

如前節5.2.及5.3所分析，傳教士常以當時所接觸到的民間文學、傳說
或戲劇加以編寫爲華語教材中，其中華語程度特別好的戴遂良在1892年編
纂的《漢語入門》六卷中的後二卷，便收錄改寫了《今古奇觀》、《聊齋
誌異》和《家寶二集》等三部短篇小說。不過，這三部小說原著的語體風
格非常不同，《聊齋誌異》和《家寶二集》是以清代淺近文言文所寫，而
《今古奇觀》則是明代的白話書面語，這與戴遂良所處的清末口語白話，
實際上有頗大的差異。

清初禁教後，1845年後再度來華的天主教傳教士，爲了深入民間傳
教，已經採取以交際華語爲學習的策略，因此戴遂良開始嘗試以他來華實
際接觸到的口語體[9]來改寫這些小說。宋莉華對於他所改寫的語體風格與
做了一番深入的研究：

戴遂良在1892年用當時的口語將《聊齋誌異》改寫爲白話
文的常是彌足珍貴。《漢語入門》是一部和語口說教材，
重在模仿口語，其編者作爲來自法國的耶穌會士，沒有受
到文言傳統的干擾，由此率先實踐了黃遵憲的理論主張，
並與其提出的「我手寫我口」不謀而合。同時，部分地

9　戴遂良當時在河北獻縣。

> 將西文語法引入白化，推動了白話文的歐化進程。（181頁）

　　白話文學固然在中國文學中由來已久，但是文學中的白話書面語與白話口語仍有差距，所以真正「我手寫我口」[10]的白話文學其實尚未產生。對於當時西方輸入很多新的思潮說法，在傳統語料中找不到對應適切的語言和表達，於是戴遂良不但採用了當時所接觸到的北方口語用語還加上了歐化語法，宋莉華表示，這是「將『五四』與晚清白話文變遷相勾連」（174頁），「體現了由舊式白話向現代白話過渡的痕跡」（180頁）。

(二)白話聖經的翻譯與影響

　　自從利瑪竇（Matteo Ricci, S. J., 1552~1610）於1583年（明神宗萬曆十一年）來到中國宣教，在他長期的了解和觀察下，利瑪竇很快地發現士大夫在中國的獨特地位，他採取了與當時儒士交遊的策略，希望能相取得在上位者的認同，由上而下的宣揚天主教義。利瑪竇當時頗受士大夫的敬重，甚至尊稱為「泰西儒士」，利瑪竇對於聖經的翻譯和經文的詮釋，自然以當時士人使用的書面語言──文言文來傳寫，例如：《天主實義》。爾後的傳教士，也大抵遵循以文言文翻譯傳寫的方式，例如：艾儒略（Giulio Aleni, 1582~1649）以文言出《天主降生言行記略》（1635），或像陽瑪諾（Emanuel Diaz, Jr., 1559~1639）用高古的《尚書》體譯《聖經直解》（李奭學，53頁）。

　　而在同時，傳教士們也試著開始以白話文翻譯聖經以求推廣。根據李奭學的研究，目前發現最早的天主教義白話譯本是晚明間傳教士羅儒望（Joannes de Rocha, S. J., 1566~1623）的《天主聖教啟蒙》（1619），然

---

[10] 「我手寫我口」出自黃遵憲（1848~1905）於1868年創作的詩作〈雜感〉五首之一，原詩為：「我手寫我口，古豈能拘牽？即今流俗語，我若登簡編。五千年後人，驚為古爛斑。」後為胡適所化用，成為白話文學運動的重要口號。

後才有著名的賀清泰（Louis Antoine de Poirot, S. J., 1735~1813）的白話譯本《古新聖經》（約1790～1805間出版）。

而後基督新教傳教士賓威廉（William Chalmers Burns, 1815~1868）的北京官話譯本《天路歷程》（1865）和《續天路歷程官話》（1866）等。尤其是《天主聖教啓蒙》的這種不乏歐化色彩的白話語言，並非中文與歐洲語言相互生搬硬套，而是經過中國本土傳統的創造性吸收與轉化，化歐爲己。儘管歐化程度非常有限，卻昭示了漢語歐化白話的先聲。

周作人曾明白的表示，白話聖經譯本對中國白話文學語體的建立起了很大的作用：

> 《聖書》與中國文學有一種特別重要的關係，這便因他有中國語譯本的緣故。本來兩國文學的接觸，形質上自然的發生多少變化；不但思想豐富起來，就是文體也大受影響，……有人主張「文學的國語」或主張歐化的白話，所說都很有理……這個療法（指「方法」），我近來在聖書譯本裡尋到，因爲他眞是經過多少研究與試驗的歐化的文學的國語，可以供我們參考與取法。

在當時普及日廣的白話聖經的影響力，對於本土的影響，當然遠遠勝於僅是作爲外籍人士閱讀學習的華語教材，胡適本人是中文聖經的收集者[11]，他研究聖經的目的一方面是對基督教與西方思想文明的了解，一方面也是研究探歐化語法的中文譯本的語言風格語法，爲日後的白話文語言與語法奠基。

---

11 根據林正三的研究：胡適是有名的聖經版本收藏者。他在 1925 年已經收集了由傳教士翻譯的五十八種中國方言聖經，在「中國聖經學會」慶祝成立五十週年所辦的「中文聖經版本展覽會」上，胡適的收藏高居第二！（頁7）

1. 白話聖經促成新式標點符號的產生

傳統的中文書寫，並未標有任何標點符號，學子們必須在了解詞彙文義後再自行加上句讀，即所謂的「句讀之學」而傳統的標點符號，僅有逗點「，」句點「。」和人名地名的標示，在人名左邊畫單線的私名號，如：李白；在地名左邊畫雙線的地名號，如：洛陽（今日新式標點符號，已無此符號）。而我們現在熟習的引號、括號，是因聖經白話翻譯文學中的產生促成。周作人在〈聖書與中國文學〉一文中指出：「（白話聖經）引證話前後的雙鉤的引號，申明話前後的括弓的解號，都是新加入的記號。」可見，白話聖經（即周文所說的聖書）的翻譯亦促成了新式標點符號。

㈢《中國叢報》提倡以白話文取代文言文的主張

長期來華的傳教士在歷經了困難的華語學習後發現，中國人口說與書面語大不相同。士大夫所使用的書面文言體和實際交際的語言差異甚大且不易學習，對此提出改革建議，認為應以白話文取代文言文。

美籍傳教士衛三畏是第一個正式提出此說的人，1851年他在《中國叢報》刊文提倡應該書寫語體文取代文言文。在文章中他認為文言文是死的語言，不適合寫作，也會造成文盲和階級距離。而白話文的用字更自由，有助消弭口語和書面語的差異。他認為：文言文比困難的漢字是更麻煩的問題；文言文戕害兒童的學習發展，阻礙知識和技術的吸收和傳遞，長期以來更妨害國家的進步（Der-lin Chao, 2001, p.129-130）。

衛三畏的將文言文之害一一真切指出，很快得到了其他傳教士的認同。十九世紀中葉，正是清朝桐城派的最後傳人曾國藩湘鄉派興盛之際，從唐中葉開啟長達千年的古文運動來到最後一波高峰，若非外籍傳教士因為學習華語而自然產生了語言的差異比較，進而以旁觀者清的眼光審視中國當代語文的問題，中國士大夫階級恐怕很難從一脈相承的艱澀雅正的文言文中掙脫。在衛三畏1851年首次發表了應由白話文取代文言文的

觀點後，過了66年，胡適在1917年1月號《新青年》發表的〈文學改良芻議〉，正式提倡白話文學運動。

八、結論

　　三百多年來與中國接觸最多最頻繁的耶穌會士們秉持著創始人依納爵（Ignacio de Loyola, S. J., 1491~1556）的訓示："See with the other person's eyes."在海外宣教的事業中，以融入當地生活爲首要。他們盡其可能地學習當地的溝通語言、體察民心民情、理解當地的文化習俗，從中發現天主的存在，進而以當地人的眼光來理解宣揚基督宗教的教義。不論是主要來自歐洲法、義、西的天主教傳教士或來自英、美、德爲主的基督新教傳教士，是華語學習的目的雖然是爲了宣揚宗教，但他們對於華語學習所編寫的教材與從事的研究，卻無意開發出目標語國家中國長期忽略的領域研究，反向的刺激了中國近代在語言與文化的發展，成爲促成了今日語言文化樣貌的一個推力。

　　就本文目前的研究認爲早期西方傳教士的華語學習，對於近代中國語言與文化的發展，有以下這些影響：1.促使華語二語學習成爲新的學科領域 2.促成漢語語言學的發展 3.以西式拼音取代傳統反切，促進拼音符號的產生 4.以俗文學爲華語教材，提升俗文學的地位 5.重視民間習俗文化，開啓對民俗學的研究 6.重視白話文的學習，間接促成白話文學運動。這些研究成果不僅開啓了學界中長期忽略的對早期華語教學史以及西方傳教士華語學習的研究，也對於中國近代語言與文化發展的歷史脈絡提出了新的觀點。

　　然由於年代涵蓋長久，許多資料湮沒或缺乏整理，相關的文獻資料橫跨歐、美、中等地，十分龐雜不易取得，所以在考據工作上必然還有疏漏之處，有待未來繼續考證。

　　中國有一句古言：「他山之石，可以攻錯」，在今日華語文成爲二十一世紀熱門學習的語種之際，對於全世界對華語文及文化文學的研

究，也許也可以反向地對我們固有的思想、文化和文學帶來很多不一樣的
刺激與學習。

參考資料

Chao, Der-lin (2001). *Pedagogical Issues Raised and Discussed in The Chinese Repository (1832-1851)* Journal of the Chinese Language Teachers Association October 2001, Volume 36:3

——(2007). *Samuel Wells Williams (1812-1884): a Pioneer Student and a Scholar of Chinese* February 2007, Volume 42:1, pp.1-25

Wei-pang, C. (1942). *Modern Chinese Folklore Investigation. Part I.* The Peking National University. Folklore Studies, 1, 55-76. https://doi.org/10.2307/3182927

方環海、胡榮、崔丹丹、林文琪（2013）。《西方漢學中的漢語詞類及其特徵意識》。長崎：東亞漢學研究（第3號）2013年9月。

許光華（2009）。《法國漢學史》。北京：新華書店。

李奭學（2013）。《近代白話文‧宗教啓蒙‧耶穌會傳統——試窺賀清泰及其所譯《古新聖經》的語言問題》。中國文哲研究集刊第四十二期。

——（2017）。《耶穌不滅孔子，孔子倒成全耶穌——試論馬若瑟著《儒交信》》。道風：基督教文化評論。第四十六期春。

李真（2011）。《早期來華耶穌會士對漢語官話語法的研究與貢獻——以衛匡國、馬若瑟為中心》。《或問》第20號。日本：關西大學。

李黛顰、信世昌（2020）。《天主教在華第一個華語學院——1937～1949北平德勝話語學院（Chabanel Hall/Maison Chabanel）初探》。第一屆華語教學史研討會臺灣新竹：清華大學。

金尼閣（明末）。《西儒耳目資》。https://ctext.org/library.pl?if=gb&res=1537。

宋莉華（2010）。《《漢語入門》的小説改編及其白化語體研究》。社會科學：2010年11期。

林正三（2009）。《胡適與基督教的互動：以〈説儒〉借用基督教的觀念為例》。《胡適研究論叢》。黑龍江教育出版社。

周作人（1921）。《聖書與中國文學》。原載《小説月報》第十二卷第一期。轉自《中國比較文學研究資料（1919～1949）》。北京：北京大學出版社，1989年（據1921年原著）。

竺家寧（1991）。《佛教傳入與等韻圖的興起》。國際佛學研究創刊號（1991.12出版），頁251-262。

柯保羅（2021）。《大英圖書館藏《漢語箚記》原始稿本與稿本數量、流傳和內容》。清華學報新51卷第4期（民國110年12月）第743-787頁。

胡適（1921）。《國語與國語文法》。新青年：第七卷，第三號、第四號。https://zh.m.wikisource.org/wiki/%E5%9C%8B%E8%AA%9E%E6%96%87%E6%B3%95%E6%A6%82%E8%AB%96

姚小平（1999）。《《漢文經緯》與《馬氏文通》──《馬氏交通》歷史功績重議當代語言學》。Contemporary Linguistics, (02): 1-16.

姜有國（2016）。《耶穌會在華高等教育史──使命與傳承（1594～1952）》。臺北：輔大書坊。

班固（東漢）。《漢書‧藝文志》。中國哲學書電子化計畫。https://ctext.org/han-shu/yi-wen-zhi/zh

高有鵬（2020）。近代西方傳教士視野中的中國社會風俗及其理解──以祿是遒《中國民間崇拜》系列著述為例。《華東師範大學學報（哲學社會科學版）》，2020年第2期。

陳勤建（2007）。《中國民俗學》。上海：華東師范大學出版社。

陳奕廷（2015）。《「義國孤兒」─論Metastasio「中國英雄」的跨文化改編》。輔仁外語學報，81-98頁。

陳歷明（2015）。《翻譯推動新詩文體嬗變》。中國社會科學報國家社科基金專刊。http://www.nopss.gov.cn/BIG5/n/2015/1124/c230113-27850523.html

黃溫良（2005）。《晚清的漢字拼音化運動》。碩士論文，中國文化大學史學研究所。

黃建濱、周倬穎（2015）。瓦羅之《華語官話語法》編寫原則與編寫特點探究。《國際漢語學報》2015年第2期。

張西平（2009）。《來華傳教士的第一部章回小說：儒交信》。河南：大象出版社。

張秀麗（2011）。繼往開來的《漢語札記》。臺灣師範大學東亞學系，碩士論文。

張鎧（2015）。評《拜客訓示》：一部耶穌會實施「適應」策略的「秘笈」。《季風亞洲研究》第一期，頁113-131。

《新青年》。全文檢索。https://www.neohytung.com/（需登錄）

傅斯年，《怎樣做白話文》。原刊於《新青年》。https://www.pinshiwen.com/shiji/fusinian/20201026298199.html

劉章才、李君芳（2007）。《關於西方來華傳教士研究的若干範式問題》。《廊坊師範學院學報》2007年12月，第23卷第6期。

魯迅（1923）。《中國小說史略》。上海：上海古籍出版社1998年（據1923年原稿再版）。

盧夢雅（2014）。《早期法國來華耶穌會士對中國民俗的輯錄和研究》。《民俗研究》2014年第3期，第43頁-第56頁。

盧夢雅、劉宗迪（2017）。《戴遂良與中國故事學》。民族文學研究No. 2 Vol. 35。

羅常培（1930）。《耶穌會士在音韻學上的貢獻》。《中央研究院歷史語言研究所集刊》第一本第三分冊，頁268。

Note

國家圖書館出版品預行編目(CIP)資料

華語教學發展時空的移轉與匯集／信世昌主
編. -- 初版. -- 臺北市：五南圖書出版股
份有限公司, 2023.06
面；　公分
ISBN 978-626-343-927-6(平裝)

1.漢語教學　2.教育史

802.03　　　　　　　　　　112003543

1XNK 五南當代學術叢刊 —— 華語

華語教學發展時空的移轉與匯集

主　　編 ― 信世昌

發 行 人 ― 楊榮川

總 經 理 ― 楊士清

總 編 輯 ― 楊秀麗

副總編輯 ― 黃惠娟

責任編輯 ― 陳巧慈

封面設計 ― 韓衣非

出 版 者 ― 五南圖書出版股份有限公司

地　　址：106台北市大安區和平東路二段339號4樓

電　　話：(02)2705-5066　　傳　　真：(02)2706-6100

網　　址：https://www.wunan.com.tw

電子郵件：wunan@wunan.com.tw

劃撥帳號：01068953

戶　　名：五南圖書出版股份有限公司

法律顧問　林勝安律師

出版日期　2023年6月初版一刷

定　　價　新臺幣600元

經典永恆・名著常在

五十週年的獻禮——經典名著文庫

五南，五十年了，半個世紀，人生旅程的一大半，走過來了。

思索著，邁向百年的未來歷程，能為知識界、文化學術界作些什麼？

在速食文化的生態下，有什麼值得讓人雋永品味的？

歷代經典・當今名著，經過時間的洗禮，千錘百鍊，流傳至今，光芒耀人；

不僅使我們能領悟前人的智慧，同時也增深加廣我們思考的深度與視野。

我們決心投入巨資，有計畫的系統梳選，成立「經典名著文庫」，

希望收入古今中外思想性的、充滿睿智與獨見的經典、名著。

這是一項理想性的、永續性的巨大出版工程。

不在意讀者的眾寡，只考慮它的學術價值，力求完整展現先哲思想的軌跡；

為知識界開啟一片智慧之窗，營造一座百花綻放的世界文明公園，

任君遨遊、取菁吸蜜、嘉惠學子！